Bodo Kirchhoff
# SEIT ER SEIN LEBEN
# MIT EINEM TIER TEILT

Vier Tage vor dem Höhepunkt des Sommers, dort, wo sich Louis Arthur Schongauer, einst düsterer Deutscher in Hollywood-Filmen, nach dem Tod seiner Frau zurückgezogen hat. Jetzt will er nur noch mit seiner Hündin leben, inmitten alter Oliven oberhalb des Gardasees. Doch dann strandet eine Reisebloggerin beim Wenden in seiner Zufahrt, und am nächsten Tag erwartet er eine Autorin, die ihn mit einem Porträt aus der Vergessenheit holen will: zwei Frauen mit Gespür für die Wunden in seinem Leben. Umso wichtiger wird ihm nun sein Tier, für das es nur ein Hier und Jetzt gibt.

Bodo Kirchhoff erzählt von der Sehnsucht nach dem Menschen, der uns erkennt, und von den Abgründen, die sich auftun, wenn wir dieser Sehnsucht folgen.

*Bodo Kirchhoff*, geboren 1948, lebt in Frankfurt am Main und am Gardasee. Nach seinen vielfach gefeierten Romanen ›Die Liebe in groben Zügen‹ (2012) und ›Verlangen und Melancholie‹ (2014) wurde er 2016 für seine Novelle ›Widerfahrnis‹ mit dem Deutschen Buchpreis ausgezeichnet. Zuletzt erschienen sind die Romane ›Dämmer und Aufruhr‹ (2018), ›Bericht zur Lage des Glücks‹ (2021) und ›Seit er sein Leben mit einem Tier teilt‹ (2024).

Bodo Kirchhoff

# SEIT ER SEIN LEBEN MIT EINEM TIER TEILT

Roman

dtv

Von Bodo Kirchhoff ist bei dtv außerdem lieferbar:
Infanta
Erinnerungen an meinen Porsche
Eros und Asche
Die kleine Garbo
Parlando
Die Liebe in groben Zügen
Schundroman
Verlangen und Melancholie
Wo das Meer beginnt
Widerfahrnis
Dämmer und Aufruhr
Bericht zur Lage des Glücks

3. Auflage 2025
2025 dtv Verlagsgesellschaft mbH & Co. KG
Tumblingerstraße 21, 80337 München
produktsicherheit@dtv.de
© 2024 dtv Verlagsgesellschaft mbH & Co. KG, München
© 2024 Bodo Kirchhoff
Umschlaggestaltung: dtv nach einem Entwurf
von BÜRO JORGE SCHMIDT, München
Umschlagmotiv: privat
Gesetzt aus der Life
Satz: Fotosatz Amann, Memmingen
Druck und Bindung: Druckerei C.H.Beck, Nördlingen
Printed in Germany · ISBN 978-3-423-14921-1

*für Sophia, der es liegen könnte —*
*und natürlich für die Eine, die wieder alles*
*auf ihre ganz eigene Waage gelegt hat*

Che cosa è questo, Amore,
c'al core entra per gli occhi,
per poco spazio dentro per che cresca?
E s'avvien che trabocchi?
*Michelangelo*


Was ist dies, Amor,
das durch die Augen ins Herz dringt
und dort auf kleinem Raum zu wachsen scheint?
Und sich anschickt, alles zu überschwemmen?

## 1

Ein Abend im August kurz vor Mariä Himmelfahrt, oder dort, wo sich alles Folgende abspielt, Ferragosto. Ein Hanggrundstück mit geducktem Steinhaus, ehedem Stall, und Blick über den größten See am südlichen Alpenrand, zu der Stunde wie aus altem Glas, das andere Ufer kaum erkennbar, die Berge darüber im Dunst: ein Panorama des Friedens, gestört durch das Geräusch durchdrehender Reifen und Hundegebell.

Der Besitzer des Grundstücks und Halter des Hundes hat das erregte, nicht nur bellende, auch jaulende Tier an kurzer Leine; er kennt dieses scharrende Reifengeräusch, und wie er es kennt, und an dem Abend verliert er die Geduld. Schon in der Hose für die Nacht, aber mit bloßem Oberkörper – ein knochiger Mann, eher älter als alt –, greift er im Haus nach einer seit Jahr und Tag verwahrten Waffe, einem Revolver, Kaliber .357 Magnum, mit kurzem Lauf, einst Bestandteil polizeilicher Ermittlungen gegen ihn, Louis Arthur Schongauer, zu der Zeit als L. A. Schongauer in Hollywood beschäftigt. Er holt die von damals noch übrigen Patronen aus der Trommel, damit nicht noch einmal ein Unglück geschieht, dann eilt er vors Haus, während der Hund, der eine Hündin ist, nun sogar mehr jault als bellt, ganz auf das konzentriert, was sie wahrnimmt, statt sich nur einem Gefühl hinzugeben – die Gabe, um die er sie am meisten beneidet.

Seit er sein Leben mit einem Tier teilt, denkt Schongauer in schlaflosen Nächten sogar manchmal daran, dass er gern als dieses Tier auf die Welt gekommen wäre, nur mit dem Gedächtnis für Gut und Ungut, Freund oder Feind, und ohne Wissen um die Zeit. Sich aus der Zeit und der Erinnerung zu stehlen, war aber schon sein Wunsch beim Umzug auf das Hanggrundstück, ein freilich frommer Wunsch bis zu dem Abend, an dem er mit einer Waffe aus seinen amerikanischen Jahren bereit ist, jemanden für immer davon abzuhalten, noch einmal eine Grundstücksgrenze zu verletzen. Die Waffe in der einen Hand, in der anderen die Hündin an ihrer Leine, läuft er längs einer Mauer aus geschichteten Feldsteinen in Richtung einer steilen Zufahrt, keuchend und mit einem Ausdruck von Zorn, wobei er eigenen Gefühlsausdrücken nie recht getraut hat: eine nicht losgewordene Schauspielerkrankheit.

Bei zwei Zypressen, über die halbe Höhe wie aus einem Stamm, zu den Spitzen hin aber jede für sich, zögert er: Noch könnte er zurück ins Haus, in ein Unsichtbarsein. Nur drehen da immer noch die Reifen eines Fahrzeugs durch, immer noch versucht da wieder einmal wer, in seiner steilen Zufahrt auf Teufel komm raus zu wenden, und verwüstet den Boden, nun schon mit ächzender Kupplung. Den ganzen Sommer geht das schon so, dass sich Leute ohne Ortskenntnis in den Hohlwegen auf dem Olivenhang verfahren, aber erstmals ist er zu allem entschlossen, und jemand müsste ihm sagen Lass das, beruhige dich, steck die Waffe weg, aber die Einzige, die ihm das hätte sagen können, ist seit fünf Jahren tot, und er kann wiederum ihr nicht sagen, dass es überhandgenommen hat mit dem Wenden bei ihm. Genarrt von kleinen Pfeilen auf ihren Schirmen, folgen alle ewigen Schlauberger einer Abkürzungsempfehlung von Google Maps für den Hang mit lauter verzweigten Wegen und nur einer ausgewiesenen Straße zu der Ortschaft T. am östlichen Seeufer. Gleich hinter seiner Zufahrt aber kommen sie an eine Engstelle und können nur noch rückwärtsfahren, bis sie auf der abschüssigen Zufahrt wenden wollen, oft schon im Dunkeln, und mit durchdrehenden Reifen scheitern und aus ihren panzergroßen Autos steigen, wenn er schließlich auftaucht, um ihnen mit Kinostimme zu sagen, dass guter Rat jetzt wohl teuer sei.

Schongauer scheut sich, diese Stimme zu erheben, und er würde sich auch am liebsten nicht zeigen – erst vor kurzem kam unten im Ort eine ältere Urlauberin auf ihn zu, sie nahm seine Hände und rief Ich kenne Sie, ich habe Sie in einem Film gesehen, nur eine kleine Rolle, aber was für ein Deutscher Sie da waren! Leben Sie hier? Und bei der Frage hat sie ihn so angeschaut, als könnte er ihr im Urlaub Gesellschaft leisten, und er hat Nein gesagt. Nein, meine Dame, tut mir leid, und überhaupt, Sie müssen mich verwechseln! Mit diesen Worten ist er geradezu geflüchtet vor dem Hall der eigenen Stimme in einer der schmalen Quergassen des Orts – der Stimme, die immer noch die ist, die zu seinen Rollen gepasst hat und aus einem noch immer jungen, wie an der Zeit vorbeigeschleustem Mund kommt, Teil eines Gesichts, das einst für alles ungut Deutsche gut war, jedenfalls nach amerikanischer Vorstellung, um Leute zu spielen, die nie das Ende eines Films lebend erreichten. Und immer noch versucht da wer, in seiner Zufahrt zu wenden, schon stinkt es nach verbranntem Gummi.

Sich zurückziehen oder erscheinen, Schongauer überlegt, was er tun soll; in der Zufahrt könnte sich auch jemand festgefahren haben, den er erst morgen erwartet, eine Frau, die ihn mit einem Porträt noch einmal ans Licht der Welt holen will. Und da ist noch etwas, das ihn zögern lässt: Die Hündin, ihrem Wesen nach ein Hütehund, aufgelesen in Rumänien, jault jetzt, als wäre da wer, den sie zu kennen glaubt, also lässt er sie von der Leine, und sofort rennt sie dorthin, wo eben noch ein Motor zu hören war. Nun gibt es kein Zögern mehr, nun muss er sich zeigen und folgt der Hündin, vorbei an einem Schuppen bis zu seiner steilen Zufahrt. Und dort steht erstens ein Wohnmobil hoffnungslos quer, und zweitens kniet eine junge Frau vor seinem Tier und hält ihm die Hände zum Riechen hin – das sieht er noch, bevor er sich wegdreht und auf das schaut, was die Reifen angerichtet haben, besser aber gar nicht da wäre mit bloßem Oberkörper, dazu unrasiert und in der Hand die Waffe gegen eine – falls er das richtig erfasst hat – in schwarzen Fetzenshorts und flattrigem Unterhemd, das Haar jungenhaft kurz und zwischen den Brauen zwei Furchen, die aber zu weichen Wangen, ein Mädchengesicht. Eigentlich hat er schon zu viel gesehen und muss sich einen Ruck geben, um zu sagen, was er in solchen Fällen immer sagt: So, und jetzt ist guter Rat wohl teuer – Worte, die er gern auf der Stelle zurücknehmen würde, aber gesagt ist gesagt.

Ich war auf der Suche nach einem Platz für die Nacht und hab mich verfahren, erwidert die Besitzerin des Wohnmobils, dabei schon eine Hand im Fell der Hündin. Ich wollte hier nur wenden, und Sie tauchen mit einer Waffe auf.

Schongauer weiß nicht, was er dazu sagen soll; er weiß auch nicht, wohin mit der Waffe, die Nachthose hat keine Taschen; er könnte sie höchstens hinter den Rücken nehmen, was aber etwas von Heimtücke hätte. Er weiß nur, dass diese trügerisch mädchenhafte und vielleicht auch trügerisch tierliebe Wohnmobilfahrerin samt ihrem Gefährt schnellstens von seinem Grundstück soll. Ich will Ihnen nichts tun, sagt er, ich will bloß helfen, dass Sie von hier wegkommen.

Und wozu die Waffe, weil mich Ihr Hund mag?

Hündin, sagt Schongauer. Und wenn sie nicht bellt, ist das kein Zeichen für Sympathie.

Und wofür dann?

Eine Entgegnung mit ruhiger Stimme, gleichzeitig zieht sie das Gerät, das sie in die Irre geführt hat, aus der Gesäßtasche und macht ein Bild vom Scheitern ihres Wendemanövers: das Wohnmobil quer auf der Zufahrt. Und ist es erlaubt, auch ein Foto von dem Hund beziehungsweise Ihrer Hündin zu machen?, fragt sie, eine fast ironische Formulierung, wie er findet, aber der Gipfel ist, dass sie die Hündin nach deren Namen fragt, statt sich an ihn zu wenden. He, wie heißt du?

Ihr Name ist Ascha, sagt er, und im Zuge dieser Antwort geht die Sprache, die er hier auf dem Hang und unten am See in den letzten Jahren immer weniger gebraucht hat, mit ihm durch. Und Sie, haben Sie auch einen Namen?

Frida. Nur mit i. Wie alt ist Ascha?

Noch eine Neugierfrage, die er übergehen sollte; besser, er macht sich Gedanken, wen er um die Zeit noch anrufen könnte wegen des Wohnmobils, damit sie nicht die Nacht bei ihm zubringt – ein schier unlösbares Problem kurz vor Ferragosto, wo auch die Fleißigsten schon dem Sommerhöhepunkt entgegenfeiern. Nur Luan der Albaner fällt ihm ein, zwar kein Mechaniker, aber ein Alleskönner und einer der wenigen im Ort, die nicht viel reden, der dafür ständig raucht und vor sich hinschaut, dass man schwach wird: von einem Filmgesicht, auf dem er sitzen geblieben ist, ohne dass er es wirklich weiß, und er, Schongauer, hütet sich auch zu sagen: Luan, du siehst aus wie der junge Franco Nero! Ihn könnte er anrufen, um Hilfe bitten. Aber vorerst nennt er doch das Alter der Hündin, fünf, etwas heruntergemogelt wie die eigenen Jahre.

Und vielleicht von dieser Zahl ermuntert, nennt die Neugierige gleich auch ihr Alter. Vierundzwanzig.

Vierundzwanzig? Kaum zu fassen ist das für Schongauer, wie jemand dieses Alter für sich beanspruchen kann, aber das Ganze ist kaum zu fassen, höchstens zu glauben; die also Vierundzwanzigjährige, jetzt auf den

Beinen, Staub an den Knien, sieht ihn an, mit ihren Furchen zwischen den Brauen wie eine Schwester von Caravaggios Judith, die Holofernes den Kopf abschneidet, das hat er voriges Jahr in einer Ausstellung gesehen, das Bild. Und wieder wäre er am liebsten nicht da, ohne die Versuchung, etwas zu sagen, das die Dinge nicht im Geringsten verbessert, und der er auch glatt erliegt – Wissen Sie, was mal eine zu mir gesagt hat, als ich in dem Alter war und es ihr dummerweise genannt hatte: Nobody is twentyfour!

Wer sagt denn so was? Sowas sagt kein Mensch.

Schongauer kann dem nur summend zustimmen. Er hatte diesen Vorfall fast vergessen – ein Grund mehr, das Ganze hier schnell zu beenden, er hat schon genug Erinnerungen am Hals. Eine berühmte Schauspielerin war das, erklärt er.

Und welche?

Die werden Sie nicht kennen, sagt Schongauer, sie ist auch schon tot.

Aber Sie kannten sie. Und woher?

Das spielt keine Rolle – Frida wie Frida Kahlo?

Schongauer kann auch nicht anders, als das zu fragen, und sie darauf: Nicht Frida wie, nur Frida ohne e. Gibt es unten im Ort eine Autowerkstatt? Eine von ihrer Seite berechtigte Frage, und er vermag nur den Kopf zu schütteln, auch über sich – der nicht den Mund hält wie sonst. Ja, die gibt es, sagt er. Aber nicht um Ferragosto herum, der höchste Feiertag hier, im Sommer. Und Sie sind allein unterwegs? Worte, die er schon bereut, als sie mit nur kurzem Heben und Fallenlassen einer Hand antwortet. Schongauer zieht die Hündin jetzt zu sich, als hätte sie keinen eigenen Willen; er sieht zu dem Wohnmobil, immer noch mit Gequalme aus dem Motorbereich, nur um die Fahrerin nicht länger anzusehen, als es ihm und vielleicht auch ihr guttut. Ich nehme an, die Kupplung ist am Ende.

Kennen Sie sich aus?

Man riecht es, sagt er.

Gerochen hat sie von Anfang an. Und noch zu meinem Namen: Ich weiß, dass es eine junge Mexikanerin gab, die vor eine Straßenbahn gelaufen ist und später ein Leben lang einem bekannten Fassadenmaler gefallen wollte mit ihren Bildern von sich als Opfer. So war es doch? Sie lächelt, und Schongauer sagt: Diego Rivera, so hieß der Maler.

Danke. Und Sie heißen?

Noch was, das sie eigentlich nichts angeht, und er macht ein paar Schritte und hebt die Hände, die Bitte um etwas Geduld – ab wann ahnt man, dass jemand zum Prüfstein des eigenen Lebens werden könnte, doch nicht schon nach zehn Minuten. Die auf seinem Grundstück Gestrandete schließt zu ihm auf, inzwischen barfuß, Flipflops in der Hand, und da nennt er, als hätte er getrunken oder sich sonstwie vergessen, seinen vollständigen Namen. Louis Arthur Schongauer.

Was nun, Louis oder Arthur?

Meine Mutter hat immer Louis gesagt, mein Vater nur L. A., er war Amerikaner. Sergeant bei der Army. Und Sie sind allein unterwegs, darf ich das fragen?

Das haben Sie schon gerade. Ja, allein. Und jetzt darf ich auch noch was fragen: Sie sind hier ganz für sich?

Meistens, sagt Schongauer und redet dann einfach weiter, gegen jede Gewohnheit – aber morgen erwarte ich jemanden. Ich dachte schon, als hier die Reifen durchdrehten, die Betreffende hätte sich im Datum geirrt. Zum Glück nicht.

Und was hätten Sie da gemacht? Wären Sie auch mit der Waffe gekommen? Hätten Sie gerufen: Sie sind zu früh!

Schongauer weiß nicht, was er dazu sagen soll, weil es irgendwie stimmt, auch wenn er das nie rufen würde. Aber er kann so schauen. Und muss morgen sehr aufpassen, dass er nicht so schaut, auch mit Furchen zwischen den Brauen, aber hohlwangig. Am besten wäre es, diese freie Autorin, wie sie sich nennt, würde gar nicht kommen. Ihre Anfrage in Form eines Briefs mit Ja beantwortet zu haben, war ein Fehler, sein erster, seit er sich zurückgezogen hat, geschehen aus Schwäche für eine leicht nach rechts geneigte Schrift, tiefblaue Tinte, am Ende ein, zwei Spritzer bei ihrem Namen, Almut Stein, durch zu viel Druck auf dem S, kleine Tropfen, die sie mit Tipp-Ex etwas verdeckt hat, statt die Seite neu zu schreiben; und diese Blöße, die hat ihn leichtsinnig gemacht. Er hat dann auch gar nicht erst nach Fotos von ihr gesucht, um sich das Bild einer nervösen Briefeschreiberin zu erhalten.

Die bei ihm Gestrandete – ihren Namen wagt er noch kaum zu denken – lehnt sich an das Wohnmobil, und er zeigt ihr die leere Trommel der Waffe.

Nichts drin, sagt er.

Und wozu dann?

Um mich zu beruhigen. In letzter Zeit gab es zu viele, die hier gewendet haben. Oder es versuchten und stecken blieben, wie Sie. Und? Was geschieht jetzt? Schongauer schaut an sich herunter, auf zu lange Fußnägel. Er überlegt, was am besten wäre, aber das Denken fällt nicht mehr so leicht, wenn man plötzlich zu zweit ist. Die Gedanken machen, was sie wollen, ebenso die Augen, die schon wieder zu ihr sehen – auch mit ihrer Figur erinnert sie an eine Gestalt, die es nicht gibt, den Bacchus von Michelangelo in seinem so Weichen und doch Stabilen, wie sie da an ihr alles andere als neues Wohnmobil gelehnt steht, halb zurückgeneigt, als wollte sie es in seiner Schrägstellung quer auf der Zufahrt abstützen. Und dann klingelt auch noch ihr Telefon nach einer Melodie, die kaum zu ihr passt, oder höchstens passt, wenn man sie näher kennt, einem sommerlich beschwingten Kirchenlied, das glaubt er herauszuhören, nur fehlt ihm der Name, aber überhaupt fehlt ihm im Augenblick alles Mögliche, nicht nur eine Lösung für das Ganze, auch das dicke Fell für ein Machtwort und als Ersatz ein Glas Wein. Ich hol uns mal etwas zu trinken, sagt er. Und telefoniere gleich, damit Sie heute noch weiterkommen.

Schongauer geht ins Haus, während die Hündin, und er wüsste zu gern, warum, bei dem Wohnmobil bleibt – wegkommen hat er eigentlich sagen wollen, aber nach dem Wörtchen Uns ist das nicht mehr gelungen. In seinem Kühlschrank gibt es außer Butter, Käse und Eiern nur eine Dose mit Makrelenfilets, ein Bier und zwei Flaschen Wein, den Wein schon im Hinblick auf die Frau, die ihn besuchen will, einen einfachen Custoza aus der Gegend, den wird er jetzt anbieten. Der Albaner ist auch später noch erreichbar, wobei er kaum sagen könnte, wie spät es im Moment ist, von der Dunkelheit her wohl schon nach neun. Seine klarste Zeitvorstellung ist die von dem Besuch am morgigen Vormittag, und bis dahin sollte das Wohnmobil weg sein, das heißt, vor allem die junge Fahrerin, die nur Fragen aufwirft.

Er bringt noch die Waffe dorthin, wo sie ihren Platz hat, in der Nachttischlade bei den letzten Patronen, dann geht er, die Flasche und zwei Gläser in der Hand, wieder ins Freie, mit einem Gang ganz aus der Hüfte, auch wenn die auf ihre Art knirscht. Er ist so gut wie fünfundsiebzig, und bis auf diesen Gang, seinen Mund und die auch verwirrende Stimme passt alles an ihm dazu; sein Haar ist grau bis weiß, das Grauweiß einer Asche wie der, in der er die Hündin gefunden hat, halbtot als Welpe, gewärmt von der Asche, daher ihr Name. Seine Augen, früher leinwandtauglich, inzwischen durch Falten verengt, haben die Farbe von altem Laub mit einer Spur Rot darin – great burning eyes, so hieß es vor langer Zeit im Variety Magazine, Augen für Blicke, an denen man hängen bleibt, wenn man selbst in der Luft hängt. Schongauer kennt diese Wirkung, nur glaubt er nicht mehr an sie; eher glaubt er, dass seine Augen eintrüben, oder warum verschwimmt das Geäst der Oliven, unter dem Frida – probeweise denkt er jetzt schon ihren Namen – telefonierend hin und her läuft, wie um der Person am anderen Ende damit auszuweichen, einer, der sie halblaut erklärt, wo sie festsitzt und sogar bei wem: So einem, sagt sie, stell dir das vor, der was mit berühmten Schauspielerinnen zu tun hatte, Louis Arthur Schongauer sein Name.

Da hat er nun gar nicht aufgepasst, da hat ihn die eigene Sprache überrannt, auch weil er aus der Übung ist, mit Frauen zu reden, einer so jungen erst recht. Er geht auf sie zu, und als sie ihn sieht, beendet sie das Telefonat auf nicht besonders freundliche Weise: Schluss, ich komm hier ohne dich zurecht, ruft sie und kappt die Verbindung und schiebt das Gerät wieder in die Gesäßtasche, mit der anderen Hand zeigt sie auf ihr Wohnmobil: Ob das über Nacht hier stehen bleiben könne.

Wegzaubern lässt es sich nicht, sagt er.

Also kann ich hier auch schlafen?

Dazu steht es zu schräg. Möchten Sie ein Glas Wein?

Und Frida wiegt den Kopf, aber nickt dabei, also füllt er ein Glas und reicht es ihr – eigentlich beruhigt es ihn, wenn eine Frau mit ihm trinkt, nur waren die immer älter, manche kaum jünger als er, mit nur einer Ausnahme, an die er nicht denken will. Prost, sagt er, um eins der kaum noch gebrauchten Wörter seiner Sprache zu verwenden, und sie nippt an dem Wein; noch mit dem Glas am Mund fragt sie ihn, wen er da morgen erwarte, und ob sie bis dahin wegsein müsse – ich kann mich unsichtbar machen, okay? Sie schaut ihn über den Glasrand an, mit einem Blick wie aus alten Filmen, etwa To Have And Have Not, nur ist er nicht der Mann, der erweicht werden muss, um Leute nachts in einem Kahn von einer gefährlichen Insel wegzubringen; er muss und will zu gar nichts erweicht werden und hat auch hier nur ein Boot an einer Boje, um über den See zu fahren und in der Stille vor einer Felswand zu schwimmen. Dort ist das Schöne sogar das Gute, und er muss aufpassen, dass ihn die Trägheit seiner Augen nicht auf allzu Schönes lenkt, was sich dann ausdehnt, ihn überschwemmt. Wir werden sehen, wie Sie hier wegkommen, erklärt er. Hauptsache, Sie kommen weg. Oder was denken Sie? Eine noch angehängte, fast schon bange Frage mehr an sich selbst – was er eigentlich will oder nicht will, aber vielleicht doch will: dass sie nicht gleich wieder weg ist.

Ich denke, Sie können Du sagen, antwortet die Gestrandete, jetzt eine Hand an der Wange, den kleinen Finger so am Mund, dass es schon zu viel wird für das Auge und er zu dem Zypressenpaar sieht. Up to you, erwidert er und würde gern in der Sprache bleiben, die ihn mit ernährt hat und Teil seiner Kindheit war mit einem GI als Vater, bis der eines Tages verschwand und eine Mutter zurückblieb, die aus dem Weinen kaum mehr herauskam. Meinetwegen übernachte hier, sagt er. Morgen sehen wir weiter, es gibt hier einen, der kann deine Karre unter Umständen wieder flottmachen.

Schongauer nimmt noch einen Schluck Wein. Sein Blick geht von dem Zypressenpaar zu der, die schon mit ihm trinkt, und von ihrem Mund zu ihren Füßen und zu den eigenen Füßen: Die Zehennägel sollte er noch in dieser Nacht kürzen. Er nippt am Wein und sieht jetzt zu den Bergen auf der anderen Seeseite, ihrer dunklen Masse über den Uferlichtern. Schon seit ein paar Nächten gibt es dort Wetterleuchten bei zunehmender Schwüle; noch in der Woche, vielleicht schon übermorgen, wird das große Augustunwetter niedergehen, er kennt das, seit er auf dem Hang wohnt.

Ob das ein wichtiger Besuch sei, den er erwarte, fragt Frida, und er sagt, es sei nur eine Autorin, die etwas über ihn schreiben wolle. Mehr sagt er dazu nicht, was das wenige nur noch vergrößert. Und Sie oder du, was tust du im Leben?

Was ich tue? Sie lächelt für einen Moment, in ihren Fetzen von Kleidung auf einmal wie herausgeputzt. Auch schreiben, sagt sie. Aber über meine Reise. Und warum schreibt eine Autorin über Sie, sind Sie wer, sind Sie bekannt? Mit einem zweiten Lächeln kommt das, einem von der Sorte Erzähl-mir-nichts, und da ist er versucht, ihr erst recht etwas zu erzählen, eben dass er mal in Hollywoodfilmen mitgespielt hat, aber immer nur Kurzrollen als Nazi-Deutscher, ein supporting character für die Stars. Nein, sagt er, nein, ich war nie bekannt, ich war nur L. A. Schongauer für ein paar Jahre. Gehört das alte Wohnmobil deinen Eltern?

Das gehört mir. Mein Vater findet es schrecklich, meine Mutter noch schrecklicher. Normalerweise sind sie sich nur einmal im Jahr bei den Bayreuther Festspielen so einig.

Schongauer sieht über den nunmehr nächtlichen See mit Lichtpunkten von den Bojen der Fischer. Die letzte unter dreißig, die bei ihm nicht lockergelassen hat, war die, an die er nicht denken will, noch vor seiner Ehe. Und du schreibst also über deine Reise, sagt er und riskiert erneut einen Blick: Sie jetzt im weißbläulichen Licht ihres kleinen Schirms, ohne dadurch zu verlieren und im Begriff, etwas zu schreiben, nur mit den Daumen auf noch kleinerem Raum, als wären Daumen in der Menschheitsgeschichte noch bis vor kurzem an ihrer wahren Bestimmung vorbeigegangen; offenbar sucht sie etwas und findet es auch schnell. Sie betrachtet ein, zwei Bilder und nickt vor sich hin, womöglich Bilder von ihm, falls sie seinen Namen eingegeben hat – da hält sich noch manches im Netz, das für ihn längst gestorben ist. Ob sie ihn gesucht habe, fragt er, und sie wischt sanft mit dem kleinen Finger über den Schirm, damit die Bilder verschwinden. Nein, nur nach etwas, was ich bei Ihnen gesehen habe, erklärt sie. Ich schreibe einen Reiseblog, da muss man genau sein.

Und verdient man damit auch was?

Kommt darauf an, wie viele ihn lesen. Aber bei mir gibt es keine Hotelwerbung, nur Landschaften, schöne Orte und schöne Dinge. Ich schreib auch noch, was heute war.

Erst muss dein Fahrzeug mal gerade stehen, sagt Schongauer – wie wär's, wenn ich das mache? Er tritt etwas zurück und plant sein Rangieren, eins fast ohne Motor, mehr mithilfe von Schwerkraft und Bremse; auch wenn er selbst kein Auto mehr hat, kennt er jede Ecke der Zufahrt. Geh besser zur Seite, ruft er beim Einsteigen. Falls das Ding umkippt.

Aber das knochenfarbene Wohnmobil bleibt auf seinen vier Rädern bei dem Manöver mit nur wenig Unterstützung durch den Motor, damit nicht noch mehr kaputtgeht, aber umso mehr Geschicklichkeit am Steuer und Gefühl auf der Fußbremse. Schongauer lenkt es in eine horizontale Position, mit der Front zu einem Brunnen zwischen Haus und Schuppen. Für eine größere Reparatur müsste es abgeschleppt werden, möglich erst nach Ferragosto, kleinere Schäden könnte sein Bekannter hier beheben, Freund wäre etwas zu viel gesagt – der Albaner hat ihm gezeigt, wie man ein altes Haus innen erneuert, aber Luan zeigt ihm auch, wie man auf einem Filmgesicht ohne Verbitterung sitzen bleiben kann.

Er steigt wieder aus, und sein Tier springt ihm entgegen, gefolgt von Frida. Ob sie schon gegessen habe, fragt er, und ob sie sein Bad benützen möchte, fragt er auch, um nicht unhöflich zu sein, während sie nicht besonders höflich abwinkt. Für eine Nacht habe ich alles selbst, erklärt sie, und wie zum Beweis steigt sie in ihr Gefährt und macht darin Licht – ein Licht, das aber alles eher verdunkelt, was sie betrifft, so rötlich wie es scheint. Und er will schon fragen, was es auf sich hat mit diesem Licht, da klingelt im Haus sein Telefon, gerade noch hörbar mit einem Ohr, das andere ist seit Langem taub – ein Klingelton nach dem Refrain eines Uraltschlagers, den seine verlassene Mutter oft vor sich hin gesummt hat. Dann bis morgen, ruft er in die offene Wohnmobiltür, und da erscheint die junge Fahrerin noch einmal, in der Hand ein Stück Käse, das sie Ascha hinhält, ohne gefragt zu haben, was sein Tier verträgt und was nicht. Ich weiß, dass ich nur störe, sagt sie. Aber morgen bin ich weg.

Das hat er schon mal gehört, vor vielen Jahren, nur in anderer Sprache, und dann war jemand so weg, dass es für ihn nichts mehr zu retten gab, er nur noch hoffen

konnte, dass alles irgendwie gut würde, was er da angerichtet hat aus einem Leichtsinn, eine Erklärung, an die
er sich nachts manchmal noch klammert, wenn ihm das
alles nach einem bösen Traum wieder einfällt – Schongauer geht auf die Hündin zu, vorbei an Myrtensträu-
chern, die er gepflanzt hat, an Rosmarin- und Kapern-
büschen und einem Oleanderbaum, den es schon vor
ihm gab, die Blüten wie rot lackiert. Eigentlich sollte er
müde sein um die Zeit, aber er ist so wach wie seit Jahren
nicht mehr. Etwas ist passiert, das ihn auf den Beinen
hält, die Erosion in ihm aufhebt, sich über das Verwüs-
tete legt – er kennt sich ganz gut, aber nicht gut genug.
Amateur, hatte ihn seine Frau genannt, wenn es ums
Innere ging – diese Wachheit, das spürt er, hat etwas
Tückisches, wie bei dem Esel, dem es zu wohl ist. Ruhe
bewahren ist jetzt das Gebot, ein Fernseher wäre im
Augenblick hilfreich, aber im Haus gibt es nicht mal die
Buchse dafür. Frida die Gestrandete schaut ihn an, sie
lächelt, und er fragt sich, warum. Irgendwie überrennt
sie ihn, ohne viel zu tun, wie ihn auch Almut Stein still
überrannt hat mit ihrem handgeschriebenen Brief, am
Ende die Blöße der überdeckten Tintenspritzer, mit der
sie offenbar leben kann. Hör mal, eins will ich noch wissen, sagt er, ein Anlauf gegen den Esel in sich – diese
Autopanne bei mir, landet die auch in deinem Blog?

Pannen gehören zu einer Reise.

Nur lass mich dabei raus.

Eine Bitte höchstens dem Ton nach, und die Vierundzwanzigjährige – er kann das nur einfach glauben, dass
eine so jung sein kann – fährt sich mit beiden Händen

durchs Haar, geschnitten nach rüder Jungsart, die Ohren frei. Wie Sie wollen, Sie können gern alles lesen, sagt sie – Hashtag Reiseblogs, Frida Slash, Geh aus mein Herz und suche. Und Ihre Waffe ist, wenn ich das eben richtig gesehen habe, ein Revolver. Smith & Wesson, Kaliber .357 Magnum, kurzer Lauf. Gute Nacht.

## 2

Schongauer spürt sein Herz, wie es arbeitet, um ihn auf den Beinen zu halten und dabei noch denken zu lassen, statt sich nur zu fragen, woher Frida die Ruhe genommen hat, so genau hinzusehen bei dem Gegenstand in seiner Hand. Und am Telefon ist auch noch die, die ihn morgen besuchen will – vorgesehen war, dass sie schon an diesem Abend in ihrem Hotel am kleinen Hafen von T. eintrifft, aber es hat sich etwas geändert bei ihr, das im Unklaren bleibt, das nur in der Stimme mitschwingt. Sie kann erst morgen ganz früh von ihrem Wohnort am Taunusrand losfahren und will im Laufe des Nachmittags eintreffen: um dann schon mal bei ihm vorbeizuschauen für ein erstes Kennenlernen. Ihre Stimme hat etwas wie von Leuten, die vorgeben, auf beiden Beinen zu stehen, obwohl sie am Boden liegen; er hat Kollegen mit solchen Rollen gelegentlich synchronisiert und dieses versteckt Niedergeschlagene anklingen lassen.

Nehmen Sie sich Zeit, sagt er in dem Gedanken, dass dann kein halbes Mädchen bei ihm vielleicht noch ihre Wäsche trocknet, und am anderen Ende entsteht eine Stille, die ihn beunruhigt; letztlich weiß er nicht recht, was die Autorin Stein von ihm will. Noch kennt er sie nur durch ihren Brief, darin zwar etwas zum Werdegang – Masterstudium, Schwerpunkt Medien, Arbeit im Filmmuseum, tätig für Zeitschriften und das Radio, Gespräche, Features, Kritiken –, aber das sagt ihm höchstens, dass er aufpassen muss. Sollte es aus irgendeinem Grund später werden, melde ich mich von unterwegs, erklärt sie in die Stille hinein, und es ist auch ihre Stimme, die ihn alarmiert und dabei hinhören lässt, nicht weil sie etwa hell oder auf andere Art auffallend wäre, sondern weil in ihr etwas Schleppendes liegt, wie durch ein abwägendes Denken vor jedem Wort. Nehmen Sie sich Zeit, sagt er noch einmal, und sie sagt, wieder nach einer Pause: Wir beide sollten uns dann Zeit nehmen, um über alles zu reden, auch über Ihre Ehe. Also rechnen Sie mit mir am Nachmittag.

Von seiner Ehe ist in dem Brief nicht die Rede gewesen, aber bevor er noch etwas einwenden kann, hat die Stein – im Moment sieht er sie so: als Kategorie – aufgelegt, und er ist wieder für sich mit einem Tier, das außer Futter nur eins von ihm will: seine Anwesenheit und Begleitung, auch auf langen Gängen den Hang ganz hinauf, wenigstens einmal am Tag. Schongauer sitzt auf einem schwärzlichen Ledersofa, neben ihm liegt die Hündin, eingerollt; es ist das Sofa, das ihn seit Jahrzehnten begleitet, das einzige gute Stück schon in seiner gemieteten Bleibe am Rande von West Covina, damals eine noch bezahlbare Vorstadt der Filmmetropole, einem einstöckigen Holzhaus mit Tausendernummer in einer Gegend der schier endlosen geraden Wohnstraßen ohne Zäune, im Hintergrund die San Gabriel Mountains.

Die Töne zweier Zikaden dringen durch die offene Haustür, ein zwiegesprächhaftes Zirpern, kein hysterisches wie das in der Nachmittagshitze, wenn es aus jedem Baum schrillt. Er hat sich Wein nachgeschenkt, von dem Custoza für drei Euro die Flasche, aber hält das Glas nur an den Mund – eben hätte er alles noch absagen können, warum eigentlich nicht? Ausgemacht war nur ein Gespräch über seine Filmjahre, nicht über seine Ehe mit Magdalena Reinhart, als Tierfotografin bekannter, als er es je war. Es gibt keinen Tag, an dem er nicht an sie denkt; das kann so weit gehen, dass er manchmal ihre Stimme zu hören glaubt, wenn er vergessen hat, das kleine Radio in seinem Bad abzustellen. Und ihre letzte Arbeit hängt als großer gerahmter Abzug an der Wand hinter dem Sofa, ein totes Pferd an einem öden Strand bei Dakar, zu sehen auch eine gewaltige Brandung, in der sie unbedingt schwimmen wollte und darin umkam, während er ihre Ausrüstung bewacht hat. Die Zikaden verstummen, eins der Rätsel dieser unscheinbaren, kaum zu entdeckenden Tiere – von Magda so ins Bild gebracht, schwarzweiß mit feinen Schattenstufen, als wären es musikalische Wesen aus einer anderen Galaxie.

Schongauer kommt vom Sofa hoch, gleichzeitig mit der Hündin, die ins Freie läuft, während er in die Küchenecke des Wohnraums geht. Er stellt die Weißweinflasche in den Kühlschrank und überschlägt, was er einkaufen müsste, um sich irgendwie gastlich zu zeigen, frischen Käse, ein Brot und vielleicht auch Salami, dazu Trauben und besseren Wein, Hafermilch und auch ein Zusatzpäckchen Kaffee. Vom Küchenbereich geht er in das angrenzende Schlafzimmer, eher eine Kammer für die Nacht, und das schon, als dort noch Erntehelfer schliefen und neben dem Brunnen ein Esel stand, zu sehen auf alten Fotos, der Esel, um Körbe voll Oliven in den Ort zu tragen. Er holt sich ein Hemd und öffnet das Fenster für eine nicht mehr ganz so stickige Luft, danach geht er ins Bad.

Dort hat er die Wände geweißt, was den Raum größer erscheinen lässt, und an prägnantester Stelle einen gerahmten Kunstdruck aufgehängt, nach einem Kupferstich von Martin Schongauer, den er gern als Vorfahren hätte, wobei eine Linie zu ihm nicht ganz abwegig ist. Der Stich zeigt die Versuchung des Heiligen Antonius durch weibliche Schauderwesen und ist so gehängt, dass man ihn, auf dem Klo sitzend, vor sich hat; dazu griffbereit das gleichnamige Buch von Flaubert, wie andere dieses Örtchen mit einem Comic bereichern. Er holt sich seine tägliche Tablette gegen Bluthochdruck, und für morgen sollte er wohl die Dosis erhöhen; das letzte Gespräch mit einer so erwachsenen Frau liegt schon Jahre zurück, und er weiß nicht, ob er noch den Wunsch und auch den Schwung hat, von sich so abzusehen, dass er bei ihr hinhören kann, vorsorglich nimmt er eine Zusatztablette. Dann tritt er noch einmal vors Haus, um nach der Hündin zu schauen.

Sie sitzt vor dem Wohnmobil, und auf der Stufe in das rötlich erleuchtete Innere sitzt die gestrandete Fahrerin, im Gesicht und im Haar den Schein eines Notebookschirms; sie hat das Gerät auf den Schenkeln, und zwischen ihren Knien ist die Schnauze von Ascha, etwas, das sein Tier eigentlich nur bei ihm macht, wenn es bettelt, aber was heißt schon eigentlich bei einem Tier, das nichts von Treue und Untreue weiß und auch nichts von der eigenen Schönheit. Schongauer schließt zwei Knöpfe an seinem Hemd. Haben Sie alles für die Nacht, fragt er. Brauchen Sie noch etwas Wasser?

Wollten Sie nicht Du sagen?

Brauchst du noch Wasser?

Danke, das hab ich selbst.

Schongauer spürt, dass er sich zurückziehen sollte, ohne ein weiteres Wort. Aber etwas hält ihn noch, sogar auf den müden Beinen, etwas, von dem er geglaubt hat, es sei schon so geschrumpft in ihm wie außerhalb von ihm ein Gutteil seiner Rücklagen – Neugier wäre zu viel gesagt, Interesse zu wenig, und im Grunde ist es auch nur Sache der Augen, die alles aufnehmen, alles schlucken und die er jetzt besser auf das Wohnmobil richtet als auf die junge Fahrerin. Möchten Sie vielleicht wissen, wie es bezahlt wurde?, fragt sie, als hätte er etwas in der Richtung geäußert. Ich habe abends bedient, Leuten Bier und Spritz gebracht und ihnen Chips hingestellt, immer wieder frische, dazu gelächelt und Trinkgeld bekommen. Darf ich was zu Ihren Filmrollen fragen – wieso haben Sie immer nur Nazis gespielt? Kann man nachlesen unter L. A. Schongauer, der sind Sie doch.

Der war ich mal. Und von irgendwas muss man in Hollywood leben. Als Deutscher.

Trotzdem.

Trotzdem was? Ich war ja kein sympathischer Nazi,

bei mir sahen sie einfach aus, wie sie waren. Fragst du immer so viel?

Nur wenn was unklar ist. Aber morgen bin ich weg.

Hoffen wir's mal, sagt Schongauer, auch wenn er das gar nicht sagen will oder wollte, ihm da schon wieder etwas entschlüpft ist, und dabei bleibt es nicht – Nun darf ich auch noch eine Frage stellen: Was soll das Licht in deinem Wohnmobil, das einen auf alle möglichen Gedanken bringt?

Nicht auf alle möglichen, nur auf einen, entgegnet ihm Frida und schließt ihr Gerät, so lächelnd, wie sie vielleicht bei den Extrachips gelächelt hat, mit einem Hauch von Verachtung. Unten im Ort schlagen die Kirchenglocken, und nach dem letzten Ton ziehen die Glocken von Albisano nach, als gäbe es eine kleine Zeitverschiebung zwischen dem See und dem Ort auf dem Hang. Schongauer spielt ein Gähnen, was ihm leichtfällt, aber seine Mitbewohnerin für diese Nacht sagt zu der Sache mit dem roten Licht noch etwas mehr, und er erfährt, dass sie aus Heidelberg kommt und während der Pandemie am Stadtrand ein Stellplatz für Wohnmobile, in denen Frauen von sonstwo angeschafft hätten, geschlossen worden sei und einige der fahrbaren Nester billig zu haben waren. Sie streichelt sein Tier, während sie spricht, und er hört fast mehr auf ihre Stimme als auf die Worte und schaut dabei über den See, zu der Stunde so glatt, als könnte man darauf gehen. Alles schön und gut, sagt er, als ihre Erklärung beendet ist. Aber ich könnte morgen, wenn du von hier nicht wegkommst, ein anderes, normales Licht besorgen. Das schraub ich rein.

Nein, sagt Frida. Das rote Licht bleibt.

Schongauer sieht sie Momente lang an, ihr Mädchenhaftes mit dem so anderen, vor sich selbst erschrockenen Ausdruck darin. Dann endgültig gute Nacht, sagt er und geht, gefolgt von der Hündin, wieder ins Haus; er geht in sein Bad, wo er einen Fuß auf den Klodeckel stellt, um sich die Nägel zu schneiden, eine Prozedur im Bücken, bei der er den Atem anhält und sich nach jedem Zeh etwas aufrichtet und nach Luft schnappt, den gerahmten Druck auf Augenhöhe, eins der wenigen Geschenke an sich selbst, genauer als jeder Spiegel: ein Eremit, verzweifelt bemüht, den Kopf und mehr noch die Seele aus der weiblichen Schlinge zu ziehen, um eher in Einsamkeit zu verglühen, als sich der Versuchung zu ergeben und dahinzuschmelzen. Aber so würde er das auf Nachfragen der morgigen Besucherin, die irgendwann das Bad benutzen wird, nicht beantworten. Er würde nur sagen, es sei ein Druck nach einem Kupferstich seines denkbaren Vorfahren, angebracht an der Stelle, um sich einmal am Tag darin zu vertiefen.

Schongauer löscht das Licht über dem Spiegel und pfeift auf den paar Schritten zum Bett einen Doppelton, auf den Ascha so hört wie auf einen zweiten, geheimen Namen.

Und schon kommt sie krallentippelnd von ihrem Platz auf dem kühlen Steinboden im Wohnraum, springt zu ihm aufs Bett und reibt den Kopf an seiner Schulter. Lange hatte er gedacht, Mensch und Tier seien zweierlei, unvereinbar, aber so ist es nicht, sie gleichen sich in vielem. Erst kürzlich hat er gelesen, dass Einsiedlerkrebse, die beim Betreten ihrer Höhle einen Stromschlag erhielten, dort nicht mehr hineinkrabbeln; zwingt man sie aber dazu, wägen sie später offenbar ab, wie viel an Schmerz sie zu ertragen bereit sind, um ihre Behausung für die Nahrungssuche wieder zu verlassen. Und gleichwohl ist immer noch strittig, ob Tiere Gefühle haben; unstrittig ist dagegen, dass sie Schmerzen empfinden, weil sie sich merken können, wann und wo ihnen etwas Schmerzhaftes zugestoßen ist. Ascha, geboren im glimmenden Müll einer rumänischen Vorstadt, muss in den ersten Wochen ihres Lebens viel ertragen haben, was sie noch in sich trägt. Nähern sich Kinder mit ihren jähen Bewegungen, knurrt sie; hört sie hinter sich Schritte, dreht sie sich immer wieder um; kommt ihr ein fremder Hund entgegen, macht sie sich flach, zu allem bereit. Und war sie für Stunden allein, weil er etwa eine Ausstellung besucht hat, tanzt sie bei seiner Rückkehr förmlich um ihn herum, springt sein Gesicht an und jault in Babytönen. Für Magda, die es nicht mehr gibt, nur noch in ihm, hatte sie eine Seele, nicht die der Bibel oder der Psychiatrie, sondern eine, die rätselhaft bleibt – und dem kann er sich einmal mehr anschließen, als Ascha bei ihm liegt, er eine Hand auf ihrem weich befellten Ohr hat, um mit dem Wesen in den Schlaf zu finden, das in der Sprache, in der er vor der Kamera stand und oft noch träumt, animal heißt. Es reicht, den letzten Buchstaben wegzulassen, schon ahnt man sein Geheimnis.

Schongauer schläft in dieser Nacht ruhiger als sonst, mit nur zwei Unterbrechungen, jeweils ein Taumeln ins Bad, dazu auch mit Träumen, an die er sich beim Erwachen kaum noch erinnert; und als er in der ersten Sonne, die über dem Hang aufgeht, vors Haus tritt, sitzt seine Gestrandete schon wieder auf der Stufe zu ihrem Wohngefährt, auf den Knien das Notebook und zu ihren Füßen sein Tier – das nie die Nacht mit ihm verbringt, immer vom Bett springt, wenn er schläft.

Er begrüßt sie mit ihrem Namen, was so nicht geplant war, und sie unterbricht ihr Tippen und grüßt zurück, auch mit Namen und einem Herr davor, eine Szene wie aus einem jener Filme, in denen es auch nicht die allerkleinste Rolle für ihn gegeben hätte, etwa in To Kill a Mockingbird mit Gregory Peck, der als edler Anwalt Atticus Finch auf seine Tochter trifft. Und darum geht er auch gleich wieder ins Haus und macht Frühstück mit dem, was noch da ist, Toastbrot, Eier und ein Stück Pecorino, Tomaten und ein Rest an Butter und etwas Tee. Er bereitet ein Omelette, ohne zu fragen, ob sie so etwas isst; er deckt einen großen Holztisch vor dem Haus, geschützt durch ein Vordach aus gespannten Drähten, auf dem Schilfmatten liegen. Für zwei Personen hat er noch gleiches Geschirr und Besteck, ausgestattet ist er höchstens für fünf am Tisch, jede weitere Person wäre zu viel. Nach Magdas Tod hat er fast alles an Inventar verschenkt, Dinge, die ihm nur wehtun würden, wenn er sie noch sieht. Wir können frühstücken, ruft er, und auch solche Sätze hätte er verschenkt, wenn das möglich wäre, damit sie ihn nie mehr einholen.

Frida kommt an den Tisch, ihr Haar ist feucht, als hätte sie geduscht, aber wo, wenn nicht im Haus; sie trägt jetzt eine Nietenhose, wie seine Mutter dazu gesagt hätte, und ein weites T-Shirt mit dem Aufdruck Help yourself – Worte, die ihn bewegen, ihm wie Reste eines zerstörten Daseins erscheinen. Sein Omelett scheint ihr zu schmecken, und er würde gern fragen, was sie studiert und welche Vorstellungen sie von der Zukunft hat, nur fehlt ihm die Väterlichkeit für solche Fragen, folglich redet er lieber vom Wetter – Spätestens übermorgen kracht es hier, sagt er, und da setzt Frida die Teetasse ab und fragt, ob es in seinem Leben eine Frau gegeben habe, eine Familie, ein Kind, ein Zuhause.

Vom Ort am See, einer Kirche mit Zwiebelturm, dringt hell das Neunuhrläuten herauf und gibt ihm etwas Zeit zum Nachdenken, während sein junger weiblicher Gast – er versucht sich jetzt in der neutralen Sicht – ihn anschaut, als hätte er ein Gebrechen, das des Alleinseins. Nach dem letzten Glockenton schenkt er ihr Tee nach. Mehr als nur eine Frau, sagt er. Aber keine Familie. Ich bin kein Inhaber von Verwandtschaftsgraden, abgesehen von toten Eltern. Schlimm?

Frida tunkt ein Stück Toast in den flüssigen Rest des Omeletts, dann sieht sie ihn an, als wäre er im Rahmen ihrer Reise eine echte Entdeckung, einer der Letzten aus der Spezies Einsiedler. Nein, nicht schlimm, erwidert sie. Aber will nicht jeder eine Familie, eine mit Geschwistern und Cousinen, mit Tanten und Onkeln, Großeltern und einem Hund? Ich hab nur zwei, die mir vorschlagen, was ich studieren soll.

Und was schlagen sie vor?

Die Hündin kommt an den Tisch, anders als sonst,

zögernd, an wen sie sich wenden soll, bis sie unter den Tisch geht und den Kopf auf seine Knie legt, so wie jeden Morgen, wenn er frühstückt, und er gibt ihr den Rest von seinem Omelett, noch bevor sie vielleicht von Frida mit etwas gelockt wird. Könnten wir später darüber reden, nicht gleich morgens, sagt sie und schiebt das getunkte Brot in den Mund und kaut es langsam, offenbar ihre Art, ein Gespräch zu beenden oder das Thema zu wechseln, und Schongauer fragt, welche Rolle Fotos oder Videos in ihrem Reiseblog spielten.

Kaum eine, antwortet sie. Alle machen heute die gleichen Bilder, die gleichen Clips. Ihre Frau war Tierfotografin, hab ich gelesen. Ziemlich bekannt sogar.

Ja, sagt Schongauer. Willst du ihr letztes Foto sehen?

Und das will sie natürlich, alles andere hätte ihn gewundert, also bittet er sie ins Haus und zeigt ihr den großformatigen Abzug mit dem toten Pferd am Strand, nur mit den nötigsten Erklärungen, wann und wo die Aufnahme entstanden sei, und wo die Brandung seine Frau erfasst und geradezu verschluckt habe. Frida sagt dazu nichts. Sie betrachtet das grauweiße Pferd, das mit dem Bauch nach vorn auf der Seite liegt, das Geschlecht in den glasigen Ausläufern der Wellen, ein Bild des Grauens wie auch der Anmut. Und sein Eindruck ist, dass sie das alles gar nicht sehen will und gerade deshalb hinsieht, jetzt wieder die Judith von Caravaggio, die entsetzt einen Kopf abtrennt. Und du bist ein Einzelkind, sagt er, als Frida genug gesehen hat, sich ausatmend abwendet. Sie tritt wieder vors Haus, aber setzt sich nicht mehr an den Tisch; sie geht zu dem Zypressenpaar, an ihrer Seite die Hündin, und Schongauer folgt den beiden. Ja, sagt sie über die Schulter. Einzelkind. Meine Eltern sind Berufsidioten.

Das erschreckt ihn, dieses Wort, auch die Ruhe, mit der sie es gesagt hat, als hätte sie nur erklärt, ihre Eltern seien beruflich zu gebunden für mehr als ein Kind. Er wiederholt das Wort in fragendem Ton, während sie an den Gräsern längs der alten Grundstücksmauer riecht, an Glatthafer und Rispengras, an Brunnenkresse, Thymian und Engelshaar. Was die zwei in meiner Gegenwart eint, ist die Angst, dass ich es zu nichts bringe und ihrem Ruf schade, sagt sie. Mein Vater ist Partner in einer Großkanzlei, meine Mutter hat ihre eigene TV-Plauderrunde, zurzeit ist Sommerpause, das bringt sie fast um. Warum hat sich Ihre Frau in diese Brandung gestürzt?

Sie hat sich nicht gestürzt, sie wollte darin schwimmen, sagt Schongauer. Nur denke ich, das geht dich nichts an. Ich kümmer mich jetzt darum, dass du hier wegkommst. Und es geht mich zwar auch nichts an: Aber studierst du was?

Jura. Hab ich angefangen.

Und dann?

War's genug. Darf ich mir Ihren Garten ansehen?

Das ist nur ein Grundstück mit alten Oliven.

Fridas Telefon klingelt, jetzt mit anderem Ton, walkürenrittartig – Meine Mutter, sagt sie und lässt das Gerät in der Hosentasche weiterklingeln, wie um die Mutter darin zu erschöpfen. Soll ich den Tisch abräumen?

Bist du mein Hausmädchen? Das mach ich selbst.

Das mach ich jeden Tag. Abräumen, spülen, fegen. Wie alt ist deine Mutter?

Sie könnten ihr Vater sein. Haben Sie kein Fernsehen?

Nein, wozu.

Schongauer stellt sich eine Frau um die fünfzig vor, irgendwie gut aussehend, aber von der Sorte, die beim Film nie wirklich nach oben kommt, nur ein Gesicht hat, keinen Namen. Wolltest du nicht einen Rundgang machen? Er kehrt an den Tisch zurück, während Frida, vorbei an einem kleinen Tümpel, seinem Wasserspeicher, wenn der Regen ausbleibt, zum unteren Teil des Grundstücks geht und das Klingeln in ihrer Tasche, wenn er das richtig hört, endet. Und schon ist er wieder für sich, räumt wie gewohnt den Tisch ab und spült die Tassen und Teller, um dann auf einen Zettel zu schreiben, was er einkaufen sollte, damit ihn die Autorin Stein für gastlich hält. Bis zu ihrem Eintreffen hat er sonst keinen Plan. Zu erledigen ist noch der Anruf bei dem Albaner; Luans Ähnlichkeit mit dem jungen Franco Nero ist besonders im Sommer so verblüffend, dass Frauen, bei denen er arbeitet, heimlich Fotos machen, auch wenn sie die Ähnlichkeit gar nicht erkennen, weil sie Franco Nero nie in einem Western gesehen haben, aber das Kinogesicht erfassen, das man auch bei ihm erfasst hatte, nur für andere Rollen. Er geht wieder vors Haus und sieht seine Gestrandete bei einem großen Feigenbaum, der ihm bloß Ärger bereitet, weil man so viele Feigen gar nicht essen kann und sie dann abfallen und am Boden gären, mit Gerüchen wie aus einer Schänke. Du kannst sie alle haben, ruft er, als Frida um den Baum herumgeht, gefolgt von seinem Tier. Sie pflückt sich eine Feige, und Ascha springt an ihr hoch, um zu sehen, was sie da hat, und ihm kommt eine Idee, wie er mit der erwarteten Besucherin erst einmal allein wäre, auch ohne das Wesen, vor dem sie vielleicht Angst hätte, und wie sich zudem noch der Kühlschrank wieder auffüllen ließe. Du könntest dir mal den Ort am See anschauen, sagt er. Und Ascha vielleicht mitnehmen. Wie es aussieht, mag sie dich und würde an der Leine mitgehen, das gab's noch bei keinem so schnell.

Kann ich machen, sagt Frida. Und soll ich auch gleich was einkaufen? Sie schaut ihn an, als wäre er ein altes offenes Buch, darin seine Anliegen, sich um die Hündin zu kümmern, aber auch etwas um den Haushalt, als Gegenleistung für Frühstück und Stellplatz. Du könntest aber auch einen längeren Spaziergang machen, sagt er. Ich kann das nicht mehr, und Ascha vermisst es. Geh erst ganz den Hang hinauf, von dort führt ein Höhenweg zum Monte Luppio oberhalb der Landzunge von San Vigilio, der schönsten Stelle am See mit einem Herrenhaus aus dem fünfzehnten Jahrhundert, bewohnt von nur einem einzelnen Mann, der es ganz selten samt der Pracht drum herum für mondäne Hochzeiten vermietet, dann umso teurer. Es gibt zu der Landzunge auch einen Weg, sehr steil, da musst du sie kurzhalten. Du kannst am See entlang zurückgehen und im Ort einkaufen, nach vier, wenn die Läden wieder auf sind. Ich geb dir eine Liste und Geld.

Ich weiß, was bei Ihnen fehlt, sagt Frida, ich brauch

keine Liste. Und auch kein Geld, der Einkauf geht auf mich. Fürs Parken.

Worte, die noch in ihm wirken, als die beiden später davongehen, gleich bergan, bis sein Tier stehen bleibt und sich umschaut, ob er nicht mitkommt, dann ein Stück weitergeht, um erneut nach ihm zu schauen, nun aber erfasst, dass es ein Ausflug ohne ihn wird, und mit wippendem Schwanz neben Frida herläuft – deren Gang ihm sagt, dass sie gern tanzt, ohne eine Tanzschule besucht zu haben. Schongauer kehrt ins Haus zurück und macht dort endlich den Anruf. Er erreicht den Albaner vor einer Bar neben der Tankstelle im Ort, der Bar, an der sich um Ferragosto herum schon vormittags die letztlich Verwaisten, von keiner festen Hand Gehaltenen für ein paar Gläser treffen; er erklärt ihm, worum es geht, ohne es wirklich dringend zu machen, und Luan verspricht vorbeizukommen, nur eben nicht heute, heute sei er beschäftigt, was bei ihm auch heißen kann, dass er nur raucht und trinkt und den späten Mädchen im Ort Bären aus Albanien aufbindet.

Schongauer, jetzt ohne weiteren Programmpunkt außer einer Rasur für die Autorin, die unterwegs zu ihm ist, legt sich auf das alte Ledersofa – in all den Jahren mit Magda immer wieder auch der Platz, um sich zu umarmen, das letzte Mal kurz vor der Reise nach Dakar, wo sie todgeweihte oder schon verendete Tiere aufnehmen wollte für einen Band mit dem Titel Kreaturen. Damals stand das Sofa in der leeren Wohnung ihrer Eltern, beide frühe Opfer der Pandemie; zuvor war es lange in einem

Kellerraum im selben Haus, tief in seinem Polster noch die Waffe, die er aus den Staaten mitgebracht hatte. Magdas Vater war Arzt und ein Liebhaber des mild Mediterranen um einen See, der sich erst mit seiner Südhälfte aus den Alpen löst; noch zu Lire-Zeiten, als dort alles irgendwie bezahlbar war, hatte der Arzt aus Karlsruhe das Hanggrundstück mit kleinem Rustico gekauft, um dort die Ferien zu verbringen; später hat er sich auch noch ein Motorboot zugelegt, und nach Magdas Tod ist das alles an ihn gefallen, und Jahr für Jahr überlegt er sich, ob er dieses Boot, das vor allem an seinem Ersparten nagt, noch behalten soll.

Im Grunde reicht ihm das Sofa und alles, was sich damit verbindet – vor dem letzten Mal auf dem schon rissigen Leder hatte ihn Magda mit einer Handbewegung aufgefordert, zu ihr zu kommen. Und er sieht noch diese nie von Ringen oder einem Kettchen oder gar von Nagellack gleichsam nervös gemachte Hand, wie sie zuerst ein teures Objektiv vom Sofa auf den Boden legt, um dann ihren Gürtel zu öffnen; unvergessen auch, wie später ihr Blut in seinem pochte, so war ihm das vorgekommen, als Magda nur noch Schuhe anhatte, feste Schuhe, die sich nicht im Handumdrehen ausziehen ließen und am Ende auf den Sofarand trommelten.

Aus und vorbei – Schongauer geht ins Bad und rasiert sich. Eigentlich braucht er dazu keinen Spiegel, er kennt sein Gesicht, jeden Zug, der ihn zum supporting German character gemacht hat, bis ihn Magdalena Reinhart, die Tierfotografin, aus diesem Zirkus, in dem er für sie nur der Nazi-Clown war, mit leisem Spott herausgeholt hat. Er kämmt noch sein Haar, das er seit Jahren selbst schneidet, dann tritt er aus dem Haus in die Mittagsglut und geht die tausendfünfhundert Quadratmeter ab, die ihm in den Schoß gefallen sind, ein Gang, um zu sehen, was es noch zu tun gibt vor dem Auguststurm.

Ein Stück der alten Mauer aus Feldsteinen ist beim letzten Unwetter Ende Juni derart unterspült worden, dass einzelne Steine herausfielen, die Mauer dort einbrach; die Steine sollte er aber nicht nur neu schichten, sondern auch Zement dazwischengeben. Ohne solche Arbeiten verkommt der Besitz – den Magda schon im Begriff war zu verkaufen, um ihr Reiseleben zu finanzieren. Er schaut im Schuppen nach, was noch an Zement da ist; eine Tüte mit fünf Kilo, angebrochen, die nimmt er und dazu einen Eimer, eine Kelle und eins seiner alten Poolparty-Hemden, die dort als Putzlappen liegen. So ausgerüstet, tritt er an den Brunnen, gespeist aus einem Wasserablauf neben dem Grundstück, bei Unwettern ein reißender Bach. Den Zement will er eigentlich gleich anrühren, nur sollte er erst die Steine wieder so legen, dass einer dem anderen Halt gibt, ehe die Füllmasse schon bröckelig wird. Er hat sich einiges abgeschaut bei Luan; zum Maurer ist er damit nicht geworden, nur zum besseren Nachahmer, wie er früher auch als Nebenfigur ein besserer Nachahmer der Stars war, damit aber mehr aus seinen Rollen gemacht hat als vorgesehen.

Schongauer geht ins Haus zurück, er legt sich wieder auf das Sofa. Die Mauer lässt sich auch später noch ausbessern, wenn etwas Wind vom See das Reglose aus der Luft nimmt, er freier atmen kann. Und er ruht ja sonst auch immer in den Stunden, bis das Leben im Ort gegen vier Uhr wieder anfängt, dann macht er sich mit Ascha auf den Weg hinunter, um einzukaufen und sie in der Bucht mit den Bojen und seinem Boot ins Wasser zu lassen, damit sie sich abkühlt. Das Boot ist eine alte Chris Craft Corsair 28, und er hat es übernommen, um im Sommer darauf zu dösen, nur hat sich gezeigt, dass ihn die Sonne auf dem See um den Verstand bringt und auch nichts für eine Hundenase ist, und inzwischen fährt er nur einmal in der Woche gegen Abend schräg über den See, zu den steil abfallenden Felswänden, wo es still ist bis auf ein Lecken des Wassers am Gestein und wo der See zum Spiegel wird, in den er eintaucht. Mit dem Boot im Rücken, oft dem einzigen weit und breit, sieht dort noch alles so aus, ehe mythische Vorfahren den See entdeckt hatten. Es ist die Stelle, die auch Magda gefallen hätte, schon deshalb fährt er zum Schwimmen dorthin, um sie sich herbeizuträumen – als die, die sein letzter Agent einmal tall, dark and handsome genannt hatte, das aber, bevor sie ihn – den zuletzt fast gefragten Kleindarsteller alles bösartig Deutschen, an dem der Agent ja verdient hat – zu einem Filmabtrünnigen in Hollywood machte.

Hat er geschlafen? Schon möglich; in letzter Zeit weiß er nicht so recht, wann sein Geist abschaltet und der Schlaf beginnt oder der Traum sich des Geistes bemächtigt. Jedenfalls fällt inzwischen etwas Sonne ins Haus – das erfasst er samt einem Klingeln des Telefons. Er stemmt sich aus dem Sofa und geht dorthin, wo das Telefon liegt, in seinem Bad – almut stein steht auf dem

Schirm, klein geschrieben; um ihrer schon irgendwie habhaft zu werden, wenn auch nur orthographisch, hat er den Namen so gespeichert. Wie immer meldet er sich mit einem Ja, das wie ein halbes Nein klingt, und mit der Stimme, die ihn schon verwirrt hat, sagt die Anruferin Gut, dass ich Sie erreiche.

## 3

Gut, das kann heißen, dass sie im Stau steht, vielleicht vor der Mautstelle bei Sterzing, und erst später eintrifft, dann gleich ins Hotel geht und erst morgen mit ihren Fragen kommt. Aber gut kann auch heißen, dass ihr schon wieder etwas dazwischengekommen ist, privat, wie er sie einschätzt, und sich das Ganze noch einmal verschoben hat, der Besuch bei ihm für das Porträt über einen Vergessenen – der es gern dabei belassen würde und schon überlegt, wie er das Ganze noch absagen könnte, bevor er hört, dass sie zwar angekommen sei, sich aber auf dem Hang bei der Suche nach seiner Adresse mithilfe von Google Maps verfahren habe, jetzt fast am Ende eines Hohlwegs stehe mit Blick auf eine Kirche weiter oben.

In dem Fall haben Sie sich hoffnungslos verfahren, sagt Schongauer. Und gibt es über diesem Hohlweg Äste von Feigenbäumen, liegen da geplatzte Feigen herum, die schon gären, können Sie die riechen? Er will sich ein Bild machen, von wo sie anruft, weil es auf dem Hang mehr als einen befahrbaren Hohlweg gibt, aber auch Pfade zwischen alten Steinmauern, höchstens breit genug für drollige Fiats; die Besucherin, die noch keine ist, bestätigt die Äste und einen süßlichen Geruch. Gut, sagt er, dann machen Sie jetzt Folgendes: Sie bleiben auf diesem Weg, bis er sich bei einem Marterl öffnet. Von dort hat man einen Blick auf den See, und dort können Sie wenden, nur dort. Was für ein Auto fahren Sie?

Normalerweise interessiert ihn das nicht, was einer oder eine für ein Auto fährt, ob groß oder klein, aber um jemanden auf dem Hang zu sich zu lotsen, spielt es eine Rolle. Und vom anderen Ende – gar nicht weit, ein paar Hundert Meter Luftlinie, dazwischen aber steile Wasserläufe, Brombeergestrüpp und kleine Olivenhaine mit ihrem Licht wie in Aquarien und auch ein alter versprengter Ortsteil, eine Handvoll ineinander verschachtelter Steinhäuser – kommt eine Antwort, die ihn erstaunt. Einen Lancia Flavia, Cabrio.

Welches Baujahr?

Ich glaube, als man noch Fräulein sagte. Es fährt sonst nur mein Mann.

Und der hat es Ihnen geliehen?

Nein, ruft die kommende Besucherin, hat er nicht.

Eine fast hastige Antwort, und Schongauer sieht sie in diesem schönen alten Cabrio, das Verdeck offen trotz Hitze, und schlägt ihr die Rückkehr zur befestigten Straße vor, statt weiter auf einem holprigen Weg zu fahren. Besser für so ein Auto, sagt er, und sie sagt: Danke für den Rat, aber er kommt zu spät, da war irgendein Zaun im Gebüsch, hinten links ist schon ein Kratzer. Und wie geht es jetzt weiter?

Sie fahren zu diesem Marterl, sagt Schongauer, vorher kann man nicht wenden, oder versuchen Sie's etwa? Er drückt das Telefon an sein gutes Ohr, ob es da Wendegeräusche gibt, aber hört nur gleichmäßiges Knacken unter den Reifen. Und fahren Sie langsam, erklärt er, in Sorge um ein Auto, das ihn gar nichts angeht. Das Marterl erkennen Sie am Bild darin: der heilige Sebastian mit den Pfeilen im Leib! Er fragt sich jetzt, was daraus folgen könnte, dass sie sich diesen Liebhaberwagen genommen hat, während ihr Mann vielleicht gar nicht zu Hause war. Ich seh da schon so etwas, ruft die Fahrerin – unter einem Kreuz ein Bild mit drei Figuren.

In der Mitte die Jungfrau mit Kind, fällt ihr Schongauer ins Wort. Eingerahmt von Johannes dem Täufer und dem, wenn man so will, künftigen heiligen Sebastian, aber schon mit den vielen Pfeilen. Tut mir leid, es ist das falsche Marterl.

Wie viele gibt es auf dem Hang?

Mindestens fünf. Sie müssen jetzt leider rückwärts fahren, wenn Sie nicht wenden können. Zurück bis zu ein paar alten Häusern mit Katzen vor den Türen. Sind Sie noch dran, können Sie mich hören? Schongauer muss seinen Atem beruhigen, ein Schnaufen, zu dem noch ein Sirren aus dem Telefon kommt, von Zikaden, dort wo die Autorin Stein inzwischen fährt oder steht. Wo sind Sie genau, fragt er – ist da etwa eine Zypresse mit abstehendem Ast, der über den Weg ragt? Er hat jetzt eine Idee, wo sie sein könnte – falls sie gewendet hat. Nein, kein Ast, erwidert sie, da ist nur ein kleines eingefallenes Haus voller Efeu, und er schlägt sich an die Stirn und ruft falsch, völlig falsch – am besten, Sie fahren weiter bis zu einem alten Telefonmast aus Holz, von dem sich absurde Kabel über den Weg spannen und im

Nichts enden, bei Mondschein mit Schatten wie von schauerlichen Harfen.

Könnten Sie solche Details im Moment noch zurückstellen, erwidert die, die sich verfahren hat. Wir werden über alles reden, was einen hier so beschäftigt, wenn man allein ist.

Allein, das Wort will Schongauer nicht ganz auf sich sitzen lassen. Seit gestern Abend bin ich hier nur noch halb allein, erklärt er. Jemand hatte mit seinem Wohnmobil in meiner Zufahrt eine Panne. Eine junge Frau, die dort wenden wollte. Sie wäre längst weg, aber kurz vor Ferragosto kommt kein Abschleppdienst. Und Sie müssen auch mit einem ausgewachsenen Tier rechnen, meiner Hündin. Wo sind Sie, sehen Sie schon den alten Mast, die toten Leitungen?

Ich sehe hier nur Dornen, Stacheldraht und alte Oliven. Ihr Hang ist das reinste Labyrinth. Was ist das für eine junge Frau?

Die Frage gefällt ihm nicht, aber er ringt sich zu einer Antwort durch: Es ist eine Bloggerin, die über ihre Reise schreibt. Und bitte: Das ist nicht mein Hang, mir gehört nur ein Zipfel davon.

Dann sagen Sie mir, wie ich zu dem Zipfel komme.

Schongauer legt das Telefon ab, um sich Schuhe anzuziehen, die Red Wings, in denen er schon seiner unermüdlichen Frau durch Regenwälder und Wüsten gefolgt ist. Hören Sie, ruft er – ich komm Ihnen entgegen. Wo sind Sie jetzt genau? Er holt sich noch Magdas bewährten Hut, olivgrün mit breiter Krempe, dann macht er sich auf den Weg, das Telefon am guten Ohr; die Zikaden

49

sind wieder zu hören, ihr sägendes Auf und Ab, dazwischen die jetzt seltsam ruhige Stimme von Almut Stein – Ja, wo genau bin ich hier? Ich würde sagen, bei einem Olivenhain. Und mittendrin ein angebundener Esel. Bin ich da schon so gut wie bei Ihnen?

Da sind Sie so gut wie verloren, sagt Schongauer. Es ist der einzige Esel, den es hier noch gibt, oben am Hang. Sie sind auf einem Weg, über den früher die Oliven auf Schlitten an den See hinuntergebracht wurden, nicht von diesem Esel, der ist nur ein Hobby, aber von seinesgleichen. Wenden können Sie dort nicht, es gibt überall Mauerreste. Sie müssen rückwärtsfahren, bis zu einer kleinen Abzweigung, in die biegen Sie ein und kommen dann bald zu einem anderen Marterl, mit der heiligen Veronika, die sich das berühmte Schweißtuch mit dem Antlitz Jesu vor den Schoß hält. Wenn Sie das geschafft haben, brauchen Sie selbst so ein Tuch. Dort bleiben Sie einfach stehen und warten auf mich.

Schongauer nimmt jetzt den steilsten und dafür kürzesten Weg zu dem Bildstock, auch wenn ihm das Herz bis in den Hals schlägt. Aber was da schlägt, ist das Organ der Ärzte, die ihm auch abgeraten haben, in diese Gegend zu ziehen, in ein Reizklima, statt sich bei Wiesbaden, wo er zur Welt gekommen ist, ein betreutes Wohnen zu suchen; sein wahres Herz ist das der Sehnsucht, die es überschwemmt. Auch dort, wo er geht, schrillen die Zikaden, wie aufgewiegelt von der Spätnachmittagssonne, die auf den Hang prallt – so war es schon beim ersten Besuch hier, dem einzigen mit Magda, als sie auf dem Hang hinter seltenen Smaragdeidechsen her war, bald nach dem Tod ihres Vaters, der seine Frau nur um Wochen überlebt hatte. Das Grundstück lag zu der Zeit im Argen, das kleine Haus war unbewohnbar, und Magda hätte mit Sicherheit alles verkauft, wäre sie von der Senegalreise zurückgekehrt. Schongauer bleibt kurz stehen, damit sich sein Keuchen legt; noch hat er Verbindung zu der, die über ihn schreiben will, er hört sie leise fluchen, aber auch Marterl vor sich hinmurmeln, als wär's ein zungenbrecherisches Wort.

Wenn Ihnen das lieber ist, ruft er – die Leute sagen hier capitelli, eine Verniedlichung, wie Marterl, was von Martyrium kommt. Aber keine Sorge, ich bin auf dem Weg zu Ihnen, Sie erkennen mich an einem Schlapphut! Schongauer ringt nach Luft, so steil geht der Pfad aufwärts – die Zikaden in den Oliven zu beiden Seiten sind ohrenbetäubend, trotzdem glaubt er ein Okay zu hören, als er sich im Weitergehen mit dem Hut Kühlung zufächelt. Magda hat ihn in allen heißen Regionen getragen, in denen sie hinter einem Tier her war, oft tagelang, bis sich ihr etwa ein Ameisenbär so zeigte, dass sie ihn in seiner ganz eigenen Anmut festhalten konnte; es gibt kein unbeliebtes Tier, das sie nicht auf diese Art rehabilitiert hat. Und erneut bleibt er stehen, nun auch aus Widerwillen gegen das Porträt-Projekt, als wäre er selbst eines der Wesen, die man von ihrem Ruf erlösen muss. Immer noch keuchend, geht er nach einer Pause dennoch weiter, in seinem Widerwillen auch aufgeregt, mit einer fast vergessenen Neugier, die er sich als Interesse erklärt, obwohl sie ihm Kräfte verleiht, und hinter einer Biegung sieht er auch schon das alte Cabrio in Ultramarin, für Kratzer besonders empfänglich. Er schwenkt den Hut und geht auf den offenen Wagen zu und glaubt, die Fahrerin lächeln zu sehen – flüchtig, falsch, oder einfach verlegen? Er möchte nicht ungerecht sein und lächelt ebenfalls, ja ruft sogar Da bin ich, jetzt kann nichts mehr schiefgehen!

Schongauer macht eine Geste, dass sie nicht aussteigen soll, er gibt ihr von draußen die Hand, um gleich zu spüren, mit wem er es zu tun hat – einer noch nicht aus der Generation ohne Händedruck, nur mit Abstreifen der Finger. Sie hat rote Wangen vom Rückwärtsfahren, und er würde sie für Anfang vierzig halten, nicht für neunundvierzig, wie es in ihrem Brief heißt, die Zahl sogar ausgeschrieben.

Schiefgehen kann immer was, entgegnet sie, als er in den alten Lancia steigt, überrascht, wie puppenstubenhaft eng darin alles ist. Er macht sich schmal und weist den Weg, und die Autorin Stein – zerzaustes Haar, brünett, Sonnenbrille und ein schulterfreies blassgrünes Kleid, nicht ganz knielang, wenn er das richtig sieht – geht in den zweiten Gang und lenkt den Wagen so, dass er sich nicht einmischen sollte; was nur nicht ganz dazu passt, ihm aber erst auffällt, als sie die Brille auf dem letzten, dämmrigen Hohlwegstück ins Haar schiebt, sind ihre Augen – die entweder Zug bekommen haben oder aus denen sie im Laufe der Fahrt länger geweint hat. Und irgendwie fühlt er sich für diese Augen mit verantwortlich, das war schon beim Film so, wenn Frauen vor ihm geweint hatten, ob als verhöhnte Geliebte, zuvor umgarnt, um ihre Kontakte zu nutzen, oder als Partisanin mit Tränen der Verachtung beim Verhör durch ihn. Am Set hat er alle Sorten von Tränen kennengelernt, und manchmal brauchte es dafür kein Zutun in der Maske; sein Blick nach einer schlechten Nacht war schon eine Allegorie des Bösen, die er am Ende nur auflösen konnte durch einen Witz auf seine Kosten.

Schongauer zeigt auf einen Holzmast in Fahrtrichtung, stehen geblieben aus Frühzeiten der Elektrifizierung am Rand einer abfallenden Kurve. Gleich hinter dem Mast geht es zu mir, sagt er, scharf links. Man kann gar nicht genug einschlagen, um nicht die Mauer zu erwischen, soll ich helfen? Er streckt eine Hand nach dem alten Lenkrad aus Holz, aber die Fahrerin schlägt selbst ein, und nur um Millimeter vorbei an der Mauer nimmt sie die Kurve und fährt seine steile Zufahrt hinunter bis vor den Schuppen. Dort stellt sie den Motor ab und steigt aus – eine Frau, die er sich etwas kleiner vorgestellt hat und auch in anderer Kleidung, irgendwie sachlicher, und darin mit anderen Bewegungen, steiferen. Wenn Sie erst mal ins Bad wollen, sagt er – einfach ins Haus, an der Küchenecke vorbei, zweite Tür rechts, Lichtschalter ist außen.

Aber die Besucherin, die sie nun endgültig ist, muss oder will nicht ins Bad. Sie geht um den Lancia herum und streicht über den Kratzer am Kotflügel, sein Gezacktes wohl von Stacheldraht, ein Streichen mit zwei Fingern wie über etwas, das es zu bewahren gilt. Und hier lebt also jemand, der nicht gestört sein will, sagt sie nach einem Blick über das hinter dem Tümpel abfallende Grundstück und über den See, seine Fläche zu der

Stunde wie aus zerschmettertem Licht. Der aber einer Störung schließlich zugestimmt hat. Warum?

Die Frage hat er erwartet, aber später. Wenn ich das wüsste, sagt er, obwohl er es weiß, nur will er diese Schwäche für sich behalten. Aber wenn Sie schon angefangen haben zu fragen, können Sie auch weitermachen.

Und seine Besucherin nickt nur, als wäre es das Selbstverständlichste; sie holt eine Stofftasche aus dem Auto, hängt sie sich über die Schulter und geht zu dem Brunnen; dort hält sie die Hände in den Zulauf und schaut zu dem Wohnmobil. Das gehört der jungen Bloggerin, sagt Schongauer. Die ist mit meinem Tier unterwegs, wir sind also ungestört. Und der alte Lancia Ihres Mannes, der fährt noch gut?

Wenn man ihn nicht knüppelt. Und Ihr Hund, der hat so schnell Vertrauen in eine fremde Person gefasst?

Hündin, nicht Hund, erklärt der Halter etwas gereizt. Und was sie empfindet, bleibt ein Geheimnis. Gehen wir ins Haus, da ist es kühler.

Kühler schon, aber nur weil die Läden an der Haustür und den Fenstern halb geschlossen sind, gegen eine Sonne, die im August am späteren Nachmittag bereits so weit im Westen steht, dass sie auf den Hang über dem Ostufer des Sees prallt. Trotz dieser Vorkehrung fällt noch genug Licht in den Wohnraum; zwei Bahnen laufen über den Steinboden, eine andere endet auf dem großformatigen Foto an der hinteren Wand, wodurch das tote Pferd in den Ausläufern der Brandung gleichsam in der Sonne liegt. Es ist still in dem Raum, in den

Lichtbahnen bewegt sich kaum merklich der Staub, und ohne Ascha, sein Tier, so empfindet es Schongauer, ist es auch seltsam leblos. Er sitzt auf dem ewigen Sofa, ungewohnt aufrecht, gegen die Versuchung, sich einfach hinzulegen, während die Besucherin in einem von zwei alten Korbstühlen Platz genommen hat; vier weitere dieser Stühle stehen im Freien. Und die Art, in der sie sich in dem Wohnraum umschaut, um möglichst schnell zu erfassen, wie er hier so für sich lebt, empfindet er als Invasion, auch vorangetrieben von ihrer ersten, noch mehr rhetorischen Frage – Sie sind schon bald nach dem Unfalltod Ihrer Frau hierhergezogen, ist das richtig?

Ja, das ist richtig, sagt Schongauer, jetzt erst zurückgelehnt, aber in falscher Bequemlichkeit, anders als die Fragende, vorgebeugt in wohl echter Anspannung, auf den Knien die Stofftasche in dunklem Blau mit einem Appell in Weiß, Make America Read Again! Auf einem flachen Tisch zwischen Sofa und Stuhl stehen zwei mit Wasser gefüllte Gläser – die er noch einmal hätte spülen sollen, was ihm erst auffällt, als die Besucherin ihr Glas nach einem Schluck daraus mehr ins Licht stellt, um dann ein iPhone und ein paar Blätter aus der Tasche zu holen. Die Blätter legt sie auf die Tasche, es sind Notizen, soweit er das sehen kann, einige beziffert, andere nicht, manche doppelt unterstrichen, eine unmännliche Ordnung für sein Gefühl. Ich darf doch aufnehmen, was wir reden, sagt sie und legt das Gerät auch für diesen Zweck auf den Tisch, lässt aber die Hand daran, wie auf Erlaubnis wartend. Ihr Blick aus noch geröteten Augen geht für Momente zu dem großen gerahmten Foto an der Wand, dann zu ihm, dem Befragten. Sie leben hier also ganz allein.

Nicht ganz, entgegnet er. Mit einem Tier. Was ist mit Ihren Augen, sind Sie offen gefahren?

Bloß das Stück nach der Autobahn, antwortet die Besucherin oder Autorin Stein, die er nur schwer mit ihrem Vornamen in Verbindung bringt, einer Almut, die so in der Luft hängt wie der Staub in den Lichtbahnen. Und kann ein Tier einen Menschen ersetzen?, fragt sie und sieht ihn dabei zum ersten Mal länger an, mit einem Filmblick, die Iris ein Haarbreit über dem unteren Lid. Wenn man keinen Menschen erwartet, dann ja, sagt er, als sie gedanklich wohl schon woanders ist – Wissen Sie, dass ich mich für Sie interessiere, seit ich als Studentin im Frankfurter Filmmuseum gearbeitet habe? Später machte ich eine Ausstellung dort, Kostüme in erdachten Welten, da sah und hörte man schon nichts mehr von Ihnen. Und eines Tages schenkte mir mein Mann einen Bildband, Straßenhunde, Fotos von Magdalena Reinhart, und hinten in der Vita tauchten Sie plötzlich wieder auf – verheiratet mit Louis Arthur Schongauer, hieß es dort. Der sie auf ihren Reisen begleitet. War das genug für Sie?

Genug? Schongauer sieht auf die Füße der Stein in offenen, libellenhaften Schuhen, Füße mit Zehen wie Orgelpfeifen, die Nägel perlmutthell. Kennen Sie das nicht, sagt er, an der Seite von jemandem leben? Die Buchstaben auf dem Lancia-Kennzeichen, sind das Initialen?

Ja. Die meines Mannes. Ist das wichtig?

Erst jetzt nimmt sie die Hand von dem iPhone und

trinkt erneut von dem Wasser, während er bemüht ist, nicht weiter auf ihre Füße zu sehen und schon gar nicht auf die Beine, soweit er sie ahnt, nur auf ihre Hände, die noch eine Reihenfolge für die losen Blätter suchen. Und was macht Ihr Mann?

Eins der Blätter fällt zu Boden, sie hebt es auf, noch ehe er sich groß bewegt, nur auf ein freies Stück ihres Nackens schaut. Um wen geht es hier, sagt sie, geht es um mich?

Sie müssen auf diese Frage nicht antworten, entgegnet Schongauer. Oder können sie als Antwort auf etwas betrachten, wonach Sie gar nicht gefragt haben.

Mein Mann ist Kardiologe.

Wie alt?

Ein paar Jahre älter als ich. Aber nach eigener Ansicht bis auf Weiteres vierzig. Abends nach der Praxis kommt der Sport. Calisthenics, Thai Chi, Halbmarathon.

Was für ein Kerl, sagt Schongauer.

Als ich ihn kennenlernte, war er schon bei Ärzte ohne Grenzen. Und am Anfang des Ukraine-Kriegs hat er mit seinem Wagen Medizinbedarf an die Front gebracht.

Mit dem alten Lancia bis an die Front?

Nein, mit einem dicken Audi. Können wir jetzt fortfahren? Eine Frage mit Blick in ihre Notizen, aber um sich konzentriert zu geben, das ist sein Eindruck. Für Sekunden nimmt sie die Unterlippe zwischen die Zähne, dann geht der Blick über seinen Kopf zu der Wand hinter dem Sofa, aus Augen, die ihn an Magdas Augen erinnern, wenn sie ein Tier auf sein wahres Wesen hin beoachtet hat, wann es sich zeigt.

Das große Foto, ist das von Ihrer Frau?

Schongauer kommt vom Sofa hoch, er überlegt, ob es gut wäre, der Besucherin ein Glas Wein anzubieten, und, falls sie um die Zeit noch nichts trinkt, ob er sich dann allein etwas einschenken könnte. Meine Ehe, sagt er, ist kein Thema für Ihr Porträt. Nur die Jahre beim Film. Hollywood.

Aber Almut Stein – für Momente erscheint sie ihm so geschlossen mit Vor- und Nachnamen – bewegt verneinend eine Hand. Ehen sind immer ein Thema, erklärt sie. Da sind Sie denen, die es später lesen, am ähnlichsten. Wann ist das Foto mit dem Pferd am Strand entstanden? Ich habe es in keinem Band gesehen, ich seh es hier zum ersten Mal.

Weil es ein Privatfoto ist, sagt Schongauer, schon auf dem Weg zum Kühlschrank, um Wein zu holen; er macht kehrt und setzt sich auf die Sofalehne. Diese Aufnahme ist keine Viertelstunde vor dem Tod der Fotografin entstanden, ertrunken in der Brandung, die man darauf sieht, ein Badeunfall.

Eigentlich wollte er das nicht sagen, aber nun ist es gesagt, und die, die es weiß, steht auf und tritt in einen Durchgang zwischen Sofa und Wand, den er gelassen hat, um sich manchmal das Foto aus der Nähe anzuschauen, wie sie jetzt gerade, Hände auf dem Rücken, die Schulterblätter wie einstige Flügel. Und auch das Pferd ist tot?, fragt sie, statt irgendein Mitgefühl auszudrücken, das ihn nur verlegen gemacht hätte. Er holt nun doch die Flasche Wein, den einfachen Custoza, und gleich auch zwei Gläser. Ja, das Pferd ist tot, sagt er.

Und der Band, den Sie von Ihrem Mann bekommen haben, heißt Hundeleben – hatten Sie mal einen Hund, oder haben Sie sich daraufhin einen angeschafft?

Weder noch, antwortet die Besucherin und setzt sich wieder in den Korbstuhl. Ohne Ihre Frau, wären Sie da in Hollywood geblieben, hätten Sie weitergemacht?

Bis zum bitteren Ende, sagt Schongauer. Am Schluss nur noch Sterbeszenen mit Musik. Kein Dialog mehr, höchstens Blicke, ein Flehen um Leben, dann letzter Atemzug und Klappe. Das hat sie mir erspart. Möchten Sie ein Glas Wein?

Später vielleicht.

Ein Später hat er gar nicht einkalkuliert für dieses erste Gespräch, das ihm schon zu weit geht, so weit, als hätten sie einen ganzen Tag lang geredet und der morgige Abend wäre erreicht. Er kann sich das im Moment kaum vorstellen, was sie morgen noch alles fragen wird, er kann sich nur vorstellen, dass er mit ihr eine Bootsfahrt macht und sie dann vielleicht überwältigt ist von der Weite des Sees und der Stille in seiner Schwimmzone vor den Felsen. Schongauer stellt die Gläser und den Wein auf den Tisch, wie drei Wächter um das Gerät, das alles festhält, er nimmt wieder Platz und fragt sich, wo die junge Bloggerin und sein Tier bleiben – Frida und Ascha, denkt er und stellt sich die beiden vor: wie sie jetzt erst unten im Ort sind nach ihrer Wanderung. Und gab es einen besonderen Grund, dass Ihnen Ihr Mann den Hundeband von meiner Frau geschenkt hat?, fragt er, um das Gespräch in eine andere Richtung zu lenken. Die Besucherin trinkt einen Schluck Wasser und sieht ihn dabei an, wieder mit diesem Blick, der auf großer Leinwand den Eindruck des Ungewissen, ins Leere Verlangenden macht, jedenfalls in Schwarzweiß. Er hat mir den Band nach einer Fehlgeburt geschenkt, sagt sie wie nebenbei. Aber zurück zu Ihrem Filmleben, was war der Höhepunkt?

Schongauer füllt sein Weinglas, lässt es aber noch stehen. Sie soll nicht denken, dass er trinken müsste, um mit ihr reden zu können. Auf eine Fehlgeburt als Anlass wäre er nicht gekommen, er hätte auf Versöhnungsgeschenk getippt. Wenn wir gleich über Höhepunkte reden, was bleibt da noch, sagt er. Und Sie sind sicher müde nach der Fahrt.

Almut Stein hebt wieder leicht eine Hand, offenbar ihre Art zu verneinen. Sie sieht in die Notizen, die Hand jetzt an der Wange – Ihr richtiger Name ist Schöngauer? Wie nebenbei fragt sie ihn das, und er nickt und deutet mit zwei Fingern das nur Geringfügige eines weggelassenen Umlauts an; ihm fällt auf, dass einer ihrer Schuhe ganz lose sitzt, eine gerötete Ferse freigibt, ein blasses Rot wie das seiner Schafgarbe. Sie bemerkt den Blick und zieht den Schuh wieder richtig an. Ihr Bad, fragt sie im Aufstehen, wo war das gleich?

Hinter der Küchenecke zweite Tür rechts, Lichtschalter ist außen, sagt er noch einmal und stellt sich vor, wie sie dort dem gerahmten Druck nach dem alten Kupferstich gegenübersitzt, sich ansieht, wie der Heilige in der Wüste von Schlangen mit Frauenköpfen und Nymphen mit Krallen und Brüsten bedrängt wird, von fliegenden Höllenwesen, die ihn mit ihren Schenkeln umflattern, bis ein Gebell vorm Haus beendet, was ihm da durch den Kopf geht. Frida ist zurück, und sein Tier riecht die fremde Person. Die Hündin zwängt sich durch den Spalt, den er zwischen den Türläden gelassen hat; sie rennt bis vor die Badtür und bellt dort aus voller Kehle, Schongauer eilt hinzu und nimmt sie am Halsband. Er führt sie ins Freie, an den Brunnen, wo sich seine befristete Mitbewohnerin die Füße kühlt. Ob sie sich noch etwas um Ascha kümmern könnte, fragt er, erstaunt, ja fast erschrocken, dass er nach kaum einem Tag schon eine Bitte an sie richtet.

Frida deutet auf eine volle Einkaufstüte neben dem Brunnen – Alles, was hier gefehlt hat, sagt sie. Und auch gleich ein Essen für den Abend. Oder essen Sie mit Ihrem Besuch im Ort? Und wegen Ascha machen Sie sich keine Gedanken.

Keine Gedanken, das kommt ihm entgegen, und er übergibt die noch aufgeregte Hündin. Ich zeige Frau Stein nur den Weg zur Hotelgarage, sagt er. Das schöne alte Auto ist von ihrem Mann, das hat sie sich einfach genommen, einen Lancia Flavia – schon mal gehört?

Nein.

Nein?

Ja, sagt Frida. Nein. Das mit dem Auto hat sie erzählt?

Nicht direkt.

Aber?

Meine Liebe, du fragst zu viel.

Heh, das ist Teil meiner Arbeit.

Aber nicht hier, erklärt er, als hätte er das Heh überhört und auch nicht Meine Liebe gesagt; danach geht er zurück ins Haus, ohne die Türläden wieder zu schließen. Die Besucherin sitzt jetzt auf dem Sofa, in der Hand ein Glas von dem Wein mit einer Farbe, als wäre er teuer, was allein am Licht liegt: dem einer schon so tiefen Sonne, dass ihre Strahlen waagerecht in den Raum fallen und jedes Hundehaar auf dem Boden zeigen. Schongauer setzt sich in den frei gewordenen Korbstuhl, er nimmt sein schon gefülltes Glas und trinkt, während die Autorin Stein etwas notiert. Das Bild bei Ihnen im Bad, sagt sie – gab es dafür nur die Stelle, an der es hängt?

Mit einer Frage zu dem Bild hat er gerechnet, nur nicht mit der Frage, und statt darauf zu antworten, sagt er, dass es sich um einen Druck nach einem Stich von Martin Schongauer handle, geboren vierzehnachtundvierzig in Colmar, gestorben vierzehneinundneunzig in Breisach, unter Umständen ein Vorfahre – dessen Werk sich durch die Technik des Kupferstichs schon zu Lebzeiten verbreitet hat, erklärt er. Der Mann hat es zu einigem Wohlstand gebracht, er war Hausbesitzer, dazu ehelos, aber nicht einsam, genannt auch Martin Schön wegen seiner Anziehung auf Frauen. Uneheliche Kinder sind folglich mehr als denkbar, und man weiß, dass er seinen Besitz vermacht hat, also eins der Kinder anerkannt haben muss, einen kleinen Schongauer, der sich später vielleicht, um seinen Erzeuger zu ehren, Schöngauer nannte.

Das halten Sie für denkbar?

Wie Sie für denkbar halten, dass was von den Rollen in mir steckt, die ich gespielt habe. Oder was denken Sie?

Die Stein zeigt ein Lächeln, aber ihr Mund hat dabei etwas auf stille Art Aufsässiges, woran das liegen könnte, ist ihm noch unklar; sie steckt die losen Blätter und ihr Gerät in die Tragetasche und steht auf. Was ich denke, sagt sie – nun, ich denke, wir sollten das Gespräch hier unterbrechen.

Weil Sie doch müde sind nach der langen Fahrt, wie lange, neun Stunden? Schongauer stemmt sich aus dem Stuhl, erleichtert, auch wenn diese erste Runde mit ihr noch nicht zu Ende ist. Sie hängt sich die Tasche um und schüttelt ihr Haar im Nacken – fast zehn wegen des Staus, gut, dass ich um fünf Uhr früh losgefahren bin, sagt sie, und er sagt Bis zur Hotelgarage komme ich mit Ihnen, die ist schwer zu finden. Aber ich kann Sie auch noch zum Hotel begleiten.

Ein Angebot, das er gar nicht machen wollte, da hat ihm die Sprache erneut ein Bein gestellt; wie von hinten gestoßen, tritt er ins Freie, während die Hündin gerannt kommt und die Person, die im Bad war, anbellt. Frida, die noch am Brunnen steht, dort etwas wäscht, hat sie von der Leine gelassen, als wär's ein Test für die, die über ihn schreiben will, und die Autorin Stein besteht den Test auf ihre Art: Sie hält seinem Tier eine Hand hin, aber sieht dabei über den See, mit einem Blick, der viel weiter zu reichen scheint, bis zu dem Ort, an dem sie im Morgengrauen mit dem Auto ihres Mannes aufgebrochen ist. Schongauer kennt diesen Blick, es wimmelt von Filmen, die so enden, und erst mit dem Licht im Saal nehmen die Dinge wieder ihren realen Lauf – das Licht in dem Fall Frida, die barfuß über ein welkes Stück

Rasen auf die Besucherin zukommt, und da endet deren Blick ins Weite oder in das eigene, irgendwie ferne Leben. Die Jüngere stellt sich vor, mit dem Namen ohne e darin, während die Ältere an den eigenen Namen nach einem Lidschlag noch ein deutliches Stein! hängt. Die Hündin aber wedelt nach Schnuppern an der hingehaltenen Hand schon einmal leicht, wie etwa ein Mensch Meinetwegen murmelt – einer schmucklosen Hand, für Schongauer so bestechend geformt wie die Füße der Stein, auch wenn das höchstens etwas über ihn sagt und nichts über die, der diese Füße und Hände gehören.

4

Schmucklos, also auch ohne Ehering, das beschäftigt
ihn, als Almut Stein in dem alten Lancia ihres Mannes
rückwärts die steile Zufahrt nimmt, kaum mit dem Fuß
auf der Kupplung, und oben vorwärts in den Weg zur
Straße einbiegt, er wieder in dem niedrigen, harten Bei-
fahrersitz ohne Kopfstütze. Der Weg gabelt sich zweimal, und er gibt kleine Fingerzeige, welche Richtung sie
einschlagen soll, und achtet dabei auf ihre Hände an
dem Holzlenkrad mit seinen Metallstreben, die sich bei
Unfällen wohl in die Brust bohren. Ihr Haar wippt durch
die holprige Fahrt, ein Wippen auf den bloßen Schultern, das er wahrnimmt, ohne hinzusehen; wenn er
nichts sagt, ist sie offenbar auch still und stellt keine Fragen, jedenfalls bis zu der Straße zwischen dem Scheitel
des Hangs und dem Ort am See. Beim Schalten in den
dritten Gang – auch der Knüppelknauf aus schimmern-
dem Holz – beugt sie sich ein Stück zu ihm. Eins wüsste
ich gern, bevor wir morgen weitermachen: Liegt Ihnen
selbst etwas an dem, was ich vorhabe?

Schongauer streckt die Arme in den Fahrtwind, er hat
lange in keinem offenen Wagen mehr gesessen, zuletzt
in einem Jeep im Senegal auf einer Tour am Strand entlang, erst mit Magda am Steuer, später ohne sie, selbst

am Steuer, um Hilfe zu holen. Er weiß nicht, was er antworten soll – seine Zusage war ein Fehler, er will und
braucht kein Porträt über sich, aber ihm liegt daran, das
Herz nicht verkümmern zu lassen, es in Schwung zu
halten, anders als nur durch die Wege den Hang hinauf.
Ich denke ja, sagt er, als sie schon auf den Ort zufahren,
in die tief stehende Sonne hinein. Mehr sagt er nicht,
stattdessen gibt er weiter Hinweise: dass noch vor der
Ampel, quer zu der Straße, die durch den Ort führe, lin-
ker Hand die Zufahrt in die Tiefgarage von ihrem Hotel
sei – und der Weg zum Hotel am Hafen geht durch den
Ort, fügt er hinzu. Ich könnte Sie begleiten, sagte ich
das schon? Schongauer spürt sein Herz, ein Pochen, wie
um ihn daran zu erinnern, dass es auch jederzeit aufhören könnte – er kennt das aus den toten Monaten im
Ort, wenn die Leute mit Steppjacken im Freien sitzen,
auch weil sie einer spärlichen Sonne mehr trauen als
jedem Ofen. In diesem Februar saß er selbst vor der Bar
neben der Tankstelle auf ein Glas gegen das Nichts, die
Stille in dem Fremdenverkehrsort, ein Glas unter Männern, die sich übernommen hatten, mit einem Mode-
geschäft, einem Hotelpool, einem Lokal, oder mit zu
jungen und zu schönen Frauen aus Kuba, aus Thailand,
aus Brasilien – Männern, die verlassen wurden, in den
Händen nur noch ein schwarzes Smartphone, auf dem
Schirm ihre Kinder, wie sie halbnackt zwischen Ziegen
und Hühnern spielen und winken, auch eine Art Frem-
denverkehr. Er hat sich diese kleinen Stummfilme aus
den Tropen zeigen lassen und sein Herz gespürt, wie es
drohte, aus dem Takt zu kommen, und den Preis für

etwas bezahlt hat, das gar nicht weit weg war vom Dasein dieser Verlassenen. Jetzt gleich links, sagt er. Vor der alten Kapelle ist die Garageneinfahrt, man muss dort einen Code eingeben, den nennt das Hotel, wenn wir anrufen, ich mach das.

Hat er gerade wir gesagt – dann war das leichtsinnig, und er summt vor sich hin, als käme alles Mögliche aus ihm heraus, auch ein Wir, während die Fahrerin bremst und abbiegt und neben einer Sprechanlage hält. Schongauer windet sich aus dem Cabrio, er tritt zu der Anlage und tut, was zu tun ist, damit ein Rollgitter vor der Zufahrt aufgeht, und Almut Stein fährt auf einen der freien Plätze. Sie holt einen metallischen Rollkoffer aus dem hinteren Teil des Viersitzers, schließt den noch offenen alten Wagen ab und zieht den Koffer hinter sich her aus der Garage, er an ihrer Seite mit Handbewegungen in Richtung des Sees, die andere Hand an der Brust. Noch immer ist da dieses Pochen, wie um Platz zu schaffen im Organ der Ärzte, einer Enge darin, während das Herz, das ihm gehört, eher zu weit ist, alles aufsaugt, und er wählt den luftigen Weg am Wasser entlang zu dem Hotel am Hafen statt durch die Längsgasse im Ort. Womit fangen wir morgen an?, fragt er, um vorbereitet zu sein, und die Antwort kommt ohne Zögern: Ich würde gern mit Ihrer Ehe anfangen.

Auch am Wasser steht die Luft, wie sie in den Gassen steht, und das Wetterleuchten über den Bergen auf der anderen Seeseite hat etwas Opernhaftes. Aber die Leute wollen Dinge über Hollywood lesen, meine Zeit dort, oder wo soll Ihr Beitrag erscheinen? Schongauer atmet die drückende Luft ein, Luft wie in Treibhäusern für empfindliche Pflanzen. Almut Stein bleibt stehen, sie sieht auf den See. Was ich schreibe, sagt sie, das wird an geeigneter Stelle erscheinen. Wie haben Sie Ihre Frau kennengelernt, war das Zufall, reines Glück?

Die Uferpromenade gehört an dem Abend einheimischen Paaren mit kleinem Hund statt Kind; ein Volk, das seine Kinder besungen hat und in den Himmel gehoben, begnügt sich jetzt mit winzigen Vierbeinern, oft von den Frauen getragen wie Babys, während ihre Männer die Glitzerleinen pendeln lassen. Schongauer überlegt, welchen Anblick er neben Almut Stein bietet – als würde ein Vater seine angereiste, schon nicht mehr junge Tochter zum Hotel begleiten. Wir haben uns auf einer Beverly-Hills-Poolparty kennengelernt, sagt er. Sie hatte einen der Jobs, die ihr Geld brachten, Aufnahmen von Schoß-hündchen. Sie stand plötzlich neben mir, wir benutzten denselben Aschenbecher. Magdalena Reinhart, sagte sie auf sehr deutsche Weise. Und Sie sind L. A. Schongauer – immer den Nazi geben, stinkt einem das nicht irgendwann? Sie betonte das Stinkt sogar, und da ist mir schon aufgefallen, wie sie eine Leica in den Händen hielt, als wäre sie lebendig, ein Tier, das es zu beschützen galt. Sure, erwiderte ich in der Sprache der Partygäste, und daraufhin sie: Dieser Job hier stinkt mir auch, Pussydoggies aufnehmen! So fing das an, genau so einfach. Und ja, es war Zufall, reines Glück. Und bei Ihnen, wie war das da?

Die Gegenfrage scheint Almut Stein nicht erwartet zu haben, sie lacht etwas abgebrochen und streicht im Gehen ihr Haar hinter die Ohren, mit der anderen Hand zieht sie den Koffer hinter sich her. Ich schrieb damals für ein Stadtmagazin, sagt sie. Einer in der Redaktion war ein Freund meines späteren Mannes. Er hatte einen Umzug, wir halfen alle mit, auch ein junger Arzt. Er konnte tapezieren und er konnte wiederbeleben, wer kann schon beides, und beim Einweihungsfest konnte er sogar tanzen, kann man da noch Nein sagen? Im erneuten Stehenbleiben fragt sie das, jetzt an dem tropfenförmigen Hafenbecken, darin vertäute Fischerkähne und Segelboote mit Masten, deren Spitzen gegeneinanderklicken von einer Bewegung im Wasser, die nicht zu sehen ist. Schongauer stellt sich vor sie, mit dem Rücken zum Hafen und dem Blick zu ihrem Hotel, dem ältesten im Ort, mit imposanter Gästeliste, darunter Churchill und die Callas und André Gide, der alte Franzose, bereit, in dem Hotel zu sterben, aber es hat nicht geklappt. Ich wollte Ihnen mit der Frage nicht zu nahe treten, sagt er. Und eigentlich nur etwas vorschlagen für morgen: Dass wir mit meinem Boot am späteren Nachmittag über den See fahren, zu einer Stelle, wo alles noch aussieht wie in grauer Vorzeit. Oder müssen Sie sich um den Wagen kümmern? Den Kratzer kann hier jemand ausbessern, den ich kenne, Ihre Entscheidung. Haben Sie ein Balkonzimmer?

Mein Mann, sagt Almut Stein, in der Stimme etwas um Ruhe Bemühtes und ihren Koffer jetzt vor sich wie einen Block, würde die Ausbesserung sofort sehen. Für nichts anderes hat er so ein Auge. Wann soll ich morgen bei Ihnen sein?

Nicht vor zehn. Und kommen Sie zu Fuß. Erst ein Stück an der Straße, die den Hang hinaufführt, und vor der ersten Kurve halb links in den Hohlweg, den gehen Sie bis zu dem kleinen Ortsteil Coi. Und hinter den paar alten Häusern weiter auf einem Weg mit Seeblick, etwa dreihundert Meter, dann kommt rechts ein Pfad, steil durch die Oliven aufwärts, und irgendwann hören Sie schon die Hündin bellen. Oder soll ich Ihnen entgegen-kommen? Schongauer schaut noch zu dem Hotel, ob da in jedem Balkonzimmer Licht brennt, sie folglich keinen Balkon hätte, was er bedauern würde, und die Stein, als die er sie im Moment wieder wahrnimmt, legt den Kopf in den Nacken – Sie sollen mir morgen nicht entgegen-kommen, sagt sie. Sie sollen mich jetzt nur zum Ab-schied anschauen.

Unter den Kolonnaden des Hotels macht sich ein Trio bereit, Keyboard, Schlagzeug, Klarinette, es ist der wö-chentliche Abend für Paare, die Tanzkurse besuchen, nicht zu den Gescheiterten im Ort zählen. Schongauer sieht zu den dreien, ältere Männer wie er, aber mit ge-färbtem Haar; er weiß nicht, was er sagen soll, eine Lü-cke, in die Almut Stein springt. Ob es Kollegen gegeben habe, auf die er neidisch gewesen sei, fragt sie überfall-artig. Kollegen, die es leicht hatten mit ihren Gesichtern, immer die Guten spielen durften.

Dass sie so etwas fragen würde, damit hat er gerech-net, nur nicht in der Weise. Nein, sagt er und schaut sie jetzt an wie verlangt – ein Gesicht, das auch auf einer Leinwand Bestand hätte, eher in Schwarzweiß als in Farbe, da kämen die Augen besser zu Geltung. Nicht auf

Typen, die wussten, wie sie aussehen, fügt er hinzu. Früher haben die Gutaussehenden vor der Kamera gespielt, als würden sie aussehen wie Leute von der Straße und hätten höchstens mal gehört, wie smart sie seien, und es dann wieder vergessen. Heute ist hier Tanzmusik. Falls Sie nichts weiter vorhaben.

Ich habe nur noch vor zu schlafen, entgegnet die Stein, das aber so, als stünden sie beide vor einer Haustür und hätten ein Fest hinter sich. Und morgen machen wir die Bootsfahrt, sagt sie, warum nicht? Für ein, zwei Herzschläge lächelt sie noch, dann dreht sie sich um und läuft zu dem Hoteleingang, den Rollkoffer jetzt in der Hand und in einem Kleid, das den Halt bei jedem Schritt wechselt, mal auf der einen, mal auf der anderen Hüfte sitzt. Irgendwie sieht er das, obwohl ihm der Schweiß in die Augen rinnt, dann grüßt ihn jemand mit Namen, als er schon langsam davongeht, und Schongauer legt zwei Finger an eine Hutkrempe, die es nicht gibt.

Wie fast immer meidet er die Längsgasse durch den Ort, mit Ladenbesitzern, die ihn ebenfalls grüßen oder gar ansprechen könnten. Er nimmt den Weg entlang der Durchgangsstraße, vorbei an der Bar neben der Tankstelle, vor der jeden Abend Leute hocken, ein Glas in der Hand, im Moment auch der Albaner mit drei Frauen, da will er nicht stören, Luan nicht an seine Zusage erinnern, wenn's ihm nicht überhaupt lieb wäre, das Wohnmobil würde noch länger defekt bleiben.

Hinter der Tankstelle geht es rechts gleich bergan, und um sich von seinen Beinen, die jetzt schon schwer werden, abzulenken, stellt er sich Almut Stein in ihrem Zimmer vor, wie sie da auf einem Bett für zwei sitzt, vor sich ein paar Dinge aus der Minibar. Allein essen zu gehen, dazu hatte sie keine Lust, aber irgendetwas muss sie zu sich nehmen, und in der Minibar war eine kleine Flasche Wein mit Schraubverschluss. Den hat sie aufgedreht und trinkt aus der Flasche, sonst nicht ihre Art, dazu isst sie Nüsse und Chips und eine Toblerone-Schokolade. Danach fegt sie die Krümel vom Bett und trinkt den restlichen Wein am Fenster, den Vorhang ein Stück beiseite gezogen; im Zimmer ist es angenehm kühl von der Klimaanlage, deshalb lässt sie das Fenster geschlossen, und sie will auch nicht im offenen Fenster gesehen werden mit einer Flasche am Mund. Der Blick aus dem Fenster geht auf den Platz vor dem Hafen, wo Leute stehen, Paare vor allem, und eins bewegt sich zu der Musik unter den Hotelkolonnaden. Sie schließt den Vorhang und macht den Koffer auf, darin Wäsche für zwei Tage, Jeans und vielleicht eine weiße Hose sowie ein Rock und dazu passend ein T-Shirt, aber wohl kein Badeanzug. Für die Nacht gibt es einen Pyjama, den legt sie auf das Bett, die Seite in Wandnähe. Und vom Bett sieht er sie ins Bad gehen, sich dort anschauen, ob sie die ist, die morgen die richtigen Fragen stellen wird. Ja und nein. Nein, weil sie womöglich schlecht schläft, und ja, weil sie weiß, dass sie nicht lockerlässt, bis er plaudert. Sie löscht das Licht im Bad und geht wieder zum Bett, sie greift nach ihrem Telefon und entscheidet, es für die Nacht auszuschalten.

Schongauer, immer wieder mit Gehpausen, sieht sie

barfuß in dem Häuflein ihres Kleides stehen, und was sie noch anhat, könnte von ruhigem Apricot sein, passend zu ihrer Haut. Sie ist keine, die sich in die Sonne legt, sie ist eine, die auf sich achtgibt, nur nicht immer, sonst hätte sie kaum so leicht einer Bootsfahrt zugestimmt. Irgendwer murmelt im Vorbeigehen ein Salve, und er erwidert den Gruß. Man kennt ihn im Ort, auch wenn niemand weiß, was er einmal gemacht hat, nur ältere Urlauberinnen stutzen manchmal, wenn sie ihn sehen. Er ist abgebogen und geht jetzt zwischen hohen Steinmauern noch aus Zeiten, als sich der Ort gegen Horden aus dem heutigen Ungarn wappnen musste – einen von Auswärtigen kaum begangenen, sich auf den Hang windenden Weg zu den Schachtelhäusern von Coi, dem so kleinen, wie einem Traum entsprungenen Ortsteil der dösenden Katzen und alten Frauen, die nur kurz den Kopf heben, wenn er vorbeikommt. Nach ein paar Biegungen führt der Weg steil hangaufwärts, und nun bleibt er in kurzen Abständen in der Dunkelheit stehen; es gibt kaum ein Licht dort, dafür sieht er vereinzelt Glühwürmchen an den Mauern, mit ihrem Blinken wie für nichts und wieder nichts. Er zieht sein Hemd aus, um sich das Gesicht damit zu trocknen – die Hitze hat etwas von der in den Nächten, die sich für ihn mit Magda verbinden, als wäre sie ein Teil von beidem gewesen, der drückenden Luft wie auch der Nacht. Keine Frau hat ihn je so in ihre Welt geschleppt und ihm dort alles abverlangt, Stunden neben ihr auszuharren, bis sich etwa ein seltener, flugunfähiger Vogel zeigte, und ihm, dem Begleiter, damit am Ende Flügel verliehen – Schongauer weiß um sein Massives und zugleich Dünnhäutiges, seit er auf dem Hang lebt und sein Leben mit einem Tier teilt, um das Seidene, an dem alles hängt, das Hören und Sehen, die Verdauung und seine Beweglichkeit. Noch kann er Dinge, die ihn selbst erstaunen, wenn er etwa zu der Boje schwimmt, an der sein Boot vertäut ist, auch bei Gluthitze die Persenning abnimmt und das Boot, flach auf dem Bug liegend, von der Boje losmacht, um dann über das vordere, schwankende Deck zu gehen und sich in den tieferen Bereich zu hangeln, dort ans Steuer zu treten und aus der Bucht zu fahren, halb um den Ort herum zum kleinen Hafen, damit dort morgen eine Frau zusteigen kann – letzter Gedanke, ehe ein freudig jaulendes Gebell alles Denken und Bangen in ihm zerstreut.

Als Schemen in der Dunkelheit stürzt sein Tier auf ihn zu, und er umarmt Aschas Kopf mit den weichen Ohren, er spürt ihre Zunge an seiner Hand und im nächsten Moment – sie macht Pirouetten der Wiedersehensfreude – den buschigen Schwanz, überempfindlich, wenn er ihr dort verfangene Grannen herauszieht. Dann folgt auch schon seine Gestrandete, als wäre das die neue Feierabendordnung: Er kehrt heim, und die beiden kommen ihm entgegen. Und auf dem Weg zum Haus macht Frida einen Vorschlag – sie könnte morgen, wenn keiner das Wohnmobil repariert, den ganzen Tag mit Ascha eine Wanderung machen, dann wäre er ungestört mit der Autorin.

Schongauer zieht sein Hemd wieder an. Das Licht unter dem Hausvordach brennt, und auf dem Tisch liegt ein Buch, offenbar hat Frida gelesen; neben dem Buch steht ein Glas mit einem Rest Wasser, also hat sie schon eine Weile gelesen, er sieht jetzt auch, was – es ist das Buch aus dem Bad, eigentlich zu fein gebunden für einen oft feuchten Ort. Ich hab es mir genommen, sagt Frida – die so anzureden er sich weiterhin scheut. Und was hast du gelesen, den Anfang?

Nein, mittendrin.

Wo mittendrin?

Ist das wichtig?

Mit einem Blick an ihm vorbei, in den Augen das Dunkel des Abends, entgegnet sie das und greift nach dem Buch. Sie blättert darin, wahllos für sein Gefühl, findet aber eine der gelesenen Seiten. Das mit den babylonischen Jungfrauen, die sich prostituieren, sagt sie und zeigt auf die von ihm sogar mit Bleistift angestrichene Stelle – halb hinter ihr stehend, kann er es sehen und dazu noch ihr feuchtes Haar riechen, von einer Dusche in seiner Abwesenheit. Antonius fürchtet sich, beginnt sie die Stelle vorzulesen. Er möchte umkehren, aber eine unbestimmte Neugier treibt ihn vorwärts. Unter den Zypressen aufgereiht hocken Frauen auf Hirschfellen; alle tragen einen geflochtenen Strick als Diadem – das hat mir gefallen, erklärt sie, dieses Widersprüchliche. Und auch noch unten auf der Seite, wie dann dem alten Heiligen im Eingang einer Grotte ein Steinbock gezeigt wird, der sich als weiblich erweist.

Wie kommst du darauf, dass Antonius alt ist?

Ganz am Anfang steht was von einem langen Bart und dass er tief seufzen würde. Sehen junge Leute so aus oder seufzen sie tief? Dafür lesen sie ein Buch mittendrin. Wann kommt Ihre Besucherin morgen?

Gegen zehn, sagt Schongauer und geht ins Haus, um der Hündin ihr Essen zu machen, lauwarmen Reis mit kleingeschnittenem Pansen. Nimm das Buch und lies vor dem Einschlafen noch, ruft er. Reicht das rote Licht zum Lesen?

Das wollte meine Mutter auch schon wissen. Was stinkt hier so? Frida, das Buch in der Hand, ist ihm ins Haus gefolgt, sie schaut zu, was er macht. Der Pansen, sagt er. Der stinkt. Aber schmeckt ihr. Und was hast du gegessen?

Nudeln mit Salbei und Butter, der Salbei wächst hier bei Ihnen. Und das Licht reicht zum Lesen.

Schongauer verteilt die Pansenstreifen im Reis – Hab ich das heute früh richtig verstanden, deine Mutter ist beim Fernsehen? Er stellt der Hündin das Futter hin, danach wäscht er sich die Hände und füllt zwei Gläser mit Wein; er reicht Frida eins, und sie folgt ihm vors Haus. Ja, sagt sie, meine Mutter hat ihre eigene Sendung. Der Reine Tisch mit Lilly Roth, eigentlich Elisabeth, aber das klingt zu alt. Es geht um Leute, die sich verkracht haben und bei ihr am Tisch aussprechen, sich am Ende sogar die Hand geben, und nach der Sendung liegen sie sich in den Haaren wie zuvor. Jetzt ist noch Sommerpause, und sie hängt durch. Das heißt, sie hängt an mir, ruft dauernd an, fragt, was ich mache. Sie will, dass ich Psychologie studiere, in Zürich. Mein Vater ist für Jura in Oxford. Ich bin fürs Reisen.

Ein Fledermauspärchen taucht auf, wie immer um

diese Abendstunde, es macht seine Zickzackflüge über dem Tümpel. Frida kostet den Wein, das Buch von Flaubert jetzt in einer Gesäßtasche, und er überlegt, ob er dazu etwas bemerken soll: dass es sich um kein Taschenbuch handelt, sondern um eine fein gebundene Ausgabe, das letzte Geschenk seiner Frau an ihn. Was sagt dein Vater zu dem Reisen?

Mein Vater, antwortet Frida, sagt nie etwas direkt, er ist immer Jurist. Warum haben Sie keine Kinder? Oder erzählen nichts von Ihnen.

Schongauer geht wieder ins Haus, er kommt mit Aschas gefülltem Trinknapf zurück. Hab ich schon gesagt, dass du zu viel fragst? Er stellt den Napf auf den Boden neben der Haustür und spürt seinen Rücken, wenn es nicht etwas anderes ist: ein Stechen auf Fridas Ausforschung hin; sie kniet jetzt bei der trinkenden Hündin und schaut ihr zu.

Hattest du früher kein Tier?

Nur kleine aus Gummi oder Plastik, Kühe, Schweine, Pferde, Schafe, am Ende war mein ganzes Zimmer ein Bauernhof.

Besser als nichts, sagt Schongauer.

Mein Vater sprach sogar von Gewerbe. Und dass man von meinem Taschengeld eine Gewerbesteuer abziehen könne, er hat mir das genau erklärt. Und als ich aufs Gymnasium kam, wurden alle Tiere an Flüchtlingskinder verschenkt, und ich bekam ein Apple-Notebook. Das wird diese Kinder froh machen, hat mein Vater gesagt, die sind ja mit Viehzeug aufgewachsen, und ein Apple ist das Beste, was du im Gegenzug kriegen kannst – quid pro quo, merk dir den Ausdruck. Meine Mutter war derselben Ansicht, nur mit ihren Plapperworten. Sie hat vorhin angerufen, sie hat meinen Blog von heute gelesen. Sie weiß jetzt, bei wem das Wohnmobil steht.

Das heißt, mein Name taucht dort auf? Schongauer geht erneut ins Haus, er holt die Flasche Custoza und schenkt sich nach und trinkt etwas, während Frida noch neben der Hündin kniet. Den Namen hab ich nur am Telefon genannt, sagt sie. Aber meine Mutter hat sich gleich ins Netz gestürzt und mit ihrer zu vielen Zeit in der Sommerpause ein altes Plakat gefunden, eins zu dem Film Der Soldat James Ryan. Auf dem würde Ihr Name stehen. Nicht groß, aber immerhin.

Und das auch noch versehentlich, sagt Schongauer. Dieses Plakat ist eins der nur angedruckten, später verworfenen. Im Vordergrund natürlich Tom Hanks auf der Suche nach dem Soldaten, der überleben soll, weil seine drei Brüder gefallen sind. Und ich ganz im Hintergrund mit Stahlhelm als Symbol des Bösen und der Name lächerlich klein. Eine meiner letzten Rollen. Für Deutsche, älter als Hitler es wurde, war zu der Zeit in Hollywood vor der Kamera nichts mehr zu holen. Und deine Mutter, was sagt sie?

Dass ich bei einem sei, der nur übelste Typen gespielt habe. Darum wird sie sich in ein Flugzeug nach Verona setzen und hier ins Hotel gehen. Sie will das mit der Panne für mich regeln, aber will auch den Mann kennenlernen, der diese Typen gespielt hat. Und sie hat schon Karten für sich und mich in der Arena besorgt, damit wir uns Aida anschauen.

Schongauer spürt den Wein, wie der ihn schwer macht und zugleich leichtsinnig; er leert den Rest aus dem Glas in einen Jasminstrauch. Rede ihr das aus, erklärt er. Schreib ihr, ich sei jetzt bloß noch alt, ein harmloser Alter.

Warum schütten Sie den Wein weg?

Damit ich ihn nicht trinke.

Und wie war Ihre Rolle in dem Film mit dem falschen Plakat im Netz, mussten Sie jemanden erschießen?

Etliche, sagt Schongauer. Bis ich selbst erschossen wurde, mit einem Army-Revolver. Sonst noch was?

Frida kommt auf die Beine, sie schließt die Augen und sagt Ja – die Patronen für Ihre Waffe sind vorn abgeflacht, bei einer Länge von dreiundvierzig Millimetern und einer Energie, die sie auf fünfhundert Meter pro Sekunde beschleunigen. Darf ich mal schießen damit? Damit ich auch das weiß.

Nein.

Nein wieso?

Schongauer nimmt die Hündin am Halsband. Man muss das nicht wissen, sagt er. Und Bücher gehören nicht in Gesäßtaschen. Lies noch was, das ist besser als schießen. Aber pass mit dem Wein auf. Keine Flecken, Frida. Und schlaf gut.

## 5

Seit Magdas Ende in der Atlantikbrandung unweit von Dakar an einem Märztag mit stechender Sonne, seit er nichts anderes tun konnte, als zuzusehen, wie sie den weißen Brechern entgegenlief und darin verschwand, oder er alles versäumt hat, um sie vielleicht doch zu retten oder gar nicht erst in dieses Getose gehen zu lassen, kennt er kaum noch guten Schlaf, so tief, dass selbst die Träume darin versinken. Und wenn es in Hochsommernächten kaum abkühlt, ist der Schlaf noch poröser als die Haut seiner Hände, jede kleine Erschütterung, jedes fremde Geräusch kann ihn durchdringen.

In der zweiten Nacht mit dem defekten Wohnmobil auf seinem Grundstück sind es leise, aber dringliche Worte von draußen, ein messerscharfes Reden vor dem Haus, mal näher, mal ferner, also Worte im Gehen, ohne dass jemand etwas erwidert, erst das lässt ihn aufhorchen – wer telefoniert schon nachts ohne triftigen Grund. Was da sein gutes Ohr erreicht, ist eher der Ton als einzelne Wörter, genug aber, um zu erfassen, dass Frida auf ihre Mutter einredet oder etwas auf deren Mailbox spricht, sie fast beschwört, hier nicht aufzutauchen. Und auf Aida scheiße ich, hört er sie zuletzt sagen. Danach Stille, auch keine Schritte mehr, als würde sie auf Zehenspitzen wieder in ihr Wohnmobil gehen und dort, wie er bei offenen Türen und Durchzug, zu schlafen versuchen.

Schongauer rollt sich zur Wand, weg von dem schwachen Licht, das durch das Fenster in den Raum fällt – an nichts mehr denken, sich an nichts erinnern, so zu schlafen wie sein Tier, mit dem er wieder einmal tauschen möchte, das ist alles, was er will, und weil er es mit jeder Faser will, ist es zu viel. Er denkt an den morgigen Tag, die Bootsfahrt mit der Autorin Stein, wie die verlaufen müsste, damit sie für ein paar Stunden ihre Fragen zurückstellt, ihr Überfallartiges, wie aus einer Bedrängnis heraus, als suchte sie bei ihm auch Antworten für sich selbst. Aber er macht sich auch Gedanken, was auf dem See sein könnte, wenn sie etwa das Boot treiben lassen und beide auf dem Bug sitzen, einander zugewandt, sie keine Fragen stellt und er auf ihren Mund schaut, jetzt nur noch ein Lippenpaar, ohne die schützende Schicht von etwas Rot oder einer Creme, ganz entblößt, und wenn sie dazu noch den Kopf zurücklegt, das Gesicht in der Abendsonne, und ihr das Haar über den Nacken fällt, so, dass er es womöglich anheben möchte, um die Fülle in seiner Hand zu spüren, dann könnte das auch alles zu viel werden. Drei dünne Glockenschläge kommen von der Kirche unten im Ort und gut einen Atemzug später drei noch dünnere von der Kirche oben auf dem Hang – etwa die Zeitspanne, in der ein Geschoss, abgefeuert aus seiner Waffe, bis zur Bucht mit den Bojen unterwegs wäre: ein letzter, irgendwie ballistisch-mathematischer Gedanke, der Schongauer in den Schlaf trägt.

Es kühlt kaum ab in dieser Nacht, erst gegen Morgen, als er nichts davon merkt, weil er träumt; und was sich da abspielt in ihm, kreist um ein Wort, das er am Vortag gehört hat, von Almut, wie sie in seinem Schlaf schon heißt, Almut, die mit ruhiger Stimme über ihren Mann spricht, die Sportarten, die er betreibt, Tai Chi, Halbmarathon und Calisthenics – um Letzteres dreht sich der Traum wie um eine leere, rätselhafte Mitte, bis die Hündin auf sein Bett springt, ihn weckt, als durch das rückwärtige Fenster, dessen Läden mit ihren Ritzen, schon Lichtstrahlen hereinfallen, ein sicheres Zeichen für die Uhrzeit: Im August steigt die Sonne nicht mehr vor acht über den Hang.

Ein paar Stunden hat er geschlafen, das sollte genügen; aber erst als er rasiert und angezogen – weite Leinenhose mit einer Schnur statt Gürtel, graues T-Shirt mit verblasstem Aufdruck, Johnny Guitar – vors Haus tritt und die befristete Mitbewohnerin vor dem Brunnen stehen sieht, kann er sich vorstellen, den Abend zu erreichen. Frida putzt sich die Zähne, nur nicht über den Brunnen gebeugt, sondern in aufrechter Haltung, mit noch etwas anderem, Wichtigerem beschäftigt, seinem Tier, dem sie einen Fuß zum Schnuppern hinhält. Er winkt ihr, und sie kommt zähneputzend über das Rasenstück zwischen Brunnen und Haus, kaum ein halbes Tennisfeld groß; sie tritt barfuß auf ihn zu, wieder in kurzer Hose, aber ohne Gesäßtaschen, dafür mit Seitenstreifen, weiß auf Blau – Turnhosen, hieß das in seiner Schulzeit; was sie als Oberteil trägt, sieht dagegen nicht nach Sport aus, ein Hemd in afrikanischen Farben, die Enden über dem Bauch geknotet. Sie begrüßt ihn wie tags zuvor, namentlich, ohne dass Zahnputzschaum aus dem Mund tritt, fast ein Kunststück, dann schaut sie schon auf sein Shirt und fragt, was der Aufdruck bedeute und wieso er gerade das heute angezogen habe – wegen Ihres Besuchs?

Nein, sagt er. Es lag nur bei den Hemden ganz oben. Und Johnny Guitar ist ein Film von Nicholas Ray, ein Western, wie es zuvor noch keinen gab, und Nicholas Ray ist das Kino, das es nicht mehr gibt. Das ich versäumt habe, für das ich zu jung war. Und Joan Crawford, eine der schlimmsten Hollywood-Mütter, spielt die weibliche Hauptrolle.

Sagen Sie das wegen meiner Mutter?

Das kann man nicht ausschließen. Weißt du was über neuere Sportarten, Calisthenics zum Beispiel?

Das ist Bodyweight-Training, sagt Frida. Man nimmt nur den eigenen Körper als Übungsgewicht.

Also Kniebeugen, Liegestütze, Klimmzüge, so was?

Ja. Warum fragen Sie?

Weil ich davon geträumt habe, darum.

Schongauer geht ins Haus, er macht Kaffee – statt zu fragen, hätte er auch nachschauen können, was Calisthenics ist, aber er wollte sich nicht an Google wenden, sondern an Frida. Er deckt den Tisch und stellt hin, was sie besorgt hat, gekochten Schinken, Brot und Käse und eine Aprikosenmarmelade. Und als sie beide mit Seeblick frühstücken, ist da eine Art Seidenschlinge, die sich um ihn legt, die einer Idylle, und er beschränkt sich auf Halbworte, wenn er seinem Tier unter dem Tisch mal etwas Käse, mal etwas Schinkenfett zusteckt, bis die bei ihm Festgefahrene – immer noch kaum zu glauben: dass er zu zweit frühstückt – ein Gespräch in Gang setzt. Dieser Film, Johnny Guitar, worum geht es da?, fragt sie, und er überlegt, was er antworten soll, ohne als Filmkundiger oder gar Cineast zu erscheinen, wo er doch nur gern in alte Filme ging, um seine Kurzauftritte in neueren Filmen zu vergessen, sich trösten zu lassen, aber manchmal auch etwas abzuschauen von den Helden und Ganoven in Schwarzweiß.

Da geht es um die schöne Saloon-Betreiberin Vienna, gespielt von der Crawford, sagt Schongauer. Sie will ihr eigenes kleines Reich mit dem Saloon, aber ein paar Banditen machen die Gegend unsicher, und eine eifersüchtige Frau, Emma, versucht, ihre Rivalin schon aus früherer Zeit, die jetzt den Saloon führt, mit den Banditen in Verbindung zu bringen, weil einer von ihnen mal was mit Vienna hatte. Die Sache sieht schlecht für sie aus, doch da taucht ihr alter Freund Johnny Guitar auf, alles andere als unbescholten, und steht ihr gegen den Sheriff und die Banditen und die hasserfüllte Emma bei. Am Ende schießt die Böse die Gute an, aber Vienna hat noch die Kraft, die andere mit einem Schuss aus der Hüfte zu töten. Es ist der einzige Western noir, wenn dir das was sagt, und Joan Crawford wollte ihre Rolle immer größer und größer haben, bis die beiden männlichen Hauptdarsteller keine mehr waren. Wann wolltest du mit Ascha von hier losgehen?

Vielleicht bevor die Stein auftaucht.

Almut Stein, sagt Schongauer. So heißt sie. Und weißt du schon, wohin du willst? Er steht auf und räumt den Tisch ab; Frida will helfen, aber er will keine Hilfe von ihr. Irgendwo nach oben, erklärt sie, in die Berge. Was ist ein Western noir?

Ein schwarzer Western, trotz Farbe, ohne Happy End. Es gibt auf dieser Seeseite nur einen echten Berg, den Monte Baldo.

Dann gehen wir auf den, sagt Frida, seit seiner Zusammenfassung ihr sicher neuestes Smartphone in der Hand, die Daumen im fliegenden Einsatz, eine Kleinakrobatik, und plötzlich ist da ein Lächeln wie ein Finger, der auf ihn zeigt. Als dieser Film herauskam, waren Sie noch nicht mal in der Schule.

Schongauer spült die zwei Teller und Tassen und das Besteck – Gute Filme bleiben Jahrzehnte lang gut, ich hatte also genug Zeit, ihn zu sehen. Und nimm was zu essen mit, auch für Ascha. Und schau nicht immer alles gleich nach auf deinem Ding.

Die ersten Zikaden setzen mit ihrem Gesirr ein, in einer der Oliven hinter dem Schuppen, Vorzeichen für einen glühenden Tag. Er will Frida das sagen, nur weiß sie es offenbar selbst: Sie hält ihr Gerät in Richtung des Gesirrs und nimmt es auf, wohl für den Reiseblog als Atmo. Anschließend macht sie Bilder vom See; über dem Wasser liegt schon ein Dunst wie am Mittag, das andere Ufer ist kaum zu sehen – was man sieht, ist nur die frühe, ungute Hitze, die sich immer mehr zusammenstaut. Frida kommt mit einem kleinen Rucksack zur Küchenecke, in den packt sie Proviant für sich und die

Hündin und hört dabei Musik aus Ohrstöpseln, jedenfalls wiegt sie den Kopf, und er würde nur zu gern in diesen Kopf schauen können, um die Gedanken darin zu lesen und zu erfahren, wie sie ihn sieht, ob nur als alten Mann mit onkelhafter Art, Dinge zu erzählen, oder noch als einen, dem sie lauscht. Fragen will er sie nicht danach, besser auch, er konzentriert sich auf das Bevorstehende, die Fragen der Autorin Stein an ihn; von der Kirche im Ort kam schon das Zehnuhrläuten.

Das Gespräch sollte nicht im Haus stattfinden, sondern halb im Freien, an dem Tisch unter dem Vordach aus Schilf, im dort gestreiften Schatten, der langsam wandert, bis er zu einem Bild der Mittagsagonie wird. Schongauer stellt Gläser und Wasser auf den Tisch, er setzt noch einmal Kaffee auf und macht sich Gedanken, welchen Stuhl er anbieten soll, einen mit Seeblick, er im rechten Winkel zu der Besucherin, oder einen Platz ihr gegenüber, vielleicht mit mehr Einfluss auf sie, er dann mit dem Rücken zum See, als hätte er davon schon genug gesehen, und die geplante Bootsfahrt wäre eine reine Gefälligkeit – ist sie aber nicht, das spürt er. Er spürt es, als er zu einem Gatter am unteren Ende des Grundstücks geht, wo vor der alten Steinmauer Oleanderbüsche wachsen, rote und weiße, und sein Tümpel, wenn er überläuft, einen Abfluss hat. Auch dort ist die Mauer brüchig und dient manchmal einer Würfelnatter, um sich zu wärmen, aufgerichtet in die Spalten geschmiegt; die Hauptbewohner der Mauer aber sind Eidechsen, die verharren, wenn er sich nähert, und ihn, den Betrachter ihrer kleinen Drachengestalten, so reglos anschauen, dass er sich als plumper Nachfahre vorkommt angesichts archaischer Augen und eines Schuppenkleids, ja überhaupt ihrer Existenz seit Millionen Jahren – etwas, das Magda ihn in langen Nächten des Wartens auf ein seltenes Tier gelehrt hat.

Eine Weile steht er vor der Mauer, bereit, die Natter von den Eidechsen fernzuhalten, bereit auch, sich selbst fernzuhalten von allem, was ihm zu nahe käme, bis sich auf dem Pfad, der am Gatter vorbeiführt, Almut oder doch noch die Stein in sommerlicher Kleidung nähert, weiße Kappe, weiße Bluse, lockere Jeans, knapp nur an den Hüften, und über der Schulter die Stofftasche mit dem Appell, dass man aus Amerika wieder ein Leseland machen soll. Noch hat sie ihn nicht gesehen, weil sie nur auf den Pfad achtet, ausgeschwemmt vom gestrigen Regen, und Schongauer geht rasch zum Haus zurück und zieht sich ein Hemd an, eins noch aus den Zeiten, als er Einladungen zu Poolpartys gefolgt war. Er schlägt die Ärmel um trotz frischer Blutergüsse von Aschas Krallen, vielleicht auch wegen dieser Male, wer weiß das schon; und als er wieder vors Haus tritt, ist Almut bereits auf dem Grundstück, umbellt von der Hündin. Noch ist sie eine Randfigur des kleinen Rudels, anders als die, die bei ihm parkt und übernachtet und imstande ist, ein Tier zu beruhigen, so, wie sie jetzt auf die Hündin einredet, bis sie etwas zu der Besucherin sagt, das ihn berührt, wenn nicht bestürzt: Er wartet schon auf Sie.

Schongauer stellt sich hinter einen der alten Korbstühle an dem Tisch unter dem Vordach, wie um den Worten, dass er schon auf sie warte, gerecht zu werden – ihre Nacht im Hotel, ob die gut gewesen sei, fragt er, als Almut auf ihn zugeht. Den Kopf leicht zurückgelegt, bleibt sie ein paar Schritte vor ihm stehen und schaut zu einer Glyzine, die sich nicht erst in den letzten Jahren, seit er hier lebt, halb über das Hausdach ausgebreitet hat und immer noch wächst; offenbar denkt sie über ihre Antwort nach, und er stellt sich vor, wie sie in Fridas Alter ausgesehen haben könnte – hochbeinig, langwimprig, mit Reizen, die sich so verflüchtigen wie Düfte. Sie gehört zu den Frauen, die erst mit vierzig einen eigenen Reiz bekommen, davon hat er viele getroffen in seinen Filmjahren.

Meine Nacht war kurz, sagt sie, und eigentlich – das ist sein Eindruck – will sie noch mehr dazu sagen oder ihm etwas mitteilen, das über den Wortlaut hinausgeht, wie bei dem Satz Er wartet schon auf Sie. Er bietet ihr den vorgesehenen Stuhl an, und sie setzt sich und holt ihre Notizen und nun auch ein kleines Aufnahmegerät statt des Telefons oder iPhones aus der Tasche; sie richtet sich ein an dem Tisch, während die weiterhin vorläufige Mitbewohnerin, gefolgt von Ascha, unter das Vordach tritt, nun in stiefelartigen Schuhen. Beide Frauen begrüßen einander erst jetzt, die fast gleichlautenden Worte überlappen sich wie nach einem falschen Einsatz zweier Instrumente, und die Autorin kommt als Erste aus diesem Knäuel – Ihren Blog, wo finde ich den?, fragt sie, und Frida erklärt es ihr. Danach wünscht sie gute Arbeit, aber wendet sich dabei schon an ihn. Sie bittet um einen Anruf, falls sich mit dem Wohnmobil etwas ergebe, sie fragt auch gleich nach seiner Nummer, um ihm die eigene zu schicken. Und kaum ist das unter Blicken von Almut Stein getan, nimmt sie den Rucksack und will gehen, aber Schongauer hält sie am Arm – das erste Mal, dass er sie überhaupt anfasst, an ein Händegeben kann er sich nicht erinnern; er rät Frida, auf das Wetter zu achten, auf die Wolken im Westen, ob sie aufquellen. Wenn alles ruhig bleibt, sind Frau Stein und ich später auf dem See, sagt er noch, um die Gestiefelte und sein Tier dann durch gespieltes Winken auf den Weg zu schicken, als Frida und Ascha – Namen, die zusammenzudenken sich fast anfühlt wie das Eindringen des Stents in sein Herz vor gut einem Jahr.

Eine der streunenden Katzen, die es merken, wenn das Grundstück nicht bewacht wird, kommt über das schadhafte Mauerstück und legt sich zwischen die losen Steine, wie um zu zeigen, dass auch sie auf der Welt ist. Die Zikaden sind verstummt, und Almut Stein hat ihr Gerät eingeschaltet; mit zwei Fingern schiebt sie es Schongauer – er sitzt ihr gegenüber – etwas mehr zu. Wir machen nicht weiter, wo wir gestern aufgehört haben, sagt sie. Ich war voreilig, das lag an der langen Fahrt, da denkt man, man müsste aufholen. Fangen wir jetzt mal von vorn an: Was hat Sie zum Film gebracht?

Der Film, sagt Schongauer. Aber nicht die Sorte, bei denen ich dann dabei war, mal für fünf Minuten, mal für eine. Nein, ältere Filme. Kennen Sie Lohn der Angst?

Ja.

Ich hätte gern den Deutschen gespielt, Bimba. Nur war ich noch ein Kind, als der Film gedreht wurde.

Und wollten Sie da schon Schauspieler werden?

Schongauer zeigt seine leeren Hände, er versucht, ruhig zu atmen. Das wollte ich nie, sagt er. Das wurde ich in dem Heim, in das ich kam, als meine verlassene Mutter nur noch heulte. Dort musste ich den Großen was vorspielen, damit sie mich nicht unterkriegten. Ich war Elvis für sie und einer, der Kasernenhöfe zum Klirren bringt, das hatte ich von meinem Vater, dem GI-Sergeant. Und irgendwie kam ich mit beidem ans Theater. Der Rest war mein Gesicht.

Dass Sie gut aussahen?

Gut nicht, nur gut zu merken.

Und das heißt was? Almut sieht ihn an, und er schaut auf seine Füße mit den jetzt kurzen Nägeln und streckt eine Hand unter den Tisch, als wäre da Aschas Kopf. Das heißt, dass man sich alles Mögliche zu mir denken konnte.

Und damit kam man zum Film?

Nein, normalerweise bloß auf ein Plakat für Zigaretten. Aber ich bin in die USA geflogen, um meinen Vater zu treffen, ihm die Meinung zu sagen. Er war damals in San Diego stationiert, und auf dem Militärgelände wurde gerade etwas gedreht, bei dem Wehrmachtssoldaten als Ausbrecher aus einem Gefangenenlager vorkamen, und ich stand am Zaun und korrigierte laut das Deutsch der amerikanischen Statisten, bis mich der Regieassistent entdeckte, und plötzlich hatte ich einen Job. Meine erste Gage war zwanzig Dollar am Tag, aber als Sprachcoach. Bis mich einer mal richtig ansah, und ab da war ich vor der Kamera, gleich als jemand, der gut sterben konnte.

Das hatte ich schon in dem Heim gelernt, das gefiel den Großen, Todesröcheln. Reicht Ihnen das?

Im Moment ja, sagt die Stein. Dann etwas anderes, weil Sie eben San Diego erwähnten – haben Sie und Magdalena Reinhart dort nicht geheiratet?

Das haben Sie herausgefunden? Schongauer rückt ein Stück vom Tisch ab, er überlegt, ob er aufstehen soll, um ins Bad zu gehen, das Ganze zu unterbrechen. Ja, wir haben dort geheiratet. Weil in San Diego der Anfang meiner Filmzeit war, und dort haben wir sie beendet.

Und wurde es eine gute Ehe?

Diese Ehe existiert nicht mehr, warum sollten wir über sie reden. Möchten Sie Kaffee? Der ist schon gemacht. Ich muss ihn nur holen. Und wo haben Sie geheiratet?

Nicht in San Diego. Bad Nauheim.

Und weiß Ihr Mann jetzt, dass Sie sein Auto haben?

Wir haben telefoniert. Könnten Sie einfach bei meinen Fragen bleiben, ich wäre dankbar.

Schongauer steht auf. Ich sollte noch die Pflanzen gießen, bevor es dafür zu heiß wird, sagt er. Sie verbrennen mir sonst durch die Sonne auf den Tropfen. Begleiten Sie mich, dann können wir weiterreden, ja?

Fast eine Bitte in Form eines Vorschlags, und die Besucherin steht jetzt ebenfalls auf. Sie nimmt ihr kleines Gerät und folgt dem Hausherrn zu dem Brunnen, wo er eine Gießkanne füllt, um als Erstes die Petunien an den vorderen Hausecken zu gießen, danach zwei Zitronenbäume in großen Töpfen und eine Bougainvillea, diesen Sommer seitlich am Haus gepflanzt, obwohl ihm die

Vorläuferin eingegangen ist. Er holt neues Wasser und gießt den Hibiskus und einen Strauch hellgelber Rosen sowie seine Fiormosca-Orchideen, die auch Hummel-Ragwurz heißen, angeblich aphrodisierend, aber er nennt nur den Namen, und Almut Stein spricht ihn noch einmal in ihr Mikro, damit er ihr nicht verlorengeht.

Eine Stunde oder länger – die Zeit verfliegt für ihn – sind sie in dem Teil des Grundstücks, den er als Garten betrachtet. Schongauer gießt dort die Oleanderbüsche, die es schon vor ihm gegeben hat, das jetzt mit einem Schlauch, und er wässert auch gleich, allem Welken zum Trotz, das Stück Rasen vor dem Haus samt einer Magnolie, von ihm gesetzt. Und wie nebenbei erwähnt er einen der weiblichen Stars, die ihm begegnet sind, Julia Roberts, in einem kleinen Lokal, der Hollywood Canteen, auf dem Weg zur Toilette, als sie noch ganz jung war, rappeldürr mit zu großem Mund, wie sie da in Holzschuhen an ihm vorbeischlurfte; und er erwähnt auch seine erste Agentin, die, die ihn mit Schwung ins Nazi-Fach gebracht habe, eine Frau mit aus Wien geflohenen jüdischen Eltern. Und darüber kommt er auf Magdas Eltern, die so kurz nacheinander gestorben sind, nach einem Besuch in Bergamo, wo die Pandemie früh und mit grausamer Heftigkeit ausgebrochen war; aber auch Almut, die nicht von seiner Seite weicht mit ihrem Gerät in der Hand, kann von einem tragischen Fall berichten, das Ganze bei den Schalen mit Minze und Salbei, mit Thymian und Basilikum. Was ihm noch fehle, sei Koriander, nur der gehe hier in der Hitze nicht an, sagt er, und sie sagt, als beide an den Tisch zurückkehren, ihr fehle noch alles, um über L. A. Schongauer ein Porträt zu schreiben.

Er hat gut eine Handvoll Minzblätter gepflückt, für einen Tee, den man auch später als Eistee trinken könnte – besser, als schon mittags einen Wein zu öffnen, dafür bleibt noch Gelegenheit auf dem Boot. Bitte, sagt er, worüber möchten Sie reden, wie das Leben in Hollywood war, über Drogen, Partys, Sex? Und fast hätte er sie beim Namen genannt, bitte, Almut, worüber möchten Sie reden, aber da hatte er schon das Satzende im Kopf, und sie verneint mit einer leichten Handbewegung und einem Lächeln, ohne dass sich ihr Mund verändert, wenn, dann höchstens einen Hauch, den man mehr spürt als sieht und der sich, wer weiß, festsetzt in einem. Wofür sind diese Blätter?, fragt sie, und er sagt Für Tee. Den könnte ich in den Kühlschrank stellen, für unsere Bootsfahrt. Was müssen Sie denn wissen, damit Sie etwas schreiben können?

Wer Sie sind, sagt Almut Stein. Oder wer Sie waren, vor Ihrer Ehe. Waren Sie irgendwie politisch?

Schongauer rückt seinen Stuhl aus einem Sonnenstrahl, der durch eine Lücke im Schilfdach fällt, ein Zeichen für den schon späteren Vormittag – etwas scheint das Schleichende der Zeit aufgehoben zu haben, ihr Feindliches, das er oft empfindet, besonders wenn Ascha tagsüber schläft, wie tot auf der Seite liegt. Politisch, sagt er, das war ich nicht irgendwie. Ich stand gegen den Krieg in Vietnam vor dem Capitol, mit Anfang zwanzig inmitten von Veteranen im Rollstuhl. Später, in den Reagan-Jahren, lief ich zwischen lauter Frauen für das Recht auf Abtreibung durch Sacramento. Und an Magdas Seite war ich mit Plakaten um den Hals gegen Palmölwahnsinn und Artensterben.

Und heute?

Heute seh ich nur noch Leute mit persönlichen Problemen, zugeschmiert von Politik.

Die Zikaden heben wieder an, nun schon aus zwei oder drei der alten Oliven, ungewöhnlich noch vor dem Mittag, wie ein verabredeter Aufruhr – Schongauer hebt die Hände und lässt sie in den Schoß fallen, ein Sieh, wie machtlos ich hier bin gegenüber einem Gesäge, das kommt und geht!, und Almut oder die Stein schaut erst zu den Bäumen, dann zu ihm, dabei den Kopf leicht schräg, eine Hand an der Wange und in den Augen ein für ihn künstliches Bedauern, so funkelnd, als wäre er der Anstifter des Störkonzerts. Wenn Politikmachen für Sie nur ein Zuschmieren persönlicher Probleme ist, sagt sie etwas übertrieben deutlich, darf ich jetzt auch auf etwas sehr Persönliches kommen. Über Magda, Ihre Frau, kann man lesen, dass Tiere für sie eine Art Ersatz für Kinder gewesen seien. Wollten Sie beide nie ein Kind?

Magda heißt meine Frau nur für mich, sagt Schongauer; er sieht zu dem Zypressenpaar, in dem Sommer reichlich begossen, trotzdem liegt darum ein Teppich aus braunen Nadeln. Und ihren Körper hat sie links liegen lassen, auch noch als sie sogar einmal schwanger war, obwohl es geheißen hatte, das sei wegen ihrer Myome nicht möglich. Sie wurde aber schwanger und glaubte in der Zeit noch an ein zweites Wunder: dass sie dieses Leben in ihr, eines Mädchens drei Monate vor seiner Geburt, nicht verlieren würde auf einem tagelangen Marsch zu den Lemuren von Madagaskar. Nur hat sie es verloren, in einem elenden Krankenhaus an einer elenden Küste, ganz allein, ich war damals noch als Synchronsprecher beschäftigt. Und jetzt kommen wir wieder auf meine Filmjahre.

Schon mittagsstill ist es nach dieser Rede, Schongauer hört den Atem durch seine Nase strömen. Er steht auf und holt nun doch, statt mit den Minzblättern Tee zu machen, eine Flasche von dem Custoza aus dem Kühlschrank; die stellt er samt Gläsern mitten auf den Tisch, den Korkenzieher behält er in der Hand. Almut – er denkt daran, sie so zu nennen – sieht in ihre Notizen, und auch das hat etwas Künstliches, als wollte sie nur das Schweigen ausdehnen oder die Stille noch stiller machen, um sie selbst zu beenden – ob er sich vorstellen könne, noch einmal in einem Film mitzuspielen, wenn er die Hauptrolle bekäme. Als der Gute.

Schongauer nimmt die Flasche und setzt den Korkenzieher an, er dreht ihn langsam ein und zieht ebenfalls langsam den Korken in der Farbe blassen Honigs. Nein, sagt er. Die Guten haben immer die anderen gespielt. Nächste Frage.

Vom Ort dringen Glocken herauf, erst Schläge wie abgebrochen, dazwischen Pausen und am Ende helles Geläut – die Totenglocken, während der Hitzezeit oft dreimal in der Woche. Seine Besucherin, wie er sie jetzt wieder sieht, notiert sich etwas mit ihrer nach rechts geneigten, irgendwie gegen sie gerichteten, fast männlichen Schrift. Ich bin noch bei der anderen Frage, sagt sie. Haben Sie nie davon geträumt, die Welt vor dem Bösen zu retten, so wie Harrison Ford?

Geträumt – geträumt hat er von vielem, wenn er nachts wachlag oder tagsüber vom Sofa aus alte Filme ansah, etwa von einer echten Familie, die sogar Weihnachten feiert, aber auch von Ruhm und Geld, nur muss er darüber nicht reden oder sich gut überlegen, ob er das will. Die Zikaden verstummen, die Glocken verklingen, was bleibt, sind seine Atemgeräusche in der Nase und ein schleifendes Aneinanderreiben von sonnendurchschienenen Bananenblättern hinter dem Brunnen, ihrer Bewegung in der Mittagsbrise, einer Luft wie aus einem Heizraum. Schongauer schaut zu den Bergen auf der anderen Seeseite, nur mehr Schemen im Hitzedunst. Spätestens morgen um die Zeit wird sich der Himmel aus einem Dunkel entladen, als würde es Nacht. Harrison Ford, sagt er, kann sich kaum allein retten. Der fliegt teure alte Flugzeuge zu Bruch, und seine Ehen scheitern. Was ist mit Ihrer?

Eine Frage als Splitter der eigenen Antwort und eine, die ihn selbst überrascht. Er hebt die Flasche als Zeichen, ob er ihr etwas einschenken soll, und Almut lächelt verneinend, für Momente wieder die Unterlippe zwischen den Zähnen – ein Nein, das ihn hindert, auch sich Wein einzuschenken. Meine Träume sind jedenfalls andere, sagt er, und statt zu fragen, welche, kommt sie auf seine ewig deutsche Rolle zurück: Ob es zu weit gehe, wenn sie sage, dass dieses Erschreckende auch etwas mit ihm zu tun gehabt haben müsse. Sie streicht ihr Haar aus der Stirn und schaut ihn an, nur den Mund, das am wenigsten gealterte, noch kinotaugliche Teil an ihm. Ich meine, mit Ihrer Art, fügt sie hinzu. Und meine es als Kompliment. In Hollywood will man doch auch Typen, die ihre eigene Art mitbringen, nicht nur ein Gesicht. Man hat Sie geholt, weil etwas gepasst hat. Ist es nicht so? Eine Halbfrage am Ende, danach trinkt sie von dem Wasser, und Schongauer füllt jetzt sein Glas mit Wein, aber lässt es noch stehen – was soll er ihr antworten? Man hat ihn geholt, weil er einen kalten Blick aus rehbraunen Augen hatte und eine Stimme, die wehtun konnte, aber auch schmeicheln, in der etwas Falsches und doch Wahrhaftiges lag. Almut beugt sich vor, sie rückt ihr Aufnahmegerät näher zu ihm, während das Zikadengesirr wieder einsetzt und zugleich ihr Telefon auf dem Tisch klingelt, mit einem Ton nach einer Melodie, die er nicht heraushören kann bei dem Lärm aus den Bäumen. Das ist mein Mann, sagt sie. Dürfte ich kurz in Ihr Bad?

Schongauer deutet ein Bitte an, da reicht das Öffnen einer Hand, und schon sieht er sie ins Haus laufen, ohne dass sie etwas einbüßt durch die eilige Bewegung. Strammes und dabei elegantes Gehen war das Erste, das er in Hollywood gelernt hat, nachdem seine Zähne gerichtet und auf Glanz gebracht waren, damit sie auf der Leinwand strahlten, sogar im Mund eines Nazis. Er trinkt jetzt in kleinen Schlucken, für ganze Minuten in der Vorstellung, später auf dem Boot noch einmal der zu sein, dem Magda schon am ersten Abend in ein schäbiges Haus mit Tausendernummer gefolgt ist. Aber da konnte er trotz Raucherei noch eine Meile am Stück rennen, musste nachts höchstens einmal raus, und vier Stunden Schlaf hatten gereicht, um am Set wach zu sein, unter kalifornischer Sonne eisig in die Gegend zu schauen und auf Deutsch Befehle zu rufen; das alles war schon weg in ihm, fast vergessen, bis es durch Fragen in ruhigem Ton aufgestört wurde.

Almut kommt zurück an den Tisch; sie hat sich frisch gemacht, ihr Gesicht gewaschen, aber kaum abgetrocknet, da lag wohl kein Gästehandtuch bereit. Sie setzt sich und schaltet das Aufnahmegerät, das noch läuft, aus. Dann zeigt sie auf die Weinflasche, und er füllt ihr Glas. Ich habe jetzt viel Zeit, sagt sie, und er sieht, wie sie sieht, dass er ihr anmerkt, dass sie um ein Haar geweint hätte in seinem Bad.

## 6

Als Blitz aus heiterem Himmel kam dieser Satz, Ich habe jetzt viel Zeit, und während die fünf Worte noch im Raum, das heißt unter dem Vordach stehen, kommt Schongauer, wie davon verleitet, plötzlich auf das, worüber er nicht reden wollte, seine Ehe. Nur weil wir jemanden lieben, ist der uns nicht das eigene Glück schuldig, das war das Missverständnis zwischen Magda und mir, sagt er und greift nach der Weinflasche, aber nicht, um sich nachzuschenken; er drückt den Korken zurück in den Hals, so weit wie möglich, und im Schatten dieser heftigen Bewegung stellt die Stein noch einmal ihr Aufnahmegerät an. Stichwort Glück – sind Sie je glücklich gewesen bei einem Ihrer Drehs, einfach, weil Sie dabei sein konnten, ganz egal, wie klein oder wie übel Ihre Rolle auch war?

Schongauer überlegt, auf wann er die Abfahrt mit dem Boot ansetzen soll – auf halb fünf, auch wenn die Hitze um die Zeit noch kaum nachlässt. Einmal vielleicht, sagt er, obwohl es nicht stimmt, es eine ganze Drehzeit gab, in der er euphorisch war, so glücklich wie unglücklich in der einzigen Hauptrolle, die er je hatte in den amerikanischen Jahren. Lieber aber redet er von dem einen Mal, obwohl er da wieder nur ein Hitler-Bewunderer in zweiter Reihe war. Aber das Gefühl von Glück, sagt er, das gab es nicht am Set, das gab es während einer Drehpause zu diesem Film über den Wüstenkrieg in Nordafrika. Ich war einer von Rommels Adjutanten, der strammste, und gegen Abend saßen alle Akteure beim Essen unter einem Segel aus Zelttuch. Die schräge Sonne tauchte den Raum darunter in ein orangenes Licht, die Schatten der Nähte in dem Tuch schienen über die Gesichter zu laufen, wenn sich die Männer am Tisch bewegten. Nur Männer saßen dort, in Uniformen für den nächsten Take, auch Rommels Gegenspieler, General Montgomery, und dann war er es, der vor dem Essen ein Gebet sprach. Er dankte Gott für das Fleisch auf dem Grill und bat um gutes Gelingen für den Nacht- dreh mit gefährlichen Stunts, und die Versammelten in Uniform, also auch mich mit Stahlhelm neben meinem Teller, bat er, daran zu denken, dass sie diesen Film nur drehen könnten als Überlebende und Sieger aus einem Krieg, in dem Unzählige ihr Leben gelassen hätten im Kampf gegen die Nazis, Amen. Danach gab es Spareribs mit Ofenkartoffeln, da war es schon dunkel, und Falter schwirrten um die Karbidlampen unter dem Tuchdach. Und mir ist es später vor der Kamera zum ersten Mal schwergefallen, gut zu sein, nämlich böse.

Ihm fehlt es an Luft nach dieser Rede, und er zwingt sich zu ruhigem Atmen, während Almut Stein etwas notiert, obwohl ihr Gerät alles aufnimmt. Und wenn Sie das auch noch wissen wollen, sagt er und muss Luft holen für die nächsten Worte – privat gab es einiges an Glück, in meiner Ehe und davor, davor auch einmal

Glück und Unglück zugleich, aber das führt jetzt zu weit. Was halten Sie von einer Pause vor der Bootsfahrt? Schongauer steht auf, er bringt die Weinflasche ins Haus und stellt sie zurück in den Kühlschrank, er fragt sich, ob er schon zu viel erzählt hat, zu viel aus Zeiten, die er eigentlich vergessen will; immer noch sieht er es als Fehler an, den handschriftlichen Brief an ihn überhaupt beantwortet zu haben, nur hat es schon größere Fehler in seinem Leben gegeben. Er wischt sich mit einem Blatt von der Küchenrolle Schweiß aus dem Nacken, und als er wieder vors Haus tritt, steht die Absenderin des Briefes mit ihrer Tasche über der Schulter hinter dem Korbstuhl, in dem sie eben noch gesessen hat. Ich glaube, Sie würden aufatmen, wenn ich gar nicht da wäre, sagt sie. Sollte das so sein, tut es mir leid.

Schongauer geht auf das Rasenstück, das er auch durch tägliches Wässern nicht grün halten konnte; er geht zu dem Zypressenpaar, um zu sehen, ob Almut ihm folgt, und das tut sie, allerdings in einem Bogen, wie schon bereit für ihren Weg hinunter in den Ort. Ich atme nicht besser, wenn ich allein bin, sagt er, also muss Ihnen auch nichts leidtun.

Zwei Möwen fliegen ihre Schleifen über dem Nachbargrund, auf dem bis vor kurzem für ein dort grasendes Pferd altes Brot über den Zaun geworfen wurde, auch von ihm. Inzwischen ist das Pferd geschlachtet, und sein Fleisch liegt in der Metzgerei des Orts als Schinken und dunkle Filets, aber die Möwen glauben immer noch an das Brot, wie er daran glaubt, vom Leben noch etwas abzubekommen, obwohl es eigentlich hinter ihm liegt. Und dieses Ausruhen bis zu unserer Bootsfahrt, wie lange stellen Sie sich das vor?, fragt ihn die Stein, als käme sie selbst gut ohne Erholung aus.

Gegen vier machen die Geschäfte wieder auf, antwortet Schongauer – wenn Sie noch einen Badeanzug kaufen wollen. Ich bin um halb fünf mit dem Boot am Hafen, ist Ihnen das recht? Er tritt auf sie zu, und sie nickt nur leicht, und er weist ihr den Weg zum unteren Gitter, bevor sie auf die Idee kommen könnte, sich noch einmal zu setzen, ihm Fragen zu stellen; ja, er begleitet sie, vorbei an seinem Tümpel und einer Steinbank, bis dorthin. Und an der geschichteten Mauer neben dem alten Gitter – das hat er irgendwie gehofft – ist die Würfelnatter in voller Länge aufgerichtet, auf den ersten Blick eine blassgrüne, an den vertikalen Spalten zwischen den Feldsteinen hochgewachsene Pflanze, aber mit Kopf und spähenden Augen. Sehen Sie mal, sagt er, und sie betrachtet die reglose Schlange und macht auch gleich ein Bild, das sie ihm zeigt – Was dachten Sie, dass ich schreie? Und wie kommen Sie darauf, dass ich einen Badeanzug kaufen will?

Schongauer würde sie jetzt gern an der Hand nehmen, von einer Gefahr, die gar nicht besteht, wegführen, aber sie geht schon ohne ihn weiter, verlässt das Grundstück, und er folgt ihr. Falls wir später vom Boot aus schwimmen, und falls Sie keinen Badeanzug eingepackt haben, sagt er, und die, die über ihn schreiben will – sie nur so zu sehen, als Autorin, erscheint ihm inzwischen seltsam, ja falsch – holt ihre Sonnenbrille aus der Tasche und setzt sie auf und verwandelt sich so noch mehr in die jüngere Frau, die er später mit seinem Boot für die Fahrt zu der Felswand abholen wird. Über das eine Mal, als Glück und Unglück in Ihrem Privatleben ein und dasselbe waren, sagt sie und dreht sich zu ihm um – können wir auf dem See auch darüber reden?

Fast als Bitte kommt das bei ihm an, eine Bitte als Frage, und er sagt, diese Fahrt würde er mit ihr machen, damit sie den See kennenlernt und eine seiner Uferstellen, die schon vor zweitausend Jahren oder länger so ausgesehen haben.

Aber reden könnte man doch trotzdem – mit einem Blick über den Rand der Sonnenbrille sagt sie das, um dann weiterzugehen und ihn auch weiter so anzuschauen, als er an ihrer Seite bleibt und sich erinnert, woher er diesen Blick kennt: von Magda, wenn ihr etwas klar war, über das er sich nicht klar sein wollte, und lenkt er ein – Natürlich können wir im Boot auch reden, wieso nicht? Und während er noch Luft holt, um zu erklären, warum dieser See einen eher dazu bringt, nichts zu sagen und nur in seine Weite zu schauen, fragt sie ihn schon, ob dieses Glück und Unglück in einem etwas mit seiner Ehe zu tun gehabt habe.

Ja und nein, sagt Schongauer. Mit einer Sache, die ich noch hineingeschleppt habe in den Anfang mit Magda.

Einer Sache?

Einer Geschichte, verbessert er sich und redet auf dieses Wort hin wie von selbst oder in einem seiner stillen Monologe weiter. Mit einer sehr viel Jüngeren. Meine künftige Frau war wie eine vorerst beiseitegelegte Zahl beim Herangehen an eine mathematische Aufgabe – die

Zahl, die man später in den Schoß einer Lösung zurückholt. Aber sie war dann die bleibende Lösung in meinem Leben. Nicht in jeder Ehe stellt sich die Frage, was man langfristig mit dem anderen macht.

Zum Beispiel was?

Von der drückenden Luft wie gedämpft kommt diese Frage, und Schongauer geht noch etwas weiter mit, bis zu einem Feigenbaum, in den letzten Jahren wie ein Unkraut am Wegrand gewachsen. Sich vom anderen trennen, sagt er, als die Stein nach einer der Feigen greift und sie pflückt. Mein Mann betrachtet sich und mich als Festung, erwidert sie. Ich bin das Innere, er ist das Gemäuer und hält die Gefahren ab. So sieht er sich auch, wenn er Sport macht, das Laufen oft für einen guten Zweck, und manchmal stehe ich am Streckenrand und rufe sogar gern seinen Namen, wenn er vorbeiläuft. Bernhard, Bernhard. Kennen Sie das, jemanden bestaunen?

Schongauer reibt sich Schweiß aus den Augen. Ich habe meine Frau bestaunt, antwortet er. Und kommt es manchmal auch vor, dass Sie nicht gern den Namen Ihres Mannes rufen?

Das geht ihn nichts an, aber gefragt hat er trotzdem, und sie zieht mit den Fingern die Feige entzwei und reicht ihm eine Hälfte, die andere steckt sie sich in den Mund und lächelt beim Kauen, aber da kann er sich irren; sicher ist er sich nur, dass sie ihn zum ersten Mal ansieht, ohne den Abstand der Jahre zu sehen. Zuletzt war das so, sagt sie. Im Mai bei einem Charity-Lauf im Engadin, die Teilnehmer alle Herzspezialisten. Es ging um den Silsersee, ich am Streckenrand zwischen anderen Kardiologenfrauen und auch Kolleginnen von Bernhard, darunter die, mit der er Medizingüter in die Ukraine gefahren hat, und ich stand da mit einem Pappbecher voll Red Bull, um ihm den in die Hand zu drücken, auch ein Frontbesuch. Er kam gleich in der Ausreißergruppe und hielt sein Tempo, darum wollte ich ihm den Becher wie einen Staffelstab übergeben, indem ich ein Stück mitlief, aber er hatte nur Augen für diese jüngere Kollegin, der winkte er, während das Zeug im Becher schon halb verschüttet war, auf meine Hose. Und am Abend gab es als Höhepunkt einen Ball in dem Hotel, in dem alle wohnten, dem berühmten Waldhaus, da musste er ohne mich hin. Erst dachte ich noch, ich zieh mich um und komm nach, aber dann stand ich in dem schönen Hotelbademantel am Zimmerfenster und sah auf den See. Kennen Sie das Waldhaus?

Nein, sagt Schongauer. Ich glaube nur, Ihren Mann zu kennen – der Sport und das Gute, und alles andere sieht man nicht. Hollywood war voll von der Sorte, schon damals, und der Gegentyp starb aus. Die mit zu viel Zigaretten und Whiskey und bald mit Krebs. Die Überlebensgroßen waren längst tot, als ich anfing. Bogart, Cooper, Gable, später Lee Marvin. Nur einen konnte ich noch erleben, Steve McQueen, als der schon fast am Ende war, aber noch in Tom Horn die Hauptrolle spielte, in der Schlussszene als Unschuldiger mit der Schlinge um den Hals dastand und etwas bei der Falltür nicht klappte, und ein Dutzend Sheriffs und Deputies, die ihn gejagt hatten, zu ihm aufblickten und er diese großartigen letzten Worte sagte: Ich habe noch nie so viele blasse Sheriffs auf einem Haufen gesehen. Und ich war einer von den Hilfskräften und sah den Tod in McQueens Gesicht, so weit war sein Krebs schon, dabei hatte er förmlich aus Sport bestanden. Und falls Sie doch einen Badeanzug kaufen wollen: Der feinste Laden ist schräg gegenüber von Ihrem Hotel.

Ich weiß nicht genau, was Sie mir damit sagen wollen, aber mein Mann ist kerngesund, ruft Almut Stein im Davongehen, während Schongauer stehen bleibt – Worte, die er gerade noch hören kann im Wiederaufbrausen der Zikaden.

An den Tagen vor dem Augustunwetter – eine der Erfahrungen, seit er auf dem Hang lebt – kann die größte Hitze mit den Stunden der Stille zusammenfallen, daran ändern auch die Zikaden nichts, ihr Gesirr steigert beides noch, und wenn es abbricht, sind Stille und Hitze wie zusammengeballt. Schongauer läuft zurück zum Haus, durch hohes, schon gelbes Gras, das er mähen müsste. Im Haus geht er gleich ins Bad, mit Tageslicht nur durch ein schießschartenschmales Fenster. Er wäscht sein Gesicht, ohne sich danach abzutrocknen, wie die, die er schon innerlich Almut nennt. Sie um halb fünf am Hafen abzuholen heißt, spätestens um vier auf dem Boot zu sein, um in noch sengender Sonne alles Nötige zu tun, damit auch sein Boot nicht von gestern erscheint – ob er das heute schafft, weiß er nicht. Er weiß nur, dass er diese Fahrt machen will.

Noch sieht er genug, um auch bei Nacht über den See

zu kommen, nur ist manches innere Bild schärfer als die, die er vor sich hat, wie das der so viel Jüngeren, mit der Glück und Unglück ein und dasselbe waren, damals kaum mit der Ausbildung als Costume Designer fertig. Er greift nun doch zum Handtuch, und da fallen ihm auf der Ablage über dem Halter drei Dinge auf, die nicht ihm gehören. Bei seinen Tabletten für schlechte Tage steht eine Flasche mit dem Wort Rituals darauf, wohl etwas zum Haarewaschen, und neben der Flasche liegen zwei Spangen und ein Stift in der Farbe von Babyhaut, wohl zum Abdecken kleiner unreiner Stellen, obwohl er bei Frida keine solchen Stellen gesehen hat, oder das andere zu sehr hervorsticht, wie die Furchen zwischen den Brauen und etwas in den Augen, als könnte sie auch nachts damit sehen. Möglich, dass sie die paar Dinge im Bad vergessen hat – eher aber dort platziert, geht es ihm durch den Kopf, als er wieder vors Haus tritt, in ein Licht, als käme es allein vom See und seine Fläche bestünde aus Metallscherben in der Sonne.

Schongauer schließt die Augen und stützt sich an einem der Korbstühle ab, die um den Tisch stehen – fast die Haltung, in der er nachts im Bad seine Blase leert und dabei, weil er kein Licht macht, versehentlich die Spülung berührt und ein fast menschlicher Laut entsteht, eine Art Seufzen, als lebte er nicht allein. Er blinzelt jetzt in das Licht vom See – noch gibt es keine Wellen, nur leichte Bewegung, und dort, wo er hinfahren will, zu den Felswänden auf der anderen Seite, ist das Wasser glatt. Wie gewohnt, wird er einfach von Bord springen, um zu schwimmen; es gibt auch eine Badeleiter, Almut müsste nicht springen. Auf jeden Fall sieht er sie bereits im See, in einem Einteiler, das nasse Haar dicht am Kopf.

Helles Gebell löscht dieses Bild, sein Tier und Frida sind schon vom Wandern zurück, aber warum – Schongauer lässt die Hündin Freudensprünge des Wiedersehens an ihm machen, er spürt kaum ihre Krallen, dafür das Tierglück, das er gern selbst hätte, eins ohne von Glück zu wissen; eher nebenbei sieht er die Blutergüsse unter der alten Haut auf seinen Armen, wie sie in Sekunden wachsen. Frida tritt zu ihm, um den Nacken Aschas Leine. Sie will etwas sagen, aber es bleibt bei leicht offenem Mund wie an den Büsten römischer Krieger, die leere Augen haben und zum Ausgleich diese andere Art von Blick durch geöffnete Lippen – trotzdem hat ihr Gesicht etwas Kluges, selten zu finden. Ascha wollte nicht mehr, sagt sie schließlich. Wir waren gut vorangekommen, und auf einmal blieb sie stehen und drehte sich um und sah in die Richtung, aus der wir kamen, als wollte sie erst weiter, wenn Sie uns eingeholt hätten und mitgingen. Aber sie lief ohne Probleme zurück, Ihnen entgegen. Der Mann, der das Wohnmobil reparieren soll, wird der heute noch kommen?

Eher nein, sagt Schongauer, eigentlich sogar sicher, dass der Albaner weder heute noch morgen kommen wird; Luan wird das Unwetter abwarten – wer weiß, was Wind und Hagel anrichten. Du musst wohl noch einen Tag bleiben, fügt er hinzu. Vielleicht auch zwei. Ascha würde sich freuen.

Frida legt die Leine auf den Tisch unter dem Vordach,

wie einen Schlüssel, den sie zurückgibt. Wenn Sie später die Bootsfahrt machen, soll ich in der Zeit wieder etwas einkaufen? Eine Frage mit Blick auf den See, und Schongauer tritt an ihre Seite – Angenommen, deine Wohnkarre ist repariert, willst du dann auch gleich losfahren, oder wirst du auf deine Mutter warten? Falls sie überhaupt kommt.

Die ist so gut wie unterwegs.

Da ist nichts mehr zu machen?

Sie können mir sagen, wo ich Ihre Waffe finde.

Die liegt bei mir im Nachttisch. Aber die eigene Mutter erschießt man nicht, kommt auch im Film kaum vor. Ich kann mit ihr reden, wenn du willst. Ihr von hier abraten.

Reden mit meiner Mutter? Frida sieht ihn an. Mit der kann man höchstens in ihrer Sendung reden, da hört sie einem zu. Als Lilly Roth. Ich sage auch Lilly zu ihr, sie will das so. Ja nicht Mama, untersteh dich! Also sag ich: Lass mich in Ruhe, Lilly, mach keine Vorschläge, wie ich sein soll. Und tauch hier nicht auf, weil deine Sendung Pause hat. Was soll ich einkaufen, nur fürs Frühstück? Nach der Bootsfahrt gehen Sie mit Frau Stein doch bestimmt essen.

Schongauer beugt sich zu der, die ohne ihn nicht weiterwollte – eigentlich würde er den Abend ganz gern mit Frida verbringen. Auch sie beugt sich jetzt zu der Hündin, und auf ihrer Stirn zeigt sich eine kleine, mit dem babyhautfarbenen Stift abgedeckte Stelle. Meine paar Dinge im Bad, die stören doch nicht, sagt sie, als hätte sie seine Gedanken gelesen, und er winkt nur ab, und sie schaut ihn an: Ihre Tabletten neben meinen Sachen, wofür sind die gut?

Die halten das Hirn davon ab, einem Dinge zu erzählen, die man nicht wissen möchte, sagt er, auch wenn das so nicht auf dem Beipackzettel steht. Und vielleicht kannst du dich noch mal etwas um Ascha kümmern, sie mag keine Bootsfahrten.

## 7

Es ist später Nachmittag, und noch liegen Unzählige an dem grobkieseligen Strand der nach Norden gehenden Bucht von T., die meisten dösend, wie einem Schicksal ergeben, das sie nicht kennen; so nahezu Leib an Leib liegen die Leute dort, junge wie alte, einheimische wie zugereiste, dass Schongauer über sie steigen muss, als wären es Tote in der Sonne. Einen wasserdichten Sack im Arm, gefüllt mit allem Nötigen für die Fahrt, dazu mit tragender Luft, stakt er schließlich in den See und schwimmt mit dem Sack vor der Brust zu seinem Boot an der Boje. Dort wirft er den Sack auf die hölzerne Plattform am Heck, klappt die Badeleiter aus und steigt über die Sprossen an Bord. Und nun gilt es, zu tun, was zu tun ist, damit erstens das Boot gut aussieht und zweitens in Gang kommt und drittens er so erscheint, als wäre es ein Kinderspiel, die alte Chris Craft in der Hitze fahrbereit zu machen.

Noch geht das alles, noch lassen ihn Arme, Beine und der Rücken nicht im Stich, auch bei Gekrieche auf dem Boot, um die Persenning abzunehmen samt dreier Sträuße aus dünnsten Stangen, die sich ständig bewegen und die Möwen fernhalten; ja, er kann diese Dinge auch noch gebückt in der Kabine verstauen, dann den

Motorraum öffnen und eingedrungenes Wasser abpumpen und das Hauptstromkabel an die Batterien anschließen. Erst wenn das getan ist und der große Motor verlässlich läuft, kommt der letzte Akt: das Klettern aufs Vordeck, um sich an seiner Spitze flach hinzulegen, über den Anker zu beugen und mit dem Tau, das fest am Bug hängt, die Boje meist gegen eine Strömung so heranzuziehen, dass sich an ihrer Stahlschlaufe zwei Karabiner am Tauende öffnen lassen; danach muss das Tau in den Ankerkasten, und er muss wieder in den tiefer gelegenen Teil des Bootes, ohne in den See zu fallen oder sich zu verletzen, das alles mit Schweiß in den Augen und in den Armen ein Zittern. Einige Male hat er sich schon verletzt, ist etwa mit dem kleinen Zeh gegen eine Kante getreten oder hat sich ein Knie aufgerissen und das Boot, obwohl es ihm in den Schoß gefallen ist, verflucht. Erst wenn er die Bucht verlässt und den Motor auf Touren bringt, der Bug sich anfangs aufrichtet, ehe das Boot in ein Gleiten kommt, fast wie Fliegen über den See, kann er sich vorstellen, es noch länger zu behalten.

Schongauer fährt in weitem Bogen zum Hafen, um die Frau, die über ihn schreiben will, abzuholen, wobei noch immer nicht klar ist, warum sie das will – kaum einer kennt ihn noch, und welchen Leuten wäre damit geholfen, wenn sie aus dem Porträt etwas über ihn erfahren würden, was sie vorher nicht gewusst haben? Die Mündung in den kleinen Hafen ist eng, man muss langsam fahren, aber nicht zu langsam, damit das Boot noch die Richtung hält; und schwierig ist auch das Wenden im Hafen, möglichst auf der Stelle, um nicht zu nah an andere Boote zu kommen. Er lässt sich Zeit damit, schon weil Almut ihm zuschaut; sie steht bei einer Treppe in der Mole mit Stufen bis zur Wasserlinie, in der Hand ihre amerikanische Stofftasche. Mit der anderen Hand winkt sie ihm, und er macht ihr Zeichen, dass sie von der Mole auf den Bug treten soll, mit einem Satz, weil er etwas Abstand halten will zu der Mauer, keine Fender gesetzt hat, aber auch, weil er sehen will, wie sie das macht. Und sie macht es schnell und ohne ein Wort, zieht ihre Schuhe aus, stopft sie in die Tasche und springt auf den Bug; dort setzt sie sich auch gleich hin, wie es sein sollte. Und so halb vor ihm, in weißen Shorts und perlgrauem Hemd, das meiste Haar unter einer auch grauen Kappe, verfolgt sie sein weiteres Tun: Wie er sich mit der Bootsstange von der Mole abstößt und aus dem Hafen fährt, stehend hinter dem Steuer, wie er einem Segler ausweicht und erst ein Stück vom Ufer entfernt das Boot beschleunigt, und wie er schließlich Kurs auf das andere Ufer nimmt, in einer leichten Rechtskurve hin zu den Felswänden im Dunst.

Er bedeutet der Mitfahrenden, dass sie durch das offene Fenster in der Windschutzscheibe in den tiefergelegenen Teil des Bootes kommen soll, keine einfache Sache, er ist dabei schon abgerutscht. Die Stein folgt der Aufforderung, und er greift ihr, als sie in der Fensteröffnung sitzt, die Beine über der Tür zur Kabine, um die Rippen und hält für Momente ihr Gewicht, um sie dann auf den Füßen abzusetzen und wieder hinter das Steuer zu treten. Sie stellt sich neben ihn, die Tasche in der Hand, daraus ragt etwas Moosfarbenes, ein Badeanzug.

Den musste ich nicht kaufen, sagt sie, den hatte ich dabei. Oder was dachten Sie? Mit einem Blick in die Kabine fragt sie das, aber es gehört nicht in den Katalog ihrer Fragen, es zeigt ein schon privates Interesse an seinem Denken. Ich dachte gar nichts, antwortet er, was aber nicht stimmt, weil er sich ja gedacht hat, dass sie mit ihm schwimmen soll, also Badezeug braucht. Ob ihr das Boot gefalle, fragt er, nur ist sie da schon in der Kabine, und er hört sie Ja rufen, Ja, wieso nicht? – eine gewisse Einschränkung, was ihren Blick für Boote betrifft, oder die Bereitschaft, ihm ein idiotisches Kompliment zu machen; und dass sie sogleich in der Kabine verschwunden ist, um sich umzuziehen, wundert ihn etwas. Im Film haben Frauen den Badeanzug meist schon unter der Kleidung, wenn sie ein Boot besteigen und später ins Wasser springen; oder sie tun das in der Kleidung, aus Übermut, oder schwimmen gar nackt, aus noch mehr Übermut – warum hat sie nicht im Hotel schon den Badeanzug angezogen und das andere darüber? Eben weil sie sich dieses moosgrüne Stück doch wohl gerade erst in dem feinen Laden am Hafen gekauft hat. Er gibt dem Boot noch mehr Geschwindigkeit, da muss man schon Halt suchen, wenn man dabei ist, sich umzuziehen. Und nur Momente später kommt sie in dem Badeanzug aus der Kabine, so aber, als wäre sie weiter in Shorts und Hemd.

Der See hat zu der Stunde etwas entwaffnend Ruhiges, wie auch der Anblick von Almut Stein, jetzt auf den hinteren Polstern, zurückgelehnt, Beine leicht abgewinkelt, eine Hand auf der Kappe, damit sie nicht wegfliegt, aber auch wie gegen das Bild einer Frau im Badedress, das Haar im Wind. Und dieser Anblick etwa in der Seemitte, Schongauer mit dem Rücken zum Steuer, da weit und breit kein anderes Boot zu sehen ist, löst ihren Vornamen so vom Nachnamen, dass er ihn erstmals als Anrede gebraucht – Almut, vielleicht möchten Sie mal ans Steuer, sagt er, ein Auto ist schwerer zu lenken, Boote reagieren allerdings verzögert, wie manche Menschen. Wir können auch schneller fahren, wenn Sie das möchten. Aber nur sachte den Gashebel drücken, nie ruckartig, sonst fallen wir um.

Bisher gab es nur Selbstgespräche im Boot, manchmal laut gegen das Motorgeräusch, manchmal leise, wenn er sich treiben ließ, und jetzt hat er gleich zweimal Wir gesagt, wohl etwas übermütig, aber den Gegebenheiten entsprechend; und auf das zweite Mal hin macht Almut die paar Schritte von den Polstern zu ihm. Sie setzt sich auf die freie Hälfte der breiten Fahrerbank und legt eine Hand ans Steuer und greift mit der anderen an ihm vorbei zu dem Gashebel, das heißt, an seine Hand, die den Hebel hält. Wohin fahren wir?

Schongauer zeigt zu einem Uferort mit Domkuppel, gelegen vor einem Steilhang bis an die Baumgrenze, mit alten Häusern am Wasser, in erschöpftem Rot und Ocker, und Häusern wie an den Hang genagelt, teils noch in der Sonne, die über den Bergen steht, desgleichen die Felswände, die etwas weiter nördlich aus dem See ragen. Das ist Gargnano, sagt er, an dem Ort fahren wir vorbei. Bis zu einer Stelle, an der man ungestört schwimmen kann. Wo auch gerade noch die Sonne hinfällt. Und der See um diese Zeit ganz glatt ist.

Was heißt ungestört? Eine Frage bei fahrigem Gesteuer und gleichzeitigem Gasgeben, einem Hin und Her des Boots, das ihr zu gefallen scheint, bis sie das Steuer und den Gashebel loslässt. Sie holt ihr iPhone aus der Tasche und macht ein Bild von dem sich nach Süden öffnenden See, wo Wasser und Himmel verfließen wie am Meer; sie macht auch eines in die Gegenrichtung, wo der See zum Fjord wird. Und beide Bilder schaut sie sich nicht etwa an, sondern stellt das alleskönnende Gerät wieder so ein, dass es ihre und seine Worte festhält – Heißt ungestört, auch keine Fragen beantworten zu müssen?

Vielleicht nicht gerade auf dem See, sagt Schongauer. Und mit ungestört Schwimmen meine ich, dass einem an der Stelle keiner zusieht. Aber Sie sind hier, um mir Fragen zu stellen.

Los Angeles, haben Sie dort gern gelebt?

Gern, das könnte er nicht sagen – diese Stadt hat ihn nie gestreichelt trotz seiner Initialen, er kann sich kaum an Tage erinnern mit dem Gefühl: Hier bin ich, und hier will ich bleiben. Also zuckt er vorerst mit den Achseln, was weder ein Ja noch ein Nein ist. Lassen Sie mich nachdenken, sagt er und gibt sich jetzt konzentriert auf das Steuern des Boots, als wäre es ein Auto im Stadtverkehr. Er fährt direkt auf Gargnano zu, eine Kulisse, die sie ablenken dürfte, weil der Ort im Abendlicht alles hat, was das Herz begehrt, wenn andere Sehnsüchte geplatzt sind. Eher nein, sagt er schließlich. Obwohl es immer wieder Tage und vor allem Nächte gegeben hat, in denen etwas vom Irrsinn dieser Stadt in mir war, wie bei denen, die dort auf der Straße leben, von oben bis unten tätowiert, oder solchen, die sich in Kostümen, die an tote Stars erinnern, für ein paar Dollar von Touristen fotografieren lassen.

Und welchen Star hätten Sie gewählt?

Das weiß er, aber will es nicht gleich sagen, lieber noch etwas weiterfahren. Sie nähern sich schon seitlich dem Ort mit der Domkuppel und seinen am Seeufer wie zusammengescharten Häusern, und die Mitfahrende kommt gar nicht umhin, diese Opernkulisse im Bild festzuhalten, während er verspätet antwortet – Gary Cooper in High Noon, mit dem breiten dunklen Hut, dem weißen Hemd mit schwarzer Schleife und zwei Revolvern, wie er allein im Sonntagsstaat auf die Bande zugeht, um seine Gemeinde von ihr zu erlösen.

Also wollten Sie doch mal der Gute sein.

Nicht der Gute. Nur Gary Cooper. Haben Sie auch noch Fragen, die interessant sind?

Das war nicht seine Absicht, Almut irgendwie herausfordern, aber er hat es getan, und sie reagiert fast im Plauderton. Gut, dann folgende Frage: Warum hält man einen Menschen, den man liebt, nicht davon ab, in eine Brandung zu gehen, die ein Pferd umgebracht hat. Ich will das nur verstehen.

Schongauer tippt an den Gashebel, um so das Motorgeräusch zu erhöhen – nicht, dass er mit der Frage nicht gerechnet hätte, aber erst auf der Rückfahrt. Meine Frau war eine Schwimmerin, sagt er. Und hat immer getan, was sie wollte. Einmal ist sie in Schweineställe gekrochen, um die Enge dort zu erleben, das Elend dieser Tiere. Ihr Kalender mit Bildern von Schweinen hat sich besser verkauft als solche mit deutschen Burgen. Sie haben zu Hause kein Tier, nehme ich an. Weil Ihr Mann keins will oder Sie beide nicht? Schongauer lässt das Steuer los, als sie an dem Ort vorbei sind – Ich würde sagen: nur er. Kein Hund, keine Katze, nichts.

Eine Möwe umfliegt das sich selbst überlassene Boot, und Almut ohne Haustier legt noch einmal eine Hand an das Steuer. Meine Frage ist nicht beantwortet, sagt sie. Jemanden davon abzuhalten, in eine Brandung zu gehen wie die auf dem Foto bei Ihnen, ist kein Ding der Unmöglichkeit. Man muss es nur wollen. Oder wollten Sie es etwa nicht?

Natürlich wollte ich es.

Das sagt sich leicht, weil der Satz schon parat liegt, seit Jahren wie ein gekühlter Impfstoff – Schongauer sieht das Boot vom Kurs abkommen, aber er greift nicht ins Steuer. Er nimmt nur etwas Geschwindigkeit weg und sieht dann sogar mehr auf die Mitfahrende als in Fahrtrichtung – auf die, die er schon Almut genannt hat, auch wenn er sie, sobald sie mit ihren Fragen kommt, anders wahrnimmt: als Die Stein, die etwas über ihn schreiben will. Ihre Zehen sind blassrot lackiert, das waren sie gestern noch nicht, wohl ihr Beitrag zur Bootsfahrt, ebenso der Badeanzug, wenn sie ihn erst vorhin gekauft hat. Er traut ihr das zu, wie er ihr auch zutraut, dass sie nur mitfährt, weil sie glaubt, er wäre auf dem See oder gar beim Schwimmen zugänglicher, ein offenes Buch, in dem sich gut blättern lässt, oder warum sieht sie ihn schon irgendwie lesend an – mit Augen, in denen er sich verlieren könnte. Verzeihung: Aber irgendwann war Ihnen doch klar, dass Ihre Frau nicht mehr zu retten ist, sagt sie. Und dann?

Die warme Luft, durch die sie fahren, wird von einem Moment zum anderen noch wärmer, ein Schwall von den steilen Bergen über dem Westufer, ihrer ganzen, vom Tage gespeicherten Wärme, die sie aussenden, er kennt das, und es beglückt ihn jedes Mal aufs Neue, hier so empfangen zu werden. Ich schrie ihren Namen, sagt er. Obwohl es absurd war in dem Tosen der Brandung. Und dann ließ ich Magdas teure Ausrüstung einfach liegen und ging bis zum Bauch in den kalten Atlantik. Und da sah ich, wie sie in einem der Brecher herumgewirbelt wurde, ohne jede Gegenwehr, da könnte sie schon bewusstlos gewesen sein. Danach war sie verschwunden und wurde erst mit der nächsten Flut woanders angeschwemmt, seitdem verlässt sie mich nicht mehr. Das ist die ganze Geschichte – die jeder kennt, der schon jemanden verloren hat. Wir sind auch, was wir sind, durch die Menschen, die wir zurückgelassen haben, unsere Phantome. Nur sollten Sie darüber nicht schreiben, das will niemand lesen. Erzählen Sie lieber davon, was bei mir alles von allein wächst oder gut wachsen würde, wenn ich es anbaute, genug für eine fleischlose Ernährung, so was interessiert heutzutage.

Auf Ihr jetziges Leben kommen wir noch, hält ihm Almut Stein entgegen, erneut mit ihrem Gerät beschäftigt, um eine andere Funktion einzustellen; und während er das Boot wieder im Stehen steuert, auf seine Schwimmstelle zu, macht sie ein kleines Video, das sie am Schluss kommentiert: L. A. Schongauer, wie er ein Boot beherrscht. Wann waren Sie zum letzten Mal vor einer Kamera?

Gerade eben, sagt er. Davor lange nicht.

In Der englische Patient zuletzt, kann das sein? Die Szene, in der Willem Dafoe von einer muslimischen Krankenschwester mit einem Skalpell die Daumen abgeschnitten werden. Auf Befehl eines deutschen Offiziers.

Ich war einer der Soldaten im Hintergrund.

Der die Tortur von dort lächelnd verfolgt hat.

Wir reden von einem Film, sagt Schongauer. Mit festen Rollen. Wo haben Sie ihn gesehen?

Damals im Kino. Und vorige Woche zu Hause mit meinem Mann. Als Vorbereitung auf den Besuch hier.

Und hat ihm der Film gefallen?

Er hat zwischendurch Mails geschrieben. Wie weit geht diese Bootsfahrt noch? Eine Frage beim Abschalten ihres Geräts; sie verstaut es in der amerikanischen Tasche, die legt sie auf den Backbordsitz. Schongauer zeigt zu einer turmhohen Felswand, auf die er so seitlich zufährt, dass man ihren Absturz in den See sieht. Sie geht bis zu meiner Schwimmstelle, sagt er. Kaum jemand fährt dorthin um diese Zeit. Außerdem ist es vor der Wand ziemlich tief, man schwimmt gewissermaßen über einer Schlucht. Lieben Sie Ihren Mann?

Und wie tief, glauben Sie, ist es dort, wo wir schwimmen? Almut – das ist sie nun wieder für ihn – steht vor dem geöffneten Teil der Scheibe, die den Fahrtwind abhält, mit dem Rücken zu ihm, eine Hand am unteren Saum ihres Badeanzugs, die linke, um ihn zu straffen über der Gesäßhälfte. Das Ulmer Münster würde dort untergehen, erklärt er. Kennen Sie das Ulmer Münster, das ist unser höchster Kirchturm. Ich wollte Ihnen nicht zu nahe treten mit der Frage.

Das heißt, dieser Turm würde dort vollständig im See verschwinden? Ein gespieltes, aber wohl nicht gänzlich gespieltes Nachfragen, während sie mit der anderen Hand den Badeanzug auch über der rechten Backe straffzieht und dabei den Kopf wendet, ihn für Augenblicke ansieht, in einer plötzlichen Scham, wenn er das richtig wahrnimmt, und er beschleunigt das Boot noch einmal in Richtung der Schwimmstelle, um nach einer halben Drehung zum See hin den Motor abzustellen. Der Trägheit folgend, treibt es noch etwas im Schatten der Felswand aus schorfigem Kalkgestein, mit auf Vorsprüngen flammendem Ginster, oberhalb der Kante übergehend in Gestrüppwald, Macchia im Braunton des Hochsommers. Wo die Wand aber in den See fällt, ist sie dunkel vor Nässe; das Wasser leckt dort am Gestein, eins von zwei Geräuschen in der Stille ringsherum. Das andere kommt von Möwen in den Spalten der Wand, ihrem hohlen Flügelschlagen, bevor sie sich aufschwingen. Nirgends sieht man ein zweites Boot, es gibt nur den Fels und das Wasser, wie eh und je, und keinen Raum für die Windungen einer Psychologie; alles ist, wie es ist, nur Materie, allein der Klang einer Stimme hat schon etwas Irreales – Kann ich vor dem Schwimmen ein Bild von Ihnen und mir machen, im Hintergrund ein Stück vom See und die Felswand? Eine jetzt schlichte Frage, wobei die, die das alles zum ersten Mal sieht, ihr Smart- oder iPhone mit allen Schikanen wieder aus der Stofftasche holt – von Ihnen und mir, hat sie gesagt, nicht Von uns, und er sagt Vor dem Schwimmen wegen der Haare, nicht wahr?

Meiner Haare?

Almut lacht hell auf – für sein Gefühl etwas zu hell für ein reines Lachen –, sie zeigt auf die Schattengrenze, auf die das Boot zutreibt, weg vom Fels. Nein, wegen des Lichts, sagt sie und stellt sich auch schon neben ihn und streckt einen Arm mit dem flachen Gerät zwischen zwei Fingern, so eingestellt, dass man sieht, was es aufnimmt: ein ungleiches Duo, die deutlich jüngere Frau mit vagem Lächeln, der Mann mit einer Hand im grauweißen Haar, die gebräunte Stirn in Falten, um die Lippen einen Zug, wie um das Falsche, noch Kussmundhafte daran bloßzustellen. Sie macht das Bild und sieht es sich in dem Fall gleich an, ob es Bestand hat, und es besteht vor ihr – Schongauer kann es an einem Summlaut der Zustimmung hören. Er selbst will das Bild nicht sehen, will nichts dazu sagen müssen, ob sie da beide getroffen sind oder nicht, und wie sie da erscheinen, als Vater und Tochter oder eher als spätes Paar, der ältere Mann und seine zweite, noch blühende Frau; und bevor sie es noch zeigen kann, hat er schon die Hose ausgezogen und ist vom Heck aus in den See gesprungen, in einer Badeshorts made in China, die ihm Magda auf einem Straßenmarkt in Dakar gekauft hatte, damit er mit ihr im Hotelpool schwimmen kann, wozu es nur nicht mehr kam, weil sie zuvor an dem Strand mit dem toten Pferd und der weißen Brandung waren.

Das Wasser ist kühler als in seiner Bucht, aber nicht kalt. Und es ist weich, auch wenn er nicht sagen könnte, woher dieses Weiche kommt, ob von kleinsten Organismen, die dem See hier die Farbe geben, nicht ganz so dunkelgrün wie der Fels, an den es leise anklatscht, oder einfach davon, dass er hier erstmals nicht allein schwimmt. Warten Sie, ich klapp Ihnen die Leiter aus, ruft er, als Almut schon auf der hölzernen Plattform am Heck steht, mit langen Beinen aus seiner Sicht, etwas heller als Arme und Schultern, und dann springt sie einfach kopfüber in den See, ohne größeres Geräusch, also gekonnt, und schwimmt auf ihn zu – noch weiter verjüngt durch das nasse, anliegende Haar, das ihr keine Sorgen bereitet wie anderen Frauen. Sie winkt ihm zwischen den Schwimmzügen, wie jemand eben winkt im Wasser, übermütig, bis daraus etwas anderes wird, ein Heranwinken, als bräuchte sie Hilfe oder wollte wenigstens seine Nähe, und Schongauer krault zu ihr, das gelingt ihm noch; er nimmt die Hand, die gewunken hat, während ihre andere, vielleicht infolge dieses Griffs, um seinen Nacken geht, wie um eine Boje, die Halt gibt, auch wenn sie frei treibt, ohne Kette bis an den Grund der Schlucht unter ihnen. Er fragt, was mit ihr sei, ob sie einen Krampf habe, wieder zum Boot möchte, er gebraucht ihren Namen, aber eher wie ein gemurmeltes Beiwort – Wie Sie wollen, Almut, wir können auch jederzeit zurückfahren –, und sie sagt Kein Krampf, es ist nur die Tiefe hier. Aber wär's ein Krampf, und Sie hätten auch einen, wer würde uns da retten? An dem Fels gibt es keinen Halt, um sich hochzuziehen.

Doch, den gibt es, schwimmen wir hin! Ein Imperativ, der ihn selbst überrascht; er sieht in das Gesicht, das er eigentlich kaum kennt – so nah waren ihm zuletzt Magdas Augen und ihr Mund, und überhaupt selten ein Gesicht, das ihn nicht zurückzucken ließ. Wir berühren unter Wasser mit den Füßen die Felswand, sagt er schnaufend. Da gibt es kleine Vorsprünge für die Zehen und oben auch etwas für die Finger.

Und wenn nicht? Schon im Davonschwimmen ruft sie das, für ihn kein Widerspruch. Mehr als drei Bootslängen sind es noch bis zu der Wand, und was er vorher nicht gespürt hat, spürt er jetzt: eine kalte Strömung, wenn er die Füße nach unten streckt. Nur mit Mühe kann er Almut einholen, vielleicht lässt sie ihn aber auch herankommen – Was mich interessieren würde, sagt sie, als er neben ihr schwimmt, schon nach Atem ringt, während sie weiter mit ruhiger Stimme spricht, ihn auch ruhig dabei ansieht, so als gingen sie spazieren oder lägen gar nebeneinander statt zu schwimmen, ihn fragt, ob er sich je gehasst habe in seinen Rollen und ein anderes Gesicht gewünscht, und Schongauer sieht zu dem Fels, der ihm glatter und steiler erscheint als sonst, als Wand, die auf sie zustürzen könnte, wenn plötzlich die Erde bebt, in dieser Gegend durchaus denkbar. Er weiß nicht recht, was er antworten soll – wer wünscht sich manchmal nicht ein anderes Gesicht, selbst die Umschwärmtesten, die ihm begegnet sind, sollen schon mit ihren Nasen gehadert haben. Aber welches Gesicht, ruft er, als sie erneut vor ihm schwimmt, mit Schultern, die bei jedem Zug aufglänzen, und er holt Luft für ihren Namen, um sie zu stoppen in dem Davonziehen; einmal, zweimal, dreimal holt er Luft für ein Almut, das als Echo zurückkäme von dem Fels, und da schlägt sie auch schon mit der flachen Hand dagegen und ruft Gewonnen!

Wann hat er das zuletzt so gehört, halb singend, schadenfroh? Wenn er sich richtig erinnert, in dem Heim, in das er gekommen war nach Verschwinden des Vaters, dort gleich in den ersten Tagen aus dem Mund eines älteren Jungen mit der Beinschere um ihn, Gewonnen!, und ihm blieb nur ein ersticktes Ja. Er schwimmt jetzt mit großen Zügen, und kaum ist er auch an der Kante, noch ohne Luft und ohne einen Halt zu finden mit den Händen an dem moosigen Gestein und auch keinen mit den Zehen unter Wasser, da wird er gefragt, ob er vor der Kamera je eine Liebesszene gehabt habe.

Zwei Vögel, schlanker als Möwen, stürzen sich aus einem Spalt hoch oben im Fels, schreiend im Duett für Sekunden, um sich dann abzufangen und an der Wand entlangzuschweben, und die, die mit ihm schwimmt, das Gesicht von nassem Haar umrahmt, schaut den Vögeln hinterher, als hätte sie selbst einmal Flügel besessen. Auch sie sucht noch Halt, mit den Füßen unter Wasser, das spürt er an seinen Füßen, ihr tastendes Bemühen, ohne eine Kante zu finden, so glatt geht die Wand in die Tiefe; eigentlich bleibt nur die Rückkehr zum Boot, aber so schnell will er nicht aufgeben, dieses einmalige Schwimmen oder jetzt nur noch Wassertreten zu zweit nicht beenden. Im Grunde will er, dass sie ihm noch einmal eine Hand um den Nacken legt, um etwas Halt zu haben, auch wenn er selbst keinen hat – andersherum, wenn er bei ihr Halt suchen würde, wäre es in jedem Fall ein Unding, blamabel, was sein Schwimmen betrifft, oder ein plumper Versuch, ihr nahe zu kommen ohne Vorgeschichte, auch wenn solche Geschichten kurz sein können. Bei Magda – für Momente fällt ihm das wieder ein, immer noch wassertretend – waren es nur wenige Stunden, am Ende aber dadurch verzögert, dass sie vor seinem Sofa eine Ameisenstraße entdeckt hatte und, so nackt, wie sie da schon war, tall, dark and handsome, eine Art Aussiedlung aus dem Haus durch eine gelegte Strecke aus Zuckerkörnern arrangiert hat, bis es nur noch Nachzügler gab und er sein Ameisenpulver verbrannt hatte, so wollte sie es, um dann umso mehr ihn zu wollen auf dem Sofa, mit einer Beinschere, die gar nicht lang genug anhalten konnte.

Almut stößt sich mit den Füßen vom Fels ab, sie kann auch Rückenschwimmen. Nein, eine echte Liebesszene, die hatte ich leider nie, so eine mit Nahaufnahme der Augen und Musik, die anschwillt, ruft er ihr hinterher. Und weil Sie vor mir am Boot sind – die Leiter zum Einsteigen einfach aus dem Heckteil klappen, Handtücher liegen in der Kabine!

## 8

Aber was ist eine echte Liebesszene, auf jeden Fall keine mit später darübergelegter Musik, höchstens eine bei Musik. Und eine Art falscher Liebesszene, die hatte er sogar, mit einer spitzbusigen Blonden, sie Chefsekretärin in einem Rüstungsbetrieb, er Spion im Auftrag der Wehrmacht. Zu ihr musste er abends in einem Park sagen, dass er sie wirklich liebe, I really love you, honey. Darauf sie: Bist du da sicher, ich bin nämlich schwanger, und er: Oh, aber nicht von mir, und sie: Von wem sonst. Also liebst du mich, ja oder nein? So, do you love me, yes or no? Und da hat er für ein einfaches Yes mit entsprechendem Blick zwölf Anläufe oder Klappen gebraucht, bis der Regisseur We take it rief – nicht, dass ihm das genau so durch den Kopf geht, als er zurück zum Boot schwimmt, nur verdammt genau der Ton des Dialogs vor seinem Versagen.

Die Schattengrenze liegt jetzt weit vor dem Boot, jenseits davon ist der See sonnenhell – da wäre er noch im letzten Jahr einfach hingeschwommen. Jetzt muss er seine Kräfte einteilen, zumal er sich nicht wie gewohnt nach dem Schwimmen erholen kann, nackt auf dem Bug. Aber er lässt sich auch Zeit, um Almut Zeit zu geben, sich abzutrocknen und wieder anzuziehen. Er schwimmt einmal um das Boot herum, dafür reichen die Kräfte noch, dann erst steigt er die Leiter hoch und bekommt – er kann es kaum fassen – eins der zwei Badetücher im Blau der Bootsfarbe in die Hand gedrückt; in das andere ist Almut bis unter die Achseln gehüllt. Ihre Kleidung, zuvor abgelegt auf der Plattform am Heck, ist nass geworden, sie liegt zum Trocknen auf den Polstern über dem Motorblock, ein Anblick, der ihm das Gefühl gibt, einander schon länger zu kennen als nur einen Tag. Noch ringt er nach Luft und hat Mühe, sich die nasse Shorts unter dem Tuch herunterzustreifen, mit dem Rücken zu der Frau, die er in Wahrheit so wenig kennt wie die Schauspielerin in der Szene, bei der er mit einem simplen Yes so oft gescheitert ist. Erst mit nur einem Fuß, schwankend, bevor er den anderen nachzieht, kann er schließlich aus der Hose steigen, um sich wieder umzudrehen und das Tuch um die Rippen herum fester zu schlingen, während die, von er gern mehr wüsste, den Kopf beugt, damit ihr Haar nach vorn fällt. Wenn Sie hier schwimmen, dann immer allein?, fragt sie durch das Haar hindurch.

Ja, sagt er. Was sonst.

Von Südwesten kommt etwas Wind auf und kräuselt das Wasser, ein Geschehen wie aus dem Nichts, manchmal Vorzeichen für einen Wetterumschwung, er kennt das – es gilt, auch den See im Auge zu behalten, nicht nur Almut, die jetzt ihr Haar auswringt. Schongauer tritt ans Steuer, er lässt den Motor an und fährt bis über das Gekräusel in wieder glattes Wasser; eigentlich sollte er zurückfahren, aber da ist Almut, eine Hand am Ineinandergewundenen ihres Tuchs, schon an seiner Seite, in der anderen Hand noch ihr Haar. Das heißt, Sie vermissen nichts, auch nicht in den Nächten hier?, fragt sie, und er fährt noch ein Stück weiter, über den Bergschatten hinaus in die Abendsonne, als könnte er die Zeit anhalten, solange sie vor dem wandernden Schatten bleiben. Was soll ich vermissen, antwortet er, als der Motor wieder aus ist. Ich teile mein Leben mit einem Tier, auch nachts. Mal schlafen wir beide, und mal sind wir wach, wenn draußen Katzen fauchen. Ascha rennt dann hinaus, und ich warte, bis sie zurückkommt. Nach ihren Jagden schläft sie bei mir auf dem Bett weiter, eingerollt. Ich fühle mich auch nachts nicht allein.

Aber sich allein fühlen und etwas vermissen, gehört das nicht eher in stille Tagesstunden? Eine These, bei der sie ihr Haar mit den Fingern kämmt und der er sofort widerspricht: Nein, ich vermisse auch bei Tage nichts. Da gibt es meine Bäume, da gibt es den See, da gibt es ein Tier, das mich froh macht. Und ich hatte fast zwanzig Ehejahre, mit allem, was dazugehört. Und hatte schon alles Mögliche und Unmögliche davor. Können wir jetzt wieder über die Filmjahre reden?

Schongauer lässt noch einmal den Motor an, nach wie vor nur in das Tuch gehüllt, aber die Gelegenheit, sich gleich anzuziehen, ist verpasst, nicht nur bei ihm; er fährt noch weiter auf den See, bis zur Mitte, um diese Zeit eine leere Fläche, auch die Möwen fliegen nur selten so weit. Was möchten Sie hören, fragt er, als das Boot wieder allein von der Strömung bewegt wird, langsam südwärts. Wie idiotisch meine kleinen Rollen waren?

Die Agentin, die mir diese Engagements verschafft hat, sagte einmal zu mir, als ich es leid war, immer nur den Hintergrunddeutschen zu geben, ich sollte mir nichts aus der berüchtigten Selbstachtung machen, einfach die Verträge erfüllen und mich übers Geld freuen.

Das hätte auch mein Mann sagen können. Wie geht es jetzt weiter hier? Almut greift ans Steuer, obwohl es nichts zu steuern gibt, das Boot sich nur träge in einer Strömung dreht, die unsichtbar bleibt. Schongauer schaut ihr zu, das heißt, er schaut sie an, und sie zeigt ihm ein Halbprofil, das sie jünger macht und ihn erschreckt und auch ans Steuer greifen lässt, während sie ihre Hand zurückzieht, als gäbe es nur noch Ursache und Wirkung zwischen ihnen – vielleicht war es falsch, sie zu diesem Stück Urlaub bewegt zu haben, womöglich in dem alten, eigentlich längst aufgegebenen Glauben, es könnte so etwas wie eine saubere Liebe geben. Wir lassen uns treiben, sagt er, jetzt nur noch mit dem Blick für das ungewöhnlich glatte Wasser in der Seemitte – noch ein Phänomen, das er kennt: das Reglose in wie geheizter Luft, wenn über den Bergen im Westen Wolken aufquellen, oben rötlich bis weiß, flamingofarben, unten dunkel und in Abständen von Wetterleuchten erhellt, im Abendlicht noch kaum zu sehen. Möchten Sie ein Glas Wein, Almut? Die passende Frage zu der Stunde; er hat eine gekühlte Flasche an Bord gebracht, in einer Manschette, die sie auch kühl hält, es gibt sogar Gläser in der Kabine. Sie könnten also anstoßen, auf den schönen Moment, worauf sonst – sie beide auf dem See in einem Licht wie in einer der Szenen, für die man ihn nie geholt hat.

Ein Glas Wein, später vielleicht, sagt sie und greift dabei an ihre Kleidung, ob die schon getrocknet ist – offenbar nicht. Schongauer glaubt zu sehen, wie es in ihr arbeitet: Soll sie das noch Feuchte anziehen oder weiter nur in das Tuch gehüllt bleiben? Sie setzt sich neben die Sachen, Arme um die Knie gelegt, und er setzt sich gegenüber, die umhüllten Beine gestreckt. Es gibt auch etwas zu essen, sagt er. Brot, Käse, Salami, Tomaten. Ist Ihr Mann ein guter Arzt? Die Frage wundert ihn selbst, wie kommt er darauf – eigentlich interessiert ihn doch nur, ob ihr Mann an sich etwas taugt.

Ja, ein guter Arzt, antwortet sie. Ist es immer so still und leer auf dem See, nirgends ein anderes Boot?

Tatsächlich scheint ihnen der See zu gehören, und die Stille ist so umfassend, dass jedes leise Geräusch etwas Überdeutliches hat, der strömende Atem in der Nase, das pochende Herz, oder wenn ein Fisch aus dem Wasser springt, nach einer Mücke schnappt und wieder eintaucht. Die, die mit ihm im See war, kurz eine Hand um seinen Nacken hatte, schaut ins Weite, dorthin, wo Wasser und Himmel im Dunst verfließen; wie ein Bestandteil der Stille sitzt sie ihm gegenüber, Arme noch enger um die Knie geschlungen. In seinen Anfängen vor der Kamera hatte er sich gern alte Stummfilme angesehen, und die stillsten Stellen waren immer die reichsten, mit Frauen, die nach dem Verlust einer Liebe nichts als verzweifelt geschaut haben, für lange Sekunden Auge in Auge mit dem Publikum. Sein Eindruck im Moment ist der, dass Almut etwas herausschreien möchte, gegen die leere Stille oder stille Leere in ihr. Dass wir hier so allein sind, hat mit dem Wetter zu tun, sagt er. Man weiß nicht genau, ob es heute schon umschlagen wird. Und Ihr Mann ist also ein guter Arzt.

Reicht das nicht? Ihre Frau war eine gute Fotografin, dazu sah sie noch gut aus, das hat auch gereicht.

Meistens, sagt Schongauer.

Und wann nicht? Eine Frage bei zurückgelegtem Kopf, um das Haar im Nacken mit den Fingern noch weiter zu entwirren; in ihrer einen Achselmulde ist ein Leberfleck, für ihn nicht zu übersehen. Und dann schaut sie ihn an – mit einer Spur von Beschämung, vielleicht weil ihre Frage zu weit ging, jedenfalls hier auf dem See, und er sagt, um das zu beantworten, müsste er sie besser kennen, worauf sie, knapp an ihm vorbei, aufs Wasser sieht, während die Finger nur noch langsam das Haar ordnen, sie jetzt im Ganzen einer jener Stummfilm-heldinnen gleicht, in denen sich etwas angehäuft hat, das auf eine Entscheidung hindrängt, sie einsam macht, aber auch stark, für Männer unberechenbar, dazu Musik und als Untertitel oft nur ein Wort und drei Punkte. Sie lächelt in sich hinein, und alles um sie herum scheint auf ihrer Seite zu sein: der glatte See und die Stille, die warme Luft und das sachte Schwanken des Boots, ja sogar das Badetuch, das sie einhüllt, dann aber legt sie sich die Hände an den Hals, als wäre nichts auf ihrer Seite und nur sie könnte zu sich halten, und schaut ihn noch einmal an. Wann kennt man jemanden schon, sagt sie. Mein Mann hat eine Geliebte. So kannte ich ihn nicht.

Schongauer steht auf, im Grunde kaum überrascht, das zu hören, höchstens vom Zeitpunkt, noch vor dem

Wein; er holt die Flasche und das Essen aus dem wasserdichten Sack, er sorgt für Gläser aus der Kabine und
öffnet die gekühlte Flasche, er füllt die beiden Gläser
und reicht eines weiter, das andere hebt er an den Mund.
Woher wissen Sie das?

Von ihr. Und seit vorgestern auch von ihm.

Und das geht schon länger?

Seit Anfang des Ukraine-Kriegs! Ein Ausruf mit einer
Stimme, die anders klingt, als wenn sie Fragen stellt,
wie hervorgegangen aus ihrer nur in das Tuch gehüllten
Gestalt. Schongauer trinkt einen Schluck, er sieht, wie
sie die Unterlippe zwischen die Zähne nimmt; er sieht
auch, wie ihr Blick dabei aufs Wasser geht, weg von ihm,
nur nicht ganz, und wie sie ein- und ausatmet, als würde
ihre Lunge untersucht. Mein Mann hat Medizinbedarf
dorthin gefahren, sie hat ihn begleitet. Die Gefahr rückt
beide zusammen, der Rest ergibt sich von selbst, einer der
Filmstoffe, die nie sterben: die Extratour des Helden mit
der Geliebten. Es gibt x Varianten, die beste in Schwarzweiß. Burt Lancaster und Deborah Kerr, die beiden in der
Gischt bei Pearl Harbor, Verdammt in alle Ewigkeit hieß
der Film bei uns. Sie können gar nicht genug voneinander
bekommen, wieder und wieder wälzen sie sich durch den
Schaum, umklammert und die Münder aufeinanderge-
presst.

Das reicht, ruft Almut – ich kenne den Film, Sie
kenne ich nicht, deshalb bin ich hier. Damit wir über Ihr
Leben reden, nicht über meins. Sonst kann ich höchstens über Ihren Hund und Ihr schönes Boot und den
schönen See etwas schreiben.

Hündin, sagt Schongauer. Ist der Wein kalt genug?

Sie trinkt einen Schluck und bedeutet ihm nur durch ein kurzes Fingerheben, dass die Temperatur stimmt, alles Übrige aber, das glaubt er ihr anzusehen, nicht stimmt. Und auf einmal glaubt er auch zu wissen, was es ihm schwer macht, einfach nur ihre Fragen zu beantworten: dass er sie verheerend gern ansieht, wie keine Frau seit Magdas Tod – verheerend, weil so gut wie alles an ihr über die Augen unmittelbar in das Organ dringt, für das ihr Mann zuständig ist, ohne dass der ihm sagen könnte, warum es sich darin breitmacht. Er will das so gar nicht, und trotzdem geschieht es, auch während Almut Stein – Schongauer bemüht sich noch einmal, sie so zu sehen, mit dem Nachnamen ihres Mannes, und es bleibt beim Bemühen – aus dem Sitzen mit angezogenen Beinen kommt.

Wein, Salami, Käse, Tomaten und Brot, dieser See und ein Sonnenuntergang, alles schön und gut, aber was machen wir jetzt, sagt sie, vor ihm stehend, vor ihm atmend, und er sieht auf ihre und seine Füße, dazwischen die abgestreifte Badeshorts auf dem Holzboden – die hätte er zum Trocknen aufhängen sollen. Normalerweise tut er das, wie er auch sonst immer Musik im Boot hört, nur ist nichts auf dieser Fahrt wie sonst, selbst der See hat etwas noch Glatteres, Unberührteres, und die letzte Sonne ist schon peinlich golden. Er sieht auf das Tuch um Almuts Hüften und auf das Verschlungene der Enden über der Brust, er sieht auf ihren Mund, ohne jeden Ausdruck außer den des Bestechenden, und er sagt Erzählen Sie einfach, was war, ich mach das dann auch.

Es ist ein Handel, den er ihr anbietet, und sie nimmt noch einen Schluck von dem Wein und kauert sich anschließend in den Backbordsitz, wie eine Geflüchtete, die gerade ein rettendes Ufer erreicht hat und der man noch keine Fragen stellt. Schongauer tritt hinter dem Sitz an die Bordwand. Besser er schaut nur auf den See – dem etwas Wasser fehlt, in dem Jahr – statt in immer kürzeren Abständen zu ihr, nur auf das golden Dunstige in der sinkenden Sonne, so übertrieben als Kulisse, dass er hofft, sie würde kein Bild davon machen; und als sie zu reden anfängt, den Kopf halb zu ihm gedreht, da merkt er, wie weit sie davon entfernt ist, so weit wie der tiefe See von seinem Austrocknen.

## 9

Mein Mann hat nur etwas erzählt, weil ich schon etwas
wusste. Er hätte sonst nichts gesagt oder alles beschö-
nigt. Diese junge Kollegin und er sind in seinem Riesen-
Audi erst nach Warschau gefahren, von dort hat er angerufen, gesagt, sie kämen gut voran, und an der Grenze
habe man sie quasi durchgewunken. Trotz all dem Medi-
zinzeug im Wagen, vor allem Schmerzmittel, aber auch,
ich weiß nicht, warum, ein Ultraschallgerät, vielleicht
um Schwangere zu untersuchen. Der nächste Anruf
kam dann schon aus Lemberg, dort waren sie im Hotel,
und er sprach von Raketen, die in der Stadt einschlagen
würden – das hat er vorgestern, als ich eigentlich schon
hier sein wollte, revidiert. Die Raketen hatten weit vor
der Stadt Anlagen getroffen, er hat sie wohl nicht mal
gehört, weil die Seufzer seiner Geliebten lauter waren.
Es war ihr erstes Mal in dem Hotel, das hat er zugege-
ben, aber mit dem Hinweis, dass die ganze Situation
sehr dazu beigetragen habe. Du musst dir das bitte vorstellen, hat er gesagt, dieser gerade begonnene Krieg,
und es gab auch bloß noch ein freies Zimmer in dem
Hotel, weil schon Fernsehteams in der Stadt waren. Na
ja, und dann ist es passiert. Und ich höre mir das alles an
und sehe ihn dabei mit gefalteten Händen im Nacken am

Küchentisch sitzen, irgendwie ratlos, und stelle mir das vor, wie er sich in diese junge Ärztin hineinwühlt und sie das auch möchte, das hat sie mir gesagt, allerdings unter Tränen, als ich mit ihr vorige Woche in einem Frankfurter Café saß. Da hatte sie mich mit einer Mail hingebeten, um etwas loszuwerden, was sie angeblich schon nach dem Wochenende im Waldhaus-Hotel loswerden wollte: dass mein Mann für sie mehr als nur ein älterer Kollege sei, darüber auch schon geredet werde, und sie es furchtbar fände, wenn ich davon sonstwie erfahren würde und dann vielleicht dächte, sie wollte sich in meine Ehe drängen. Das will ich auf keinen Fall, sagte sie. Ihr Mann ist einer, den man bewundert, ein Arzt durch und durch – mit dem ich aber ins Bett gehe, auch durch und durch, nur das hat sie nicht gesagt. Sie hat so getan, als wäre sie auf meiner Seite, der Seite der Frauen, die immer alles ertragen müssen, selbst die Liebe. Als würde sie in irgendeinem Retro-Café von Frau zu Frau mit mir reden. Alles falsch, wie die Einrichtung dort. Das Ganze war ein Tritt gegen ihn, meinen Mann, weil der sie in was hineingezogen hat, das sie letztlich nicht wollte, aber aufregend fand. Also war es auch ein Tritt gegen sich selbst und einer gegen mich: die Frau, die nichts gemerkt hat von alldem oder zu wenig gemerkt hat, die immer noch vertrauensvoll war und endlich aufwachen sollte. Und dann hat sie sich die rote Nase geputzt und ist mit einem Ausdruck, als wollte sie uns beiden etwas Gutes tun, auf die Ukraine-Kriegsreise gekommen. Da hat es angefangen, dort ist es passiert, praktisch von einem Moment zum anderen, erklärte sie mit geknülltem Taschentuch in der Hand. Und das hätte mir an Information gereicht, mehr wollte ich gar nicht wissen, aber sie wollte noch mehr herumtreten, auf sich und irgendwie auf mir oder überhaupt auf den Frauen, die so etwas mit sich machen lassen und wie in meinem Fall gar nicht merken, was ihnen angetan wird. Sie nannte all die Übernachtungsorte, von denen mich mein Mann angerufen hatte, um mir jeweils zu sagen, wie gefährlich seine Mission sei und dass er mich liebe und an mich denke und alles tue, um heil zurückzukommen. Und das kam er auch, in kaum fünf Tagen, eine Rückreise über Kiew und wieder Lemberg, über Krakau und Prag, und in Prag gab es noch eine Nacht in einem feinen Hotel, angeblich um sich auszuschlafen nach der Strapaze, nicht ganz erledigt bei mir zu erscheinen. Ich hatte Kalbsfilet gekauft und eine Flasche Amarone – aus der Gegend hier, nicht wahr? Und jetzt sind Sie an der Reihe.

Amarone, sagt Schongauer, schwer, aber gut. Was wollen Sie von mir hören, ob ich zu so etwas fähig wäre wie Ihr Mann? Es gab nie die Gelegenheit dazu, ich hatte andere Gelegenheiten, Dinge zu tun, die man nicht tun soll. Wollen Sie Salami zum Wein oder lieber Käse, Parmesan? Er schneidet von beidem etwas ab und hält es Almut hin. Im Laufe ihrer Rede ist das Kauernde in dem breiten Sitz verschwunden, wie eine Schale, die von ihr abgefallen ist und etwas freigelegt hat, das er anfassen möchte, um zu spüren, ob es echt ist – er kennt das von Begegnungen mit Berühmtheiten, die aus der Nähe etwas Unglaubhaftes haben, fast ein Zuviel an Ähnlichkeit mit ihren Abbildern, als wären es Trickfiguren.

Die, die er anfassen möchte – er könnte gar nicht sagen, wo oder wie –, nimmt sich zwei Scheiben von der Salami, während er von dem Wein trinkt und zu den Wolken sieht, jetzt als graudunkle Masse über den Bergen im Westen – die Nacht über dürfte das Wetter noch halten, auch den nächsten Vormittag. Von welchen Dingen reden Sie, die man nicht tun soll? Almut löst sich aus dem Sitz; sie geht zu ihrer Kleidung und scheint zu überlegen, ob sie fürs Umziehen in die Kabine soll, in die Enge dort, oder ob es sich auch unter dem Handtuch machen lässt. Von Dingen, die man später bereut, und die Sie noch immer bereuen?

Warum fragen Sie nicht gleich nach dem Tod meiner Frau? Schongauer greift sich ebenfalls seine Kleidung, Hemd und Hose – sollte sie sich anziehen, zieht er sich auch an. Ich bereue nur, am Vorabend von Magdas Gang in die Brandung nicht mehr mit ihr geredet zu haben. Wir hatten Streit.

Worüber?

Es war ein fast mythischer Streit, erklärt er, und Almut sieht ihn an, als würde noch etwas davon an ihm haften, Reste an der Stirn, die sie abziehen könnte wie die tote Haut nach einem Sonnenbrand. Besser als Rotz und Wasser am Küchentisch, sagt sie. Wollen Sie über diesen Streit reden? Ich werde nichts dazu schreiben. Gibt es noch Wein?

Schongauer füllt Almut Steins Glas auf; er füllt auch das eigene und trinkt in kleinen Schlucken; darüber reden könnte er nur, wenn er weit genug ausholte, aber je länger sie ihm zuhören würde, desto mehr würde er glauben, sie sei womöglich die Frau, auf die er gewartet hat. Angenommen, Ihr Mann liebt diese junge Kollegin und umgekehrt auch, sagt er – wäre das dann eine vertretbare, im Grunde menschliche Liebe oder doch nur heimliche und schmutzige? Ich denke, halbe-halbe, so war es bei meiner Frau und mir. Meine Frau hatte als Tierfotografin im Laufe unserer Jahre etwas Mythisches bekommen, und jeder Mythos braucht sein Opfer, klassischerweise eine Frau, in der Tragödie der Tragödien die Medea, fügt er hinzu. Wahr ist aber auch: Zwischen Magda und ihm hatten sich die Verhältnisse umgekehrt. Sie bestimmte sein Maß an Glück, wenn sie sich beugte, ohne den Kopf zu verlieren, sich ihm machtvoll hingab, und das Maß an Unglück, wenn sie sich zeitweilig an einen anderen verlor und ihm dazu noch das Gefühl gab, sie nicht genug gehalten zu haben. Es war ein sagenhafter Streit darüber, wessen Leben mehr gilt, sagt er. Ich wollte damals schon an den See hier, sie wollte das nicht, sie wollte das Grundstück samt dem kleinen Haus verkaufen und weiter ihr Reiseleben führen. Es gab keinen Vertrag auf Zuwachs, sie hatte das Sagen, selbst wenn sie den Mund hielt. Wie sieht es bei Ihnen aus, Almut, der schöne alte Lancia gehört Ihrem Mann, aber wem der große Audi?

Der gehört uns beiden. Mit dem fahre ich einmal in der Woche zum Einkaufen, so war es auch nach Bernhards Reise an die Front. Und in dem Audi hing wohl noch ihr Geruch, nur vermischt mit dem nach Medizin, nach Desinfektion, davon hab ich mich täuschen lassen. Frauen riechen sonst das Haar und den Schweiß und einiges mehr von Geliebten, wie Hunde die Spuren von Hunden riechen. Sie hatten auch mit Ihrer ersten Agentin Streit, ist das richtig?

Ja, sagt Schongauer. Aber keinen mythischen.

Streit, weil Sie mit der Polizei Ärger bekommen hatten, verhaftet wurden – weshalb?

Schongauer schaut auf das tuchglatte Wasser, damit sie Gelegenheit hätte, sich hinter ihm anzuziehen, stattdessen tritt sie aber an seine Seite, ihre Kleidung in den Händen wie ein Geschenk. Immer noch möchte er sie anfassen, und nun weiß er auch, wo: an der Kimme ihrer Oberlippe, geformt wie ein etwas gespreiztes V. Er kann sich kaum vorstellen, dass sie nichts über die Gründe seiner Verhaftung weiß, sie will nur, dass er selbst davon erzählt, ihre Geschichte mit einer eigenen aufwiegt. Ich wurde nachts gestoppt wegen zu schnellen Fahrens, sagt er. Bei mir war eine überaus junge Frau, völlig außer sich, weil ich sie nach Hause fuhr und nicht zu mir mitnahm. Sie war Kostümbildnerin und hatte einen Narren an mir gefressen, und ich habe ihr klargemacht, dass sie sich irrt, sehr klar, kurz bevor die Highway-Patrol mich anhielt. Sie zeigte ihre frischen Druckspuren am Arm, und das endete für mich in einer Zelle, bis durch Anwälte alles geklärt war. So werden Sie es auch gelesen haben, Almut.

Nein, gelesen nicht, entgegnet sie. Ich hab mit Ihrer damaligen Agentin telefoniert.

Schongauer holt das Brot, aber nur um damit Möwen anzulocken, wenn es mitten auf dem See welche gibt, sich damit abzulenken. Die Stein – für Momente sieht er sie wieder so – lehnt fast mit der Schulter an seiner Schulter, das macht es noch absurder, über etwas zu reden, das ihm fern erscheint wie die Kindheit, aber auch so wenig loslässt, allem voran ein Name, Lynn, der Name von der, die ihm Angst gemacht hat mit ihrem Willen – kaum mit der Ausbildung fertig, war sie schon engagiert, so jung wie begabt und aus rätselhaften Gründen in ihn verliebt, er damals Ende vierzig, die Agentin schon über fünfzig – dass sie noch lebt und zu seiner Person Auskünfte gibt, das kann er kaum fassen. Was hat sie noch gesagt?

Take care of yourself, when you meet him.

Und tun Sie das?

Dann wäre ich kaum auf Ihrem Boot. Sie hatten später noch einmal Probleme, größere. Sie waren in U-Haft.

Mit wem haben Sie noch telefoniert?

Eine einzelne Möwe fliegt heran, wie aus dem Nichts der Seemitte aufgetaucht, und Schongauer wirft ihr ein Brotstück zu, das sie nicht gleich verschlingen kann, nur in Sicherheit bringen will, obwohl sie allein ist. Mit niemandem, antwortet Almut, das Gesicht zwischen den Händen, etwas, das er auch gerne hätte, ihre Wangen zu spüren. Aber es gibt Archive, erklärt sie. Und da kann man nachlesen, dass sich dieses junge Talent in Sachen Kostüme mit einer Waffe erschossen hat, die Ihnen gehörte. Und dass die Polizei davon ausging, Sie hätten damit etwas zu tun gehabt, die Tragödie begünstigt. German Actor As Suicide Assistant? stand in der Los Angeles Times, immerhin mit Fragezeichen. Sie hatten mit ihr eine Beziehung, keine lange, aber wohl eine enge, wie eng? Ich frage das nur, weil ich mich frage, wer Sie vor Ihrer Ehe waren und später in dieser Ehe, aber auch, wer Sie jetzt sind.

Der, der mit Ihnen auf dem See ist, sagt Schongauer. Und versucht, Ihre Fragen zu beantworten. Und Sie nicht allzu oft dabei anzuschauen, sein Herz ruhig zu halten.

Dann sind Sie ein Fall für meinen Mann.

Nur wenn ich bergauf gehe. Möchten Sie noch Wein? Er will Almut nachschenken, aber hat plötzlich eine Hand auf dem Arm, für kaum einen Atemzug, doch das reicht, um nicht mehr weiterzuwissen, so wie die Möwe, die vor dem zu großen Stück Brot kapituliert, um nur noch still dazustehen, mit dem Rücken zum Steuer, und nichts mehr sagen zu können, während der See rund um das Boot, ohne die einzelne Möwe, wie am Ziel seiner eigenen Monotonie erscheint.

Schongauer überfällt eine Müdigkeit, als hätte er etwas eingenommen, das ihn nur noch schwer sein lässt, allein mit Atmen beschäftigt, wie vor einem Jahr, als er kaum noch den Hang hinaufkam, bis ihm schließlich der Stent ins Herz gefädelt wurde. Er hockt sich auf den Holzboden vor den hinteren Polstern, statt es sich auf ihnen bequem zu machen, auch aus Sorge, er könnte in der bequemen Lage womöglich einschlafen. Immerhin ist er verantwortlich für das Boot und die Mitfahrende – die sich jetzt auf die breite Polsterbank legt, Beine gestreckt, die Füße mit den Nägeln in dem neuen Blassrot übereinander. Wir müssen das auch nicht alles heute durchgehen, sagt sie. Morgen ist auch noch ein Tag. Erzählen

Sie etwas über Ihren Ort, wie ist es hier im Winter? Den Sommer hab ich ja jetzt, da kann man nicht klagen.

Wer hier ankommt und bald wieder abfährt, erlebt weder das eine noch das andere, sagt Schongauer, und eigentlich will er gar nicht mehr dazu sagen. Der Winter in T. ist ein kaum endendes Grauen. Letztlich regnet es immer, selbst wenn es nicht regnet, man aber glaubt, es würde regnen. Oft regnet es sogar im Traum, und wenn man erwacht, geht es weiter. Man sieht keine Sonne, nur Regen und Nebel, auch der See ist verschwunden, nicht einmal den Ort sieht er, nur das tropfende Geäst der Oliven. Der Hang ist oft schwarz vor Nässe, und wenn sich ein Mensch zeigt, dann als Steppjackengestalt; die Katzen kauern in Mauerspalten, Augen geschlossen. Nur sein Tier ist gern auf den Beinen, immun gegen den Winter. Ascha rennt im Regen umher, und er kann nicht mithalten, höchstens einmal die Woche geht er einkaufen. Er meidet den Ort, nur manchmal zieht es ihn abends nach unten, auf eine Grappa neben der Tankstelle. Der Ort ist am Abend dunkel bis auf das Sparlicht weniger Laternen oder der Bildschirme von Leuten, die auf angeketteten Stühlen vor den geschlossenen Bars sitzen. In der Macelleria gibt es in den toten Monaten Pferdefleisch, und der einzig offene Lebensmittelladen hat etwas von einer kalten Höhle. Der Apotheker, sommers ein Schwerenöter, wird zum Männlein im weißen Kittel, das Stimmungsaufheller verkauft, und der Mann im Geschäft für Eisenwaren schräg gegenüber wird immer schmaler und gelber, wie ein zwischen Buchdeckeln getrocknetes Blatt. Alle Bewegung im Ort ruht, nur an klaren Tagen gibt es ein kurzes Huschen. Die Leute glauben dann wieder an den Sommer, aber noch ist es feucht und kalt. Man heizt mit Holz, aber geht auf TikTok, und angeblich gibt es, wenn überhaupt noch, im Oktober ein paar Geburten. Wer kann, fliegt nach Kuba oder Thailand; älter wird man überall – alt nicht unbedingt, so der neue Glauben. Trotzdem hat die Kirche am Sonntag Zulauf, aber eher, um überhaupt noch am Leben teilzunehmen. Und die aus der Fremde mitgebrachten Schönen haben ihre wahre Prüfung erst im nächsten Winter. Im Sommer strahlen sie, aber das tun auch die Ansässigen, manche bis achtzig: die Älteren sterben im Takt der Hitzewellen. Die Zahl der Sommergäste hat durch Corona abgenommen, soll sich aber erholt haben. Im Winter zählt der Ort dreitausendachthundert Seelen, im Sommer sind es um die zehntausend. Die spätere Saison gehört Bikern und Wanderern, nach Geschlecht kaum zu unterscheiden in ihrem Dress. Am See gibt es drei Geschlechter, die neueren nicht mitgezählt: männlich, weiblich, sportlich. Die Sportlichen machen Kite-Surfen oder gehen in die Berge. Leute, die bei ihren Touren Steinböcke oder einen Wolf gesehen haben wollen, sind nicht ernst zu nehmen. Man findet kaum noch seltene Tiere oberhalb des Sees, der Monte Baldo ist ein Spielplatz geworden, seit es die große Seilbahn bei Malcesine gibt. Busse nach Peschiera im Süden beziehungsweise Malcesine und Riva im Norden fahren jede Stunde, im Sommer nutzt er das manchmal, weil die Busse gekühlt sind, aber auch um seine Muttersprache zu hören, die Musik der Dialekte. Leute aus dem Osten Deutschlands sagen Maltschesiene, wenn sie dort aussteigen, und sie sind ihm zehnmal lieber als Leute auf dem Hang, die ihren Müll verbrennen. Gartenabfälle dürfen zweimal pro Jahr verbrannt werden, so hat es die Kommune geregelt, nur erklärt jeder, es sei das erste Mal, wenn er die Nachbarschaft in beißenden Rauch hüllt, den alten Rechner gleich mitverbrennt. Und gottverlassen stehen da die neuen Sommerhäuser seitlich am Hang, kubische Glas- und Betonkadaver, davor kleine, frisch gesetzte Olivenbäume, die schon ihre Blättchen verlieren, da stehen wie Waisenkinder – Schongauer muss sich einen Ruck geben, um Almut zu antworten. Der Sommer macht einen hier traurig, sobald man bemerkt, dass die Tage kürzer werden, sagt er. Und der Winter macht einen froh, sobald es umgekehrt ist. Werden Sie das schreiben, vielleicht als Einleitung? Er stemmt sich etwas hoch und schaut über die Bordwand: Die Strömung hat ihre Richtung behalten, sie treiben weiter auf den meerartigen Teil des Sees zu.

Ich weiß noch nicht, was ich schreiben werde, entgegnet sie. Ich weiß nicht einmal, was morgen sein wird.

Morgen entlädt sich hier alles, sagt Schongauer. Was wissen Sie noch über mich? Eine Frage, als er seine Position verändert, sich mit dem Rücken an die Bordwand lehnt und damit Almuts Kopf nahe kommt, das heißt, sie liegt auf den erhöhten Polstern, er sitzt daneben auf dem Boden und kann etwas von oben in ihr Gesicht schauen, nur verkehrt herum. Er sieht ihr Haar, die Stirn, die geschlossenen Augen, ihre Nase und den Mund – der schon wieder sein Bestechendes hat, wie in alten Filmen ein Frauenmund in Großaufnahme, wenn das, was daraus folgt, so unvermeidlich wie fatal ist.

Almut antwortet nicht auf die Frage, was sie noch über ihn wisse; auf einmal aber schaut sie ihn an, aus der verkehrten Lage heraus, den Kopf halb gewendet – den, über den sie schreiben will, aber in dessen Boot sie liegt –, und statt sich zu ihr zu beugen, den Mund an ihr Haar zu legen, schließt er die Augen und hört wieder seine Atemluft in der Nase – gut möglich, dass sie ihn immer noch anschaut, aber warum? Er weiß nicht, was in ihr vorgeht, er weiß oder spürt im Moment nur, dass zwei Menschen mehr Stille verbreiten als einer. Und als er die Augen wieder öffnet, hat Almut das Bündel ihrer Kleidung als Kissen unter dem Kopf, die Arme über der Brust verschränkt. Ihre Hündin, sagt sie, Ascha, so heißt sie doch, bedeutet Ihnen viel, nicht wahr, warum? Ich will nur verstehen, warum man ein Tier liebt.

Das ergibt sich, sagt Schongauer. Als sie ein Jahr alt war, fing sie an, mich zum Spielen aufzufordern, das macht sie bis heute, immer gegen Abend. Sie hüpft hin und her, bellt und lockt mich, bis ich ihr ein altes Polster hinhalte, nach dem sie schnappt. Ich ziehe es weg, und sie springt kläffend danach, ich werfe es, und sie holt es und schüttelt es wie verrückt, bis ich Aus! rufe und ihren Namen mit etwas Empörung, Aschaah! Danach fängt das Spiel von vorn an, aber plötzlich hat sie genug und geht einfach weg. Sie tut nichts, was sie nicht will. Wenn sie zu mir ins Bett kommt, will sie es so. Rufe ich sie aber, und sie kommt nicht, will sie für sich sein. Sie macht mir nichts vor, ich ihr auch nicht. Unser Umgang ist frei von jeder Taktik, auch in unschönen Situationen. Hat sie sich nach falschem Futter mal nachts im Haus erbrochen, wisch ich es am Morgen auf, ohne ein Wort. Sie kann nie etwas dafür, ich immer. Und nichts, was ich in ihrer Gegenwart tue, entgeht ihr, kein Mensch war je so aufmerksam mir gegenüber. Ascha weiß nicht, dass es Liebe gibt, aber liebt. In unseren bald fünf Jahren hat sie mich nie enttäuscht. Reicht Ihnen das?

Almut prüft die Verschlingung ihres Tuchs, ob sie noch fest genug ist. Vielleicht sollte ich mir auch einen Hund zulegen, sagt sie. Wozu würden Sie raten, Männchen oder Weibchen? Eine Frage, bei der sie ihn wieder anschaut, ihr Mund aber jetzt geschlossen, und die Lippen – das fällt ihm jetzt erst auf – haben etwas Symmetrisches, als wäre die Oberlippe über Wasser und würde sich darin spiegeln. Ihr Schauen ist ruhig, und es geht über ihn hinaus, und irgendwie sieht er das noch, auch wenn er es seit Jahren nicht mehr erlebt hat: wie in einem Frauengesicht geschrieben steht, dass ihr als letzter Ausweg immer noch der Mut zur Wahrheit bleibt. Legen Sie sich keinen Rassehund zu, sagt er. Auch keinen Rüden. Nehmen Sie ein Weibchen von der Straße, die verrecken sonst am elendsten. Meine Frau hat ganze Nächte auf Straßen in Bukarest und Nairobi, in Mexiko City und in Manila zugebracht, nur um Bilder von diesem Hundeelend zu machen.

Magdalena Reinhart, Ihre Frau, war alles andere als einfach. Und Sie haben darunter gelitten.

Das wissen Sie nicht, erwidert Schongauer, das vermuten Sie nur. So wie ich vermute, dass Sie unglücklich sind – zwei schöne Autos, aber keine Kinder, kein Haustier, dafür viel Zeit für sich selbst. Wollten Sie keine Kinder? Er fragt das bei einem plötzlichen Schwanken des Boots nach einer einzelnen seitlich aufgetroffenen Welle. Almut zieht ihre Kleidung unter dem Kopf hervor, sie richtet sich auf. Ich wurde sehr bald schwanger, sagt sie. Mein Mann war noch Assistenzarzt, ich hab noch studiert, das alles mit einer kleinen Wohnung, was sollten wir tun? Und später war es zu spät, wir hatten da schon unseren Rhythmus. Warum schwankt das Boot?

Von einer Welle. Und Sie bedauern es heute.

Immer wieder, ja. Er kaum. Männer bedauern, was sie im Leben verpasst haben, Frauen lässt es nicht los, was sie an Leben verpasst haben. Ist es nicht so?

Schongauer weiß nicht, ob er dem zustimmen soll. Zwar erscheint es ihm irgendwie richtig, aber es hat auch etwas zu Sprachschönes, um einfach nur wahr zu sein, aus ihrem Mund allerdings wie mit dem glatten See, dem Licht und der Stille im Einklang. Er summt ein höchstens halbes Ja, dann schlägt er vor, dass sie etwas rückt auf den breiten Polstern, und Almut Stein – für Momente erscheint sie ihm wieder mit vollem Namen, als die, die mit ihm Dinge vorhat, ihn aus der Vergessenheit holen will – macht einen Gegenvorschlag: dass er sich ihr vis-à-vis setzen solle statt neben sie. Sie will mehr Abstand, und Schongauer setzt sich auf die andere Seite der Polsterbank, das Badetuch eng um Hüften und Beine – nur mit ihren und seinen Füßen könnte jetzt noch zu viel Nähe entstehen, wenn sie beide nicht aufpassen. Was er denn im Leben verpasst habe, fragt sie, und ohne nachzudenken, sagt er Unter Umständen nichts. Vielleicht sind die vielen zehn oder auch nur fünf Minuten auf dem Set-Seil, die ich hatte, schon das ganze Leben des Artisten, das wär doch möglich.

Noch eine Welle trifft das Boot, obwohl der See unbewegt ist, nur ergeben sich manchmal Wellen, die man nicht sieht, sie überlappen einander, ohne zu brechen, bis sie zu einer wandernden Woge werden, und wieder folgt ein Schwanken, das erst allmählich verebbt, schläfrig machend, als hätten sie mehr als eine Flasche Wein getrunken, und es wäre schon Nacht. Schongauer schaut in das Gesicht, das ihm noch fremd ist, und Almut, jetzt mit den Fingern an den Lippen, wie um sie zu schützen, schließt die Augen, aber so, als könnte sie ihn immer noch sehen. Was weißt du schon von einer Frau, sagt sie und korrigiert ihr Du auf der Stelle, ja wandelt das Ganze ab. Was wissen Sie schon von mir.

Darauf erwidert er nichts, und eine Weile fällt kein Wort, während die Strömung das Boot auf die Landzunge von San Vigilio zubewegt mit ihrem alten parkumgebenen Herrenhaus, in dem nur ein einzelner Mann wohnt, der Conte, und es kaum einmal für eine Traumhochzeit vermietet, um den Park zu erhalten, mit Baumskulpturen, die ein Gärtner nach den Wünschen des Conte beschneidet – die Pforte zum See hin in Gestalt einer Vagina, herausgeschnitten aus dem dunklen Ineinander zweier Friedhofszypressen.

Schongauer hat die Lichter am Bug angemacht, ein grünes auf der Steuerbordseite, ein rotes auf der Seite zum

Ufer hin. Das Boot treibt weit genug vom Ufer, und die Lichter sind auch in der Dämmerung gut zu sehen; der See ist weiterhin ruhig bis auf die Strömung, eigentlich kann nichts passieren, außer dass es Nacht wird. Und so eine Fahrt hat er sich oft gewünscht: mit einer Frau, die noch einmal sein Interesse weckt, ihn sich selbst übertreffen lässt, auch wenn man nie weiß, wo das endet, wenn jemand sich selbst aus dem Blick verliert – Lynn, die begabte Kostümbildnerin, bis zur Erschöpfung jung und begabt, hatte sich in nur einer Nacht so auf seine Seite ziehen lassen, dass von ihrem Boden unter den Füßen nichts mehr geblieben ist. I love you, hat sie gesagt, ohne dass er ihr wie im Film geantwortet hätte – es sind diese drei Worte, die vergessen machen, wie sehr das Leben das Leben bedroht. Einmal nur hat Magda zu ihm gesagt Ich liebe dich, ansonsten hat sie es gezeigt, anfangs, wenn ihre Zunge mit sanftem Beharren seine suchte, am Ende, wenn sie ihn ansah und dicht davor war zu weinen. Und hätte er im Moment bei Almut die Wahl, würde er keine Worte wollen, sondern sich für die Zunge entscheiden, das sanfte Beharren. Er greift nach ihrer Hand, die die Kleidung hält, ohne zu wissen, was daraus werden soll; er will ihr etwas sagen, so etwas wie Lassen wir uns doch treiben, die ganze Nacht, warum nicht, aber Almut kommt ihm zuvor. Wir sollten uns jetzt anziehen, sagt sie.

## 10

Und später, nachdem er Almut am Hafen abgesetzt und das Boot wieder zur Boje gefahren hat, um es so zu vertäuen, wie es sein sollte, und er zurück ans Ufer geschwommen ist, den wasserdichten Sack mit seiner Kleidung und den Schuhen und genug tragender Luft vor der Brust, fragt er sich auf dem ersten Wegstück hangaufwärts, was nach den Worten, dass sie sich jetzt anziehen sollten, im Einzelnen noch passiert ist, wenn es sich als Ganzes schon kaum fassen lässt.

Auf jeden Fall hat er sofort nach seiner Hose gegriffen und sie unter dem Badetuch über Beine und Hüften gezerrt, um dann nur in dieser Hose, noch ohne Hemd, vor San Vigilio den Motor anzulassen. Er hat das Boot gewendet und ist an der Parkfront mit der Zypressenpforte zum Wasser hin entlanggefahren, langsam, damit Almut sich ihr Bild davon machen kann, da war sie schon angezogen, vollständig, und der Moment, in dem sie zu ihm trat, eine Hand ans Steuer legte, fast an seine Hand, hat etwas noch so Gegenwärtiges wie jetzt das Wetterleuchten über den Bergen auf der anderen Seeseite: Almut neben ihm, die Schulter an seiner, und beide schauen sie zu dem Herrenhaus mit seinem Steingrau, etwas abgesetzt von dem schwärzlichen Park, die unteren Fenster einer Loggia alle weit geöffnet, auch dahinter nichts als Dunkel – ein Totenreich, flüstert sie ihm zu, und er macht seine Stablampe an und wirft den Schein auf die Pforte, und beide – das glaubte er in dem Augenblick – dachten sie an das Gleiche, aber behielten es für sich. Erst als er Almut am Hafen aus dem Boot half, machte sie sich doch noch Luft, so kam es ihm vor – das mit der Lampe sei nicht nötig gewesen, sagte sie. Und morgen etwas später, gegen elf, und danke für die Fahrt! Aber statt nach diesem Schlusswort gleich ins Hotel zu gehen, ging sie noch, als er auch langsam aus dem Hafen fuhr, auf der Mole neben dem Boot her; sie winkte ihm mit halb erhobener Hand, und er winkte zurück – einmal, zweimal, dreimal, ja viermal, wobei ihm erst jetzt, schwer atmend in einer Gehpause, klar wird, was sich dort zwischen der Mole und dem Boot abgespielt hat: etwas mit Drang in die nahe Zukunft, ohne gegenseitige Verletzung kaum noch umkehrbar.

Das Wetterleuchten über den Bergen auf der Westseite hat zugenommen. Fast im Sekundentakt wie bei flackernden Glühbirnen erhellt es dort die Wolken zu Gespenstergebilden; noch folgt kein Grollen, und noch geht kein Wind auf dem Hang, die Luft steht in den Hohlwegen, aber der See wird schon unruhiger, nur zu hören, wenn man Erfahrung hat – als er ein Kind war, hat es aus dem Radio oft so gerauscht. Er ist bei noch glattem Wasser zurückgefahren, in schnellem Gleiten, das hat Almut gefallen, sie hat Wow gerufen und er ihren Namen: Jetzt machen wir fast vierzig Knoten, Almut! Der Name beschäftigt ihn im Weitergehen auf dem steilsten Abschnitt; er kennt keine zweite Almut, und alles, was auf der Bootsfahrt war, haftet an diesem Namen, auch alles, was er sich, nach den Stunden mit ihr auf dem See, vorstellt. Er sieht sie im Bad, ihr Haar auswringen nach dem Duschen und sich zum Spiegel beugen, mit einem Handtuch das Beschlagene abwischen, bis ihr Gesicht erscheint, der symmetrische Mund, geteilt von einer Linie, wo sich die Lippen berühren, und das unbestimmt Entschlossene in den Augen durch den haarfeinen Abstand der Iris zu den Unterlidern – Details, die sich nicht einfach verflüchtigen, ja sich so halten, dass er sie nachzeichnen könnte wie die Buchstaben einer Schönschrift.

Schongauer muss erneut stehen bleiben, seinen Atem beruhigen und sich den Schweiß aus den Augen wischen – im Boot hat Almut bei der schnellen Rückfahrt, als sie beide das Steuer hielten, einmal auch seinen Namen gebraucht, ihn aber nur Schongauer genannt – Schongauer, wo führt das hin, man kann im Leben nicht einfach herumplantschen, rief sie, und dieses letzte Wort hat ihn noch mehr überrascht, es klang gar nicht missbilligend, eher wie ein Köder aus vier Silben, ihm hingeworfen – komm, fang etwas an damit.

Ein Windstoß, anscheinend so aus dem Nichts wie die Welle, die das Boot ins Schwanken gebracht hat, reißt Blätter von den Feigenbäumen am Wegrand und sogar Früchte, die auf den Steinen zerplatzen – Wind, der unten am Hafen geöffnete Fenster zuschlägt. Almut bleibt nur, vom Bett aufzustehen, das Fenster zu schließen und gleich auch den Vorhang. Danach legt sie sich wieder hin, kaum bedeckt, nur die Füße; sie macht das Licht im Zimmer aus, sie dreht sich auf den Bauch, und nun könnte etwas in ihr, das ihn bei Frauen immer sprachlos gemacht hat, wenn sie davon erzählten oder es nicht bestritten, sie dazu bringen, das zu beenden, was sie beide im Boot nicht einmal angefangen hatten – mehr ein jähes Bild als ein Gedanke, ebenso jäh gelöscht durch ein Bellen. Ascha kommt auf ihn zugerannt in der Dunkelheit, jaulend vor Freude, als sie ihn anspringt, erneut die Arme aufkratzt, während ein Stück hinter ihr, erst schemenhaft, dann unübersehbar, seine junge Gestrandete auftaucht.

Schongauer, schweißnass im Gesicht nach dem Anstieg, trocknet sich mit dem Hemd ab – ob sie schon etwas gegessen habe, fragt er durch den Stoff hindurch, fast schon eine Sorge, wie er sie lange nicht mehr geäußert hat, wenn überhaupt je, und Frida, jetzt neben ihm auf dem holprigen Weg, seine Begleiterin bis zum Haus, antwortet auf ihre Art, die er nur hinnehmen kann, wie er das Wetter hinnimmt. Das hat meine Mutter auch gefragt, sagt sie und erzählt von einem neuerlichen Anruf – die Mutter, wohl in heller Aufregung, nachdem sie den täglichen Reiseblog der Tochter gelesen hatte, kann es kaum fassen, dass Frida ihre Zeit mit einem fremden Hund verbringt, ihn ausführt und füttert und mit ihm spielt, statt sich um ihr Fahrzeug zu kümmern, damit es wieder flott wird. Offenbar will sie, dass die Tochter keinen Tag länger als nötig bei ihm bleibt, einem, der nur Nazis in Nebenrollen gespielt hat, gleichzeitig scheint sie aber auch neugierig auf ihn zu sein.

Und um das Ganze zu beschleunigen, hat sie jetzt tatsächlich einen Flug nach Verona gebucht, samt Taxi-Service an den See und zwei Karten für Aida in der Arena. Schongauer bleibt bei dem kaputten Mauerstück stehen – falls das Wetter morgen Vormittag noch hält, sollte er es ausbessern vor dem Sturm. Die Hündin scharrt in den losen Steinen, er zieht sie am Halsband zurück. Du hast deiner Mutter nicht erzählt, dass der fremde Hund eine Hündin ist?

Doch. Aber sie hält die ganze Welt für männlich.

Schongauer zeigt auf das Wetterleuchten – Morgen geht hier die Welt unter, es kann sein, dass Flüge ausfallen.

Dann nimmt meine Mutter den Zug, sagt Frida. Sie ist nicht aufzuhalten. Wie war die Bootsfahrt?

Die war wie immer, warum fragst du? Schongauer geht ins Haus, in Gedanken noch bei Fridas Mutter, der Frau, die nichts aufhalten kann. Er schaut im Kühlschrank nach, was noch zu essen da ist, und die befristete Mitbewohnerin ruft, dass sie oben in Albisano etwas eingekauft habe, auch gleich für Ascha. So selbstverständlich ruft sie ihm das noch zu von draußen, dass er kaum etwas erwidern kann, nur ein Gut, als er schon im Bad ist bei offener Tür. Er lässt sich kaltes Wasser über die Blutergüsse an Händen und Unterarmen laufen, von Krallen, die er nicht antasten will, auch wenn sie sich immer wieder in seine alte Haut graben, inzwischen so dünn wie das Zigarettenpapier der frühen Jahre. Er ruft den Namen der Hündin, und sie kommt ins Bad, er setzt sich auf den Klodeckel und legt seinen Kopf an ihren.

Ascha leckt ihm den Schweiß vom Gesicht, ihre Augen schauen, wie die von Magda manchmal geschaut haben, wenn er gleich und bereit zu ihr ins Bett kam – wohlwollend ratlos. Dass er sie unentwegt vermisste, könnte er nicht mehr sagen, aber doch einmal am Tag – jetzt zum Beispiel. Er würde dann über das Bild im Bad mit ihr reden, warum er es gerade dort aufgehängt hat, und Magda würde ihm raten, es an der Stelle wieder abzuhängen und am besten zu verbrennen, weil es schließlich nur ein Druck sei – ja, es so zu vergessen wie den einzigen auch vergessenen Film, in dem er je die Hauptrolle hatte, weil alle anderen dafür Vorgesehenen das Budget gesprengt hätten: er als Eremit in der Wüste, heimgesucht von Versuchungen aller Art, und die weiblichen Schreckenswesen gestaltet von Lynn der so jungen Kostümbildnerin.

Wie sein Hunger sei, groß oder klein, ruft Frida aus der Küchenecke, und er entscheidet sich für groß, obwohl er im Boot schon etwas gehabt hat. Und was sie dann beide an dem Tisch unter dem Vordach bei nur einem Windlicht zwischen ihren Tellern essen, frische Gnocchi mit Parmesanflocken und einen Avocadosalat, gibt ihm ein Gefühl von Versorgung, wie es sein Tier vielleicht hat, wenn es abends den vollen Napf bekommt. Er hat nun richtig Hunger, isst aber bedächtig, während sich Frida über das Essen hermacht; hinter den Bergen auf der anderen Seeseite gibt es jetzt ferne Blitze, noch immer kaum mit Nachgrollen, aber schon als gezackte Risse im schwarzen Himmel, als wäre dahinter ein Gleißen, das sich einen Herzschlag lang zeigt; dazu, ganz

nah, eine einzelne Zikade, wahrscheinlich in der Dach-
glyzinie. Erst als Fridas Teller fast leer ist, bemüht sich
Schongauer um ein Gepräch, er fragt, ob sie in der Versuchung des heiligen Antonius weitergelesen habe, und
sie zitiert eine Stelle, als hätte sie von ihm Hausaufgaben
bekommen. Das Kind Hilarion zu Antonius: Du verzich-
test auf Fleisch, Wein, Bäder, Sklaven und Ehrungen,
aber in deiner Phantasie berauschst du dich an Gelagen,
Parfums, nackten Frauen und jubelnden Mengen! Deine
Keuschheit ist nur eine feinere Art des Lasters.

Und warum gerade diese Stelle?

Ein Windstoß wie aus einer auffliegenden Tür schüttelt die Bäume und hebt das Vordach aus Schilf an, danach ist die Luft wieder unbewegt, so stickig wie zuvor.
Sie sei an der Stelle hängen geblieben, antwortet Frida,
oben in Albisano auf dem kleinen Platz vor der Kirche an
der Kante des Hangs, auf einer der Bänke dort, gut zum
Lesen, mit einem Blick hinunter auf den Ort und die
Bucht mit seinem Boot.

Aber das Boot war gar nicht da, sagt er. Es war auf der
anderen Seite vor den Felswänden, an meiner Schwimmstelle. Wenn du noch etwas bleibst, können wir auch
dort hinfahren, oder was sind deine Pläne? Die Frage
erschreckt ihn, als hätte er Woran denkst du? gefragt.
Ihre Pläne gehen ihn nichts an, nur die Art, wie sie mit
seinem Tier zurechtkommt, darf ihn beschäftigen. Meine
Pläne, sagt sie – ich will weiterfahren, was ist mit Ihrem
Mechaniker, wann kommt er?

Schongauer trägt die Teller hinein, bevor sie noch
etwas tun kann, irgendwie im Haushalt mithilft, er spült

die Teller auch gleich. Den Albaner kann er einschätzen: Erst wenn die, die ihn abends umschwirren, gegangen sind, Luan allein vor der Bar neben der Tankstelle sitzt und sich wieder erinnert, dass es auf dem Hang ein defektes Wohnmobil gibt, wird er sich melden. Nur ist das überhaupt sein Wunsch: dass die Reparatur an Ort und Stelle gelingt und Frida danach gleich weiterfährt, als wäre sie nie dagewesen – ja und nein. Der kommt nicht, wenn ich ihn dränge, erklärt er, als sie ihm die Teller aus den Händen nimmt, um sie abzutrocknen. Er kommt nur von sich aus, weil er Urlaub hat, die zwei Wochen im Jahr um Ferragosto herum. Wo wird deine Mutter wohnen? Die Hotels im Ort sind voll.

Die Hündin trottet ins Haus, noch unentschieden, an wen sie sich wenden soll, den duldsamen Blick von unten nach oben dann aber auf ihn gerichtet. Frida stellt die Teller dorthin, wo die Teller hingehören; ihre Bewegungen sind die einer Artistin, die genau weiß, was ihre Arme und Hände, die Beine und Füße zu tun haben. Sie kennen meine Mutter nicht, sagt sie. Die hat noch nie irgendwo kein Zimmer bekommen. Und will mir das mit ins Leben geben: Wie man an ein Hotelzimmer kommt, auch wenn nichts frei ist, oder einen Platz in einem vollen Flugzeug. Meine Mutter hat eine Mission, die heißt Mit dem Kopf durch die Wand, ohne dass dem Kopf etwas passiert und die Wand ernsthaften Schaden nimmt. Ihre Frau, die Tierfotografin, war die so ähnlich?

Eine Frage noch über die Schulter, als sie schon zu ihrem Wohnmobil läuft, während er sein Tier festhält, und eine vernünftige Antwort hat er nicht; Schongauer kann nur erklären, dass bei seiner Frau die Wand immer ein Riesenloch gehabt habe, worauf Frida sich noch einmal umdreht und ihm im Rückwärtsgehen Gute Nacht wünscht. Aber wirklich einfach nur gut schlafen, ruft sie – okay? Ein so halb fragendes, halb ihm geschenktes Okay, dass er sich augenblicklich ins Haus zurückzieht und die Tür hinter sich schließt, überwältigt von etwas, das er nicht mehr erlebt hat, seit Magda tot ist.

Er geht ins Bad und dort unter die Dusche, unter kaltes Wasser, um sich auf die Nacht vorzubereiten, die Schwerarbeit des Einschlafens, was bei ihm heißt: alles Denken und damit die Erinnerung versiegen zu lassen. Noch halb nass und für Momente schauernd trotz der Hitze im Haus, legt er sich, schon in der Hose für die Nacht und in einem alten Magda-T-Shirt mit verblasstem Motiv, zwei Seekühen, auf das Ledersofa, nah bei der Hündin, die auf dem Steinboden vor dem Sofa so flach und ruhig liegt, wie nur ein Tier liegen kann, weil ihm nichts unruhig Menschliches durch den Kopf geht, nichts, das einen immer neue Haltungen suchen lässt, um in den Schlaf zu finden. Schongauer weiß nicht, was in den nächsten Tagen auf ihn zukommt, er spürt nur, dass es zu viel werden könnte, wie er das auch gespürt hat, als Magda in sein Leben trat. Da wohnte er noch in einem einstöckigen, ausgebleichten Holzhaus mit Vordach über die ganze bescheidene Breite, in der Mitte die Haustür, links und rechts je ein Fenster mit Fliegengitter, und das Vordach gestützt von vier dünnen Pfeilern, an einem der mittleren in Augenhöhe die Hausnummer mit den Ziffern untereinander, wie bei solchen Häusern im Großraum Los Angeles üblich. Vier, neun, fünf, sieben stand dort, seine Adresse in den Tausendern, und da gab es schon dieses Sofa, während im Vorgarten auf welkem Rasen ein Sofa stand, das dem Vermieter gehörte, eins mit weißem Kunststoffbezug, auf den rot das Wort Party gesprüht war, das Ypsilon mit übertriebener Schleife. Auf dem Haus gab es eine Antenne mit baumelndem Kabel, und hinter dem Dach ragte eine einzelne Palme auf, von der abgestorbene Wedel hingen – ein Bild der Erschöpfung, wie gemacht für ihn, wenn er nach Hause kam und dann auf dem Sofa lag, auf dem Bauch sein Telefon, falls die Agentur anrief, eine der Minutenrollen für ihn hatte, und die Gedanken zu dem gingen, was von seiner Seite dafür getan werden könnte, damit sich irgendein verrückter Independent Producer über Nacht in Flauberts Versuchung des heiligen Antonius verliebt und ausgerechnet ihm, dem düsteren Background-Deutschen, die Hauptrolle anbietet, und wie das wäre, wenn es so wäre. Bis sich eines Tages, eins der Wunder in der Traumfabrik, ein paar Verrückte zusammengetan hatten für das Projekt mit ihm als Low-Budget-Darsteller und er vor Drehbeginn mit einem Bangen auf dem Sofa gelegen hat wie im Moment, wenn er an morgen denkt.

Almut, von der er nicht weiß, ob das Du aus der letzten Stunde im Boot noch gilt oder überhaupt angebracht ist, ihrer Arbeit dienlich oder eher im Weg, wird bei ihm auftauchen, auch wenn das Wetter schon umschlägt. Sie wird ihre Fragen stellen, als hätte es die Fahrt auf dem

See nicht gegeben, und er wird ihr antworten, als wäre sie nur die Frau, die ihn mit einem Porträt aus der Vergessenheit holen will, und nicht die, die ihm viermal gewunken hat, als er aus dem Hafen fuhr. Er stemmt sich aus dem alten Sofa, steigt über die Hündin und geht zum Kühlschrank, um sich ein Bier zu holen – Frida hat gleich einen Sixpack gekauft, und dieses Wort von einst, das er vor sich hindenkt, kann sein Bangen im Hinblick auf Almut verwischen. Er nimmt sich zwei der kalten Dosen, die eine reißt er auf, die andere presst er sich an die Wange; seit dem frühen Abend glüht er, was mit der Sonne auf dem See zu tun hat, aber nicht nur. Einmal, infolge der ersten einzelnen Welle, war Almuts Handtuch verrutscht, und für Augenblicke war da etwas zu sehen, das ein Gefühl von Wehmut in ihm ausgelöst hat, sonst nichts – kein Verlangen, seinen Mund auf die weiche Höhlung ihres Schenkels zu drücken.

Er trinkt das Bier in kleinen Schlucken, die Dose in der linken Hand, mit der er schon bei Madga diese zartweiche Höhlung ertastet hatte, in ihrer ersten Nacht in dem einstöckigen Holzhaus mit dem von Pfeilern gestützten Vordach, einer Nacht mit Stromausfall in der ganzen Wohngegend nach einem kleineren Beben, und das wahre Beben war dann zwischen ihm und ihr, mit Lauten, als würde Kies ausgeschüttet. Vor Magdas Eintritt in sein Leben war er im Grunde verwahrlost, auch wenn er sich täglich rasierte, alle zwei Wochen zum Friseur ging, tadellose Zähne besaß und eine Mexikanerin sogar sein Haus in Ordnung hielt; mit Magda hatte er auf ihren erschöpfenden Fototouren Schmutz unter den

Nägeln, einen grauen Bart und verfilztes Haar, aber war nicht mehr der, der den hässlichen Deutschen gab – sie war das unverhandelbare Reale in seinem Leben geworden. Die Hündin springt aus einer todähnlichen Lage auf, schnaubend, bellend, empört, also ist irgendwo eine Katze, und er umarmt ihren erregten Kopf und beruhigt sie mit dem Namen, auf den sie hört, wie Magda ihn mit seinem beruhigen konnte, wenn er sich bei den oft tagelangen Touren auf der Suche nach einem bestimmten Tier nachts in einem winzigen Zelt, auf das prasselnd der Regen fiel, auch noch in ihr erschöpft hatte. Ascha will ins Freie, aber er hält sie zurück. Ihr Gebell verliert sich in Jaulen, er ahnt, was in ihr vorgeht: Sie will zu dem Wohnmobil, sich dort schlafen legen, in Nähe der neuen Freundin. Was ist mit dir?, fragt er, irgendwie hoffend, sie würde wenigstens einmal antworten, und als sie nur noch gegen die Hitze anhechelt, greift er zu dem Ding, für das seine Daumen kaum mehr beweglich genug sind, um auf der kleinen Tastatur etwas zu tippen; schon das Wort Reiseblog kostet ihn Mühe, und erst recht der lange Name von Fridas täglichem Eintrag.

Geh aus mein Herz und suche, das war auch für Magda ein Vorsatz, ohne ihn formuliert zu haben, wenn sie zu einer Tour aufbrach, und wäre wohl auch einer beim Schreiben gewesen, ob für ein Buch oder einen Blog. Nur hätte sie ganz auf den Gegenstand bezogen geschrieben, irgendein scheues, wenig beachtetes Tier, das sie beherzt gesucht und schließlich ins Bild bekommen hat, und wäre nicht abgeschweift – Ein Rat nebenbei, heißt es unter Fridas Eintragung zum Tage, den

Stunden, die er mit Almut auf dem See verbracht hat: Geht nicht auf Reisen ohne einen Hund, der euch begleitet, und wenn ihr keinen habt, holt euch einen aus dem Tierheim. Aber erzieht ihn vor Beginn der Reise, und ich rate zu einem Weibchen. Zurzeit betreue ich die Hündin, die dem Mann gehört, bei dem mein Wohnmobil stehen darf, bis es repariert ist. Ihr Name ist Ascha, und heute Nachmittag saß ich mit ihr auf einem kleinen Platz vor der Kirche von Albisano hoch über dem See. Ich las in einem Buch (Die Versuchung des heiligen Antonius von Gustave Flaubert, zu empfehlen, wenn ihr Fantasy mögt) und aß Eis aus einem Becher, und auf einmal war Aschas Kopf zwischen meinen Knien, und sie sah mich so von unten an, dass ich ihr den Becher zum Auslecken gab. Klingt etwas zu schön, um wahr zu sein, weil auch noch der Blick von dort oben unglaublich ist, aber so war es (Albisano mit ruhigem Parkplatz, um im Auto zu übernachten, kühler als unten am See, und das Eis in der kleinen Bar Baldo gleich hinter der Kirche ist der süße Hammer).

Es folgen noch Datum und Uhrzeit sowie die Koordinaten des Parkplatzes für eine Nacht im Auto – an einen wie ihn, der hier längst seine eigene Zeit und auch eigenen Koordinaten hat, dürfte sich Fridas Blog kaum richten, und Schongauer spürt einmal mehr, wie sehr sich die Türen der Welt hinter ihm schließen oder schon geschlossen haben, also macht er wenigstens die Haustür weit auf, auch wenn nur stickige Luft hereinzieht; immer noch ist es windstill, bei einem Himmel ohne einen einzigen Stern. In dem Wohnmobil brennt das rote Licht, als würde Frida noch lesen oder wäre dabei eingeschlafen, Letzteres hätte er irgendwie lieber. Wem hat er da nur eine Ecke bei sich angeboten auf die Gefahr, sich an ihn zu gewöhnen – Schongauer kommt aus dem Shirt mit den verblassten Seekühen, er trocknet sein wieder nasses Gesicht damit ab, während Ascha an ihm vorbeidrängt. Von etwas auf die Beine gebracht, das sie nicht bellen lässt, sondern mit dem strohigen Schwanz wedeln, läuft sie wie auf einer Schiene aus der Haustür und auf dieser Schiene weiter zu dem Wohnmobil, wo ebenfalls eine Tür offen steht; sie springt dort zwei Stufen hinauf, und kurz danach geht das rote Licht aus und ein Bild, das sonst nur in Träumen auftaucht, fällt ihm ein: dass er vom Ufer aus schwimmen geht und die Hündin seine Kleidung bewacht, Hut und Hemd, Schuhe und Hose – wie sie nicht weicht und nicht weicht, auch wenn er schon längst ertrunken wäre, als hätte er vorher Bleib gerufen, Bleib!

## 11

Es ist die Nacht vom zwölften auf den dreizehnten August, zwei Tage vor dem Höhepunkt des Sommers nach dem dortigen Kalender der Gebräuche, und Schongauer verbringt sie auf dem Sofa statt im Bett, halb wach und halb träumend – ein Kreisen um den Namen Almut, wie man bei Fieber manchmal nachts um ein Wort kreist oder das Wort sich brummkreiselhaft in einem dreht, ehe ihm die Augen endlich ganz zufallen und er bis in die Morgenstunden hinein schläft.

Was ihn weckt, ist die Zunge der Hündin an seiner Brust und ein Jaulen, dem er entnimmt, dass sie woanders geschlafen hat als im Haus und sich freut, ihn wiederzusehen. Sie bestürmt ihn, und er schickt sie vor die Tür, in die erste Sonne kurz nach acht, dann geht er duschen, um zu sich zu kommen; und als er in alten Gartenhosen ins Freie tritt, ist dort schon ein Hitzedunst, dass man den See kaum sieht und von den Bergen auf der anderen Seite gar nichts. Dafür sieht er, dass auf dem Tisch unter dem Vordach für ihn gedeckt ist, so, als wäre er zwar allein, aber hätte eine Perle, die sich um alles kümmert – Frida hat offenbar schon gefrühstückt, aber bei sich. Sie steht vor ihrem Wohnmobil und schreibt etwas mit fliegenden Daumen und winkt zwischendurch, ohne groß aufzuschauen, eines ihrer Kunststücke in seinen Augen. Schongauer geht wieder ins Haus. Er setzt Kaffee auf und schiebt zwei Toastscheiben in ein Gerät noch aus den amerikanischen Jahren, massiv, metallisch, schwer, eine Waffe gegen alles Lasche und Blasse. Und als er zurück an den Tisch kommt, sitzt Frida seinem Platz gegenüber, vor sich ihr Notebook.

Ich hab mir das kaputte Stück von der Mauer angesehen, sagt sie. Vielleicht kann man es noch ausbessern, bevors später wahnsinnig regnet, ich mache gern was mit alten Steinen. Oder denken Sie, das Tief zieht vorbei? Eine Frage mit Blick in den Hitzedunst über dem See, danach klappt sie das Notebook auf und zeigt ihm eine Radarkarte. Da kommt etwas auf uns zu, erklärt sie, aber nicht vor dem Mittag, wir könnten das also noch machen mit der Mauer, wie Sie wollen.

Schongauer geht noch einmal ins Haus, er holt den Kaffee und die Toastscheiben – hatte er irgendwie angedeutet, dass er daran denkt, die losen Steine noch vor dem Sturm neu zu schichten? Er weiß es nicht; er weiß auch nicht, ob noch genügend Zement im Schuppen ist, um damit die Lücken zu füllen. Ob sie so etwas im Leben schon mal gemacht habe, fragt er, und sie wiederholt das eine onkelhafte Wort, das ihm da in den Satz gerutscht ist: Im Leben, sagt sie, im Leben hab ich schon einiges gemacht, nicht nur Abitur und Führerschein, oder was denken Sie? Frida schaut ihn an, und er sagt Ich denke nur, dass dein Leben noch vor dir liegt und meins wohl eher hinter mir, ist es nicht so? Und da kommt sie mit einer Frage, die nicht einmal Almut Stein bisher gestellt hat: Worum es ihm im Leben überhaupt gegangen sei. Worum?

Die Hündin legt die Schnauze auf seine Knie und schaut ihn gleichfalls an, und er teilt mit ihr den Schinken, was er so wenig tun sollte wie einen Kaffee trinken, der seinem Herzen zusetzt, ihn aber wach macht, ebenbürtig – die Vergangenheitsform in der Frage stört ihn, obwohl sie verständlich ist, und die Frage selbst verlangt nach einer Antwort, die es im Grunde nicht gibt, also sieht er erst einmal in den Dunst – der anders als an den Tagen zuvor etwas Schweres und Schmutziges hat. Worum es mir ging und immer noch geht, sagt er schließlich, ist, froh zu sein, wie in dem Kanon Froh zu sein bedarf es wenig, und wer froh ist, ist ein König. Und das in einer Umgebung, die größer ist als man selbst. Viel größer sogar, das wirst du im Laufe des Tages noch sehen.

Frida dreht ihm ihr Gerät zu – Bei Google-Wetter geht es hier um dreizehn Uhr los. Sturmböen, Starkregen, Gewitter.

Google-Wetter hat von diesem See keine Ahnung, sagt Schongauer, will das aber nicht näher erklären – wenn er die Dinge richtig sieht, wird das Wetter bis in den frühen Nachmittag halten, also könnten sie jetzt das Mauerstück ausbessern, und danach bliebe noch Zeit für Almuts letzte Fragen und seine Antworten. Er schenkt sich den Kaffee nach, den er nicht trinken soll, und der schwarze Strahl aus der Kanne zittert, das heißt, die Hand, die den Henkel hält, zittert, und ihm entgeht nicht, dass Frida rasch woanders hinschaut, auf ihren

Schirm mit den Wetterinfos, als wollte sie seine Schwäche nicht sehen. Hast du schon mal gemauert?

Nein, sagt sie. Aber ich kann es lernen.

Und so zeigt ihr Schongauer am frühen Vormittag zuerst das Schichten alter Feldsteine, wie man es macht, damit ein Stein den anderen hält, und einmal mehr kann er über sie nur staunend den Kopf schütteln und zuschauen, wie sie die Steine noch dort behaut, wo sie sich nicht ganz einfügen. Steine geklopft habe sie schon als Kind, sagt sie, und manch einen hält sie dabei einfach im Arm, in der anderen Hand den Hammer, wie die alten Arbeiter auf dem Hang, wenn sie eine Mauer ausbessern. Schongauer bleibt nur noch, ihr den Umgang mit Zement zu zeigen – der einerseits geschmeidig bleiben soll und andererseits gegen die Schwerkraft halten muss, und wie man ihn am besten in die Lücken schmiert, mit den bloßen Fingern, auch wenn die Kuppen von winzigen Splittern in der weichen Masse aufrauen. Und während Frida mithilft, bald geschickter als er Lücken und Hohlräume ausfüllt, kommt sie auf das geliehene Buch zurück, in dem sie letzte Nacht weitergelesen hat, und verblüfft ihn wieder mit einem Zitat. Die Wollust zu Antonius: Ergib dich, ich bin die Allmächtige. Die Wälder stöhnen von meinen Seufzern, meine Regungen wirbeln die Wasser auf, Tugend, Mut und Mitleid zergehen im Duft meines Mundes. Ich begleite die Menschen auf Schritt und Tritt, und am Rande des Grabes wenden sie sich mir wieder zu! Ausrufezeichen, sagt sie noch, da sind seine Gedanken schon woanders oder nicht woanders, nämlich bei Magda, der ersten Reise mit ihr in einem Karmann Ghia Cabrio, das schon die Strecke zum Mond hinter sich hatte, die Pazifikküste hinunter durch Mexiko, wo sie in billigsten Hotels hinter bleichen Geckos her war, die Betten dort so durchgelegen, dass man wie von selbst zueinander fand. Und in einem winzigen Küstenort, San Blas, hat sie Bilder von solcher Feinheit gemacht, dass man diese an den Wänden klebenden Wesen, manche wie durchsichtig, streicheln wollte, obwohl noch etwas an ihnen war, als hätten sie dem berühmten Kupferstecher aus Colmar als Vorlage gedient, etwas, um auf die Idee zu kommen, diese Albinogeschöpfe könnten sich jederzeit in kleine Nymphen verwandeln. Magda hatte es bei dieser Reise darauf angelegt, sich unter Zimmerdecken zu umarmen, an denen gleich vier oder fünf Geckos klebten – sie war die Allmächtige, die ihn erlöst hat, während sie ihm den Kopf hielt, und einen Kübel seines Bluts würde er geben für nur eine einzige Stunde jener Anfangszeit.

Aber warum gerade diese Stelle?, fragt er, und seine junge Helferin beim Mauern streift sich den Zement von den Fingern, um aus einer Wasserflasche zu trinken. Sie sieht ihn an dabei und hat jetzt etwas, als wäre die Arbeit mit alten Steinen ihr Beruf oder das, was sie anstrebt, um mit sich ins Reine zu kommen. Weil es auch eine Lust beim Bloggen gibt, sagt sie. Wenn immer mehr Leute lesen, was ich geschrieben habe, ich etwas aufwirble in ihnen, wenn mein Blog sie auf Schritt und Tritt begleitet und sie mir zurückschreiben, um noch mehr zu erfahren – was hier so alles wachsen würde bei Ihnen, das wurde ich gestern Nacht zweimal gefragt.

Schongauer drückt den letzten, schon etwas krüme-
ligen Zement in die restlichen Lücken, Waschen wir uns
erst mal, dann schauen wir, was hier wächst, sagt er und
geht mit Frida zum Brunnen. Dort hält sie ihren Kopf so
in den Strahl, dass das Wasser davon abspritzt, während
er sich nur Hände und Arme wäscht, und mit noch nassem Haar macht sie sich mit ihm auf einen Rundgang. Er
zeigt ihr seine Kapern- und Rosmarinbüsche, die wilden
Hyazinthen und jeden Maulbeer- und Feigenbaum, der
zwischen den alten Oliven Platz gefunden hat; er führt
sie noch einmal an das Zypressenpaar, gewachsen wie
aus einem Stamm, und zeigt ihr eine Bananenstaude nah
der Zufahrtsmauer, er reicht ihr zwei Blüten von einer
seltenen roten Bougainvillea, die neben dem Schuppen
gedeiht, und Frida macht Bilder von allem, zwischendurch fragt sie ihn über den Ort aus, was sich verändert
habe, seit er hier lebt – ihr Interesse hat etwas Verlangendes, dem er nur nachgeben kann. Statt kleiner Lebens-
mittelgeschäfte sind da jetzt nur noch Kleiderläden, sagt
er. Und auf Fotos, die entstanden sind, als man erst mal
einen Film einlegen musste, um etwas knipsen zu können, wie das zu der Zeit hieß, sieht man in der Haupt-
gasse noch die Schilder von drei Frisören, und auf den
Türschwellen dösen weiße Katzen. Reicht dir das?
Schongauer, bereit, sogar etwas zu erfinden, das sie interessieren könnte, füllt eine große Gießkanne am Brunnen, und schon kommt die nächste Frage. Ob er selbst
noch zum Frisör gehe.

Nein, geht er nicht, seit Magdas Tod schneidet er sich
das Haar in eigener Regie. Das Geplapper der Frisöre

und die Nähe ihrer Gesichter, oft mit einer Farbe wie die geschälter Zitronen, hat ihn schon als Kind gestört, mehr als später die gebräunte Haut der Hollywoodstylisten. Was stellst du mir für Fragen, sagt er, und sie stellt gleich noch eine, genau genommen drei: Wie die Leute im Ort seien, und ob er sich hier freier fühle als früher beim Film oder in seiner Ehe mit der bekannten Tierfotografin. Schongauer gießt die rote Bougainvillea – ein Blassrot wie das von Almuts Fußnägeln seit der Bootsfahrt –, dann führt er den Gang über das Grundstück fort, nun schon im Gesirr der Zikaden, das jetzt, gegen halb elf, verfrüht auf seinem Höhepunkt ist. Er führt Frida zu der alten Steinbank, halb versteckt hinter einem Orangenbaum, er setzt sich, und sie setzt sich zu ihm, aber rittlings, je ein Bein auf einer Seite der Bank ohne Lehne. Sie tippt etwas in ihr Gerät, offenbar nur ein Stichwort, und sieht ihn dann an, über der Nase ihr rabiates Zeichen von Konzentration, und er antwortet ihr langsam, wie auf der Hut vor etwas, das ihm selbst nicht klar ist. Anfangs habe er das Fremde hier übersehen, sagt er. Die Familienbande, den Glauben, den Stolz, und die Unruhe der Männer nach der Saison, wenn die Zeit der Steppjacken anbricht, man vor der Bar neben der Tankstelle schon mittags ein, zwei Gläser trinkt und über Kuba redet, ob man sich eins der Mädchen dort holen sollte, und welche der geholten und geheirateten mit den Kindern von hier wieder verschwunden seien, Richtung Karibik. Und was mich angeht, Frida, sagt er nach einer Pause, ob ich mich hier frei fühle: Im Leben gibt es kaum Gelegenheit, auf mehr als eine Art frei zu sein, und meine ist hier dieselbe wie in der Zeit beim Film und den Jahren mit der Frau, die mich vom Film weggeholt hat: am Rand zu stehen, nichts als dazusein. Aber mit einem großen Unterschied: Ich bin hier für ein Tier da, immerzu, und allein an dieses Dasein glaube ich. Es fehlt mir an nichts, wenn ich Ascha zwischen den alten Bäumen umherrennen sehe, sie mit mir spielen will, herumtobt wie ein Kind, bis sie genug hat. Aber vielleicht könntest du noch mal mit ihr in den Hang gehen, bevor es hier wieder Nacht wird.

Schongauer zeigt zu den Wolken über den Bergen hinter der Bucht von Salò im Südwesten des Sees, zu himmelhohen Gebilden, die von dunklem Grau schon übergehen in ein Schwarz an den Rändern; er schaut sich nach der Hündin um und ruft ihren Namen, nur einen Moment zu spät, bereits in ihr Gebell hinein, während sie zum unteren Teil des Grundstücks rennt, der Frau entgegen, die sie zwar schon kennt, nur eben noch mit Vorbehalt wie er selbst, nicht ganz sicher, wer sich da nähert und auch wieder winkt. Keine Sorge, sagt Frida, ich geh mit ihr, wir sind vor dem Sturm zurück.

Die gestrige Sonne auf dem See hat in Almut Steins Gesicht einen Ton gebracht, der es Schongauer noch mehr erschwert, nur die in ihr zu sehen, die über ihn schreiben will – warum, das weiß er noch immer nicht genau; er weiß nur, dass er sie zu oft und zu lange ansieht, mit dieser Urlaubsfarbe wohl noch mehr. Statt Shorts und Bluse wie auf dem Boot trägt sie jetzt einen Jumpsuit in Kobaltblau; über einer der freien, auch sonnengetönten

Schultern hängt die Tasche mit ihren Sachen. Sie fährt sich durchs Haar auf dem letzten Stück zum Haus, und bei alldem wirkt sie jünger als gestern – was es ihm leichter macht, sie beim Namen zu nennen. Almut, sagt er, wenn hier meine Dauerparkende herumläuft, soll uns das nicht weiter stören. Sie sitzt immer noch fest mit ihrem Wohngefährt, das nicht fährt, und wenn sie Pech hat, es nachher hagelt, bekommt es noch ein paar Dellen mehr.

Heißt sie jetzt so, Dauerparkende, hat sie keinen Namen mehr? Almut setzt sich an den Tisch unter dem Vordach, sie holt ihre Notizblätter und das kleine Aufnahmegerät aus der Tasche. Schongauer stellt Wasser in einer Karaffe und Gläser auf den Tisch – Doch, sie hat einen Namen. Frida.

Aber den vermeiden Sie.

Nicht mit Absicht, sagt er. Siezen wir uns wieder?

Für die Fragen und Antworten vielleicht, zwischendurch können wir es anders halten.

Wie soll das gehen, durch Handzeichen?

Almut schaltet das Gerät ein, sie schiebt es mit zwei Fingern bis über die Tischmitte. Nein, durch Konzentration, entgegnet sie, und Schongauer spürt, dass ihm die Kontrolle über das Gespräch gleich am Anfang zu entgleiten droht. Was er glaubt, in seinem Leben versäumt oder verpasst zu haben, fragt sie als Erstes, und als er nur mit den Achseln zuckt wie einer, dem es egal ist, was er versäumt oder verpasst, beugt sie sich zu ihm, wobei er gar nicht umhinkommt, auf ihren Mund zu schauen. Die Frage ist doch, sagt sie: Haben wir etwas verpasst im

Leben, von dem wir wissen, dass es anderen gut tut, es als Segen existiert, oder haben wir etwas übersehen und können daher nicht einmal bedauern, damit nie in Berührung gekommen zu sein. Da ist nur ein dumpfes Gefühl, dass etwas fehlt, kennen Sie das?

Schongauer greift nach der Karaffe, aber schenkt noch nichts von dem Wasser ein. Irgendwie ja, sagt er und erzählt plötzlich von seiner Arbeit mit Frida, wie sie die Lücke in der Grundstücksmauer geschlossen haben, rechtzeitig vor dem nahenden Unwetter, als wären sie eingespielt, ein Team in Sachen Steineschichten und Maurerarbeit. Sie hatte den Dreh schnell raus, sagt er und nimmt jetzt Almuts Glas; er füllt es, er fragt, ob sie Eis dazu möchte, und sie wiegt den Kopf, was er für ein Ja hält. Sein Gefrierfach ist zwar groß, aber es gibt keinen Vorrat an Eis, bloß ein paar kleine Würfel in metallenen Fächern, und als er mit sämtlichen in der Hand statt auf einem Teller wieder an den Tisch kommt, schließen sich für einen Moment zwei Hände um seine tropfende Faust. Was erzählst du da, sagt Almut.

Ein einzelner, wie verirrter Windstoß hebt die Schilfmatten über dem Vordach an, mit einem Geräusch, das die Hündin vor dem Wohnmobil auf die Beine bringt. Sie streckt sich und kommt an den Tisch vorm Haus, und Schongauer weiß auf der Stelle, was sie will: etwas von dem Eis. Sie mag es, an den Würfeln zu lecken, bis sie schmelzen, und er wirft einen auf das welke Stück Rasen, aber vor die Füße von Frida, die seinem Tier gefolgt ist. Beide Frauen begrüßen einander fast gleichzeitig, Almut ist etwas schneller und schließt gleich eine

Frage an: Ob lange Fahrtunterbrechungen, wenn nichts Neues passiere wie im Moment, für einen Reiseblog nicht lähmend seien. Und Frida hebt das Eisstückchen auf, sie hält es der Hündin zum Lecken hin. Etwas passiert immer, sagt sie, sogar im Schlaf. Da geht das Reisen durch die Träume.

Das heißt, Sie erzählen auch von eigenen Träumen in Ihrem Blog, oder können wir Du sagen?

Schongauer steht auf – die Vorstellung, dass sich Almut und Frida zusammentun, mit Vornamen anreden und sich, wer weiß, ureigene weibliche Dinge erzählen, beunruhigt ihn, und er überlegt, was er im Augenblick machen könnte, um nicht untätig zu sein, etwa Ascha das Fell ausbürsten, aber da hat schon Frida die einzige geeignete Bürste in der Hand, er kann sich das nicht erklären oder hätte nur eine Erklärung, bei der mehr im Spiel ist als reiner Zufall; mit der anderen Hand hält sie sein Tier, schaut dabei aber zu Almut und geht auf deren Offerte ein. Gern, sagt sie, kein Problem, Almut – ein schöner Name, nicht so abgewetzt wie Marie oder Anna. Und jetzt will ich nicht weiter stören, oder ist noch etwas zu tun? Eine Frage an den Hausherrn, und der winkt nur ab und setzt sich wieder; Schongauer füllt die Gläser auf, während Frida mit der Hündin zu dem Wohnmobil geht und dort ihr rumänisches Fell so bürstet, dass flaumige Büschel erst an den Zinken hängen und schließlich zu Boden sinken.

Du hättest gern, dass sie noch bleibt, sagt Almut, einen Finger an dem Aufnahmegerät, der Taste für On und Nicht-On. Dass ihr Wohnmobil nicht so bald wieder läuft.

Und Schongauer beugt sich zu der Hand, die im Boot das Steuer mitgehalten hat – Nein, der Gedanke bietet sich nur an. Außerdem taucht ihre Mutter hier demnächst auf, eine Fernsehgröße mit eigener Sendung. Lilly Roth, Der reine Tisch.

Das ist Fridas Mutter? Ein halb fragender, halb erstaunter Ausruf, vielleicht sogar etwas erschrocken – er kann das nur schwer beurteilen, schließlich hat er die Sendung noch nie gesehen. Ja, das ist sie, sagt er im erneuten Aufstehen, nachdem ein erster Wind vom See, stärker als all die Vorboten, Aschas Fellbüschel über das kleine Rasenstück bis durch die offene Haustür unter das Sofa geweht hat, wo sich schon genug ihrer Haare sammeln. Also läuft er ins Haus, um sich vor dem Sofa auf den Boden zu legen, das kann er noch, wenn er erst in die Knie geht, dann sich flachlegt; er langt unter das Sofa und holt neben dem Büschel noch hervor, was dort auch immer so liegt, mal ein Geldstück, mal ein Korken, und in dem Fall ist es ein Stift, vielleicht aus der Sitzspalte gefallen, als er sich im Schlaf auf dem Sofa gewälzt hat – ein Kugelschreiber mit Hotelnamen, Camino Real, Villahermosa, Mexico. Magda war dort in einer nahen Lagune nächtelang hinter Ochsenfröschen her, er in der Zeit im Hotel, weil sie einen Ranger als Begleiter hatte, er überzählig war. An einer der Seitenlehnen zieht er sich wieder auf die Beine und lässt sich zurück auf das Sofa fallen, und da sitzt Almut ihm gegenüber in einem der Korbstühle; auf dem Sofatisch liegt ihr Gerät, und beide Gläser und die Karaffe stehen bereit. Sie ist von draußen nach drinnen gezogen und hat so das Ganze irgendwie an sich gerissen, ihm bleibt im Moment nur, die Hand um den alten Kugelschreiber zu schließen. Du oder Sie, sagt er, wie nun?

Neue Windstöße drücken unter das Vordach und heben wieder die Schilfmatten über den Streben an, obwohl sie beschwert sind mit Tuffsteinen, deutlich zu hören ihr Gerucke; gleichzeitig ist da die Stimme, die gestern im Boot, wenn er sich richtig erinnert, etwas verschliffen war, als sie seinen Namen sagte, wie nach zu viel Wein, den sie gar nicht hatten. In Amerika war das einfacher, sagt Almut. Immer nur you. I love you, I miss you, I hate you, you are my destiny und so weiter. Bis fuck you und fertig. Diese junge Kostümbildnerin, war sie das, die sich mit deiner Waffe das Leben genommen hat? Ich brauche nur die Bestätigung. Weil ich wissen will, wieso. Wieso erschießt sich eine junge Frau, die beruflich Erfolg hat. Den hatte sie doch.

Schongauer probiert auf dem Handteller, ob der Hotelkugelschreiber noch schreibt, aber da entsteht nur eine Rille zwischen Daumen und kleinem Finger. Ja, sagt er. Aber das gehört hier nicht hin. Nächste Frage.

Almut faltet die Blätter mit ihren Notizen, als wollte sie ihm nicht das Gefühl geben, er würde auch nur entfernt bestimmen können, wie das Gespräch verläuft. Sie sieht ihn an dabei, eher aber etwas seitlich über ihn hinweg, für mehr als einen Blick auf Magdas letzte Arbeit, das tote Pferd vor der Brandung; und mit den gefalteten Blättern tippt sie sich an den Mund, einmal, zweimal, dreimal, bis sie Gut sagt. Gut, nächste Frage. Die hier unbedingt hingehört. Was war das für eine Ehe mit einer

Frau, die am Schluss in ein tosendes Meer ging, aus dem sie nicht mehr herauskam?

Wieder rucken die Tuffsteine, und Schongauer stemmt sich aus dem Sofa. Wir müssen vor dem Sturm noch einiges tun, sagt er und bedeutet Almut, auch aufzustehen, eventuell zu helfen, nur bleibt sie einfach sitzen und hält jetzt ihr Gerät in seine Richtung – Magda, das kann sie sich eigentlich denken, war kein Bund fürs Leben, sondern für das Vorankommen von Magdas Arbeit als Fotografin, ihrer Vermählung mit geschmähten oder gequälten Tieren in Form von Aufnahmen, die immer auch Bilder ihrer selbst waren. Sicher, er hat sie geliebt, seine Erretterin aus einer Umgebung, in der er das geschmähte Tier war: der mit dem falschen jungen Mund und dem kalten Blick aus Rehaugen, einem deutschen Charme und Schneid, der ihn abgestoßen hat, wann immer er ihn spielte. Aber Magda war eben auch die, die ihrer Wege ging, mal allein, mal zu zweit, nur dass er dann nicht der andere war. In den Tagen und Nächten von Villahermosa hatte sie, wie gesagt, einen Führer durch die verzweigte Lagune, einen Mann aus der Provinz Tabasco, der an Peter Beard, den großen Afrika-Fotografen, erinnerte, nur mit dunklerer Haut und schwarzem Haar, und der sich auch noch für Fotografie interessierte und so tat, als könnte er aus Magdas Bildern ihre Wünsche lesen. Mit ihm hat sie sich später wieder getroffen, für eine Tour zu Riesenfledermäusen, die einen Guide brauchte in den unterirdischen Höhlen Yucatáns, wo ein Dritter bloß gestört hätte, so hat sie es erklärt – nichts, an das er gern denkt, nur taucht es immer wieder auf, wie der alte Kugelschreiber wieder aufgetaucht ist aus dem Sand der Jahre – den hatte er schon einmal unter dem Sofa gefunden, aber zurück in den Sitzspalt geschoben, warum, das weiß er selbst nicht mehr genau, wo ihn die Erinnerungen doch nur quälen, gänzlich loswerden will er sie aber auch nicht.

Ich nehme an, es war keine leichte Ehe, sagt Almut mit einer Kopfbewegung zu dem Foto mit dem toten Pferd, als wäre er dort abgebildet, weißlich aufgedunsen auf der Seite liegend, mit großem, absurdem Geschlechtsteil. Schongauer tritt in die offene Haustür, um auf den See zu schauen. Nach Norden hin gibt es schon Wellen mit schaumigen Spitzen, und wo die Sonne hinfällt, ist das Wasser von leuchtendem Grün, im Moment noch ein schönes Bild – der Sturm zieht von Südwesten heran, wie meistens im August, und trifft die Windfront erst auf den See, entsteht ein Aufruhr, als würde das Wasser kochen. Er dreht sich um und sieht, dass Almut ihre Haltung als nur noch Fragende eingenommen hat, fast auf der Stuhlkante sitzend, ihre gefalteten Notizen in der Hand, eine Ecke der Blätter am Mund, die andere Hand an dem Aufnahmegerät, und nach kurzem Zögern setzt er sich in die Mitte des Sofas, aus ihrer Sicht vermutlich unter das Pferd auf dem Foto an der Wand hinter dem Sofa. Für Liebesdinge, sagt er, gibt es keine Puppenstube, um darin zu üben. Magda hat mich gewollt und umgekehrt. Sie hat mich schwach gemacht, so was passiert Männern um die fünfzig. Deinem Mann ist es auch passiert.

Ist das jetzt unser Thema? Almut beugt sich nach vorn, sie legt ihr Telefon auf den Sofatisch, wie in Erwartung eines Anrufs. Männer, sagt sie, sind nur selten keine Männer mehr. So, als wären sie in einem Frauenkörper auf die Welt gekommen oder als zweite Geige. Und noch ist unser Thema dein Leben, nicht meins. Oder was soll ich schreiben?

Am besten nichts, sagt Schongauer.

Warum bin ich dann hier?

Das Licht im Raum wird für Momente heller, als wäre ein Tuch über dem Haus gelüftet worden, aber gleich wieder fallen gelassen; welke Olivenblättchen werden durch die offene Tür hereingeweht, der Wind schiebt sie vor sich her über den Steinboden. Und wenn ich dich bitten würde, dieses Porträt über mich nicht zu schreiben, sagt Schongauer. Oder es meinetwegen zu schreiben, aber keiner Zeitung anzubieten. Das Honorar brauchst du ja kaum zum Leben.

Weil mein Mann so gut verdient? Almut lacht, sie lehnt sich zurück und schlägt ein Bein über das andere, als hätte sie keine Fragen mehr und wäre nur noch privat hier, eine Alleinreisende, die er, Schongauer, im Ort kennengelernt hat. Dann aber beugt sie sich plötzlich vor, nimmt ihr Gerät in die Hand und hält es ihm hin. Wenn du mich bitten willst, tu es, ruft sie. Bitte mich, dieses Porträt nicht zu schreiben. Sag, du hast es nicht nötig, dein Mann verdient genug mit seiner Praxis, und wir hatten hier zwei gute Tage, oder reicht das nicht?

Schongauer sieht auf die kleinen gelblichen Bätter, die immer noch hereinwehen; er weiß nicht, was er erwidern soll, trotzdem sagt er etwas, das passiert einfach, wie das Rutschen der Blättchen über den Boden, manche überschlagen sich gar. Nein, ich bitte dich nicht, sagt er. Ich habe auch meine Frau nie gebeten, sich nicht mehr mit diesem Guide zu treffen. Ich habe sie geliebt und sogar versucht, mich als Frau zu fühlen, um das besser auszuhalten, mit diesem erdachten Körper, der das sucht, was sie gesucht hat. So, wie ich mir inzwischen nachts manchmal vorstelle, an Aschas Stelle auf die Welt gekommen zu sein. Als Hündin.

Almut tippt an ihr Aufnahmegerät, das kleine Licht der Bereitschaft geht aus. Ich kenne keinen Mann, für den es kein Gewinn an sich ist, nicht als Frau auf die Welt gekommen zu sein, sagt sie. Mag daran liegen, dass ich vor allem Kollegen meines Mannes kenne. Oder Männer, auf die eine freie Autorin trifft, die ihre Geschichten unterbringen will.

Einzelne Windstöße treffen pfeifend, wenn nicht heulend auf die alten Oliven, und Schongauer steht auf, er geht vors Haus und schaut erneut nach dem Wetter. Teile des Sees sind jetzt von einem Grün, als strahlten Lampen unter Wasser, und wo keine Sonne mehr hinfällt, ist alles dunkel. Über der Bucht von Salò auf der anderen Seite schüttet es bereits – ein windgeblähter, fast schwarzer Vorhang quer über dem See. Er ruft die Hündin, erst in gewohntem Ton, dann brüllt er ihren Namen gegen das Gepfeife, bis sie mit Frida aus dem Wohnmobil kommt und auf ihn zugeht, wie nicht überzeugt davon, dass es bei ihm sicherer ist. Sie legt sich unter den Außentisch, während Frida auf den Tisch

steigt, um die verrutschten Tuffsteine, die die Schilfmatten auf dem Vordach beschweren sollen, wieder zu
richten – und was sie da durch das Schilf hindurch mit
den Fingern macht, ist sinnlos, aber statt es ihr zu sagen,
sieht Schongauer über die Schulter zu Almut. Soll das
heißen, ich bin als Mann auf ewig im Vorteil?

Nein, nur dass du es auf ewig glaubst, erwidert Almut
im Aufstehen. Wann geht das hier richtig los?

In zehn Minuten, vorher ist noch viel zu tun.

Und kann ich helfen? Eine Frage, als sich ihr Telefon
auf dem Tisch dreht und summt, sie muss den Klingelton abgestellt haben – ein Summen wie das von Mai-
käfern, als es noch welche gab, und einen Herzschlag
lang ist da das Bild eines Schuhkartons voller Maikäfer,
er auserkoren, den Karton anzuzünden, so wollten es
welche aus dem Heim, in dem er gelandet war. Almut
nimmt den Anruf entgegen, sie spricht sofort, ruft, im
Moment sei es schlecht, ganz schlecht. Es ist ihr Mann,
und sie hört ihm kurz zu. Wir reden heute Abend, sagt
sie und unterbricht die Verbindung, da gibt es schon
Winde, die ihr Haar aufrichten, und Schongauer ist versucht, ihr das Aufgewehte mit der Hand zu glätten. Aber
dann ruft er nur, was auf der Stelle getan werden muss –
alles, was draußen herumliege oder herumstehe, müsse
in den Schuppen, auch die Korbstühle und großen Töpfe
mit Pflanzen. Er bittet Frida, das zu tun, und Almut bittet
er, beim Tragen zu helfen, sich aber auch umzuschauen,
was noch durch die Luft fliegen könnte; er selbst will alle
Läden und Fenster verriegeln, das Haus sicher machen.
Es sind klare Anweisungen, die er gibt, während der

Wind schon seine eine Palme schüttelt und das Sommerlaub zu Gestöbern aufwirbelt.

Schongauer zieht sein Hemd aus, er macht sich an die Arbeit, ebenso die Frauen – die einerseits mit anpacken und ihm dennoch irreal erscheinen, so wenig, wie damit zu rechnen war, dass sie noch in sein Leben treten würden. Sie rennen über das Grundstück, schon Weggewehtem hinterher, sie heben Blumentöpfe und kleinere Äste auf, Letzteres ebenfalls sinnlos, sie tragen die Stühle und große Schalen aus Keramik in den Schuppen, und das bedeutet, es gibt die zwei Frauen, wie es auch die Hündin gibt, die das Laubgewirbel anbellt, bis er sie ganz ins Haus holt. Nach dem Schließen von Läden und Fenstern packt er draußen mit an, ein jetzt stummes Handeln zu dritt, wie eine kleine, durch die Gefahr geeinte Familie, Vater, Mutter und Tochter – der Geist, er kennt das, sorgt für schöne Zusammenhänge, wann immer sich Gelegenheit dafür bietet, ob sie stimmen, spielt keine Rolle. Er schiebt den Tisch unter dem Vordach bis ans Haus, er bringt letzte Töpfe in den Schuppen und ruft Almut zu, dass sie nicht auf die Idee kommen solle, für ihren Mann Bilder von dem Unwetter zu machen; er hilft Frida, die Räder des Wohnmobils mit Steinen zu blockieren, während sie danach hilft, um das Zypressenpaar möglichst hoch ein Seil zu schlingen, straff genug, damit keine allein schwankt. Frida bewegt sich so flink und geschickt, als käme zuletzt noch ein Salto aus dem Stand, wie ihn Fußballer gern nach einem Tor vollführen – David und Bacchus vereint in ihr, so erscheint sie ihm für Momente, dann trifft die Front schon auf den

Ort am See und alle Luft, die sie vor sich her drückt, prallt mit einem Mal gegen den Hang.

Die Böen fahren mit solchem Tosen in die Oliven, dass Schongauer seine ganze Stimme einsetzen muss, um die zwei Frauen zu erreichen. Almut, die doch Bilder macht – von der Palme, die sich krümmt, von den Bananenblättern, die es zerfetzt –, brüllt er zu sich, wie er es zuletzt im Film getan hat, als einer, der nur Befehl und Gehorsam kennt; Frida zerrt er von den Zypressen weg. Und beide stößt er vor sich her ins Haus, wo er sofort die Türläden verriegelt, nur Sekunden bevor die Front aus dem Tag Nacht macht, mit einem Lärm wie von brechenden Wellen gegen die Wände und auf dem Dach, dermaßen laut, dass sich Almut die Ohren zuhält. Was das da draußen sei, und dass sie weg möchte, nichts als weg, ruft sie, an die gewandt, die ihre Tochter sein könnte. Und deine Mutter, das ist wirklich Lilly Roth? Eine Frage mit sich fast überschlagender Stimme, und Frida nickt nur.

## 12

Es ist Mittag, noch keine halb zwei auf der Uhr am Herd, und es herrscht Nacht, als hätte etwas die Erddrehung beschleunigt, das ist das eine. Das andere ist ein Heulen und Krachen um das Haus, wie von einer Natur, die nach zu schlechter Behandlung jede Schwachstelle nutzt, sich auszutoben, ja, es ist, als hätte der Sturm den See aus seinem steinernen Bett gehoben und würde ihn gegen den Hang schleudern.

Schongauer spürt eine Hand, die Hand von Almut, die seinen Arm umfasst, sich an ihm hält, aber das geht im Moment nicht, weil er zu tun hat, die Haustür noch mehr sichern muss; er kann es nur auf der Stelle beenden, indem er die Hand gewaltsam löst, ohne ein Wort der Erklärung, wie auch in dem Getose, und gleich zur Tür eilt. Dort stemmt er sich gegen die Läden, ein Zerren und Schlagen von außen, wie von Verzweifelten, die dem Inferno noch zu entkommen versuchen, während Almut seinen Namen ruft, einmal, zweimal, dreimal. Und was da schlägt, das ist der Tisch vorm Haus, hin und her gerissen von Böen, die alles erfassen, vor allem die Schilfmatten auf dem Vordach trotz der Zusatzsteine; Splitter von Schilf drückt der Wind unter der Tür durch, zugleich mit einem Pfeifen in jeder Ritze. Und noch schüttet es nicht, noch brennt auch Licht in der Küchenecke, wo sein Tier gegen den Lärm anbellt und wo die zwei Frauen jetzt stehen – Frida mit kleinem Heft in der Hand, sie macht sich sage und schreibe Notizen, und Almut mit dem Gesicht zwischen den Händen, wie gegen eine Auflösung darin. Schongauer ruft ihr etwas zu, dass sie ins Bad gehen solle, es dort am sichersten sei, aber sie hört ihn nicht, sie sieht ihn nicht einmal, weil sie jetzt die Hände vors Gesicht schlägt und nicht mehr die ist, die ihm vorhin noch Fragen gestellt hat. In einer halben Stunde ist hier alles vorbei, ruft er gegen das Windgeheul an, als ein Blitz mit seinem Gleißen durch jeden Spalt dringt, für einen Herzschlag den Raum erhellt, und nur einen Herzschlag später ein Knall, als hätte der Blitz den Hang entzweigerissen, ohrentäubend noch in den Sekunden danach, fast wie Stille; dann wieder das Getose, dazu noch ein Rauschen wie von Wasserfällen, die auf dem Grundstück niedergehen, sodass er anfangs kaum hört, was Almut ihm zuruft, auch mehrmals, am Ende heiser: dass sie sehen müsse, was dort draußen sei, es anders nicht mehr aushalte. Und Momente später schon der nächste Donner, erst knisterndes Zischen, dann wie eine Sprengung, und die Lampe in der Küchenecke geht aus, ebenso die Leuchtuhr am Herd. Der Strom ist weg, man sieht kaum mehr die Hand vor Augen, während der Lärm noch zunimmt, jetzt mit Polterdonner, als würden ganze Teile des Baldo-Rückens zu Tal gehen, in den See stürzen. Schongauer drückt mit den Schultern gegen die Türläden, er weiß, was passiert, wenn sie nachgeben, während Almut es nicht weiß, es aber auch nicht erträgt, nur den Lärm zu hören und nichts zu sehen. Mit einer Stimme wie von einer anderen, an der Dunkelheit im Haus schier erstickenden Person in ihr schreit sie nach Licht, und schnell ist da auch ein Licht, das silberweißliche von Fridas Smartphone, als Kegel auf dem Boden und der Hündin, nun eingerollt vor dem Sofa, dann kurz in Almuts Gesicht – das etwas mädchenhaft Aufgelöstes hat. Geh ins Bad, ruft ihr Schongauer wieder zu, gegen ein Donnern, wie von einem Riesenhammer auf Bleche, aber Almut läuft an eins der Fenster, um etwas durch die Ritzen im verriegelten Laden zu sehen. Vorgebeugt, eine Hand am Rahmen, steht sie an der in sich bebenden Scheibe, irgendwie besessen von der Katastrophe, die sich draußen abspielt, so kommt es ihm vor, während Frida immer noch oder schon wieder was in ihr Heft schreibt, anscheinend seelenruhig – was sie da schreiben würde, während die Welt untergeht, ruft er, noch mit dem Rücken an den Haustürläden. Dass wir dem Sturm egal sind, ruft sie zurück. Und als hätte sie's herbeigeschrieben, setzt auf dem Dach und vor dem Haus ein Geräusch ein wie von Schotter, der vom Himmel fällt, erst noch vereinzelt, dann massenhaft mit einem Prasseln, in das sich das Bellen der Hündin mischt und ein lautes Nein von Almut zu allem um sie herum: dem Lärm des Hagels in einer Nacht mitten am Tag, eingeschlossen in einem Haus, über das etwas hereinbricht, das sie nicht sieht. Sie will jetzt das Fenster öffnen, und aus dem Nein wird ein wütendes Bitte!, als Schongauer ihre Hände packt. Er drängt sie ab vom Fenster und ruft ihren Namen, während sie nicht mehr aufhört mit ihrem Bitte, so außer sich, dass die Hündin bellend an ihr hochspringt.

Almut will zurück ans Fenster, und Schongauer umklammert sie, beide taumeln auf der Stelle, fast ein Tanz, begleitet von dem Geprassel, und immer noch ruft sie Bitte!, nun schon mit heiserer Stimme, bis er etwas macht, das er zuletzt als Scherge im Film gemacht hat: einer Frau den Mund zuhalten, Mutter eines Partisanen, der erschossen werden sollte. Er zerrt Almut weg vom Fenster und weg von der Tür, er zerrt sie zur Küchenecke, vorbei an Frida, die ihm Platz macht, sich zurückhält, ja vielleicht sieht, dass er nur vernünftig handelt, Almut nichts antut, sondern sie schützt. Schongauer will sie ins Bad schaffen, wo das Fenster zu schmal ist, um ins Freie zu kommen, oder ein Unheil anzurichten, wenn sie es öffnet, und Almut tritt nach ihm in der Enge und Dunkelheit zwischen Wohnraum und Bad, das Dunkel jäh aufgehellt durch einen weiteren Blitz mit sofortigem Donner, immer noch, als würde der Hang gespalten und alle, die keinen Schutz haben, ebenfalls, nun mit Nachzittern sämtlicher Fensterscheiben und einem echohaften Grollen. Er löst die Hand von Almuts Mund, und sie spuckt ihn an, als es erneut blitzt und für einen Herzschlag ihr Gesicht erscheint, darin ein Ausdruck von Wut und Verzweiflung, der ihm Angst macht, weil er ihn kennt, auch wenn er ihn nur einmal erlebt hat, bei Lynn der so jungen Kostümbilderin: als gehörte sie vorübergehend einer Gattung an, die weder weiblich ist noch männlich, sondern nichts als kriegerisch, um sich selbst zu erhalten. Almut drängt an ihm vorbei, und er umklammert sie von hinten, während Frida nun doch eingreift, ihn mit dem weißlichen Licht blendet, und für Momente stehen sie zu dritt auf engstem Raum, über ihnen das Geprassel auf die Schindeln. Schongauer spürt, wie ihn die Kräfte verlassen, auch der Wille, Almut noch länger zu halten, er lockert den Griff, und sie windet sich in seinen Armen, dreht sich um und sieht ihn an und hat im Schein von Fridas Licht etwas von den Frauengesichtern in den Marterln auf dem Hang, ihrem Ergebenen und doch in sich Festen. Sie könne nicht nach draußen, sagt er, unmöglich, und da stürzt sie an dem Lichtkegel vorbei, zurück in den Wohnraum, dort aufgehalten von der Hündin, die sie anspringt, und Schongauer eilt hinterher und greift erneut von hinten um sie. Er weiß nicht, was er anderes tun soll, als sie zu halten und von der Tür wegzuschieben – Was willst du da draußen, ich verstehe dich nicht, ruft er, und sie wirft den Kopf hin und her, um sich zu befreien, und erwidert, es gebe daran nichts zu verstehen, nicht für ihn, für keinen, und er hält sie noch fester, als könnte er etwas aus ihr herauspressen, das es leichter machte, sie zu verstehen; beide torkeln sie vorwärts, wieder zur Küchenecke, bis sich Almut dort am Kühlschrank stößt, mit einer Wange an der oberen Ecke, und etwas wie ein Erwachen geschieht, Schongauer sie loslässt und sie halb kopfschüttelnd vor ihm steht, eine Hand an der blutenden Wange.

Der Lärm des Hagels, der aufs Dach trifft, das Platzen der Körner auch vor dem Haus und ihr klatschendes Einschlagen in den Tümpel, dazu Aschas Gebell, und wie das Blut in Fäden über Almuts Wange und den Hals läuft: Das alles sieht und hört Schongauer, als wäre es eins, bis das Bluten daraus hervorsticht in dem Licht, mit dem Frida leuchtet. Es ist keine böse Verletzung, nur eine, die eben blutet, Almut bemerkt es erst beim Hinfassen. Sie weint auf einmal, aber nur für Augenblicke, ohne dass sich eine Träne löst, dann entschuldigt sie sich für ihr Aufgelöstes, für die Tritte, das Spucken – ihre ganze idiotische Angst, sagt sie und boxt sich mit den Handballen gegen die Schläfen, atmet mit offenem Mund und redet kurz mit sich selbst, etwas, das Schongauer nur erraten kann, wie sie jetzt noch Fragen stellen und über ihn schreiben soll, und er entschuldigt sich seinerseits: für sein Grobes und das Mundzuhalten, ja sogar für die obere metallene Ecke seines alten Kühlschranks, das alles, während der Hagellärm anschwillt, als stürzten alle Körner auf einmal nieder, um dann aber nachzulassen, und jetzt erst ruft Schongauer etwas von Verbandszeug im Bad. Mehr als diese Angabe gelingt ihm im Augenblick nicht, und er kann nur noch zuschauen, wie Frida die Verletzte ins Bad führt; den beiden folgt sein Tier, schon wieder wedelnd wie vor dem Unwetter.

Nur mehr vereinzelt platzen jetzt noch Körner auf dem Dach, und auch die Böen lassen nach, Schongauer kennt das, der Sturm zieht weiter, der Regen bleibt. Er öffnet den Türladen einen Spalt und sieht nichts als Weiß, obwohl immer noch halbe Dunkelheit herrscht, das perlig schimmrige Weiß von einem Hagel, der alles bedeckt – warum ist Ascha den Frauen gefolgt, das versteht er nicht. Sonst geht sie nur ins Bad, weil es dort auf den Fliesen am kühlsten ist, und wenn sie Angst hat, kommt sie zu ihm. Er wechselt zur Küchenecke, etwas näher ans Bad heran – Frida und Almut reden miteinander, in seiner Gegenwart haben sie das kaum getan. Es geht dabei um die Arbeit des Schreibens, die an einem Reiseblog, überwiegend für jüngere Leute, und die an einem Lebensporträt, mehr für älteres Publikum, Menschen, die noch Zeitungen lesen. Eine Reise durch die Existenz eines anderen, hört er Almut sagen, und dieses Wort, Existenz, ausgesprochen, als läge ein Schrecken darin, lässt ihn bis fast an die halb offene Tür zum Bad gehen – was er da macht, macht man nicht, das weiß er, aber wer weiß, worüber die beiden noch reden. Und dann hört er vor lauter Regengeräusch nur noch, wie Frida Jetzt stillhalten sagt, also wohl im Begriff ist, ein Pflaster über die Wunde zu kleben: der Moment, in dem er sich zurückzieht.

Er geht zur Haustür und wartet, bis die Frauen samt seinem Tier aus dem Bad kommen, und beiden würde er gern sagen, wie schön sie sind, jede auf ihre Art, Almut mit dem Pflaster auf der Wange, das Gesicht jetzt wieder still konzentriert, wieder ganz das ihre nach dem Aufstand gegen ihn und den Sturm, und Frida trotz ihrer Furchen zwischen den Brauen unverschämt jung. Nur öffnet er stattdessen die Türläden, ein Anstemmen gegen den ans Haus gedrückten Tisch, und Hagelbälle, vom Wind getrieben, kollern in den Wohnraum. Noch immer schüttet es, windgepeitscht, und wo die Wassermengen leichte Bahn haben, gibt es schon Sturzbäche durch das abfallende Grundstück. Über die steile Zufahrt schießt das braune Wasser zunächst am Schuppen, dann am Haus vorbei; von dort drängt es in den Tümpel, lässt ihn überlaufen und fließt weiter zu dem reparierten Mauerstück, das es schon unterspült hat. Schongauer sieht, wie sich ein Stein nach dem anderen löst, das reißende Wasser die Steine mitschleift. Und er muss auch mitansehen, wie die Bougainvillea am Schuppen ihre Blätter und Blüten verliert, ebenso die alte Glyzinie, die sich halb über das Hausdach gebreitet hat. Die großen Bananenblätter sind nur mehr Fetzen, und trotz des umgeschlungenen Seils ist eine der beiden Zypressen gegen die andere geknickt wie in einer Verbeugung. Wo sein Stückchen Rasen war, sieht er nur Klumpen von Hagel, und aus den Bächen ragen frei gespülte Wurzeln, an denen sich Dinge verfangen haben, die von weiter oben am Hang gekommen sein müssen, Müllsäcke, Pampers, Teile von Kinderkleidung.

Schongauer läuft in den Bach am Schuppen, er fischt ein Shirt mit zwei Katzen als Aufdruck von einem der mitgerissenen Äste und hängt es an den Riegel des Schuppens, als wäre damit alles gerettet. Mehr weiß er im Moment nicht zu tun, er kann nur noch dastehen; Frida dagegen sammelt schon Reste der vom Vordach gerissenen Schilfmatten auf, eigentlich absurd und doch ein Beitrag gegen das Chaos. Zwischendurch macht sie Bilder von jagenden Wolken über dem See, mit Wellen wie in gefürchteten Meeren; und zu den Bildern schreibt sie auch gleich etwas, langsam über den schon schmelzenden Hagel gehend, während Almut zu ihm tritt, regendurchnässt, das Haar zerzaust – sie ist versucht, eine tröstende Hand auf seine Schulter zu legen, nur bricht sie die Bewegung ab und fasst an einen frischen Blutfaden unter dem Wangenpflaster. Es tue ihr leid, sagt sie, und Schongauer legt ihr jetzt eine Hand an den Mund, statt ihn zuzuhalten, für Sekunden nur, das reicht, dann tupft er ihr mit seinem Hemd, das er sich um den Hals gehängt hat, die Wange unterhalb des Pflasters ab und erzählt von einer Echsenart in der Sonora-Wüste, die sich mit ihrem eigenen Blut verteidigt – es war auf einer der ersten Touren mit meiner Frau, sagt er. Sie wollte Bilder von der seltenen Gila-Krustenechse, die bei einem Angriff, etwa durch eine Wildkatze, den Druck im Kopf so erhöhen kann, dass ihr aus beiden Augen ein Blutstrahl spritzt, dem Gegner ins Gesicht. Tage und Nächte haben wir in dieser Wüste verbracht, bis sie das Bild hatte, das sie wollte: wie ein Tier dieses Blutopfer aus den Augen bringt, um sich damit am Leben zu halten.

Almut, beide Hände im regennassen Haar, schaut zu den jagenden Wolken über dem See – ob er ihr das erzählt habe, nur weil an ihrer Wange etwas Blut sei, fragt sie und sieht ihn so an, als hätte sie bisher nur eine Art Fassade gesehen vor dem eigentlichen, wahren Gesicht. Oder gab es dafür noch einen Grund?

Das Blut an dir, sagt Schongauer, hat mich erschreckt, also fiel mir das mit der Echse ein. Das nennt man Eselsbrücke. Anfangs am Theater habe ich mir schwierige Texte auf die Weise gemerkt. Wir können darüber reden, sollten aber hier schon etwas aufräumen.

Immer noch regnet es, und die Sturzbäche schwellen weiter an, und es hat etwas von Starrsinn, schon aufräumen zu wollen, aber Schongauer beginnt damit, abgerissene Äste aus dem schmelzenden Hagelteppich zu ziehen. Almut hilft ihm, eher mit einer Hand als mit beiden; sie hat ihre Notizen aus der Stofftasche geholt, die Blätter offenbar nass geworden, die Schrift nicht mehr so einfach zu lesen. Es braucht Zeit, bis sie gefunden hat, was sie sucht und ihm mit einer Kante der Blätter kurz an die Brust tippt – Du warst in Gießen am Stadttheater, nicht gerade eine erste Adresse, aber du hattest gute Kritiken, eine sogar in der Frankfurter Allgemeinen, was hat das mit dir gemacht? Eine Frage, als sie hilft, einen großen Ast aus dem Tümpel zu ziehen. Es hat mich stolz gemacht, sagt Schongauer. Es war die Hauptrolle in dem Debütstück eines Autors in meinem Alter. Ich spielte einen angeblich geistig zurückgebliebenen Jungen, der im elterlichen Garten ein Loch gräbt. Er will sich quer durch die Erde graben bis nach Neuseeland, aber in Wahrheit will er nur seiner Familie entkommen. Er gräbt und gräbt und ist schon kaum mehr zu sehen, als die Eltern einen Privattherapeuten engagieren. Und der führt ihm den Wahnsinn seines Plans vor Augen, die Unmöglichkeit eines Lochs durch die Erdkugel, bis der Junge ihn mit seiner Hacke erschlägt und in das Loch wirft und es zuschüttet. In der Zeitung war sogar ein großes Foto von mir in der Rolle, aber wen soll das heute noch interessieren?

Mich, sagt Almut, und Schongauer – erst allmählich sieht er das Ausmaß der Schäden, wie zersplitterte

Dachziegel und unzählige auf das Grundstück gespülte Steine – belässt es dabei. Er zieht den großen Ast zu einem wachsenden Stapel hinter dem Schuppen, wo Frida auch die zerborstenen Schilfmatten hinbringt, wieder mit ihren Bewegungen von versteckter Kraft wie die von Artistinnen. Auf dem See treibt ein Boot, sagt sie. Vielleicht losgerissen von einer Boje – wenn Sie wollen, schau ich nach Ihrem Boot. Ob es noch da ist.

Schongauer geht um den Schuppen herum, er sieht auf den See, wo das Boot ohne Menschen weit vor dem Ort auf den Wellen tanzt. Frida tritt zu ihm, und er nimmt ihre Hand, das passiert einfach, obwohl es nicht sein sollte, so wie das Unwetter passiert ist, das auch nicht sein sollte, nur Schaden angerichtet hat; er hält die Hand für Momente, dann drückt er sie und lässt sie los. Bleib lieber hier, sagt er und kommt jetzt nicht mehr umhin zu hoffen, dass sie überhaupt noch etwas bleibt, es keine Kleinigkeit an ihrem Wohngefährt ist, nichts, was der Albaner leicht reparieren könnte; das heißt, er kommt nicht mehr umhin, sie zu mögen – was an ihr, das wüsste er kaum zu sagen, nur dass ihr anderes Geschlecht dabei keine Rolle spielt.

Frida schaut zu Almut, die einem vom Wind weggerissenen Blatt mit ihren Notizen nachläuft. Eins interessiert mich, sagt sie – werden Sie das lesen, was sie über Sie schreibt, ehe es erscheint? Meine Mutter prüft jedes Wort über sich, bevors in irgendeiner Illustrierten steht, auch jedes Foto von ihr, das hat mein Vater vorher geregelt. Ohne Vertrag geht nichts, darum soll ich ja Jura studieren. Aber ich würde lieber Steinmetzin werden, alte Kirchtürme ausbessern. Das war gut heute, unsere Arbeit. Auch wenn sie nichts geholfen hat.

Und hilft es deiner Mutter, vorher alles zu prüfen, was über sie erscheinen soll? Schongauer sieht immer noch zu dem treibenden Boot, die Persenning halb weggefetzt flatternd im Wind. Die Wellen lassen das Boot tanzen, der See scheint aus seinem Bett gehoben, soll niemand mehr sagen, er würde austrocknen, weil es nicht regnet, er würde verschwinden; der See wird bleiben, während von ihm, Schongauer, nichts mehr bleibt, nicht einmal sein Name. Und mit diesem Gedanken geht sein Blick zu Frida, dagegen kommt er nicht an, er verfolgt ihr Tun: wie sie einen der auf das Grundstück gespülten Brocken aufhebt, kopfgroß, und die Erde davon abwischt. Meine Mutter ändert dann noch alles Mögliche, erklärt sie. Jeder Satz muss ihr ähnlich sehen, auch jedes Bild ihrem Bild von sich entsprechen. Sie will sogar, dass ich ihr ähnlich sehe, auch darum taucht sie morgen hier auf. Weil sie glaubt, dass ich mich entferne von ihr, als kleine Reisebloggerin ende. Aber ich werde ihr sagen, dass ich hier im Land bei einem Steinmetz in die Lehre gehen will.

Nur weil wir etwas ausgebessert haben an einer alten Mauer, was zwei Stunden später zusammenfiel?

Vielleicht saßen die Steine nicht gut genug aufeinander. Oder warum halten die alten Mauern hier?

Durch ihr Gewicht, sagt Schongauer. Und deine Mutter, die kommt wirklich morgen?

Frida pocht mit den Fingerknöcheln an den Gesteinsbrocken, wie an eine Tür, die sich öffnen soll – sie landet vierzehn Uhr zwanzig in Verona, dort wartet schon ihr Taxi. Und sie möchte gleich den Mann kennenlernen, der in Hollywood immer nur Nazis gespielt hat.

Schongauer ist zu seinem Tier gegangen. Ascha bewacht die wieder eingestürzte Mauerstelle; sie steht auf den losen Steinen, so durchnässt, dass ihr Fell auch nach Fell riecht, und er umarmt ihren Kopf – nichts kann die Gedanken an eine Frau, die ihm jetzt schon im Nacken sitzt, schneller zerstreuen. Es tröpfelt nur mehr, und in den Oliven ist schon wieder ein erstes Funkeln von Sonne; noch ziehen Wolkenfetzen über den See, und die Wellen sind jetzt erst recht die eines aufgewühlten Meeres, angetrieben von einer Strömung nach Süden, als hätte der See ein Gefälle. Almut tritt zu ihm, ihre Schuhe in der Hand, Schlamm an den Füßen; mit einer Geste deutet sie an, wie klein man gegenüber der Natur sei, dazu ein Blick, als wäre auch die eigene und seine Natur gemeint. Schongauer bittet sie, noch etwas beim Aufräumen zu helfen, ihm gefällt das, wenn sie barfuß im Schlamm läuft, und Almut krempelt sogar ihren Jumpsuit bis über die Knie; wie die Frauen in dem Film Bitterer Reis geht sie durch den aufgeweichten Boden und hilft ihm, die Blumenkästen und Töpfe zurück an ihre Plätze zu bringen, und er stellt sich vor, ihr später am Brunnen die Füße zu waschen und nicht nur ihr – auch Frida läuft barfuß umher, sie sammelt weiter Äste auf, aber warum?

Er kann da kaum hinschauen, wie sie sich bemüht, das Chaos eine Spur zu verringern, ihm auf ihre Art beizustehen, während er die Korbstühle noch um den Außentisch stellt und Almut schon wieder in ihren Notizen blättert, als hätte es höchstens geregnet. Was ich mich auch frage, sagt sie: Wieso gibt es kaum ein Foto von deiner Frau? Das genaueste, das ich gefunden habe, ist schwarzweiß. Eine große Schlanke im Liegestuhl mit Fußstütze, einen Hut halb im Gesicht, Beine übereinandergelegt, und in den Händen eine kleine Kamera wie ein Gebetbuch, im Hintergrund Grasland mit zwei Antilopen. Wer hat das aufgenommen?

Sie selbst, sagt Schongauer. Sie war noch keine dreißig und hatte als Fotografin nur ein Vorbild: Lee Miller, die bei Man Ray in Paris gelernt hatte und starb, als Magda ein Kind war, ihr aber später sozusagen zur Seite stand bei den Tieraufnahmen, viele mit der Magie von Lee-Miller-Fotos. Wie die von Frauen inmitten von Landschaften und nur von Landschaften oder Objekten, als wäre jedes Detail weiblich.

Die Sonne scheint mit einem Mal wieder prall, der braune Bach durch das Grundstück glitzert, die Tageswärme kehrt zurück, Vögel pfeifen. Almut holt ihr Aufnahmegerät aus der Tasche. Du räumst hier weiter auf und ich stelle dir Fragen, sagt sie, und Schongauer, einen Arm über den Augen gegen das Licht, geht zu dem vollgelaufenen Tümpel, übersät mit Blättern – ein medusenweicher Teppich, auf den er sich gern mit Almut fallen lassen würde. Sie tritt wieder zu ihm, das Gerät mit dem Lämpchen der Bereitschaft in der Hand; noch ist ihr Jumpsuit hochgekrempelt, und an den Beinen haftet Schlamm, der schon verkrustet. Fangen wir damit an, sagt sie: Wusste deine Frau, warum sich ihre Vorgängerin erschossen hatte? Eine Frage in so leichtem Ton, als ginge es bloß um eine peinliche Vorliebe, die man nicht jedem gleich erzählt. Ja, sie wusste es, sagt er. Wir hatten die Waffe, mit der es passiert war, auf unseren Mexiko-Reisen dabei, und da hab ich es ihr einmal nachts erzählt, um von ihr zu hören, dass solche Dinge eben passieren. Aber alles, was sie dazu gesagt hat, war, dass ich damit leben müsse. Vielleicht hab ich die Waffe deshalb noch. Ich bekam sie zurück, als es am Hergang keinen Zweifel mehr gab. Sie liegt hier im Haus.

Und darf ich das so schreiben? Almut stellt sich vor ihn, hinter ihr jetzt der Tümpel mit dem Blätterteppich, aus seiner Sicht ein weicher Kranz um ihren Kopf. Nein, sagt er, die Waffe ist hier nicht zugelassen.

Was kann ich dann überhaupt schreiben – dass du ein mit einer Hündin lebender Mann bist, der vor einem Unwetter seine Blumentöpfe in den Schuppen stellt?

Schongauer legt eine Hand um die Hand, mit der Almut das Gerät hält. Von mir aus schreib das, erwidert er und spürt einmal mehr sein Herz: wie es arbeiten muss, um mit dem, was der Sturm noch aufgewirbelt hat, Schritt zu halten. Er lässt die fremde Hand wieder los, er sagt, wenn es noch Fragen an ihn gebe, dann jetzt, und Almut sieht ihn an, eine Spur Erstaunen in den Augen, vielleicht auch Erschrecken wie vor einer selbst aufgegangenen Tür. Im Moment nur zwei Fragen, sagt sie, und die erste ist ganz leicht: Warum kam ein Film, in dem du einmal der Gute warst und sogar die Hauptrolle hattest, als Eremit in der Wüste, nie in die Kinos?

Der Schlamm um den Tümpel herum dampft in der Sonne, und Schongauer tritt an den Regenbach, der in den Tümpel fließt, ihn aus seiner Mulde hebt, und überlegt, wie sich das Wasser umleiten ließe. Woher weißt du von dem Film? Eine Frage auf dem kurzen Stück zur Haustür, zu seinen abgestellten Schuhen; die nimmt er und geht, gefolgt von Almut, zum Brunnen. Dort beginnt er, sich die Füße zu waschen.

Es gibt Leute, die dabei waren, sagt Almut. Manche leben noch, andere sind tot, wie die Kostümbildnerin, die sich erschossen hat und die wichtig war für den Film. In mehreren Zeitungen gab es Nachrufe, bei Variety wurde der Film auch erwähnt, als ewiger Torso im Archiv mit L.A. Schongauer als Heiligem in der Wüste, der sich gegen Versuchungen wehrt. Und die Kostüme der weiblichen Schreckenswesen gestaltet von – ich hab ihren Namen irgendwo.

Lynn Kettner, sagt Schongauer beim Abtrocknen der Füße mit dem Tuch, mit dem er sonst die Hündin abreibt. Das ist fast dreißig Jahre her und kaum noch wahr.

Almut krempelt die Beine ihres Jumpsuits wieder bis zu den Knöcheln, über den getrockneten Schlamm, sie schlüpft mit noch nassen, auch am Brunnen, nur nicht von ihm gewaschenen Füßen in ihre Schuhe. Was ist es dann, etwa unwahr? Bei dem Film fehlte nur noch eine Szene, das hätte für Programmkinos gereicht, aber er verschwand. Warum?

Schongauer schaut auf den See – noch zwei weitere Boote treiben jetzt dort und auch Trümmer von Booten. Weil der Film zu unanständig war, sagt er. Ich hatte das

Ganze angeregt, bei ein paar Filmverrückten, die es für einen Fantasy-Stoff hielten. Das meiste Geld, das sie hatten, ging in die Ausstattung, und sie holten sich eine junge Künstlerin, was die Kostüme betrifft. Die sich während der Vorbereitung zu dem Film in mich verliebt hat, ich weiß nicht, wieso, aber mir hat es gefallen. Eine Vorbereitung von einem Jahr, für eine Billigproduktion in der Sonorawüste. Regie hat einer geführt, der zuvor nur Westernserien gemacht hatte, aber er kam mit mir und der Wüste zurecht. Und mit Lynn, die immer neue Ideen hatte, Tänzerinnen mit vier Brüsten, Knaben mit Schlangen statt Schwänzen, kopulierende Engel und geflügelte Huren mit Engelsgesichtern, ihre Phantasie war unerschöpflich im Gegensatz zum Budget.

Und deshalb erschießt sich eine junge Frau? Almut sieht zu Frida, jetzt auch am Brunnen, als könnte sie die Frage eher beantworten. Keine Frau bringt sich deshalb um, schon gar nicht auf diese Männertour. Warum also?

Unten im Ort läuten die Glocken, wie ein Aufatmen nach dem Sturm, und Schongauer hat eine Idee für das Umleiten des Sturzbachs: durch einen Graben zu dem wieder eingestürzten Mauerstück, dann würde das Wasser über den Pfad seitlich der Mauer abfließen. Was hat das alles mit dem Porträt über mich zu tun, sagt er, es gibt Interessanteres. Ich hatte mal einen halben Drehtag mit Paul Newman.

War Lynn von dir schwanger?

Ja, sagt er, ja. Aber schon während der Vorbesichtigung für die Dreharbeiten in der Wüste. War das deine zweite Frage?

Nein. Meine zweite Frage ist, ob der Tod deiner Frau in der Brandung auch etwas Erlösendes hatte.

Schongauer schaut erneut auf den See, mit Wellen, gegen die er als Schwimmer nicht ankäme. Wir gehen jetzt nach unten, sagt er, auf der Straße, die Wege sind überschwemmt. Ich seh nach dem Boot, du gehst ins Hotel und rufst deinen Mann an. Später können wir im Ort essen. Oder es lassen.

# 13

Alle Wege in den Ort sind Wasserläufe, reißend, wo sie steil abwärts führen, braune Kaskaden über mitgeschwemmte Äste und Erdklumpen. Auch auf der Straße hinunter zum See fließen Bäche, Teile der Fahrbahn sind schon unterspült und eingesackt, für Autos gibt es kein Durchkommen mehr. Almut macht Bilder von den Folgen des Sturms, von Gesteinsbrocken auf der Straße oder einer Katze auf entlaubtem Baum. Sie schaut sich die Bilder im Gehen gleich an, blass im Gesicht trotz ihrer Farbe von der Bootsfahrt, immer noch unter dem Eindruck einer Nacht mitten am Tag, und Schongauer würde sie gern an der Hand nehmen, sie an der Tiefgarage mit dem abgestellten alten Lancia vorbeiführen. Die Einfahrt zu der Garage ist durch ein Polizeiband versperrt, davor Autobesitzer, die keinen Zutritt erhalten; ein Carabiniere erklärt, es würden nach Abpumpen des Wassers in der Garage von allen Autos Fotos gemacht für die Versicherung. Almut seufzt im Weitergehen: in einer Stille vor der Einfahrt, als wäre in der Garage jemand ertrunken.

Es ist auch seltsam still im Ort. Die schon tiefe Sonne fällt auf Lachen wie kleine Teiche, darin glitzernde Scherben und ein Laub, als wäre es Herbst. Zerfetzte Sonnenschirme liegen vor den Lokalen am See, Stühle sind ineinandergeschoben, und in den Bäumen an der Promenade hängen Tischtücher, Reste einer zerstörten Ordnung. Schongauer und Almut gehen mit etwas Abstand nebeneinander, nur wenn sie Pfützen durchqueren, berühren sich die pendelnden Hände, seine rechte ihre linke. Sie gehen bis zum Hafenbecken, wo der Sturm die Boote verkeilt hat, und auch dort herrscht seltsame Stille; in den Lachen auf dem Platz baden Spatzen, ihre Piepser sind die einzigen Laute. Almut entschuldigt sich noch einmal für ihre Panik während der Dunkelheit im Haus, für alles, was da passiert sei; sie will noch mehr dazu sagen, aber Schongauer wehrt es mit Handheben ab, übergehend in eine Geste des vorläufigen Abschieds, leichtem Winken vor seinem Gesicht. Er will jetzt nach dem Boot sehen, nichts anderes – Dann vielleicht bis später, sagt er, und Almut, die Hände seitlich am Hals, stummer Rest ihrer Entschuldigung, bittet ihn, noch einen Moment zu bleiben, für eine einzige kurze Frage, wann genau eine Liebe anfange.

Schongauer schaut auf den See, auf Wellen, in denen er so umkommen würde wie Magda in der Brandung bei Dakar. Über seine Antwort muss er nicht nachdenken – Eine Liebe fängt an, wenn wir das Glück, das jemand in uns auslöst, nicht länger in Schach halten.

Und wann endet sie?

Wenn das Peinliche, das in jeder Liebe steckt, keine Rolle mehr spielt, sagt er, und Almut sieht ihn fragend an, aber fragt nicht. Die Spatzen in der Lache planschen, und irgendwo auf dem Platz klingelt ein Telefon. Das

Peinliche – Schongauer bereut es, diesen Begriff ins Spiel gebracht zu haben. Am Ende war es das Sexuelle, wie sie da beide für eine Stunde andere Menschen waren, einander kaum wiedererkannt haben. Magda und ich, erklärt er, wir waren das Paar, das in keinem Film vorkommt, jedenfalls haben wir es nie entdeckt, und wir haben viele Filme zusammen gesehen. Sie wollte etwas zwischen uns, das ihr und mein Leben verändert, ich wollte nur, dass sie bei mir ist.

Das reicht, sagt Almut, dann geh jetzt zu deinem Boot, oder was tust du? Sie schaut ihn an und winkt, wie er zuvor gewunken hat, dann dreht sie sich um und macht die paar Schritte zum Eingang ihres Hotels, während er noch im Davongehen sieht, wie ihr Haar über den Schulterblättern pendelt. Er hätte das nicht sagen sollen auf die Schnelle, sie hat ihn da hineingezogen, er weiß gar nicht, wie; er spürt nur, wie nach allem Gesagten samt dem, was während des Sturms war, die Gefahr eines Glücksgefühls im Verzug ist – oder warum hat er auf dem Weg am See entlang zu der Bucht mit den Bojen minutenlang ihren Namen auf der Zunge?

Am Anfang der Bucht gibt es einen Steg, an den Seiten gesichert durch riesige Steine, die bei Sturm die Wellen aufhalten, Steine aus den Brüchen am Ausgang des Etschtals, der Veroneser Klause, die schon etliche Kaiser in ihren Kutschen durchfahren haben, nicht aber ein Goethe, der den Weg über den See gewählt hat bis Bardolino – er hat vieles nachgelesen, meist auf dem Boot vor den Felswänden im sachten Abtreiben südwärts, und das Boot, die alte Chris Craft, das sieht er erst im Näherkommen, ist auf der anderen Seite des Stegs an den Schutzsteinen zerschellt, am Bug das von der Boje losgerissene Tau. In ihren Farben Blau, Rot und Weiß liegt sie dort halb auf der Seite, aber gar nicht das versetzt ihm einen Stich, das hat eher etwas Klärendes. Was ihm ins Herz dringt und es zugleich anhebt, ist sein Tier, das am Boot schnuppert, und mehr noch: Ascha reibt ihren Kopf an einem der Polster, das aus der zerfetzten Abdeckung ragt, während Frida – noch ein Name, den er rufen möchte, aber nicht ruft – bis an die Hüften im Wasser steht. Ich dachte, es wäre besser, nicht allein zu sein, wenn Sie das hier sehen, sagt sie.

Zwei weitere auch von den Bojen gerissene Boote sind von den Wellen ans Ufer geworfen worden, sie liegen halb ineinander wie nach einem Kampf, und neben dem doppelten Trümmer bewegt sich königlich dümmlich ein Schwan, so wie immer. Frida streicht über einen der Wellenbrecher aus Granit, als wollte sie ihn behauen und prüfte die Qualität. Vielleicht willst du eigentlich Bildhauerin werden, nicht Steinmetzin, sagt Schongauer, um nicht über das Boot zu reden, das ihm im Grunde nie gehört hat, auch wenn es seine Sache war, damit über den See zu den Felswänden zu fahren, um dort allein zu schwimmen. Nein, erst Steinmetzin, sagt Frida. Man muss mit der Basis anfangen. Meine Mutter war früher die Gästebetreuerin bei ihrem Sender. Was machen Sie jetzt ohne das Boot?

Schongauer setzt sich auf einen der großen Steine, die Hündin kommt zu ihm – Mich erinnern, sagt er und bittet Frida um ihr Telefon für einen Anruf bei seinem

Bootsversorger, eine der Nummern, die er im Kopf hat, wie auch noch die von Magda. Der Bootsversorger heißt Gabriele, sein Band läuft, und Schongauer erklärt, was passiert ist, und bittet ihn, das Bootswrack wegzuschaffen und Bescheid zu geben, ob sich der Motor verkaufen lässt. Damit ist getan, was im Moment zu tun war, er reicht das Telefon zurück, und Frida fragt, ob er Pläne mit Almut für den Abend habe.

Über Pläne mit Almut kann er nichts sagen, es gibt nur eine vage Idee von Nähe; er holt einen Geldschein aus dem Hemd und drückt ihn Frida in die Hand, er bittet sie, etwas zum Essen zu kaufen, dann mit Ascha zurückzugehen, so, dass sie noch Auslauf hat. Frida faltet den Schein und schiebt ihn in die Gesäßtasche. Ich kann auch schon für morgen was einkaufen, sagt sie. Wenn meine Mutter kommt.

Was will sie hier, auch noch bekocht werden? Schongauer wirft einen letzten Blick auf das zerschellte Boot, schon halb im Gehen, wieder am See entlang. Schreib ihr, dass sie unerwünscht ist, ruft er und kann noch hören, was ihm Frida entgegnet: dass ihre Mutter nicht glauben würde, jemand habe kein Interesse, sie kennenzulernen.

Einzelne Wellen schießen weiterhin über die Ufermauer, der Weg am See entlang ist überschwemmt, und die Verheerungen durch den Sturm sind an der Promenade auch dort noch zu sehen, wo schon aufgeräumt wurde, provisorisch. Trotzdem sind die Lokale am Wasser gut besucht, viele Paare mit Kindern oder ältere Paare unter sich, kaum ein Männertisch, eher Tische mit vier Freundinnen; und nirgends eine Frau allein. Schongauer überlegt, ob er Almut von der Rezeption aus anrufen soll, um ihr zu sagen, er sei müde, zu müde nach diesem Tag für ein gemeinsames Essen; das heißt, er überlegt, ob er eine Ausrede gebrauchen soll, damit er den Abend mit Frida verbringen kann, oder ob es besser wäre, Almut zu sagen, dass sie einen Abend für sich haben sollte und er auch: Das wäre die Art von Ausflucht, die er von Magda kannte, wenn sie ihn auf Abstand halten wollte, um etwas für die eigene Energie zu tun, tatsächlich aber bei ihren Touren das Zelt mit jemand anderem als ihm geteilt hatte – dass er ihre lange Mobilnummer immer noch auswendig weiß, liegt auch daran, dass er sie einmal über drei Tage und Nächte immer wieder angerufen hatte, vergebens; Tage und eben auch Nächte, die sie mit dem an Fotografie interessierten Ranger aus Tabasco verbracht hat, entlang dem Rio Grijalva auf der Suche nach weißen Alligatoren, die es dort geben sollte. Aber es gab bloß sie und den Mann, der sie an Peter Beard den Abenteurer mit der Kamera denken ließ, und vorher gab es ihre Ausflucht mit der Energie. Das war verletzend, es hat ihn beschämt, und er sollte Almut davon erzählen, damit sie erkennt, wie uferlos es ist, was sie vorhat: dass ein Leben wie seins in kein Zeitungsporträt passt. Nach Magdas Rückkehr aus einem Gebiet, aus dem manche nie zurückkehrten, hat sie tagelang kaum gesprochen, nur gebeten, sie einfach in Ruhe zu lassen. Also ließ er sie in Ruhe, während sie die ersten Negative von den gemachten Bildern ansah und auch ein paar Probeabzüge, bevor später, in ihrer Dunkelkammer, das eigentliche Nacharbeiten anfing, aber schon diese Abzüge hatten etwas von der stillen Religiosität in Magdas Tieraufnahmen, wie das einer kleinen Schlange und eines großen Falters, die einander fixieren auf Leben und Tod. Und was von ihr dann kam, schon auf der Weiterreise nachts an einem offenen, aber vergitterten Hotelzimmerfenster, als er hinter ihr stand, sie mit den Fäusten um die Eisenstreben wie eine Gefangene, die am Gitter rüttelt, er über sie gebeugt, genau so wollte sie es, dabei fast schmerzhaft verhakt mit ihr, vereint wäre zu viel gesagt, hat sich ihm eingeprägt, Stoß für Stoß in ihr Fleisch, so unauslöschlich wie die Nummer, die er Tage zuvor wieder und wieder gewählt hatte – die, die wir lieben, sind unsere Geiseln, hat sie später zu ihm gesagt, aber ich will auch nicht, dass du mich freigibst. Also liebe mich weiter und verzeih mir.

Schongauer ist wieder am Hafen, er steht vor Almuts Hotel und sieht zu den Zimmern ohne Balkon, nur bei einem ist das Fenster offen, der Vorhang aber halb zugezogen. Er überlegt, ob er sie rufen soll, gerade so, dass sie es hörte – besser nicht. Dann müsste er eben vom Empfang aus telefonieren, dort kennt man ihn. Er könnte aber auch vor dem Hotel auf und ab gehen, bis sie ihn vom Fenster aus entdeckt. Sofern sie ans Fenster tritt, weil sie denkt oder hofft, er könnte auf dem Platz vor dem Hotel stehen – seit Magdas Tod hat es solche Gedanken nicht mehr gegeben, wenn das überhaupt Gedanken sind und keine Wünsche im Gewand von Gedanken – solche, die nicht nachziehen, wenn der andere aus der Welt ist, für immer unerreichbar, die nicht einfach hinter ihm her sterben, sich verflüchtigen, allerdings auch nicht wirklich weiterleben: die als Wünsche zu Untoten werden. Und nun ruft er doch den Namen, den er noch nie gerufen hat, und der Vorhang geht etwas zur Seite, Almut erscheint mit einem weißen Handtuch als Turban, als hätte sie hinter dem Vorhang gestanden, ihn durch den dünnen Stoff hindurch längst gesehen und eigentlich nur darauf gewartet, dass er sie ruft.

Sie winkt ihm, sachte mit links, die Hand dabei kaum in Kinnhöhe – eine Einladung auf ihr Zimmer, das wüsste er gern und tippt sich an die Brust, ob sie ihn etwa meint: dass er zu ihr kommen soll, dann geht ihr Winken schon über in eine fahrige Bewegung, endend an der eigenen Nase, und Schongauer betritt das Hotel. Er grüßt zum Empfang hin, dort weiß man, dass Frau Stein ein Gast auf seine Empfehlung hin ist; und er nimmt die Treppe, nicht den Lift, noch ohne Idee, was nun gleich sein wird, bloß in dem Gefühl, dass sie ihn erkannt hat von ihrem Fenster aus, oder war es umgekehrt: Hat er sie erkannt als die, die ihn zu sich winkt, seine Nähe will, und glaubt er deshalb, sie müsste auch ihn erkannt haben: als den, der auf den Wink nur gewartet hat? Im Grunde war es so mit Magda, sie hatten einander bereits auf der dummen Beverly-Hills-Pool-Party erkannt, als offene, aber aufrecht gehende Wunden, die der andere heilen könnte. Magda glaubte allerdings an die Seele und das Seelenheil, schon in der ersten Nacht, als sie schließlich erschöpft nebeneinanderlagen, sagte sie, wie barbarisch es sei, nicht an die Seele zu glauben, dass aber der Materialismus – und dieses

Wort aus ihrem Mund, in dem zuvor noch seine Zunge war, hatte ihn tief erschreckt – leider auch die barbarischste aller für sie geltenden Wahrheiten sei, ein Widerspruch, dem er nichts entgegenzusetzen hatte. Er konnte nur noch still neben ihr liegen, still auf der Seite, während sie auf dem Rücken lag, und ihr Profil im graublauen Morgenlicht sehen, das einer Frau in den besten Jahren mit hoher Stirn, solider Nase und Zigarette zwischen den Lippen, und einem Anflug von Trauer schon ganz am Anfang.

Die Tür zu Almuts Zimmer ist einen Spalt offen, aber er klopft zweimal leise, statt gleich einzutreten, und kaum einen Herzschlag später wird die Tür aufgezogen, als hätte Almut so dahinter gewartet wie hinter dem Vorhang. Sie hat den Handtuchturban abgenommen und sich wohl rasch etwas angezogen, Jeans und ein Hemd, ihr Haar ist noch nass und unfrisiert. Für eine Minute, sagt sie – bleiben kannst du nicht. Was ist mit dem Boot? Eine Frage, als sie ihn hereinzieht, in einen Vorraum mit Kofferablage und der Tür zum Bad. Schongauer will nach ihrer Hand greifen, Almut nimmt die Hand auf den Rücken, und er schaut auf ihre bloßen Füße. Sie steht auf den Zehen mit den blassroten Nägeln, aber nicht um damit größer zu erscheinen, sondern – wenn er das richtig sieht – um nichts Plattes zu haben. Das Boot ist erledigt, sagt er. Nach der besten Fahrt damit. Was will ich mehr.

Aus dem Flur vor dem Zimmer sind Schritte und Stimmen zu hören, ein Paar, das Französisch spricht, beide jung, wie es durch die noch halb offene Tür klingt – Schongauer überlegt, ob er sie mit dem Fuß, einer kurzen Bewegung nach hinten, schließen soll, dem Trick, der in Filmen oft eine eigene Kameraeinstellung hat. Almut nimmt die Hand hinter dem Rücken hervor und fährt sich damit durchs Haar; und von ihrem Haar geht die Hand zu seinem Nacken, wie durch einen Mechanismus, der leicht verzögert auf das reagiert, was zuletzt gesagt wurde: dass das Boot erledigt sei. Sie zieht seinen Kopf heran und küsst ihn auf den Mund, so entschieden mit den Lippen für Momente auf seinen, als gäbe es dagegen ein Gesetz, das sich anders nicht brechen lässt, und so mit ihrer Hand in seinem Haar, dass er nur stillhalten kann, um etwas zu empfangen, auf das er nicht vorbereitet ist und wofür er auch kein Wort hätte. Danach drückt Almut die Tür, die er versäumt hat mit der Hacke zuzustoßen, so auf, dass er in den Flur treten kann. Morgen noch einmal gegen Mittag, sagt sie. Für letzte Fragen. Und das mit dem Boot tut mir leid.

## 14

Schongauer wählt wieder den Weg entlang der Durchgangsstraße bis zu der Abzweigung auf den Hang hinter
der Tankstelle, um den Besitzerinnen der kleinen Bars
und Läden, die ihn gern grüßen, auszuweichen. Er will
sich nicht anhören, dass der Sturm ihre Markisen zerfetzt hat, er will auch nicht über sein Boot reden; er
träumt im Gehen vom Jüngersein, bis der Albaner ihm
von der Bar neben der Tankstelle aus etwas zuruft: Dass
er morgen kommen würde wegen des Wohnmobils, aber
erst gegen Abend, vorher habe er noch andere Arbeiten
aufgrund des Sturms – Luan lacht bei diesen Worten,
weil es Arbeiten für Frauen sind, die ohne ihn weder
Strom noch Wasser hätten kurz vor Ferragosto, die ihm
auf Knien danken, wenn sie sich wieder die Haare
waschen und föhnen können – einfach alles kann der
Albaner richten und Frauen auf die Art glücklich machen, während er sich schwertut mit ihnen, kaum weiß,
wie sie wirklich sind, nur bei seinem Tier spürt er das. Er
kommt an der Tiefgaragenzufahrt vorbei – das Absperr-
band jetzt lose auf dem Boden – und denkt an Almut:
Wie sie vielleicht am Zimmerfenster steht und mit ihrem
Mann dem Kardiologen spricht, ihm gerade erklärt, dass
der alte Lancia leider im Eimer sei und ihre Ehe auch, in

einer Hand das Telefon und die andere an den Lippen, um das Gefühl von seinen Lippen noch irgendwie festzuhalten, wer weiß.

Kurz vor dem ersten Steilstück muss Schongauer stehen bleiben, seine Atmung beruhigen; er keucht, und in das Keuchen mischt sich das Geräusch eines Hubschraubers, flattriges Knattern oft als Finale einer Kastastrophe, er kennt das und schaut sich um. Der Hubschrauber kreist niedrig über dem See, über einem der treibenden Boote, seine Scheinwerfer wie Pfeile in der Dämmerung, ihr Licht fällt auf das aufgewirbelte Wasser. Eigentlich gibt es nichts mehr zu retten, wenn jemand ertrunken ist, und trotzdem kommt das alarmgelbe Fluggerät jedes Mal, um Hoffnung zu verbreiten, die Gemüter zu beruhigen – der See oder die Natur kennt keine Katastrophen, nur die Menschen, die den Hubschrauber gerufen haben und jetzt am Ufer stehen und darüber reden, was den Sturm so schlimm gemacht hat, und die für all seine Ursachen und Erscheinungen Namen haben, und wo noch einer fehlt, weil die Erscheinung neu ist, suchen sie einen, wie er für diesen Kuss, der im Grunde keiner war, nach einem Namen sucht im Weitergehen, damit daraus nicht auch eine Katastrophe wird.

Der Weg nach oben fällt ihm schwerer als am Vorabend; wieder und wieder muss er stehen bleiben, zu Atem kommen, sein altes Herz beruhigen, ohne dass ihm ein Name für den Nichtkuss einfällt. Dafür macht sich von Pause zu Pause ein Gedanke breiter, den es bisher nur in verwischter Vorahnung gab: Wie lange ihn sein Tier überleben wird, um viele Jahre sicher, und wie es ohne ihn bald verwahrlost, zu einem Häufchen Elend wird – dem, den man liebt, will man kein Leid zufügen und tut es doch, oder liebt ihn nicht wirklich, bei Magda konnte er sich's aussuchen und hat den Widerspruch angenommen: dass sie ihn geliebt hat und ihm Leid zugefügt. Sein Leid war manchmal das einzige Reale, bis die Hündin nach Magdas Tod zur Welt für ihn wurde, weil er die Welt für sie war – ihr jaulendes Gebell, er hört es schon von Weitem und ruft ihren Namen, und wieder kommt sie angerannt und umspringt ihn auf dem letzten Stück zum Haus, ihn und auch Frida, als sie dazustößt, in einer Hand das angeschwemmte Kindershirt mit den kleinen Katzen auf der Brust. Sollte man waschen, bevor man's aufhängt, sagt sie. Und bestimmt vermisst es irgendein Junge und sucht schon danach.

Ist das nicht ein Mädchenhemd mit den beiden Katzen? Schongauer bleibt stehen, er ringt nach Luft, auf die Knie gestützt; aus dem Haus riecht es nach Trüffelrisotto – die Trüffel aus den Eichenwäldern hoch über dem Hang aufgespürt von geschulten Hunden, nicht von Schweinen. Und was passiert, wenn es ein Junge trägt, sagt Frida. Gar nichts.

Sie essen an dem Tisch unter den nackten Vordachstreben bei einem Windlicht. Die Luft hat sich schon wieder erwärmt, geblieben ist das Geräusch der Strömung im See als unaufhörliches Rauschen, wie aus einer Schlucht mit reißendem Fluss. Frida hat zu dem Risotto einen Radicchio-Salat mit Melonenstücken, Parmesan und Chilischoten gemacht, so süß wie scharf. Beim Verteilen des

Salats empfängt sie eine Nachricht, die sie auf der Stelle liest; das Smartphone ist Bestandteil des Gedecks neben dem Teller. Sie antwortet auch gleich, und ihr mit Wasser, keinem Gel, nach hinten gekämmtes Haar fällt mit einer Strähne in die Stirn, bis zu den Furchen zwischen den Brauen. Schongauer verteilt den Salat weiter – die Frage von männlich und weiblich erscheint ihm in Fridas Gegenwart erledigt. Er sieht sie an, während sie schreibt und dabei ihr Haar aus der Stirn streicht, er kommt zu dem Schluss, dass sie, anders als Almut, auf eine schwer lesbare Art schön ist, etwa wie die Notizen, die man bei einem Telefonat so hinwirft, dass der Charakter einer Handschrift in dem Hastigen verschwindet. Als sie fertig ist mit der Antwort, zeigt sie ein Lächeln, ohne dass er sagen könnte, warum. Sie verteilt jetzt auch das Risotto, und er würde gern fragen, wo sie gelernt hat, so ein Gericht zu machen, stattdessen isst er es mit lobendem Summen. Eine Zeit lang essen sie schweigend, dann tippt Frida an ihr Telefon – Meine Mutter will sich mit dem Taxi gleich hierherbringen lassen, sie wollte die Koordinaten von hier, damit das Ganze nicht schiefgeht. Die hab ich ihr gerade geschickt. Ist das in Ordnung?

Schongauer zuckt mit den Achseln, was soll er dazu sagen, Koordinaten sind kein Geheimnis, nur muss er dann doch etwas loswerden – er würde diese Mutter an ihrer Stelle umbringen, erklärt er, verbunden mit einer Geste, die zeigen soll, dass es nicht ernst gemeint ist, aber die Tochter antwortet ihm ernst. Meine Mutter hat drei Programmdirektoren überlebt. Ihre Sendung ist nicht totzukriegen und sie auch nicht.

Wie sieht sie aus? Ich hab keinen Fernseher.

Wie aus Edelhölzern zusammengesetzt, sagt Frida. Sie hat Bäckchen vom Liften und große Augen, die sie aber kaum zubekommt, sie besitzt Schlafbrillen in jeder Farbe. Und bei alldem ist sie schrecklich intelligent. Sie kann schneller reden als die meisten und dabei auch noch denken. Außerdem lag sie drei Jahre auf der Couch, um ihr Mitgefühl zu trainieren. Seitdem ist keiner davor sicher, für meine Mutter zu schwärmen. Auch Sie nicht.

Der Hubschrauber, mehr zu hören als zu sehen, dreht jetzt erst ab, ohne gelandet zu sein, irgendwer bleibt also vermisst, die Katastrophe ist damit besiegelt. Schwärmen für eine Person, die sich ihm aufdrängt, so etwas kann sich Schongauer kaum vorstellen. Magda hat er immer nur bestaunt in ihrem Eigensinn und sich in ihr verloren, seit der Stunde, in der sie ihn zum ersten Mal so wollte, dass für Schwärmerei gar kein Platz war; und wenn sie ihm im Traum erscheint, dann oft mit ihrem Schwinden und Kommen in einem, einem brechenden Blick, der ihn noch sucht. Meine Frau, die in der Brandung umgekommen ist, sagt er auf einmal zu Frida, die konnte mir einen Spiegel vorhalten, ohne dass ich mich gegen das Bild darin wehren musste. Kann deine Mutter das auch, macht sie das in ihrer Sendung oder mit dir?

Meine Mutter, sagt Frida, will nur von allen geliebt werden. Und wenn ihre Sendung Pause hat, trinkt sie zu viel und hat Angst vor dem, was längst passiert ist, als sie noch Pickel hatte und Elisabeth hieß statt Lilly mit Ypsilon hinten, aber schon schneller reden konnte als alle anderen und trotzdem in der Tanzstunde nur die auch Pickligen bekam – hat sie mal in einem Interview erzählt. Sie ist auch schrecklich offen. Und seit vorgestern hat sie vier alte Filme mit Ihnen gesehen, von sonstwo herunter-geladen, und mir geschrieben, dass Sie ein Typ seien, mit oder ohne Stahlhelm.

Schongauer nimmt sich von dem Wein, den Frida ge-kauft hat, einen Lugana, den er für überschätzt hält, nicht so ehrlich wie seine Sorte. Ein Typ ist man höchs-tens bis fünfzig, sagt er. Danach ist es aus damit.

Frida sieht ihn an, ihre Furchen verschwinden bis auf ein feines V, und er weiß noch im selben Moment, wann er zuletzt von einer so viel Jüngeren so ruhig angesehen wurde: eines Nachts in seinem alten Toyota Corolla von Lynn, als sie noch in der Ausbildung war, aber schon Kostüme entwarf für Starwars und ihn ansah, als wäre er ein Haus, in das sie einziehen könnte mit ihrer ganzen zerbrechlichen Schönheit. Frida nimmt sich jetzt auch von dem Wein. Aber in meinem Blog steht: Ich bin bei einem Typ gelandet, der mal beim Film war, erwidert sie, während er überlegt, was er als Nächstes sagen soll oder wie er den Verstand behalten kann.

Morgen gegen Abend kommt mein Bekannter und kümmert sich um das Wohnmobil, sagt er, um das Thema zu wechseln. Und dann kannst du weiterfahren, bevor sich Ascha noch ganz an dich gewöhnt. Oder ich. Und weißt du auch schon, wohin? Schongauer steht auf, er fängt an, den Tisch abzuräumen. Frida will helfen, aber er will keine Hilfe; er lässt sie nur zuschauen und fragt noch einmal, wohin, und sie sagt etwas von Erst mal der Sonne nach, als er schon die Teller spült und auch den

Topf, in dem das Risotto war, und die ölige Salatschüssel. Eine Spülmaschine würde sich nicht lohnen für mich allein, erklärt er, und statt das so hinzunehmen, fragt sie, ob sich überhaupt etwas lohne, wenn man allein sei und alt werde – Ich seh bei Ihnen kaum Bilder und auch keine alten Filmplakate oder Fotos von früher, da gibt es nur ein Sofa, auf dem Sie gern liegen, und einen Revolver, den Sie gern verstecken. Warum ist das so, warum ist Ihr Haus so leer?

Weil die Dinge in mir sind, sagt Schongauer. Da halten sie sich. Als ich das Haus bei Los Angeles aufgab, um mit meiner Frau als großes Mädchen für alles auf Reisen zu gehen, hieß es: Nach mir der Sperrmüll. Hast du einen Freund?

Ich hatte einen.

Aber?

Ich wollte ihn nicht als Mädchen für alles.

Mochte ihn deine Mutter?

Er hat sich jede ihrer Sendungen angesehen, sie fand ihn wundervoll. Und mein Vater großartig, weil er Jura studiert. Und meinen Vater großartig fand.

Und du?

Ich fand ihn furchtbar.

Aber warst mal verliebt in ihn.

Eine Woche lang, aber in Barcelona, dazu gehört nicht viel. Warum glauben Sie, dass Sie kein Typ mehr sind?

Weil ich dauernd stehen bleiben muss, wenn ich von unten hier raufgehe, mir ans Herz greife und schnaufe. Schnauft ein echter Typ? Nein. Wie hieß dein Freund?

Harald.

Wer heißt denn noch Harald?

Künftige Juristen. Falls das Wohnmobil morgen Abend repariert ist, kann ich hier noch übernachten?

Das wäre die Nacht zu Ferragosto, sagt Schongauer, für Augenblicke schwankend, ob er auch sagen soll, dass es die Nacht zu seinem Geburtstag ist; er reicht Frida das gespülte Geschirr, und sie trocknet es ab – einerseits will er, dass sie noch bleibt, andererseits weiß er nicht, was er an dem Tag mit ihr anfangen soll – Fünfundsiebzig, das lässt sich nicht ganz übergehen. Zwar steht, außer in seinem Pass, fast überall ein verbessertes Geburtsjahr, aber für sich selbst kann er nicht garantieren, gut möglich, dass er eine Andeutung macht, um nicht mit diesem Berg von Leben allein zu sein. Meinetwegen, sagt er – wenn dein Gefährt morgen Abend wieder läuft, kannst du hier noch mal übernachten. Aber dann ab mit dir, sonst wird der Reiseblog langweilig. Und fahr nach Florenz, wenn du Steinmetzin werden willst, dort ist alles aus altem Stein. Trinken wir noch ein Glas auf meiner Bank, die ist sogar aus Marmor.

Was ihn da geritten hat, diesen patenhaften Vorschlag zu machen, weiß er nicht, nur dass er aufpassen muss – die vollen Gläser in den Händen, geht er mit Frida zu der Bank bei dem Orangenbaum; unter der Bank hat sich Ascha eine Kuhle geschaffen, und wenn sie dort mit einer von dem Baum gefallenen kleinen Orange spielt, die Schale aufkratzt, steigt ein betörender Geruch auf. Frida setzt sich wieder rittlings – Ich wollte Florenz auslassen, sagt sie, dort ist alles zu viel. Die, die meinen Blog lesen, wollen es kurz und bündig.

Es gibt auch Filme, die für Kinobesucher zu viel sind, sagt Schongauer. Und trotzdem macht man sie.

Wie den mit Ihnen, der nie in die Kinos kam? Hat Ihre Besucherin erzählt, im Bad, als sie geblutet hat. Sie hat auf das eine Bild dort gezeigt und gesagt, dass Sie den Einsiedler in der Wüste als Hauptrolle gespielt hätten, in einem Film, der nie ins Kino gekommen sei. Warum nicht, frage ich Sie?

Schongauer nimmt für einen Moment Fridas Hand. Der Film wurde nicht fertig, sagt er. Und das Unfertige hat sich fast nur um Bilder gedreht. Es gab eine junge Frau, die hat alles gestaltet, so, wie sie's wollte, und das war fürs Kino zu viel. Damals kannte man nur zwei Geschlechter, aber für sie gab es schon alle nur denkbaren. Sie war sehr frei. Und dein Blog sollte auch etwas Freies haben, mehr um das gehen, wie du etwas gesehen hast, als um das, was du gesehen hast. Wie es durch die Augen ins Herz dringt und sich dort ausbreitet, sagen wir beim Gang durch Florenz. Mich würde zum Beispiel interessieren, ob dir Michelangelos David als Typ gefallen könnte. Wäre ja möglich.

Frida kommt von der Bank hoch, ihr Glas in der Hand; sie tritt etwas zurück und trinkt von dem Wein, dann tippt sie sich mit dem Glas an die Brust – Und wenn sich bei mir da drinnen nichts tut, was dann? Sie leert das Glas und steht Momente lang da, als würde sie auf dem abfallenden Grund nach hinten kippen, hält aber die Balance, und Schongauer kann nur wieder an die Bacchus-Figur denken, den Jüngling, wenn es den als Modell je gegeben hat, der durch die Augen des Meisters in dessen

Herz drang und von dort in die meißelnden Hände, damit das Herz nicht zerreißt. Das wird bei dir nicht der Fall sein, erklärt er, und Frida wünscht ihm schon zum zweiten, wenn nicht dritten Mal eine gute Nacht.

Von Weitem hört man ein Moped, wie es einen der Hohlwege herauffährt, Signal für den späteren Abend, wenn am See die Lokale schließen und Kellner, die noch bei den Eltern wohnen, heimwärts brausen. Schongauer mag dieses Röhren, das sich nur langsam verliert; er sitzt noch vorm Haus und trinkt Wein, während im Wohnmobil das rote Licht brennt. Frida liest, so stellt er sich das vor, sie liest in dem Buch, das er ihr schenken wird. Zwischendurch schreibt sie auch, sie fasst den Tag zusammen, den Sturm und Almuts Panik, später das erste Aufräumen und die Begegnung am zerschellten Boot, schließlich den Abend mit ihm, zuletzt auf der Bank – einmal hat er dort auch mit Magda gesessen, als sie ihm klarmachte, dass sie den Besitz verkaufen wolle, um ihr Reiseleben weiter führen zu können. Zwei Monate später war sie tot, und alles fiel an ihn, der auf einmal allein dastand, wochenlang in einem Dämmer zwischen Tag und Nacht; erst mit dem Umzug auf den Hang begann eine neue Zeitrechnung, und seine Sorge im Moment – als im Wohnmobil das Licht ausgeht – ist die, dass dieses Taglose zurückkehren könnte, ohne Frida, die mit ihm frühstückt, ohne Almut, die ihren Mund auf seinen gedrückt hat, nur mit Ascha, die ihn lange überleben wird.

Er verkorkt die Flasche und bringt sie ins Haus; er geht duschen. Nach dem Abtrocknen verteilt er eine

Creme auf der alten Haut seiner Beine. Anschließend geht er in den Wohnraum, noch unschlüssig, wo die Nacht für ihn erträglich werden könnte. Er löscht das Licht in der Küchenecke und tastet sich um das Sofa herum; er hört Schritte, seine eigenen in der Dunkelheit. Ihm fehlen Kerzen, das hat sich bei dem Stromausfall gezeigt, er überlegt, was noch im Haushalt fehlt – ein Eierpiekser, statt sich mit Nadeln zu behelfen; und ein Fieberthermometer, dem er vertraut, außerdem ein Fernglas, um zu sehen, ob Boote herrenlos auf dem See treiben. Oder einmal einen der Düsenjäger, die an klaren Tagen über den See fliegen, zu erfassen. Die Piloten trainieren etwas, fragt sich, was, und ob es Amerikaner sind – sein Vater, der Sergeant, war bei der Air Force, aber nur am Boden, für ihn, den Sohn, ein Versagen – da fehlt auch etwas, das zum Haushalt gehört, dem eigentlichen. Er tastet sich in den Schlafraum und macht dort Licht. Sein Tier liegt quer auf dem Bett und schaut ihn an, wie so oft mit einem Ausdruck der Verwunderung, als würde es ihn erst allmählich zu sehen anfangen, so wie er Almut erst allmählich zu sehen anfängt: als die, mit der er irgendwie sein könnte. Er löscht das Licht und legt sich hin, und Ascha leckt ihm die Creme von den Beinen, etwas, das schläfrig macht. Er denkt noch, dass sie ihm damit nichts mitteilt, nur den Cremegeschmack mag. Und vielleicht war es bei Almut genauso, sie mochte nur seinen Mund.

## 15

Was ihn weckt, ist das Herz, nur könnte er nicht sagen, womit genau, ob mit einem Engegefühl, als würde es in ihm eingedrückt, oder einem Pochen, als wäre er den Hang hinaufgelaufen. Er liegt allein im Bett, sein Tier ist längst aufgestanden; durch die Ritzen der Fensterläden dringen schon Lichtnadeln, ihm fällt das Boot ein, das es nicht mehr gibt. Dabei wäre das Wetter – er sieht es gleich beim Aufstoßen der Läden – wie gemacht für eine Fahrt zu zweit, so lupenrein, wie dieser Tag nach dem Unwetter beginnt, mit blauem Himmel über den Oliven und Vogelpfiffen.

Schongauer geht ins Bad, er duscht kalt, das ist ihm geblieben aus dem Heim, in das er so früh gesteckt wurde, eine Schmiede der Verrohung und des Verlangens – nicht, dass er daran denken würde unter der Dusche, das kalte Wasser erinnert ihn an dem Morgen nur an dieses Verlangen, sich in jemandem zu verlieren, für ihn oder sie alles in Kauf zu nehmen – ein Gefühl auch noch beim Abtrocknen und als er sich nass rasiert, bis Frida ruft, ob er ein Ei möchte. Ein Ei, ja, das möchte er schon, aber nicht von ihr, kein Ei, in das sie mit einer Nadel piekst, damit es im kochenden Wasser nicht platzt, also ruft er Danke, nein!, um nicht noch mehr von ihr zu empfangen; er will nur das übliche Brot, das zerbröselt, wenn man es schneidet, dazu Butter, Käse und einen schwarzen Kaffee.

Noch mit Flocken von Schaum am Hals – Frida macht ihm ein Zeichen mit dem Finger am eigenen Hals – belegt er eine Scheibe Brot mit Pecorino. Wieder sitzen sie so, dass beide auf den See schauen können, immer noch mit Wellen aufgrund von Strömung, und wenn das Wohnmobil noch eine Nacht bei ihm steht, würden sie morgen erneut so sitzen, womöglich schon einmal zu viel, um es wegstecken zu können. Was aber, wenn der Albaner nichts machen kann, wenn der Motor kaputt ist? Luan hat eine Nachricht geschickt: dass er heute gegen Abend auf jeden Fall kommen werde, bei einem Wohnmobil aber für nichts garantieren könne, und für Schongauer steht außer Frage, warum Luan überhaupt kommt: natürlich um die junge Fahrerin kennenzulernen. Letzte Nacht, sagt er, hast du noch etwas geschrieben, das rote Licht war an.

Das ist auch an, wenn ich nachdenke, entgegnet ihm Frida, und er schaut zu dem Zypressenpaar – vielleicht ja noch zu retten, wenn er der angeknickten Zypresse mit Seilen um eine Art Schiene ihre alte Gestalt zurückgibt und der Knick nicht in die Tiefe geht. Er kann sich das kaum vorstellen, dass sie gestern Nacht einfach nur nachgedacht hat bei dem roten Licht, fragt dann aber doch, worüber.

Über Sie und Frau Stein.

Almut, sagt er. Inzwischen Almut.

Frida hebt eine Hand, eine stumme Entschuldigung,

dann langt sie nach dem Käse, ein Griff an ihm vorbei, jetzt mit einem leisen Sorry und Wellen von Duft nach Bett und Schlaf aus ihrem Haar. Schongauer trinkt den Kaffee, den er nicht trinken sollte, aber dafür hat er kein Ei gehabt und so auch Salz vermieden; er steht auf und beendet das Frühstück, er will abräumen, und Frida kommt ihm zuvor, die Gegenleistung zum gestrigen Abend. Die Hündin drängt sich an ihn, sie will etwas vom Käse, bevor der im Kühlschrank verschwindet, und Schongauer legt sich einen Streifen in die offene Hand – den sie so sachte mit der Maulspitze abhebt, dass Frida es zärtlich nennt – wie zärtlich Ascha das macht, sagt sie, um dann den Tisch abzuwischen, irgendwie auch zärtlich, und er fragt, ob sie ein Lieblingswort habe, und Frida sagt Altweibersommer. Das erste lange Wort, das ich lesen konnte, noch vor meinem kurzen Nachnamen, Roth. Den konnte ich aber bald schreiben, sogar in der Unterschrift meines Vaters, die ich abmalte, und meine Mutter hat sich darüber aufgeregt und mir ihre Unterschrift beigebracht, das Lilly mit Schleife am Ypsilon, und auch wie ich meinen Namen schreiben sollte samt dem zweiten, der immer peinlich war. Isolde.

Isolde?

Wie Tristan und Isolde, sagt Frida. Meine Eltern schwören auf Wagner, darum pilgern sie ja jeden Sommer nach Bayreuth, einmal war ich sogar dabei. Und die Sendung meiner Mutter beginnt mit dem Walkürenritt, elektronisch verfremdet fürs jüngere Publikum. Wollen wir weiter hier aufräumen, bis Ihre Almut mit immer neuen Fragen kommt?

Schongauer hält der Hündin noch ein Eckchen Käse hin, und wieder nimmt sie es nur mit der Maulspitze – zärtlich, um das Wort kommt er jetzt nicht mehr herum. Frida macht ihm ein Zeichen, Kommen Sie, legen wir los!, und er folgt seiner schon halben Mitbewohnerin über das Grundstück, um aufzuheben, was von dem Sturm noch herumliegt, angespülte Steine vor allem und Totholz, zerbrochene Schindeln und Klumpen von Erde. Zwischendurch sorgt Frida für Musik aus einer Anlage in dem Wohnmobil, da kann er sich nur wundern – sie hätte ja fragen können, stört das, wenn ich Musik anmache, stattdessen hebt sie beide Daumen, als wäre es genau das, was es braucht für die Arbeit, was ihn in Schwung bringt, so, wie sie vorher von Seiner Almut gesprochen hat, als träfe das ins Schwarze bei ihm. Und wenn er es richtig sieht, spielt sich ihr Aufsammeln sogar im Takt der Musik ab, einer, die er schon gehört hat, im westlichen Afrika. Es ist die von Heimkehrern, die dort, wo ihre Wurzeln liegen, etwas herauslassen, bei dem sich Euphorie und Schmerz vermischen, und irgendwie lässt ihn das, so rätselhaft, wie es eigentlich nur in Träumen vorkommt, an einen afrikanischen Schlachthof denken: Zwei Tage vor Magdas Ende in der Atlantikbrandung hat er mit ihr am Rande von Dakar einen Schlachthof besucht, sie hat dort Bilder von sterbenden Rindern gemacht, wenn ihnen die Kehle schon durchschnitten wurde und sie noch einen letzten Blick auf das eigene unabwendbare Sterben werfen, auf die Lache von tiefrotem Blut rund um den Schädel, bevor sich das geweitete Auge zum nur noch Weißen dreht.

Die Musik schmerzt ihn, aber er sagt nichts dazu, während Frida jetzt auf dem Tisch vor dem Haus steht und die intakten Reste der Schilfmatten über die Vordachstreben verteilt. Er hält sogar das noch gute Ohr in den Gesang, ähnlich dem Abziehen einer Kruste, wenn man nicht anders kann, als immer weiter zu ziehen, auch wenn damit wieder Haut aufreißt und frisches Blut tropft – am Abend nach dem Schlachthausbesuch waren Magda und er in einem Lokal am westlichsten Punkt Afrikas, wo eine Band spielte und eine Frau sang, euphorisch und wütend in einem, und Magda hatte urplötzlich Lust zu tanzen, was bei ihr sonst hieß, dass sie ihn erst führte und schließlich für sich tanzte und er nur noch zusah. An dem Abend aber ließ sie sich führen, und er tanzte mit ihr eine Mischung aus Slowfox und Walzer, die zum kleinen Hollywood-Einmaleins gehört – ein Tanz zu einer auch langsamen Version von Proud Mary, bei der die schwarze Sängerin am Schluss zu verstehen gab, dass es auch anders gehe, beschwingter, sie nur nicht daran glaube, angedeutet durch ein hohes und zugleich heiseres Lachen, das Magda Stunden später, schon im Morgendämmer, nachgemacht hat. Und er weiß noch, wie er sie und sich in dem Moment, noch im Kitt einer Umarmung, ihrer letzten, für unsterblich hielt.

Erst ein Gebell holt ihn in die Gegenwart dieser frühen Mittagsstunde mit einem wie gewaschenen Himmel: Die Hündin rennt zu der wieder eingebrochenen Mauerstelle, bei der Almut das Grundstück betritt, als wäre es ein neuer Eingang. Sie trägt das blassgrüne Kleid vom Tag ihrer Ankunft, über der Schulter die Stofftasche und ihre Sonnenbrille mit einem Bügelende im Mund; die Verletzung an der Wange liegt offen und ist verkrustet, jetzt eher Zierde als ein Makel. Während Ascha noch an ihr hochspringt, strebt sie schon zu dem Tisch unter dem wieder etwas Schatten spendenden Vordach, von der halben Mitbewohnerin begrüßt, als würde sie täglich um die Zeit eintreffen, mit ihren Fragen.

Frida hat die Musik abgestellt, sie hat auch für Gläser gesorgt und für Wasser in der Karaffe, Schongauer konnte und kann nur stumm verfolgen, wie sie mitdenkt, ja vorausdenkt, und sich danach zurückzieht, samt seinem Tier, das so unsichtbar wird wie sie. Er sitzt, wo er schon beim Frühstück gesessen hat, an seinem Platz an dem Tisch vorm Haus; neben der Karaffe liegt das Aufnahmegerät mit dem Lämpchen der Bereitschaft, aber im Moment hält es nur das Sägen einer einzelnen Zikade fest. Almut hat einen Anruf bekommen, sie steht bei dem Zypressenpaar und redet so leise wie dringlich, mal mit Blick zu ihm, mal mit Blick auf den See. Ihre erste Frage ist sie vorher noch losgeworden, ob er es bedaure, keine Kinder zu haben, und seine Antwort – Ja, wahrscheinlich, was weiß man schon über sich –, die hat sie nicht gelten lassen, darauf Schweigen von seiner Seite, bis Almuts Telefon summte und zugleich der Zikadenton abbrach. Schongauer geht davon aus, dass am anderen Ende ihr Mann ist, keine Ruhe gibt wegen seines alten Lancia oder neuerdings schlechten Gewissens; und das Mittagsläuten von der Kirche macht das Ganze erst recht zu einem Stummfilm mit Untermalung – erregte

Gattin vor zwei Zypressen, telefonierend –, bis Almut Ich weiß es nicht! ruft, das hört er trotz der Glocken, und die Verbindung mit einem Fingerdruck kappt und über das Rasenstück an den Tisch zurückkehrt, kleine rote Flecken am Hals.

Tut mir leid, sagt sie, können wir einfach weitermachen, geht das? Sie schaut ihn an, die Sonnenbrille jetzt mit einem Bügelende mal am Mund, mal an der Wange oder Nasenspitze, als würde sie bei einer Auktion versteckt mitbieten, und er stellt sich vor, das Objekt zu sein, das sie haben will. Nachdem Ihre Frau – deine Frau, entschuldige, sagt sie – die Fehlgeburt hatte, gab es da eine Idee, sich zu trennen, weil es keine Idee von einer gemeinsamen Zukunft mehr gab?

Diese Idee gab es fast jeden Tag, antwortet Schongauer. Sie gehörte zu unserem Leben. Weiter.

Almut schiebt ihm das Aufnahmegerät etwas näher zu, und er sucht in ihr die, die gestern Abend den Mund auf seinen gedrückt hat – kaum noch zu glauben, als hätte es sich nur in ihm abgespielt wie ein Traum. Immer noch schaut sie ihn an, nun mit dem Blick, bei dem die Iris über dem unteren Lid zu schweben scheint, und er würde gern ihre Hände in seinen halten, auch gern die kleine Kruste an der Wange berühren und noch lieber über ihre Lippen streichen, nur ist da die Sorge, Frida könnte von dem Wohnmobil aus ihn und Almut beobachten und falsche oder gar richtige Schlüsse ziehen. Frag mich, was du noch fragen willst, sagt er.

Die Mittagsstille breitet sich aus, wie ein Tuch, das sich über alles legt, auch das Licht ändert, es weißlich macht, nahezu grell. Almut setzt die Sonnenbrille auf, sie stützt das Gesicht in die Hände, sie lächelt, aber da kann er sich irren, es kann auch daran liegen, dass sie jetzt leise spricht – Gut, dann Folgendes: Wenn ich von dir heute eine Vermisstenanzeige aufgeben müsste, wie sollte die lauten?

Eine Frage, die ihn in die Enge treibt, im Grunde in sein Bad vor den Spiegel über dem Waschbecken, wo jeden Morgen ein hageres Gesicht erscheint. Knochig, antwortet er. Mit Augen, die mal groß waren, und Beinen, die mal lang waren, und einem Mund, der noch zu Illusionen verleitet.

Bei der Beschreibung würde man dich kaum finden, sagt Almut. Dann frage ich anders: Wie ist es, in deiner Nähe zu sein, was ist das für ein Gefühl? Das heißt, wie könnte eine Frau dich aufspüren, wenn sie allein diesem Gefühl folgt, so wie ein Tier einem Geruch?

Schongauer steht auf, er geht um den Tisch und beugt sich über Almut, den Kopf über ihrem Haar – er sollte das nicht, ihr so nahe kommen, aber es ist schon passiert, und ihre Art stillzuhalten, abzuwarten, ihn womöglich Fehler machen zu lassen, um sein Bereuen für neue Fragen zu nutzen, führt dazu, dass er Zeit braucht für eine Antwort, erst seinen Atem regulieren muss, um nicht zu schnaufen nach jedem Wort. Ich glaube, in meiner Nähe fühlt man die Möglichkeit des eigenen Scheiterns, sagt er nach einer Weile. Und zieht sich entweder bald zurück oder rennt dagegen an. Oder was war das gestern Abend im Hotel, als dein Mund auf meinem lag?

Das Gesirr gleich mehrerer Zikaden setzt ein, als

wollten sie alles, was gestern bei dem Sturm nicht möglich war, nachholen. Schongauer geht zu dem Baum, aus dem das Geräusch kommt, er schlägt gegen den Stamm und kann es damit unterbrechen – für eine Stille wie ein Sog, dem er sich überlässt, ähnlich dem Lichtausgehen einstmals im Kino für einen Film, der über ihm zusammenschlug. Er geht zurück an den Tisch und beugt sich noch mehr über Almut: die sich jetzt selbst vorbeugt, das Gerät auf dem Tisch ausschaltet, wobei ihr Haar nach einer Seite rutscht und ein Stück Nacken freilegt, und er kann nicht anders, als seinen Mund darauf zu drücken, bis das Sirren wieder einsetzt, während Almut in ihrem Vorgebeugten verharrt. Erstens, sagt sie: Mach nie wieder etwas mit mir, das du nicht auch zu Ende bringst. Zweitens: Erklär mir, was es noch aufzuräumen gibt, dann helfe ich.

Und Schongauer erklärt, was noch zu tun sei und was sie beitragen könnte, etwa die vielen abgefallenen Olivenblätter zu Haufen zusammenkehren, damit er sie auf seinen Kompost hinter dem Schuppen bringen kann; er holt ihr einen Rechen, und als sie gleich und wortlos damit anfängt, dreht Frida ihre Musik wieder auf, die karibisch-afrikanische mit dem Gesang, von dem sich kaum sagen lässt, ob er von einer Frau oder einem Mann kommt oder von beidem in einem. Auch sie hilft wieder beim Aufräumen, sie bringt die zusammengerechten Laubhaufen in einem großen Korb nach und nach zur Kompostgrube, während Schongauer das vom Regen geschaffene Bachbett notdürftig ebnet. Alle drei, das ist sein Eindruck, arbeiten sie im Takt der Musik, und so hat es etwas von Sklavenarbeit auf einer Plantage unter glühender Sonne, und er kommt nicht umhin, an einen Film über den amerikanischen Bürgerkrieg zu denken, den Titel hat er vergessen, nicht aber die Szene in einem Baumwollfeld mit ihm als deutschstämmigem Aufseher, der den Schwarzen sogar deutsche Befehle zubrüllt, eine Rolle, auf die Magda ihn angesprochen hat, als sie sich erst wenige Tage kannten: dass ihr seine Augen gefallen hätten und seine verdammte Stimme.

Sie mache das gut, sagt er nach einiger Zeit mit dieser noch festen Stimme zu Almut, auch wenn es ihm vorkommt, als würde sie nur immer neue kleine Laubhaufen zusammenkehren, um ihn unter Druck zu setzen — sieh, was ich hier tue, und beantworte mir dafür später jede Frage. Er weiß nicht, ob sie so denkt, er weiß auch nicht, was in Frida vorgeht, wenn sie im Rhythmus der Musik die kleinen Laubhaufen in den großen Korb füllt, vielleicht denkt sie, es sei die Gegenleistung für eine weitere Nacht; er hat nur ein Gefühl dafür, was in Ascha vorgeht, wenn sie still ihre Existenz vollzieht, flach auf dem Rasenstück liegt, weder schlafend noch ganz wach, dann aber wieder aufsteht und umhergeht, mal an ihm schnuppert und mal an Frida, aber um Almut noch einen Bogen macht, sich nur kurz zu ihr umdreht, noch nicht bereit, sie als Teil des Rudels zu sehen, und sich nach dieser Runde erneut hinlegt, jetzt unter den Außentisch, leicht gestreckt, Kopf auf den Vorderläufen, ganz bei sich, nur ohne den Gott eines Ichs — das ist es, was er nachfühlen kann: wie sehr sie bei sich ist und zugleich bei ihm, auf eine selbstlose Art zufrieden, wie es unter Menschen nur Heiligen gelingt.

Schongauer unterbricht die Arbeit, er hat eine Idee, worüber sie alle drei reden könnten. Heute Abend, sagt er, was wollen wir da essen? Wir sind zu viert, wenn Fridas Mutter zum Essen bleibt, und falls Luan vorher auftaucht, zu fünft. Also was? Er zählt die Vorräte auf, neben Nudeln auch haltbaren Speck und die Dose mit den Makrelen, dazu das frisch Gekaufte wie Auberginen, Tomaten und Ricotta, er bittet um Vorschläge, zuerst an Almut gewandt, doch die zeigt ihm nur ein schweißglänzendes Gesicht, und Frida, die kann er nicht fragen, die hat einen Anruf bekommen und geht mit Telefon am Ohr zu dem Wohnmobil, an ihren Fersen sein Tier – ein schönes, aber auch verletzendes Bild. Ob sie bei ihm duschen könne, fragt Almut, und natürlich kann sie das, darf sie das, ja soll sie es sogar – er geht ins Haus und legt ihr ein Handtuch bereit, und als er kurz danach die Dusche hört und sich gegen die Vorstellung wehrt, wie Almut dort unter dem Strahl steht, trifft er die Entscheidung für das Essen allein.

Er setzt Wasser auf für die Tomaten, damit sie sich häuten lassen, er legt die Auberginen auf ein Holzbrett, dazu eine Knoblauchknolle, nimmt sein schärfstes Messer und setzt sich an den Tisch vorm Haus, in eine Sonne, die kaum noch durch das Schilfdach fällt, die schon mehr von vorn kommt, auch wenn sie noch über dem Berg auf der anderen Seeseite steht. Er teilt die Auberginen und teilt sie noch einmal, er schneidet die Stücke in Streifen und die Streifen zu kleinen Würfeln, ein Tun jetzt ohne Musik – Frida hat sie wieder abgestellt, sie sitzt auf der Trittbrettstufe des Wohnmobils und tippt etwas, und er kann nicht anders als hinzuschauen. Eine Weile geht das so, mit einer Unterbrechung, als er die Tomaten überbrüht, danach geht es weiter, das immer wieder zu ihr Schauen, in den Händen eine der Tomaten. Wäre er gläubig, könnte er sagen, dass ihm der Teufel im Auftrag des Himmels diese Vierundzwanzigjährige geschickt hat, als Prüfung, ob er noch der ist, der er mal war, ein Abstauber verlorener Seelen, so aber kann er nur sagen, dass Google Maps mit falschen Angaben über Abkürzungen auf dem Hang ein Wunder begünstigt hat. Er beginnt damit, die Tomate zu häuten, und merkt nicht, wie Almut an den Tisch zurückkommt; erst als sie sich auch eine Tomate nimmt, ein Messer in der Hand, sieht er sie, das heißt, zwei runde Wasserflecken auf ihrem Kleid über den Brüsten, die dadurch etwas von zagen Tagmonden haben. Ich wusste nicht, welches Handtuch für mich ist, sagt sie. Ein Bad ist immer der intimste Raum, ein fremdes umso mehr. Konntest du dich einigen mit deiner Frau, wem welcher Bereich im Bad gehört?

Schongauer zieht weiter die Haut von der Tomate, was Fingerspitzengefühl verlangt; er hat noch keinen Plan für das Essen, er hat auch keinen Plan, was Almut betrifft, das von ihr, was in ihn dringt, sich dort breitzumachen anfängt. Am ehesten hat er eine Idee im Hinblick auf Frida: dass sie noch bleiben sollte. Ob sie darin ein Thema für das Porträt über ihn sehe, fragt er, Streit oder Nichtstreit ums Badezimmer, und Almut erwidert,

236

sie könne sich bei ihm nur an solche Krümel halten, die er ihr anbiete anstelle eines Großen und Ganzen – was in deinem Leben verkehrt gelaufen ist, sagt sie. Und dich hier oben zum Einsiedler macht.

Zwei Krähen fliegen eine tote Leitung an, die über den Oliven hinter dem Schuppen verläuft, die Telefonleitung noch aus Zeiten vor dem Mobilfunk, keiner fühlt sich zuständig, sie zu entfernen, und inzwischen hat er sich an den Anblick gewöhnt wie ans Alleinsein – Schongauer steht auf, er geht ins Bad und hält den Kopf unter kaltes Wasser. Wenn der Albaner am Abend kommt, wird er ihn irgendwann beiseite nehmen und unauffällig auf Almut deuten und sagen: Sie macht mich verrückt. Er würde es flüstern und auf jeden Fall mit einem Sie – Sie macht mich verrückt, nicht etwa: Die macht mich verrückt. Ja, das macht sie, und wie sie das macht, solange er nicht weiß, was sie von ihm will, nur dass sie etwas will, das ihm gehört, und dafür den Eindruck erweckt, von irgendwem beauftragt zu sein, es sich für ein Porträt zu holen, in Wahrheit aber nur sich selbst beauftragt hat: dieses Gefühl hat er seit dem gestrigen Abend. Er kämmt noch sein nasses Haar und zupft sich ein Haar aus der Nase, das hat er seit Längerem nicht mehr getan, dann geht er wieder nach draußen, in ein schon weniger grelles, nachmittägliches Licht.

Almut häutet noch an der Tomate herum – eigentlich eine zügige Sache, von einer gekochten Tomate die Haut abziehen, aber es soll wohl aussehen, als wär's ihr erstes Mal, so zögernd bewegen sich die Finger, während seine halbe Mitbewohnerin, die ihn eher beglückt als verrückt macht, wieder telefoniert. Die Hündin liegt zu ihren Füßen, ein ruhiges Bild, bis Frida plötzlich aufsteht, sein Tier an die Leine nimmt und eilig die steile Zufahrt hinaufgeht, nur warum? Schongauer ruft nach ihr, einmal, zweimal, aber sie hört ihn nicht oder will ihn nicht hören, und er lässt sich in seinen Korbstuhl fallen. Die Krähen fliegen auf, er schaut ihnen nach, wie sie an Höhe gewinnen. Für alles Verkehrtgelaufene bei mir müsstest du ein Buch schreiben, erklärt er. Auch wenn du erst bei meiner Ehe anfängst, willst du das? Er nimmt sich eine neue Tomate, während Almut noch an ihrer ersten zupft. Paare, die lange zusammen sind, haben oft ihren Anfangsmythos, sagt sie. Und bei uns heißt er, dass Bernhard mich zu mir selbst geführt hat.

Das hat er?

Nein, aber so ist der Mythos, an den unser Bekanntenkreis glaubt. Und wie hieß er bei euch?

Dass wir ein Team seien. Ein Mythos, der es fast unmöglich macht, sich an manches noch richtig zu erinnern. Hast du noch nie eine Tomate gehäutet?

Doch, sagt Almut, aber unter anderen Umständen. Was wird das für ein Essen? Sie legt das Messer ab und schaut ihn an, mit einem Ausdruck, einschließlich ihrer Hände, die sich gegenseitig festhalten, dass er glaubt, sie wollte bei ihm bleiben, ihren Mann aufgeben, dieses ganze Leben, das dazu geführt hat, ihm mit der Hand einen Brief zu schreiben, anzufragen, ob sie ihn besuchen könnte für ein Porträt, das ihn aus der Vergessenheit holen soll, in Wahrheit aber sie aus einem Abseits. Dazu kommt die Art ihres Atmens, die ihn das glauben lässt: wie in Höhenluft, die man einsaugen muss. Und er würde ihr gern sagen, was das für ein Essen wird, etwa eine Pasta à la L.A., nur weiß er nicht einmal, welche Nudeln er verwenden soll. Noch lieber aber möchte er ihr sagen, dass sie bei ihm bleiben könne, jedenfalls vorübergehend, er mit so einer Zweisamkeit schon gut zurechtkäme, kein Einsiedler aus Überzeugung sei, nicht der Alte auf dem Druck im Bad, der die Versuchungen abwehrt. Schließlich aber sagt er nur, dass alle satt würden von dem Essen und sie schöne Hände habe, erst richtig zu sehen, wenn diese Hände versuchten, eine Tomate zu häuten, und Almut erwidert, dass sie denke, er wollte ihr etwas ganz anderes sagen – langsame Worte von ihrer Seite, noch einmal halb über den Tisch gebeugt, und Schongauer schaut an ihr vorbei zu dem Zypressenpaar, das er mit einer Schiene retten will, bis sie sagt, was es ihr so schwer mache mit der dünnen Haut einer Tomate: seine Gegenwart, und er schon nach diesen Händen greifen will, als Frida von der oberen Zufahrt aus ruft, ihre Mutter sei da.

## 16

Deine Mutter ist da, sie steht unten im Hof – das hat einer der Größeren in dem Heim, das über Nacht sein falsches Zuhause geworden war, an einem Winterabend gerufen, nach den ersten Monaten ohne die, die ihn gestillt und später für ihn gekocht hat, die so um ihn war wie die Luft zum Atmen, bis sie als Verlassene in sich zusammenfiel. Und natürlich ist er auf der Stelle die Treppe vom obersten Stock mit den Zimmern der Neulinge bis hinunter ins sogenannte Foyer mehr gestürzt als gelaufen, um von dort gleich in den verschneiten Hof zu rennen, und da stand in der frei geschaufelten Zufahrt nicht seine Mutter, sondern ein Schneemann mit Brüsten und einem Schild um den Hals, auf das sein Name geschrieben war, und die älteren Jungs riefen im Chor Los, gib Mama ein Küsschen.

Schongauer stemmt sich aus dem Korbstuhl, ein mühsames Aufstehen, als hätte die Erinnerung an diese Schneefrau anstelle der Mutter ihre eigene Schwere. Auf den Tisch gestützt, blinzelt er in das Licht auf der Zufahrt, angestrahlt wie ein Set von der schon tiefen Sonne, trotzdem sieht er noch genug – eine der alten Taktiken als Nebenrollen-Nazi, die Stars oder ewig Guten zwar zu sehen, aber nur als Phänomene: wie schöne Abendwolken, die aufziehen und wieder verschwinden. Fridas Mutter hat etwas wie vom Himmel Gefallenes, auch wenn sie erwartet und sogar abgepasst worden ist von der Tochter – eine Frau, die eher einschwebt als ankommt, in einem taubengrauen Hosenanzug und mit rötlichem Haar, darunter ein Gesicht wie aus frühen Farbfilmen, und mit einer Stimme, die es gleichgültig macht, was sie sagt, so etwas wie eine Entschuldigung für ihr Auftauchen um diese Zeit, jedenfalls bevor man mit gutem Gewissen schon zum Wein übergehen könnte. Und seltsam: Sein Tier bellt nicht, es murrt nur, Frida muss dafür gesorgt haben, dass ihre Mutter schon ein Stück vor der Zufahrt, wo der Weg noch breit genug ist zum Wenden, aus dem Taxi steigt, damit die Hündin vor ihrem Revier an der fremden Person schnuppert, und jetzt läuft sie zwischen den beiden, die auf ihn zugehen, Frida mit einer Reisetasche, dem Gepäck der Mutter, die so die Hände frei hat, ihm erst mit der einen und, als würde das nicht reichen, auch mit der anderen Hand im Näherkommen auf eine Art zuwinkt, dass er wieder an die Schneefrau mit Brüsten und Kopftuch und einem roten Bleistift als Mund denken muss, an ihr Falsches, und wie er den Stift zerbrochen hat.

Aus dem Winken im Gehen wird ein Doppelgriff in ihr offenes Haar, als hätte sie gar nicht gewunken und er sich getäuscht, gleichzeitig lächelt sie, den Kopf etwas zurückgelegt, und sieht ihn an und doch nicht an; eher schaut sie durch ihn hindurch – und von der Schneefrau als falscher Mutter gibt es in ihm einen Sprung zu Ava Gardner, für die sein Vater geschwärmt hat, der Frau, die als Farmerstochter versehentlich durch die Tür des Sex-Symbols gegangen ist und von sich gesagt hat, sie sei die schlechteste aller Schauspielerinnen, nur leider die schönste. Sein Vater der Sergeant hatte Plakate mit der Gardner aufgehängt, an eins erinnert er sich, zu dem Film The Killers, das hing im Bad: Die Schönste aller Frauen mit einer Wange an der von Burt Lancaster, er mit geschlossenen Augen, während sie wissend in eine Weite schaut, die man nicht sieht.

Frida stellt die Reisetasche ab und erklärt, dass ihre Mutter später ins Hotel gehen würde, nur ihre Sachen immer gern bei sich habe; sie will auch das näher erklären, verstummt aber, als die Eingeschwebte jetzt mit ausgestreckten Händen auf Schongauer zugeht, als wäre er bei sich aufgetaucht statt umgekehrt. Er ergreift erst die falsche Hand, dann die richtige und wieder die falsche, und während der Begrüßung fallen ihm drei Dinge auf: Armbänder, die leise klingeln, etwas von Weihnachten verbreiten, Fingernägel wie ein roter Strauß und eine Stimme, die als Synchronstimme sogar für die Gardner geeignet wäre; und was den Rest betrifft, so scheint sie tatsächlich wie aus Edelhölzern zusammengesetzt, was alles in allem dazu führt, dass er sich, entgegen jeder Gewohnheit, seit er allein lebt, mit L. A. Schongauer vorstellt.

Dem folgt die Begrüßung zwischen den Frauen, Almut beschränkt sich auf ihren Nachnamen, während sich Fridas Mutter als Lilly Roth vorstellt, mit einem Stirnrunzeln, das ausdrücken soll, wie überflüssig es sei, ihren Namen zu nennen. Und dann ist sie auch schon bei seiner Person, gleich mit einem Kompliment: Kein anderer Schauspieler habe das abgrundtief Deutsche in kleinen Rollen so dargestellt wie er, sagt sie – seit meine Tochter bei Ihnen festsitzt, hatte ich Gelegenheit, drei Filme zu sehen, in denen Sie mitwirkten, jeweils nur kurz, aber eindrucksvoll. Und das haben Sie alles hinter sich gelassen? Eine Frage, als sie schon auf den Außentisch zustrebt, und Schongauer bietet ihr einen der Korbstühle an, um sich dann selbst zu setzen, mit dem tauben Ohr zu ihr.

Frida bringt vier Gläser und die Karaffe mit Wasser, setzt sich aber nicht hin, sie bleibt neben dem Tisch stehen und behält ihre Mutter im Auge. Für kurze Zeit fällt kein Wort, dann setzt sich Almut so, dass er sie ansehen kann, und füllt die Gläser, und die, die sich nicht namentlich bekannt machen müsste, dankt Almut für das Wasser, um dabei um ihren Vornamen zu bitten. Den bekommt sie auch, knapp und leise, und umso deutlicher ihre Frage, ob es nicht mühsam sei, das Porträt eines fast Vergessenen zu schreiben – meine Tochter hat davon erzählt, sagt sie, das kann Schongauer hören, danach stützt er den Kopf ab, mit der Hand auf dem guten Ohr; nur für Almuts Antwort öffnet er etwas die Finger. Mühsam ja, sagt sie. Aber am Ende auch erfüllend.

Die Roth, so nimmt er sie jetzt wahr, auch als Kategorie wie Almut am Anfang, entgegnet darauf etwas, er hört nur ein Wort heraus, Kultur, und Almut in ihrem Kleid mit den getrockneten Wasserflecken, nur noch durch feine Ränder erkennbar, macht einen neuen Anlauf, mit dem Messer eine der Tomaten zu häuten; wieder ist es für kurze Zeit still am Tisch, und Schongauer nimmt die Hand vom Ohr. Er will etwas vorschlagen und die Reaktionen hören, ob man nicht schon einen Wein öffnen wolle, aber da zeigt Fridas Mutter auf die Verletzung an der Wange von Almut – ob das bei dem gestrigen Sturm passiert sei, fragt sie. Der hat es sogar in die Abendnachrichten geschafft. Schlimme Bilder.

Ja, sagt Almut, als der Strom ausfiel, plötzlich alles dunkel war im Haus, man nicht mehr sah, wo man hinläuft. Und Sie sind Ihrer erwachsenen Tochter nachgereist, nur um mit ihr eine Aida-Aufführung in der Arena zu besuchen?

Schongauer sieht auf das blassgrünliche Adergeflecht an seinen Händen, fast das blasse Grün von Almuts Kleid – wäre die Flasche Wein schon auf dem Tisch, geöffnet, dann könnte er die Gläser füllen für ein Anstoßen, ob auf das wieder gute Wetter oder den Gast, die Eingeschwebte; er würde sogar auf die Kultur an sich anstoßen, alles wäre besser, als nur dazusitzen, während Fridas Mutter die Hände über dem Kopf zusammenschlägt – Was für eine Art von Unterhaltung wird das, ruft sie, und er spürt im Aufstehen wieder sein Herz, wie es arbeitet, ihn gerade noch ruhig sein lässt. Er geht ins Haus, und Frida folgt ihm, sie umfasst seinen Arm, wie den eines Insassen, der die Welt nicht mehr versteht, sie sagt leise, so sei ihre Mutter, ganz direkt, und er löst seinen Arm aus dem Griff. Lieber schlag ich allein die Zeit tot, und die Zeit schlägt mich tot, als hier den Gastgeber zu spielen, flüstert er, und Frida hebt eine Hand, als wollte sie ihn streicheln, aber dann fasst sie sich nur an den Hals und geht wieder hinaus, und er nimmt eine Flasche Custoza aus dem Kühlschrank und sein Schweizer Messer aus einer Lade; mit beidem kehrt er an den Tisch zurück und zieht den Korken. Ascha drängt sich an sein Bein, wie sie sich in kühlen Nächten manchmal an seinen Rücken drängt und er nach hinten greift, für Momente in dem Gefühl, da wäre ein Mensch, zwar mit Fell, aber weich und warm, während er im Moment nur fühlt, dass ihm alles zu viel wird, er sich auflösen möchte. Fridas Mutter kippt das Wasser aus ihrem Glas auf den Boden und hält es zum Einschenken hin. Wie lange er hier schon lebe, fragt sie, als Schongauer das Glas mit Wein füllt. Bald fünf Jahre, sagt er.

Also seit dem Tod Ihrer Frau, ich habe das vorhin im Taxi nachgelesen. Und meine Tochter glaubt sogar, wir hätten mal einen Hundekalender von ihr gehabt.

Den hatten auch mein Mann und ich, wirft Almut ein. Den mit den Straßenhunden. Vorn das Bild aus Portugal, wie ein ganzes Rudel auf einer Dorfstraße schläft.

Ich kann mich nur an die Diskussion erinnern, ob wir einen Hund anschaffen sollen, sagt Fridas Mutter. Unsere Tochter wollte das, wir waren dagegen. Obwohl es einen Garten gab für das Hundegeschäft. Jetzt wollen wir, dass sie endlich studiert, und sie ist dagegen. Obwohl sie sich aussuchen kann, wo.

Schongauer stellt sich diesen Garten vor, mit einem hundefeindlichen Rasen wie in den amerikanischen Vorgärten ohne Zaun und mit gehisster Flagge. Lesen Sie den Reiseblog Ihrer Tochter?

Natürlich, oder was würden Sie tun? Eine Frage auch

an Almut, die mit einem Fuß unter dem Tisch seine Zehen berührt, vielleicht versehentlich, eher aber sucht sie den Kontakt, während er seine Zufahrt in den Blick nimmt: Von dort kommt helles Röhren, das kennt er, und es erlaubt ihm, die Zehen zu bewegen, wie von dem Röhren in Gang gebracht. Und nur Momente später kommt der Albaner früher als erwartet auf einer Geländemaschine die Schräge hinunter, eine Slalomfahrt im Stehen. Er stoppt vor dem Wohnmobil, und Frida geht zu ihm, Hände in den Gesäßtaschen; ihre Mutter trinkt von dem Wein, um das Glas danach von sich wegzuschieben, gerade noch nah genug, um noch danach greifen zu können, aber schon so weit weg, dass der Griff nach dem Glas etwas Verlangendes hätte, fast wie einer nach der Flasche; sie fragt, wer das auf dem flotten Motorrad sei. Schongauer, wieder eine Hand auf dem guten Ohr, hört nur etwas von Flott und sagt, das sei Luan, gekommen, um sich das Wohnmobil anzusehen, ob er es reparieren könne – der kann eigentlich alles richten, sagt er, ein gefragter Mann hier. Albaner. Spricht vier Sprachen, darunter fließend Schwäbisch. Warum muss Frida studieren, wenn sie Reiseblogs schreibt? Außerdem würde sie gern Steinmetzin werden, sie hat das Zeug dazu, ich hab es gesehen. Sie muss nur einen Meister finden, dann macht sie ihren Weg als Steinmetzin, bringt den Kölner Dom in Schuss. Oder das Ulmer Münster. Oder die Pyramiden.

Als Steinmetzin? Ihre Mutter schüttelt den Kopf, aber so sachte, als hätte sie nichts damit zu tun; möglich, dass sie dazu lächelt, ihr Mund hat durch die Bäckchenwangen etwas Vages, wie der der heiligen Veronika auf einem der Bildstöcke am Hang. Sie greift nach ihrem Glas, auch so, als wären daran nur ihr Arm und die Hand beteiligt, sie trinkt es jetzt aus und stellt es in die Nähe der Flasche zum Nachschenken hin. Warum nicht gleich Künstlerin, ruft sie, als er das Glas auffüllt und sich fragt, an welche der furchtbarsten Hollywood-Mütter sie ihn mehr erinnert, Judy Garland oder Joan Crawford; das Glas am Mund, ohne zu trinken, schaut sie zu Luan und ihrer Tochter, beide vor dem Wohnmobil über den offenen Motor gebeugt. Frida, erklärt sie, findet ja immer schnell Anschluss. Überall. Ich habe ihr angeboten, sie auf ihrer Reise zu begleiten.

Hätte sie das nicht Ihnen anbieten müssen, sagt Almut, und Schongauer steht wieder auf – auch wenn er nicht jedes Wort hört, ist da ein Ton, dem er besser ausweicht. Er füllt sein Glas und hebt es in Richtung von Fridas Mutter, er sagt verrückterweise Willkommen!, und beide trinken sie, als der Albaner an den Tisch tritt. Luan begrüßt die Frauen in ihrer Sprache, aber mit den Einbußen durch die schwäbische Schule, nur so ist sein Franco-Nero-haftes auszuhalten, Schongauer kennt das Phänomen: die Stimme als zweites Gesicht. Luan spricht von einem Ersatzteil, das er bei einem Bekannten oben in Albisano gleich holen könne, und Fridas Mutter fragt nach dem Preis, was er schlicht überhört; statt einer Antwort holt er Papier und Stift aus seiner Shorts und zeichnet das Ersatzteil mit ein Paar Strichen, danach geht er zurück zu Frida, die jetzt bei seiner Maschine steht. Ihre Mutter setzt das Glas ab, sie beugt sich zu Almut und hebt zu einer Rede an, als wäre sie mit ihr allein. Ich erzähle Ihnen jetzt, was gleich passieren wird, sagt sie. Meine Tochter wird den Mann fragen, ob sie nicht mitfahren könnte, ihn begleiten zu dem Bekannten mit dem Ersatzteil. Und natürlich wird er ihr den Rücksitz anbieten, hocherfreut über die Begleitung. Frida wird mir noch zuwinken und sich auf den Sitz schwingen wie auf das Pony, das sie nie hatte. Sie wird die Hände um den Albaner legen, um seine Hüften, und schon geht es los, ein Ritt zu zweit, und dabei wird sie noch einmal winken, jetzt aber hinter ihrem Kopf, ohne Blick zu mir, als ein Zeichen an mich, dass es ihr völlig egal ist, wie ich sie sehe und über sie denke. Sie schaut sich ja auch meine Sendung nicht an. Früher ja, inzwischen nein. Aber Sie, Sie kennen die Sendung, Der reine Tisch, jeden Freitag kurz vor elf, nur zurzeit nicht.

Freitags, sagt Almut, sind wir meistens eingeladen oder haben selbst Gäste. Und wenn mal nichts ist, lese ich abends. Wie gut kennen Sie Ihre Tochter?

Schongauer setzt sich wieder; er füllt die Gläser auf, und Fridas Mutter stößt ihres an seins mit einem Wie schön hier, die alten Olivenbäume, die alten Mauern. Und ernten Sie auch, gewinnen Sie eigenes Öl?

Das würde sich nicht lohnen, obwohl Luan das Öl pressen könnte, er kann auch das. Sie müssen sich ihn mal genau ansehen, an wen denkt man da, solange er nicht spricht? Eine Frage mit Blick zu Almut wie zu einer Komplizin in dieser Sache, und wieder kommt ihr Fuß an seinen Fuß, das hatte er nicht einmal mit Magda so, da muss er sich schon weiter zurückerinnern, an ein

Essen mit allen Beteiligten an der Vorbereitung des Filmprojekts in der Sonora-Wüste, er der vorgesehene main character, und da hatten die bloßen Füße der jungen von ihrer Arbeit besessenen und dabei paradiesvogelhaften Costume Designerin so unterm Tisch bei ihm angeklopft, dass er vor Stolz kaum einen Bissen herunterbekam.

Glauben Sie, das hätte ich nicht, mir diesen Mann angesehen, antwortet Fridas Mutter. Der gehört zu denen, denen man alles verzeiht. Und würde in meine Sendung passen. Als einer, mit dem man sich am Ende versöhnt. So oder so.

Heißt das, in der Sendung ist nichts echt, keine einzige Träne? Almut zieht den Fuß zurück; in ihrer Stimme war ein Ton, den er bisher noch nicht gehört hat, der einer wiederum echten Enttäuschung. Nein, entgegnet die Roth, jeder Streitfall ist echt, aber von Temperamentsbolzen, da kann schon mal eine Träne zu viel fließen. Was trinken wir hier?

Einen Custoza, sagt Schongauer mit Blick auf die Frau, die er sich jetzt vorstellen kann in ihrer Sendung, wie sie da alle um den Finger wickelt, bis sie ihr Temperament rauslassen. Und je mehr er sich das vorstellt, desto klarer wird ihre Besetzung in seiner inneren Filmlandschaft, so wie im Traum oft ein geniales Casting herrscht, die genau passende Person, die irgendwann im Leben eine Rolle gespielt hat, noch einmal an der richtigen Stelle auftaucht. Sie hätte in Chinatown gut die so undurchsichtige und dabei an der Nase herumführende Klientin von Jake Gittes spielen können, leicht über dem

Zenit der Schönheit. Kennen Sie den Film Chinatown, mit Faye Dunaway und Jack Nicholson?

Wer kennt ihn nicht.

Ich frage das, weil es da auch um eine Tochter geht, sagt Schongauer. Den Vater spielt der alte John Huston. Er hat die Tochter, als sie klein war, missbraucht, aber das findet Gittes erst spät heraus. Das Thema mit den Wassergeschäften in Los Angeles ist eine Ablenkung in dem Film.

Fridas Mutter tippt an ihr Glas – Hätten Sie etwas Eis? Ich gebe gern etwas Eis in den Wein.

Eine Eidechse bewegt sich auf die offene Haustür zu, in kleinen, ruckartigen Schritten, dazwischen kurzes Verharren, wie in sich erstarrt, dann erneut jähes Vorwärtsschnellen, hinein in das Haus, vielleicht einem Geruch folgend – wer weiß schon, was in Eidechsen vor sich geht seit Millionen von Jahren, was sie nicht aussterben und die Menschheit wahrscheinlich überdauern lässt. Schongauer ist aufgestanden, um das bisschen Eis zu holen, das in seinem Kühlfach entsteht, das könnte er ändern, wenn er sich einen Beutel mit Eiswürfeln im Ort besorgte, nur will er den nicht den Hang hinauftragen. Er schaut nach der Eidechse, sie ist nirgends zu sehen. Die, die ins Haus kommen, verschwinden meist unter dem Sofa, weil dort immer irgendwelche Krümel sind. Manchmal erwischt Ascha eine mit der Pfote, die bleibt dann tot liegen unter dem Sofa und wird zur Schrumpfeidechse. Er holt die Eisstücke aus dem Metalltablett, seinen kleinen Fächern, gibt neues Wasser hinein und stellt es wieder ins Kühlfach; eigentlich will er nicht zurück an den Tisch, aber das Anlassgeknatter von Luans Maschine lässt ihn vor die Tür gehen.

Frida – und irgendwie stört ihn das – hockt hinter dem Albaner, eine Hand um seine Hüfte; mit der anderen winkt sie der Mutter, als sich das Motorrad in Bewegung setzt, kurz mit dem Vorderrad ein Stück in der Luft, um dann die Zufahrt hinaufzubrausen, und dort winkt sie noch einmal, jetzt hinter dem Kopf. Bitte: Ich hab Ihnen nicht zu viel versprochen, ruft die, der er das Eis bringt, auf das zweite Winken hin, und er reicht ihr einen Teller mit den Stücken; bis auf eins nimmt sie alle, das noch übrige nimmt sich Almut und kühlt damit die immer noch wunde Wangenstelle, als hätte sie an der Kruste gekratzt. Schongauer setzt sich wieder, er pfeift die Hündin heran, und sie kommt von der Zufahrt angetrottet, in einem Bogen, den außer ihr niemand versteht; sie riecht noch einmal an der Neuen in der kleinen Tischherde und murrt für einen Moment, um sich dann vor seine Füße zu legen.

Was glauben Sie, ob er eine Seele hat?, fragt Fridas Mutter mit einem Blick unter den Tisch.

Schongauer schenkt ihr Wein nach, obwohl ihr zweites oder drittes Glas noch halb voll ist. Sie!, sagt er, ob sie! eine Hündinnenseele hat. Ich denke, nein, glaube allerdings, dass es anders ist. Ich glaube, alles an ihr ist Seele, von der Nase bis zum Schwanz – will ich dort auch nur ein paar verfilzte Haare abschneiden, knurrt sie mich an. Ihre Seele reicht bis in die hintersten Haarspitzen. Wenn man so will.

Noch eine Eidechse bewegt sich auf die offene Tür zu, mit jähem Vorwärtsrucken und kurzem Innehalten, wohl um Gefahren einzuschätzen, abzuwägen, welches Wagnis sie eingehen soll, um einer Spur zu folgen, und als er sich nur etwas bewegt, sich selbst Wein einschenkt, huscht sie davon. Das mit der Seele ist ja so eine Sache, sagt Almut, man glaubt viel zu gern daran, aber eigentlich handelt es sich bloß um den eigenen Mist, den wir in uns angehäuft haben, nicht wahr? Eine Halbfrage mehr an Fridas Mutter als an ihn, und immer noch kühlt sie sich die Wange, aber auch den Hals und Ansatz der Brust mit dem schmelzenden Eisstück, wodurch wieder Wasserflecken auf ihrem Kleid entstehen, die sie wegzuwischen versucht – irgendwie weiß sie im Moment nicht recht, wohin mit sich in ihrem Körper, das ist Schongauers Eindruck, ganz anders für ihn dagegen die Roth: Die sitzt zurückgelehnt in dem Korbstuhl und sieht über den Glasrand hinweg auf den See, als könnte der See etwas für sie tun, mehr als bloß sich zeigen – Und gab es nur diese paar Eisstückchen?

Ja, sagt Almut, als hätte sie das Eis geholt. Und es dauert jetzt eine Weile, bis wieder etwas nachfriert, da müssen Sie sich gedulden – einmal habe ich doch Ihre Sendung gesehen, und da waren Sie nicht sehr geduldig. Sie haben die Kontrahenten zu einer Versöhnung getrieben, weil Ihnen die Zeit davonlief. Ich kann Ihre Tochter verstehen. Ich bin als Tochter auch geflüchtet, leider nicht mit einem Wohnmobil hier ins Land, sondern in die Arme eines jungen Arztes.

Fridas Mutter setzt ihr Glas ab und schiebt es Schongauer zu, der will es füllen, aber die Flasche ist leer, also steht er auf, um eine neue zu holen, während sie sich in dem Korbstuhl zu Almut beugt. Haben Sie eine Tochter, einen Sohn, ein Kind? Dann hätten sie es längst gesagt. Aber ohne Tochter können Sie mich nicht verstehen. Und dieses Schauspielerporträt, das Sie schreiben, wo soll das erscheinen?

Das steht noch nicht fest.

Dann geht's Ihnen wie meiner Frida, bei der steht auch nichts fest. Sie weiß nicht mal, wohin genau ihre Reise führen soll, und nun hat sie auch noch gleich am Anfang diese Panne hier und kommt nicht voran. Aber ich möchte, dass sie vorankommt, ist das so schlimm? Es ist der Wunsch jeder Mutter einer Tochter. Jawohl, es soll vorangehen mit ihr, aber vorher schauen wir uns noch Aida an. Waren Sie schon mal in der Arena? Eine Frage auch an Schongauer, der eine neue Flasche von dem Custoza auf den Tisch stellt. Die Arena – die besteht fast nur aus Leuten, die von der Aufführung Videos machen, erklärt er beim Öffnen der Flasche. Was man dort sieht, sind die Lichter Hunderter von kleinen Bildschirmen, ein Spektakel vor dem Spektakel auf der Bühne. Ersparen Sie das Ihrer Tochter, die nichts als losfahren möchte. Und auch gar nicht wissen muss, wohin. Ihr reicht es, unterwegs zu sein.

Fridas Mutter hebt ihr leeres Glas, sie lässt es sich füllen und trinkt etwas ab. Sie beide wissen nichts von meiner Tochter, sagt sie. Auch nichts von mir, aber geben Ratschläge, was ich tun und lassen soll und was das Beste für eine Vierundzwanzigjährige wäre, die Sie keine drei Tage kennen. Haben Sie schon einmal gestillt? Oder je einen Kinderhintern abgewischt oder einem

Kind etwas verboten und danach Tränen getrocknet, ich denke, nein. Und haben Sie schon mal zum lieben Gott gebetet, an den Sie normalerweise nicht glauben, dass einer Tochter, die kaum den Führerschein hat und in einem Klapperauto nach Spanien aufgebrochen ist, nichts passiert? Oder ihr die Daumen gehalten für das erste Mal, dass dabei nichts schiefgeht – auch nein. Nie die Sorge um ein Kind, aber Sie reden von der Seele als innerem Haufen, und wie gern man daran glaube, dass es anders wäre, die Seele etwas Reines sei. Heißt, dass wir dort unser Bestes sammeln, damit es uns hilft, wenn wir in eine Situation kommen wie die hier. Ich sag Ihnen, woran ich glaube: dass es so ist für mich im Moment, auch wenn ich vielleicht zu viel trinke, das ist dann mein süßer Mist! Und damit steht die Mutter von Frida auf, für Momente nicht ganz im Gleichgewicht, aber mit einem Lächeln, als könnte sie nichts umwerfen; eine Hand noch an der Korbstuhllehne, die mit den so weihnachtlich klingelnden Armreifen, bittet sie um die Benutzung des Bades, und Schongauer erklärt den Weg dorthin, während Almut an ihre Kruste fasst, sie schon abzuziehen versucht.

## 17

Etwas Wind kommt vom See und löst die letzten welken Olivenblätter, sie sinken trudelnd auf den noch schlammigen Boden und ergeben dort eine Art Puzzle des nahenden Spätsommers – Schongauer kann kaum hinsehen, wie es entsteht, obwohl es mehr ein Bild in ihm ist, aber wenn er nicht hinsieht, bleibt nur der Blick zu Almut, die nach einer Pause wieder an der Kruste zieht, so, dass die Verletzung blutet. Das mit der Seele hätte ich nicht sagen sollen, sagt sie. Manche sind bei dem Wort empfindlich. Und zum lieben Gott gebetet hab ich im Übrigen schon, als mein Mann an die Front fuhr in seinem Audi-Panzer. Wie wird das mit dem Essen, wer kocht? Almut merkt jetzt erst, dass sie blutet, sie tupft ihre Wange mit dem Finger ab, und Schongauer greift nach ihrer Hand, dem Finger mit der roten Spur daran. Ich koche, ich mache das, erklärt er und streichelt den Finger, bis er Schritte hört – Fridas Mutter kommt zurück an den Tisch.

In Ihrem Bad ist eine Eidechse, sagt sie. Außerdem hängt dort ein interessanter Druck. Warum gerade der? Sie setzt sich wieder und schlüpft aus einem ihrer nur aus dünnster Sohle, Absatz und Riemchen bestehenden Schuhe – Schongauer kann nicht anders, als das zu verfolgen; auch ihre Zehennägel sind ein roter Strauß, der das helle Bauchfell der Hündin berührt und mehr noch: Sie schiebt die Zehen sogar etwas ins Fell, wie sonst nur er das macht. Eidechsen verirren sich immer wieder ins Haus, sagt er. Sie finden aber auch immer wieder ins Freie. Und diesen Druck hat mir meine Frau geschenkt, ich denke, der passt dort hin.

Fridas Mutter greift zu ihrem Glas, ohne aber zu trinken; sie schaut auf den See und atmet wie auf eine ärztliche Bitte hin ein und aus. Meine Tochter hat mir geschrieben, es sei ein Druck nach einem Kupferstich von Martin Schongauer, eines möglichen Vorfahren von Ihnen. Der hatte es offenbar faustdick hinter den Ohren, oder wie sehen Sie das? Jetzt erst nimmt sie einen Schluck und behält ihn etwas im Mund vor dem eigentlichen Trinken; danach schließt sie die Augen und nimmt noch einen Schluck, nun ohne Abschmecken. Und wer wird da in Versuchung geführt?

Der heilige Antonius, antwortet Schongauer, inzwischen selbst einen Fuß an der Hündin, den Hinterläufen, aber um sie aufzustören, was er nie tun würde, wenn sie allein wären: ihren Schlummer unterbrechen. Sie brummt in sich hinein, ein fast menschlicher Laut, dann kommt sie unter dem Tisch hervor. Sie streckt sich und geht wieder in dem Bogen, der ihr Geheimnis bleibt, zu dem Wohnmobil, dort legt sie sich vor die offene Tür. Schongauer greift zu den überbrühten Tomaten, er nimmt eine und beginnt mit dem Häuten – er hat lange kein Essen für andere gemacht, nur für sein Tier und nebenbei noch für sich, und auf einmal steht die Welt kopf, so kommt es ihm vor, seine kleine Welt hier oben.

Und Sie hatten also auch nie einen Hund, sagt Almut zu Fridas Mutter – heute denke ich, ein Hund hätte mir und meinem Mann gut getan oder würde mir immer noch gut tun, allein schon seine Nähe. Dazu kommen die Spaziergänge, man bewegt sich mehr, geht mit ihm durch den Wald und ist völlig abgelenkt, sieht nur die Bäume und den Hund, wie er rennt, oder trifft manchmal auf andere mit Hund, wechselt ein paar Worte mit ihnen und schaut zu, wie beide Hunde herumtollen. Aber eine Lilly Roth braucht wahrscheinlich keinen Hund – Sie haben Ihre Sendung, Sie haben Ihre Tochter, Sie haben überall ein Publikum, wie schön!

Falsch, ruft die Roth, es ist eher mühsam als schön. Kann es sein, dass Sie mich nicht mögen, Almut? Wir Frauen, wir sollten zusammenhalten, ich sage das in jeder Sendung. Sie haben sicher auch schon das Bad benützt und dieses Bild gesehen, das ja nicht umsonst hängt, wo es hängt. Und sich vielleicht gefragt, ob immer nur Heilige oder in die Jahre gekommene Männer von weiblichen Gespenstern umzingelt sein müssen. Oder ob es nicht auch mal andersherum sein könnte: dass uns etwas in Versuchung führt.

Schongauer steht wieder auf, er will das alles nicht hören, will aber auch nicht einfach weggehen, also schiebt er mit einer Hand die feinen Tomatenschalen zusammen, die andere Hand auf dem guten Ohr. Almut reicht das frei gewordene Messer an Fridas Mutter – Ich frage mich nur, ob Sie schon einmal eine Tomate geschält haben, sagt sie.

Zwei, drei Zikaden heben mit ihrem Gesirr an, als

257

wäre es ein Kommentar zu dem Tischgespräch; sie sorgen für eine Atempause, in der die Frau mit eigener Sendung – Schongauer kann sich das immer noch kaum vorstellen, was sie da eigentlich vor der Kamera macht – sich jetzt auch eine Tomate nimmt, aber das Messer weglegt, um für das Häuten die Nägel zu benützen. Sie zupft die feine Haut von der Tomate, und je länger er verfolgt, wie sie das rötlich glänzende Fruchtfleisch freilegt, zwischendurch mit einem Schluck aus ihrem Glas, desto mehr wird sie ihm zu einem der Wesen auf dem Druck im Bad. Ja, einmal zeigt sie ihm sogar ein großes Hautstück, und gegen die Versuchung, ihr zu sagen, woran sie ihn erinnert, sagt er, dass er sie um ihre Tochter beneide.

Beneiden, um was, erwidert die Roth – dass ich dieser Tochter meistens nur peinlich bin? Und wenn nicht, pumpt sie mich an, stellt aber einen Schuldschein aus. Sie zahlt das Geld in Raten zurück, und was sie in dem Reiseblog schreibt, wird ihre Finanzlage kaum verbessern. Aber ich liebe sie.

Die Zikaden verstummen, und in die Stille hinein sagt Almut Ach ja?, eher als Antwort denn als Frage, und Fridas Mutter nimmt ihr Glas an den Mund. O ja, sogar sehr, ruft sie. Es ist der Punkt, in dem wir beide uns treffen: die verdammte Liebe zu jemandem, ich zu einer Tochter, Sie zu Ihrem Mann, ist es nicht so? Sie leert ihr Glas und schiebt es in Richtung der Flasche, und Almut zuckt nur mit den Achseln, mehr bejahend als verneinend in Schongauers Augen – zur verdammten Liebe könnte er einiges sagen, aber das würde zu weit führen, besser, er füllt nur das Glas auf, jetzt in kleinen Schüben. Sagen Sie einfach Halt, sagt er, aber die Roth schaut ihn still an, bis das Glas voll ist. Es braucht nicht viel, damit eine Frau zu viel trinkt, erklärt sie. Da reichen ihre fünfzig Jahre und eine Tochter, die vor ihr flüchtet. Was wird aus den Tomaten? Sie gibt ihren Beitrag in die Schüssel, und Schongauer greift sich den Gegenstand, in dem er schon für Magda Salat angemacht hat, um ihr etwas Gutes zu tun, und geht damit ins Haus.

Nur fängt er dort nicht gleich an zu kochen, obwohl er inzwischen einen Plan für das Essen hat; er legt sich auf sein Bett, bei offener Tür, das soll ihn davor schützen einzuschlafen. Die Stimmen der Frauen erreichen ihn gerade noch, ohne dass er Einzelheiten versteht, nur dass sie über den Punkt reden, in dem sie sich – eventuell, wie Almut mit einem Lachen sagt – treffen würden. Es ist ein helles Lachen, und er stellt sich ihren Mund vor, die Lippen, die gestern für Momente auf den eigenen lagen. Danach eine Zeit lang Stille, bis er seinen Namen zu hören glaubt, falls das nicht Teil eines Traums war, so, wie er aufschreckt, offenbar doch geschlafen hat, und so wie das Licht in der Kammer jetzt rötlich stumpf ist und er, beim Aufstehen aus dem Bett, sich an der Wand halten muss, gegen einen Schwindel, der erst nachlässt, als er in der Küchenecke endlich tut, was zu tun ist, um fünf Leute und ein Tier satt zu bekommen.

## 18

Vom Ort her klingt das frühe Abendläuten herauf, mit einem kindlichen Glockenspiel nach einer Melodie, die man zu kennen glaubt, obwohl sie einem nur als bekannt durch den Kopf oder das Herz schwebt, so wie ihm nach den letzten zwei Tagen eine bisher nicht gekannte, nicht verdammte Liebe vorschwebt, eine, von der er vielleicht geträumt hat vorhin, wer weiß das schon. Er hat die Haustür weit aufgemacht für etwas Luft beim Kochen, aber die Luft, die hereinzieht, ist stickig. Es ist die Luft, die über dem See steht, wie gehalten von den umgebenden Bergen – ein Block an Wärme, der gegen den Hang und Schongauers Stück davon zu drücken scheint, ihm das Atmen erschwert, und ab und zu tritt er in die offene Tür, als gäbe es doch etwas Frischluft zu schnappen.

Die zwei Frauen haben ihre Stühle so gerückt, dass sie auf den See schauen können, gläsern glatt zu der Stunde, wie erstarrt, und ebenso unwirklich ein Fächer kleiner glühender Wolken über dem Berg auf der anderen Seite, dem Pizzocollo mit seiner Kuppe wie das Profil einer schlafenden Riesin, die Nase halb in den Abendhimmel ragend. Eine Zeit lang sagen beide nichts oder nichts, das bis zu ihm dringt, und es ist anzunehmen, dass sie Geräusche aus der Küchenecke hören, das Hantieren mit Töpfen und Pfannen oder ein Wasserrauschen. Was ihm an Erfahrung beim Kochen fehlt, hat er bisher immer durch Vision wettgemacht, mehr recht als schlecht, und im Moment geht er davon aus, dass es in der Liebe ähnlich gewesen sein könnte und noch immer so ist oder im Fall der Fälle so wäre. Er läuft ins Bad und lässt sein Wasser, das funktioniert noch, nicht wie früher, aber so, dass er damit leben kann. Alles ist vorläufig, man glaubt nur lange, es sei anders. Auch der Stent, den er voriges Jahr bekam, ist nicht der Weisheit letzter Schluss, nur ein Plastikröhrchen, das für eine Weile das Schlimmste verhindert. Almut könnte seine Tochter sein, aber er stellt sich vor, dass auch er sie verrückt macht, womit, das bleibt fraglich. Was weiß er schon über Frauen und die Liebe, was weiß er überhaupt – der Pizzicollo ist genau tausendfünfhundert Meter hoch. Der See ist dreihundertfünfundvierzig Meter tief. Er wird morgen fünfundsiebzig. Und die Berge über den Ufern des Sees sind überwiegend aus Kalkstein, gewaltige Ablagerungen aus den Krustentieren eines einstigen Meeres – sagt man. Fuß- und Handnägel wachsen auch nach dem Tod noch. Er hat Lynn auf dem Gewissen. Und irgendwie auch Magda. Seinen Vater hätte er erschießen sollen und Steve McQueen um ein Autogramm bitten, viele Jahre vor den Selfies. Er wäscht sich die Hände und sieht die Eidechse, wie sie hinter der Kloschüssel verharrt, mit einem Blick zu ihm. Sie kann nicht aus dem Bad, die Tür ist zu, und er treibt sie mit einem Handtuch in die Enge, bis er sie hat, ihre winzigen Regungen sogar durch den Stoff spürt; und fast hat er Angst vor ihr, ihrem Lebendigsein, vielleicht auch, weil es Die Eidechse heißt, wer weiß. Er bringt sie in dem Handtuch ins Freie und schüttelt sie vorsichtig aus, sie hat ihren Schwanz abgeworfen und verharrt erst für Sekunden, irgendwie entstellt, dann huscht sie davon. Die beiden Frauen sitzen noch wie zuvor mit Blick auf den See. Und Sie, Almut, hört er Fridas Mutter sagen, als er zurück ins Haus geht, sind also Journalistin – und schreiben für wen?

Nein, sagt Almut, keine Journalistin, freie Autorin für alles Mögliche, Interviews, Porträts, Kritiken, die dann da und dort erscheinen. Aber ich bereite auch Ausstellungen mit vor, Filmsachen vor allem. Sonst wäre ich kaum hier.

Schongauer unterbricht das Schneiden einer großen Tropea-Zwiebel für einen Blick nach draußen. Lilly Roth – ein Name, der ihm irgendwie vergiftet vorkommt, wie die Namen mancher MGM-Stars in den Kriegsjahren, Hedy Lamarr zum Beispiel – hält die Weinflasche in der Hand, sie studiert das Etikett oder tut so. Und was macht Ihr Mann?

Kardiologe, sagt Almut. Mit Riesenpraxis.

Aus ihrem Mund ein nachgeschleudertes Wort, und wie davon auf Touren gebracht, steht Fridas Mutter auf, in einer Hand die Flasche, in der anderen ihr Glas – Wo bleibt eigentlich meine Tochter, ruft sie, kaum als Frage, eher empört; sie füllt ihr Glas und trinkt, sie füllt auch das Glas von Almut und weiß dann nicht, wohin mit der Flasche oder dem Rest darin, vielleicht weiß sie auch nicht, wohin mit sich – Schongauer sieht sie auf den Tümpel zugehen, über dem wie jeden Abend in der

Dämmerung ein Fledermauspärchen mit Zickzackflügen Jagd auf Mücken macht, als lautlos flatternde Schemen; sie leert den Weinrest in den Tümpel, das hätte er an ihrer Stelle auch getan, kein schöner Gedanke: dass sie sich ähnelten, und er holt eine neue Flasche aus dem Kühlschrank. Frida hat auch diesen Vorrat ergänzt, das merkt er jetzt erst, und es bewegt ihn, ihr Handeln wie für einen alten Vater, der außer Wein und seinem Hund keine Freuden mehr hat. Sie haben ja hier Fledermäuse, ruft ihre Mutter ins Haus, und statt ihr zu antworten, erscheint er mit der geöffneten Flasche. Das Eis dazu braucht noch, sagt er. Aber wir können bald essen.

Bald essen – da nimmt er den Mund etwas voll, er hat noch nicht mal Wasser für die Nudeln aufgesetzt, nur aus den geschälten Tomaten, der Zwiebel und zwei zu Würfeln geschnittenen Auberginen schon eine Art Sugo vorbereitet, der aber noch zu verbessern wäre, auch dafür hat er eine Idee. Die Hündin kehrt in dem Bogen, den niemand versteht, zu ihrer kleinen Herde zurück und legt sich wieder unter den Tisch; auch Fridas Mutter kommt von ihrem Gang, sie setzt sich und streift jetzt beide Schuhe von den Füßen, Schongauer kann es nicht übersehen. Lilly, noch Wein?, fragt er, um ihren Namen wenigstens einmal zu testen. O bitte, sagt sie.

Und dieses lose O lässt ihn ihr Glas bis zum Rand füllen, sodass sie gleich etwas abtrinkt und ihn dabei ansieht, mit einem Blick, den er höchstens vergleichen kann, aber nicht verstehen, mit einem wie dem von Bette Davis in What Ever Happened to Baby Jane?, nur nicht auf Joan Crawford als Blanche, sondern auf ihn in knittriger Hose und einem zu weiten schlammfarbenen T-Shirt, die Arme verschränkt, in einer Hand noch die Flasche. Ganze Sekunden sieht sie ihn so an, bis Almut ihm die Flasche aus der Hand nimmt, dann legt sie den Kopf etwas zurück und schaut zu ihren Füßen im Fell der Hündin. Was ich mich die ganze Zeit schon frage, sagt sie – ist die Arme sterilisiert?

Eine dritte Fledermaus flattert hinzu, und jede jagt für sich nach Mücken, ihre Bahnen kreuzen sich, als müssten sie zusammenstoßen, aber immer fliegen sie haarscharf aneinander vorbei. Ja, zum Glück, sagt Schongauer, jetzt auf Almut konzentriert, als hätte sie mit dem Thema irgendetwas zu tun. Sie verfolgt die Fledermausflüge, will sich aber wohl dazu äußern, nur kommt ihr die Roth zuvor. Wessen Glück, ihrem Glück?, sagt sie zu ihm. Oder wurde sie etwa gefragt: Möchtest du dort unten stillgelegt werden, dann hättest du deine Ruhe, meinten Sie das? Eine in den jetzt fast dunklen Himmel gesprochene Frage, ihr Glas in den Händen, und während sie langsam trinkt, fast wie aus einer Schnabeltasse, antwortet ihr Almut – Haben Sie mal ein Weibchen gesehen, in der ein Rüde feststeckt, das ist kein Spaß. Ich hab es mal auf dem Land erlebt, mein Mann war dabei. Er wollte leider nie einen Hund. Weil die immer vor einem sterben würden.

Schongauer geht zurück ins Haus. Er setzt Wasser in einem großen Topf auf, den er auf dem Montagsmarkt im Ort noch in dem Glauben gekauft hatte, dass ihn Leute von früher besuchen würden, aber es kam nie zu solchen Besuchen mit Kocherei. Magda hatte ihn auch vor dem Hang und dem See gewarnt, der ganzen Gegend: zwar sehr schön, aber im Grunde etwas für Menschen, die auf den Tod warten. Hier muss man aufpassen, hat sie als Argument für den Verkauf des Grundstücks gesagt, dass am Ende kein anderer zum Lieben übrig bleibt als man selbst. Ich werde dich überleben, dafür spricht einiges, von der Statistik ganz abgesehen, und unsere Kleine – Ascha war zu der Zeit noch fast ein Welpe – wird dich auf jeden Fall überleben. Und dann? Mehr hat sie nicht gesagt, und keine zwei Wochen später war sie tot. Er gibt Salz in das Wasser und horcht nach draußen, wo Almut jetzt von einer Ausstellung erzählt, die sie mitbetreut habe, über Cecil B. DeMille und die Blüte der Monumentalfilme.

Schongauer dreht die Flamme unter dem Topf kleiner; er hofft, dass Luan und Frida endlich zurückkommen, er mit den Frauen nicht länger allein sein muss, obwohl ihm etwas einfällt, um das Gespräch bei dem Thema zu halten, auf dickem Eis, keinem dünnen. Samson und Delilah, sagt er in der offenen Tür, DeMilles größter Erfolg, nur Vom Winde verweht hat mehr Leute ins Kino gebracht. Und welche Frau feierte ihr Comeback als Delilah? Hedy Lamarr – muss man nicht mehr kennen, den Namen, oder kennen Sie ihn? Eine Frage an Fridas Mutter oder Lilly Roth, und die sagt Ja, kenne ich, ja – wenig überzeugend für sein Gefühl, während Almut nur den Kopf schüttelt und die Augen zusammenkneift, irgendetwas kaum zu fassen scheint.

Die Lamarr, sagt sie, war mehr als DeMilles Delilah in Farbe. Sie war zwar schrecklich schön, aber nicht schrecklich dumm. Sie hat die störungssichere Funksteuerung von Torpedos erfunden, obwohl sie nie etwas in der Richtung studiert hat. Ihre Idee war das sekündliche Wechseln der Funkfrequenz mithilfe einer Walze wie bei einem Pianola. Dadurch würde es dem Feind, den Deutschen, unmöglich gemacht, die Funkverbindung eines U-Boots zu seinem Torpedo zu beeinflussen, damit er das Ziel verfehlt. Hedy Lamarr hatte ein Patent auf die Erfindung, und sie hat ihre Idee den Militärs vorgetragen, aber die haben nur gelacht und gesagt Ein Pianola in einem Torpedo, bullshit, geh wieder nach Hollywood, darling. Dadurch blieb die Erfindung liegen und wurde erst nach dem Krieg von der Marine entdeckt. Und während der Kuba-Krise waren alle amerikanischen U-Boote mit dieser Torpedosteuerung ausgestattet. Die Erfinderin, die zu der Zeit kaum noch Rollen bekam, wollte daraufhin etwas Geld, auch für teure Schönheitsoperationen, aber das Patent war inzwischen abgelaufen, und es gab kein Geld. Ihr blieben nur die billigen Operateure, und am Schluss sah sie so aus, dass man ihr zugetraut hätte, etwas Irres zu erfinden, auf das sonst keiner kommt. Was macht unser Essen?

Es macht sich, sagt Schongauer. Von der Geschichte hab ich so noch nie gehört. Oder es vergessen.

Wahrscheinlich vergessen – Almut nimmt sich von dem Wein. Es ist eine Frauengeschichte, deshalb! Sie prostet Fridas Mutter zu, und die fragt noch einmal, wo ihre Tochter eigentlich bleibe – diesen Mann aus Albanien, den kennen Sie gut?

Schongauer, ein Büschel Petersilie in der Hand, antwortet in künstlich vertraulichem Ton: Luan würde sterben, um Ihre Tochter zu beschützen. Wohnt Frida noch zu Hause?

Ja, aber in einem großen Haus.

Vielleicht, sagt Almut, ist das Wohnmobil ihr Schritt zum Auszug. In ein kleines rollendes Zuhause.

Das rollende Zuhause war vorher ein rollendes Puff, daher billig zu haben. Frida hat gekellnert und hat es gekauft. In gewisser Weise ist sie auch erfinderisch. Diese schöne Frauengeschichte, ist die wahr?

Warum soll sie nicht wahr sein? In der Ausstellung gab es eine Vitrine mit Skizzen von Hedy Lamarr, wie sie sich das mit der sicheren Funkverbindung im Einzelnen gedacht hat.

Für unser Essen müsste noch Petersilie gehackt werden, sagt Schongauer, und Almut nimmt ihm im Aufstehen das Büschel ab, als man ein noch entferntes Röhren hört: die Maschine des Albaners. Ein großes Haus – er beugt sich etwas zu Fridas Mutter – was darf ich mir darunter vorstellen?

Nun, jeder hat seine Etage. Ich wohne oben, mein Mann unten, Frida in der Mitte. Es gibt Tage, da höre und sehe ich meinen Mann gar nicht. Ich höre nur morgens, wie er aus der Garage fährt, und wenn er abends wieder hineinfährt. Manchmal telefonieren wir.

Da kann man Sie beneiden, ruft Almut aus der Küchenecke. Wenn ich abends im Bett noch lese, diktiert mein Mann nebenan etwas, das eine seiner Hilfen am nächsten Tag abtippt. Er geht dabei die ganze Zeit hin und her, in dem Raum, den wir steuerlich absetzen, wie ein Gefangener in seiner Zelle, und wichtige Wörter betont er, dass es durch die Wand zu mir dringt. So was wie Myozyten oder Ischämie.

Das Nudelwasser kocht trotz der kleineren Flamme, ein Brodeln, das Schongauer gerade noch hört, bevor sich der nahende Lärm von Luans Maschine darüber legt. Und nun kommt es hin mit dem gemeinsamen Essen, die Nudeln können ins Wasser – in das er eigentlich jetzt erst das Salz hätte hineingeben sollen, aber wer macht schon alles richtig, wenn er seit Jahr und Tag nur für sich und ein Tier gekocht hat? Er bricht zwei Packungen Garganelli auf, kurze Röhrennudeln, die viel Geschmack annehmen, er gibt sie in den Topf und tritt wieder in die offene Tür; dort nimmt er die Zufahrt mit den Rückkehrern in den Blick, aber eigentlich nur Frida hinten auf der Maschine, Beine so angewinkelt, dass die Schenkel fast am Sitz liegen, als der Albaner in wieder artistischem Gekurve die Schräge hinunterfährt, von der Hündin mit Gebell umsprungen, und vor dem Wohnmobil hält. Die zwei steigen ab, und Frida führt Luan in ihr Zuhause auf Rädern.

Das ist meine Tochter, genau so ist sie, sagt ihre Mutter, als sie sich nachschenkt, erst das Glas halb füllt, dann doch ganz, und Schongauer geht zum Kühlschrank und sieht nach dem Eis, das den Wein verdünnen würde; noch haben sich keine Würfel gebildet, nur wieder kleine Stücke, die bringt er der Roth, und sie lässt sie auch gleich in ihr Glas fallen. Als Nächstes holt er ein Windlicht, und kaum brennt es auf dem Außentisch, schwirren auch schon Falter in seinem Schein.

Man hat hier nachts immer Gesellschaft, erklärt er und zeigt auf einen, der sich neben der Tür an die Hauswand geheftet hat, fast so groß wie eine Fledermaus mit seinen halb eingezogenen, pudrig weichen Flügeln. Fridas Mutter schwenkt ihr Glas mit den Eisstückchen im Wein. Aber er dürfte sich hier sicherer fühlen als dort, wo Sie als L. A. Schongauer Ihre Karriere hatten, sagt sie. L. A. wie Los Angeles, ja? Ich kenne es nur von der Durchreise. Wo haben Sie dort gewohnt?

Gewohnt, da müsste er ihr von dem Haus mit der Tausendernummer erzählen, in einer Gegend mit fast nur solchen kleinen Häusern, aber ihre Art zu trinken, mit den Händen am Glas zu hängen und mit den Augen bei irgendeiner Sehnsucht, bringt ihn auf etwas anderes. Unter lauter Irren, sagt er. Greisinnen in Kleinmädchenröcken, Typen, die ihre Muskeln herumtrugen wie eine Geschwulst, Elvis-Kopien, die nicht mehr wussten, wie sie in Wirklichkeit heißen. Gewesenen Stars, inzwischen nur noch Ruinen. Leuten in teuersten Autos, goldfarben oder in Pink, Tätowierten in Leopardenmänteln, die tausend Dollar für ein Lakers-Ticket zahlen, mit Zähnen, gegen die meine nur ein Gebiss waren, und ich hab sie mir machen lassen von drei meiner ersten Gagen – Lakers, sagt Ihnen das was? Los-Angeles-Basketballer mit x Titeln der NBA.

Frida und der Albaner kommen aus dem Wohnmobil, lachend, wenn er das richtig sieht. Luan zieht sein Hemd aus, er legt sich mit dem Rücken auf den Boden, zwischen den Zähnen eine leuchtende Lampe, so robbt er schlangenartig unter das Gefährt; Frida geht in die Knie, sie reicht ihm Werkzeug und ein aus einem Lappen gewickeltes Teil. Der weiß, was er macht, sagt Schongauer. Und macht auch nie einen Fehler. Einmal hat er mir den Boiler repariert, da war er sogar Hydrauliker. Und Ihr Mann ist also Anwalt?

Ja, sagt Fridas Mutter. Und nur die Zweitklassigen machen nie einen Fehler. Gibt es noch Wein?

Schongauer füllt das hingehaltene Glas; etwas vom Wein geht daneben, das liegt an seiner Hand, die schon ruhiger war. Er schenkt sich auch ein und trinkt, er sieht, wie Frida sich Staub von den Knien klopft, dann geht sie, die Hündin eng an der Seite, auf ihre Mutter zu. Luan meint, er kriegt es hin, ruft sie ihr entgegen. Ich könnte morgen fahren.

Morgen sind wir in der Arena und schauen uns Aida an. Das waren zwei teure Karten für zwei gute Plätze.

Dann kannst du vor der Aufführung eine verkaufen, wie teuer waren sie? Fridas Blick geht zu der Hauswand mit dem großen Falter, während ihre Mutter zu Almut schaut – die in dem Windlicht etwas leuchtend Unscharfes hat. Neunzig pro Karte, sagt die Roth. Und ich dachte, ich zahle das, und wir beide teilen uns nur das schöne Erlebnis.

Verkauf eine für sechzig, schlägt ihr Frida vor. Wir beide teilen nur unsere DNA.

Es gibt jetzt Essen, verkündet Schongauer. Und Karten für Aida lassen sich vor der Aufführung recht gut verkaufen.

Bin ich eine fliegende Händlerin? Lilly Roth greift nach der Weinflasche, Frida legt ihrer Mutter eine Hand auf den Arm. Du hast genug, sagt sie. Luan kann dich in den Ort fahren, bis vors Hotel. Du musst schlafen.

Schlafen bei dieser Hitze? Eine Frage an den, der die Verhältnisse kennt, der ihr beipflichten könnte, aber auch an Almut, die jetzt den Tisch deckt, als wäre sie dem Haus schon verbunden, sogar mit Blättern von der Küchenrolle als Servietten. Nein, ich bleibe noch zum Essen hier, erklärt sie.

Schongauer geht zum Herd, er probiert die Nudeln und gießt sie ab, gerade noch rechtzeitig, er gibt sie in die Pfanne mit dem Sugo, in den er noch Ricotta bröckelt, und bringt die Pfanne samt Untersetzer an den Tisch. Das Essen ist so weit gelungen, aber er will nur, dass der Abend vorbeigeht, zumal die Roth jetzt vor ihm aufsteht, wie eine von einem Auto Umgefahrene, die im Schock auf die Beine kommt. Meine Tochter lässt angenehme Abende gern platzen, sagt sie. Einmal haben wir sie zu den Bayreuther Festspielen mitgenommen, da hat sie auch eine Runde platzen lassen, als Fünfzehnjährige. Und sicher hat sie erzählt, dass sich mein Mann und ich nur dort einmal im Jahr nahe seien. Aber das ist die Ansicht eines Einzelkinds ohne größere Entbehrungen im Leben. Bis vor kurzem gab es noch einen Freund, den sie vor ihrer Reise abserviert hat, einen fast fertigen Juristen, für den mein Mann schon etwas vorgesehen hatte in der Kanzlei. Harald. Groß, gescheit, Hockey-Spieler. Damit will ich nur sagen, was sie alles wegzuwerfen bereit ist, um ein Leben zu führen, das außer ihr niemand versteht. Und jetzt bin ich neugierig, was da in der Küche entstanden ist.

Du isst hier noch mit, sagt Frida. Und anschließend fährt Luan dich zum Hotel.

Der Falter flattert auf, er fliegt ins Haus. Dort umschwirrt er die Lampe am Sofa und heftet sich nach Flügen durch den Raum an die Wand unter dem großen Abzug, wie ein dunkles Täfelchen mit dem Namen der Fotografin – Schongauers Eindruck vor dem Verteilen des Essens, den Garganelli mit Gemüse und Ricotta. Er erklärt sein Gericht für namenlos, dann setzt er sich so, dass er den Falter im Auge hat.

## 19

Sie sind zu viert am Tisch, Mutter und Tochter mit Seeblick, auch wenn der See nur als dunkle Fläche daliegt,
darauf ein paar Lichtpunkte von Fischerbojen, den beiden gegenüber Almut und Schongauer. Der Albaner ist
noch mit dem Wohnmobil beschäftigt, essen will er erst
nach getaner Arbeit. Aber Luan ist auch keiner, der bei
Tisch Konversation macht, sagt Schongauer. Er ist mehr
der Typ auf dem Barhocker, der nicht viel redet, umge-
ben von späten Mädchen hier im Ort, die ihm seine
Dämonen vertreiben – in Luans Alter geht das noch, in
meinem nicht mehr, sind die Nudeln zu weich?

Es gab keinen Grund, noch das eigene Alter ins Spiel
zu bringen, und eigentlich hat er an der Seite von Magda
gelernt, erst zu denken, dann zu reden, noch besser aber
gar nichts zu sagen, wenn mehr als zwei am Tisch sitzen,
und schon kommt auch, nach Komplimenten für das
Essen, eine Frage von der, die es gewohnt ist, vor Publikum Fragen zu stellen: Ob nicht auch das große Foto
in seinem Haus mit dem toten Pferd am Strand vor einer
Brandung mit Dämonen zu tun habe – die Fotografin,
Ihre Frau, ist in der Brandung umgekommen, und Sie
waren dabei. Drei Klicks, und schon hat man das.

Ich war in der Nähe, sagt Schongauer, nicht dabei.

Umso tragischer. Wenn man gar nichts tun kann. Konnten Sie wirklich nichts tun, nicht helfen?

Nein, konnte er nicht, erklärt Almut mit auch so überraschendem Sekundieren im Ton, dass Schongauer nicht weiß, wie er darauf eingehen soll, ihr nur gern unter dem Tisch die Hand gedrückt hätte. Stattdessen schaut er auf seinen Teller mit dem namenlosen Gericht, die Nudeln doch eine Spur zu weich; er fragt, ob es schmeckt, obwohl das schon zum Ausdruck kam, und Fridas Mutter will jetzt sogar das Rezept, das es nicht gibt. Sie prostet ihm zu, und es bleibt nur die Flucht nach vorn: dass er so wenig Koch sei wie Luan Mechaniker. Gefühlt wie, nicht gewusst wie, sagt er und sieht dabei durch die offene Haustür zu dem Falter an der Wand, kaum eine Handbreit unter dem toten Pferd.

Der Albaner – er nennt sich gern selbst so – kommt unter dem Wohnmobil hervor, er geht zum Brunnen und wäscht sich Hände und Arme und das filmreife Gesicht. Sein Hemd reicht ihm zum Abtrocknen, danach zieht er es an, und Fridas Mutter winkt ihn an den Tisch, als wäre sie die Gastgeberin, gleichzeitig beugt sie sich zu Schongauer. Offenbar konnten Sie Ihre Frau nicht davon abbringen, nach der Aufnahme von dem Pferd in diese furchtbare Brandung zu gehen, sagt sie leise. Fotos halten immer nur einen Moment fest, nicht, was davor war, nicht, was danach war. Es gibt ein Foto von Frida und mir, auf dem umarmt sie mich, wir sitzen auf einem Felsen in den Dolomiten, sie ist fünf, ich Anfang dreißig, es steht bei mir am Bett, das Foto. Oder steht es dort nicht? Sie sucht die Zustimmung der Tochter, aber die schaut zu dem Wohnmobil. Der Albaner sitzt jetzt hinter dem Steuer.

Luan lässt den Motor an, anfangs ein Geräusch wie böser Husten. Er fährt ein Stück vor und wieder zurück, zweimal, dreimal, viermal, und wendet auf die Art, dass das Wohnmobil die Zufahrt mit der oberen Steilkurve rückwärts nehmen kann, um vorwärts in den Weg zur Straße einzubiegen. Nach dem Wenden bringt er den Motor im Leerlauf auf Touren, und Frida läuft, hinter ihr die Hündin, händeklatschend zu ihrem wieder fahrbereiten Zuhause. Sie ruft etwas, das untergeht in dem Motorgeräusch, und Schongauer muss nach Luft ringen wie beim Anstieg auf den Hang; der Schweiß bricht ihm aus, trotzdem friert er, etwas in ihm stimmt nicht, es ist, als hätte ihn das Wohnmobil überrollt und wäre mit einem Rad auf der Brust stehen geblieben. Er weiß nicht, was da in seiner Brust passiert, er weiß nur, dass es ihn von den anderen am Tisch entfernt, am meisten mit dem Wesen, das zu ihm aufschaut. Immerhin schafft er es, sich aus der Karaffe Wasser einzuschenken, während Luan den Motor abstellt und aussteigt, von Frida für einen Augenblick dankbar umarmt, das sieht er beim Trinken aus dem zu vollen Glas. Wasser läuft ihm über die Hand und am Hals herunter, und der Druck in ihm lässt nicht nach, aber vielleicht hat er nur zu schnell gegessen, auch wenn das nicht erklärt, wieso ihm heiß und kalt zugleich ist. Er legt die Hände in den Schoß, er versucht, seinen Puls zu zählen, als Frida und Luan an den Tisch kommen. Der Albaner setzt sich neben Almut an einen Eckplatz, muss sich aber noch gedulden mit Essen, weil Fridas Mutter auf ihn einredet, hinter vorgehaltener Hand, als ginge es die anderen nichts an – Schongauer versteht nur das Wort Geld. Der Schweiß läuft ihm jetzt in die Augen, und Almut reicht ihm das Blatt von der Küchenrolle, das sie als Serviette gedacht hat. Was ist mit Ihnen, sagt sie leise, und das erneute Siezen, wenn auch nur in Gegenwart der anderen, vergrößert das Ungute noch: das Gefühl einer Verdunklung in ihm und um ihn, trotz des Windlichts und der Lampe am Sofa. Der große Falter klebt noch unter dem Foto an der Wand, das sieht er in dem Licht; und sein Puls liegt weit über hundert, wenn er richtig gezählt hat. Nichts ist mit mir, sagt er zu Almut gebeugt, für einen Herzschlag in ihren Geruch hinein, und erst das macht es möglich, sich aus dem Korbstuhl zu stemmen. Er streift Almuts Haar noch mit der Schulter, dann geht er in dem gleichen Bogen wie die Hündin auf das Wohnmobil zu; sein Atem pfeift, das kann er hören, und auch wie Fridas Mutter gegenüber Luan deutlich wird: Sagen Sie einfach, was Sie bekommen, wir machen das hier gleich in bar.

Vom Ort dringt wieder ein Läuten herauf – Schläge, die sich mit den Schlägen in ihm vermischen, und nach kurzer Stille die Glocke von der Kirche oben in Albisano, er gleichsam dazwischen mit seiner eigenen Zeit, die abläuft. Schongauer tut jetzt, als würde er sich nach dem Essen nur die Füße vertreten – eigentlich wollte er Luan beiseitenehmen, für die paar Worte von Mann zu Mann: Sie macht mich verrückt, mit einer kleinen Kopfbewegung Richtung Almut, aber so viel Mann ist er nicht mehr, um das zu sagen; seine Sorge ist sogar, dass er umfällt, ohne vorher noch etwas geregelt zu haben. Er muss in Bewegung bleiben, er darf sich nicht ausruhen, und vielleicht ist es gut, dass ab morgen niemand mehr mit Ascha geht und auch noch einkauft, eine Flasche Wein also zwei, drei Tage reichen muss. Das Wohnmobil steht jetzt für einen Anlauf im Rückwärtsgang bereit, nur so kann man die Auffahrt nehmen, ohne die Kupplung zu ruinieren, es ist Übungssache, er könnte das für Frida machen, er weiß, wie es geht. Über dem Motorblock ist das Gehäuse noch warm, er stützt sich daran – Gehäuse, das Wort hat er von einem jungen Arzt: Er müsse immer unterscheiden zwischen Schmerzen nur am Gehäuse, dem Brustkorb, und einem stechenden Druck darin, dem Gefühl einer Faust. Etwas mehr als ein Jahr ist das her, seit er den kleinen Stent gegen die Faust oder das Gefühl einer Faust in sich hat. Er legt eine Wange an das warme Gehäuse, und auf einmal ist da nur noch der Wunsch, dass der Motor bei der steilen Rückwärtsfahrt verreckt.

Zwei Krähen, womöglich dieselben vom Nachmittag, haben sich mit hadernden Lauten auf der Leitung niedergelassen, die über die Bäume hinter dem Schuppen führt, in der Dunkelheit ein seltenes Phänomen – Schongauer sitzt wieder am Tisch, er sagt, die bei Krähen beliebte Leitung sei tot, aber die Telefongesellschaft würde sie nicht demontieren, aus Bequemlichkeit oder weil das Unternehmen gar nicht mehr existiere, wie auch andere Leitungen und absurde Masten hier einfach stehen blieben. So als Hiesiger zu reden beruhigt ihn, und er greift nach der Flasche und füllt die Gläser der Frauen und das des Albaners und schenkt auch sich ein. Fridas Mutter, ihre Bäckchen jetzt etwas eingesunken, wie geschrumpfte Luftballons nach einem Fest, stößt ihr Glas an seins – Stimmt es, dass Sie einmal mit Paul Newman gedreht haben?

Ja, sagt er, einen halben Tag. Er hat mich als Nazispion enttarnt und erschossen. Achtzehn Mal, weil ihn am Vorabend eine Frau versetzt hatte, er den Text kaum konnte und seine so blauen Augen immer wieder nicht blau genug waren.

Hat er das erzählt mit der Frau?

Nein, aber man hat es ihm angemerkt. Was kann ein Mensch weniger verbergen als Liebeskummer?

Noch eine Krähe fliegt die Leitung an, jetzt hadern sie dort zu dritt, bis die Hündin mit Gebell hinter den Schuppen läuft und alle drei wegfliegen; was bleibt, ist ein vereinzeltes Zirpen aus einer der alten Oliven, und wie um dagegenzuhalten, nicht auch zu vereinzeln, hält die Roth ihr Glas in Schongauers Richtung, damit er es füllt. Sie macht kleine ruckende Bewegungen mit dem Glas, und Frida windet es ihr aus der Hand, eine kurze stumme Szene, gut für ein Close-up: nur die beiden Hände, das Ringen um ein leeres Glas – Schongauer greift gar nicht erst nach der Flasche. Luan fährt dich jetzt zum Hotel, sagt Frida, und ihre Mutter reißt das Glas wieder an sich: Erst klären wir hier, was kaputte Liebe ist! Scharf, aber eher leise entgegnet sie das und hält ihm wieder ihr Glas hin, Schongauer schenkt ihr den Rest aus der Flasche ein. Wir brauchen Wein, erklärt er, und Frida steht auf, als wollte sie noch eine Flasche holen, tritt aber hinter ihre Mutter, zu ihr gebeugt – Wie war Bayreuth in dem Sommer, war es wie immer? Habt ihr euch wieder an der Hand gehalten, als Tristan das schwarze Segel sieht, obwohl die wahre Isolde ihn liebt und retten will, aber die andere nichts von einem weißen Segel als gutem Zeichen gesagt hat und er es darum übersieht. Das ist echt tragisch, weil der arme Tristan nun nicht mehr an seine Rettung glaubt, in Verzweiflung fällt und stirbt, während die arme, die wahre Isolde unschuldig schuldig wird, und da hält man sich schon einmal im Jahr fest an der Hand, nicht wahr? Luan wird dich jetzt zum Hotel fahren.

Das einzelne Zirpen bricht ab, wie ein Punkt nach Fridas Rede, und Schongauer steht noch einmal auf; die neue Flasche will er jetzt selbst holen, eigentlich aber nur ein paar Momente allein sein. Er geht mit der leeren Flasche zur Tür, Frida kommt um den Tisch herum und nimmt sie ihm ab. Ich wollte sowieso ins Haus, etwas holen, erklärt sie, als gehörte sie schon zum Haus und wüsste, was dort wo zu finden sei, und er kann nur in dieses erwachsene Mädchengesicht schauen und seine Hände im Zaum halten. Man muss Fragen nach ihrer Show stellen, das lenkt sie ab vom Wein, sagt Frida noch leise, schon halb in der Tür, nur nicht leise genug – kaum ist sie im Haus, still gefolgt von der Hündin, und kaum hat sich Schongauer wieder dem Tisch zugewandt, hebt ihre Mutter das Glas mit den Worten, er könne sich alle Fragen ersparen. Sie leert das Glas, aber behält es am Mund beim Weiterreden, wie ein Mikro.

Am Anfang von Der reine Tisch lassen alle ihre Wut raus. Erst die Wut, dann das Enttäuschtsein, später die Verzweiflung und am Ende, wenn alle am Boden sind, die ausgestreckte Hand. So ist es doch, Almut, Sie haben die Sendung doch schon einmal gesehen, oder nicht?

Ja, in einem Hotel. Und auch aus Verzweiflung.

Da hatten Sie immerhin Gesellschaft. Aber ich bin noch bei der Wut. Meine Tochter hält mich für eine Fernsehidiotin und sich für etwas Besseres mit ihrer Wohnkarre, die mal ein Puff war. Und was sie da zusammenschreibt als Reiseblog, ist ihre Art, sich anzubieten. Ich biete mich dagegen Leuten an, denen es nicht reicht zu erfahren, wo es den billigsten Kaffee gibt und wo das sauberste Klo umsonst, oder wie man eine alte Kirche betrachten soll, wenn man das Christentum für ein Märchen hält. Frida glaubt und hofft, dass sie nie wie ich wird und auch immer jung bleibt. Sie ist, was das betrifft, etwas beschränkt, sie kann sich nicht vorstellen, welche Freiheiten sich ergeben, wenn man älter wird. Ich muss nicht mehr den Sinn des Lebens hinter jedem Baum suchen oder in jeder Wespe, der ich erlaube, mich zu stechen, statt sie zu erschlagen. Ich habe meinen Sinn gefunden und finde ihn jeden Freitagabend wieder vor fast einer Million Zeugen, und Frida, die darüber nur müde den Kopf schüttelt, kann nicht mal einen einzelnen jungen Mann halten, der sie anbetet, soweit ein Jurist vor dem zweiten Staatsexamen das vermag. Ich will Ihnen sagen, was er mir gestanden hat: dass er an meiner Tochter gescheitert sei, an ihren inneren und äußeren Brennpunkten, so hat er sich ausgedrückt, in allem ein Jurist eben, der nicht einfach was dahersagt. Sie hat mir ihre Brennpunkte nie wirklich anvertraut, waren seine Worte. Und mir hat sie gar nichts anvertraut, außer ihrer Kontonummer. Gibt es noch Wein, wollten Sie nicht welchen holen?

Den holt Ihre Tochter schon, sagt Schongauer, jetzt mit Halt an seinem Stuhl, hinter dem er steht, beide Hände auf der Lehne, und er fragt sich, was Frida im Haus macht, statt nur zu holen, was sie holen wollte, vielleicht etwas aus dem Bad, um dann zum Kühlschrank zu gehen für den Wein – möglich, dass sie mit Ascha spielt, um auf andere Gedanken zu kommen, falls sie das will: den Zorn auf die Mutter dämpfen. Er überlegt noch, was er tun kann, als fernes Knallen sein gutes Ohr erreicht, ob er nach ihr schauen soll, nur müsste er dafür den Halt an der Stuhllehne aufgeben, und so schaut er vorerst nur nach dem Knallen – einem Feuerwerk in der Bucht von Salò, spielzeughaft seine Fontänen, und es braucht einige Zeit, bis die Detonationen unwirklich leise über den See kommen bis an den Hang. Dort drüben, da feiern sie schon, sagt er zu den Frauen am Tisch, die können es nicht abwarten.

Almut steht auf, sie macht ein paar Schritte weg vom Haus, um so dem fernen Schauspiel irgendwie näher zu sein; Fridas Mutter, über ihr Kontaktgerät zur Welt gebeugt, schaut dagegen kaum auf und wischt weiter mit einem Finger über Bilder ihres Lebens, wohl auf der Suche nach einem bestimmten Bild – Schongauer hat jetzt doch den Halt an der Stuhllehne aufgegeben, er ist, hinter dem Rücken der Roth, zu Almut gegangen und sieht wie sie über den See. Morgen Abend gibt es auch hier Feuerwerk, sagt er, und sie lehnt sich für drei, vier ihrer, wie er annimmt, ruhigen und nicht seiner jagenden Schläge in der Brust mit der bloßen Schulter an ihn. Ob sie bei ihm übernachten könne, fragt sie, auf seinem Sofa schlafen, das würde ihr reichen, mit einem Laken als Decke, genug bei der Hitze, und sie verschleift das z in dem Wort, aus ihrem Mund ein Laut, der sich in sein Herz fädelt wie im letzten Sommer der Stent. Warum nicht, antwortet er und will noch sagen, dass sie auch sein Bett haben könne, er es gewohnt sei, auf dem Sofa zu schlafen, aber da hat Fridas Mutter das Bild gefunden und ist mit ihrem weißen Gerät in der Hand und einem Hier-sehen-Sie-mal!-Ruf aufgestanden.

Es ist das Foto, auf dem Frida sie umarmt, ein Mädchen mit kurzem Haar, einem Igelschnitt, und großen wachen Augen, zwischen den Brauen schon im Ansatz die Furchen. Sie hat ihre noch Kinderarme von hinten um den Hals der Mutter geschlungen und scheint zu stehen, während die Umarmte auf einem Felsbrocken sitzt, das Ganze im Gebirge, eben den Dolomiten, zu erkennen an zwei Zinnen im Hintergrund. Aber was Schongauer am meisten auffällt – er hat sich mit Almut über den Schirm gebeugt –, ist der Blick des Mädchens mit den großen Augen: nicht wirklich in die Kamera, sondern auf die oder den, der den Auslöser drückt, als wäre sie eigentlich mit ihm unterwegs, die Mutter nur im Gefolge. Wer das Foto gemacht habe, fragt Schongauer, und noch bevor er eine Antwort bekommt, tritt Frida aus dem Haus, in der einen Hand die neue Weinflasche, schon geöffnet, die andere Hand im Rücken, wie um die Hündin hinter sich zu halten. Du gehst jetzt, oder es passiert hier ein Unglück, sagt sie in ruhigem Ton zu ihrer Mutter, von seinem Tier dabei umstreift wie von einer Katze, das fällt ihm auf: als ein falsches Bild des Friedens.

Von der Straße am Seeufer kommt das Auf und Ab einer Sirene, und Blaulicht streift erst den Kirchturm und kurz darauf die Zypressen vor der Bucht mit den Bojen. Ein Rettungsfahrzeug ist unterwegs, wie häufig in Sommernächten, wenn auf schweren Maschinen zu schnell gefahren wird, viele nur das Nötigste am Leib tragen und sich bis auf die Knochen auffetzen bei einem Sturz. Schongauer kennt die Todesanzeigen, sie hängen auf seinem Weg in den Ort an auch toten Telefonmasten – aus dem Leben gerissen, heißt es unter den Fotos der Opfer: An diese Worte muss er denken, als sich Frida, kaum dass sie die Flasche auf den Tisch gestellt hat, an die Hauswand lehnt, weiter eine Hand im Rücken. Sie betrachtet ihre Mutter, während sich die Hündin vor sie legt, für sich existiert, und er wieder einmal gern an ihrer Stelle wäre, sich dann nicht den Kopf zerbrechen würde, ob Frida etwa seine Waffe hinter dem Rücken hat, und sich auch keine Vorwürfe machen müsste, dass er diesen Gegenstand, mit dem schon einmal das Schlimmste passiert ist, überhaupt noch besitzt. Das Auf und Ab der Sirene verebbt, und in der Bucht von Salò endet das Feuerwerk mit einem Knall wie von einem entfernten Schuss. Es ist wieder still, ungut still – wie an dem Abend, an dem Lynn nach Monaten aus Mexiko zurückkam, mit flachem Bauch, hohlwangig, ungepflegt, aber an jedem Finger einen Ring. Den ganzen Abend hat sie nur dagesessen, ihr Zeug geraucht und Bier getrunken und sich am Ende seine Waffe geholt, weil er gesagt hatte, wo er die aufbewahrt, wie er es auch Frida gesagt hat, nur dass es hier keine Banden gibt wie am Rand von L. A., es bei Verkehrstoten bleibt.

Das Unglück, das ist längst passiert, ruft Fridas Mutter mit Verspätung, weil sie noch ein anderes Foto gesucht hat, eins, das sie erst Schongauer und Almut hinhält und dann ihrer Tochter – die auf dem Foto ein Kleinkind ist, nackt auf dem Arm von der, die ihr das Bild entgegenstreckt wie ein Kreuz, das einen Fluch bannen soll. Da warst du drei, sagt sie, und wir haben Urlaub gemacht auf Kuba, dein Vater wollte nicht mit, ihm war es dort zu heiß, so hatten wir uns mal allein. Ich hatte einen Salsa-Kurs, jeweils abends am Hotelpool, du hast dabei zugesehen, mir mit deinen kleinen Händen applaudiert, und hinterher hab ich dich immer hochgenommen, obwohl du schon schwer warst, und der Kursleiter, Raoul hieß der, hat einmal dieses Bild von uns gemacht.

Ich war nicht drei, ich war vier, sagt Frida. Und ich weiß, dass ich etwas anziehen wollte, das wir in der Hotel-Boutique gekauft hatten, eine rote Shorts. Mir war nicht kalt, aber ich wollte nicht nackt sein – und meine Mutter, sagt sie an Schongauer und Almut gewandt, ja sogar an Luan, der sich fahrbereit zeigt, meine Mutter hat erklärt, es sei dafür zu warm, und ich würde süß aussehen, überall gebräunt, ohne hellen Streifen untenherum. Ich erinnere mich an dieses Wort, untenhe-

rum, und an die rote Shorts, ein Rot wie von getrockne-
tem Blut. Fünfzehn Dollar hat sie gekostet, auch das
weiß ich noch. Fifteen US, hieß es in dem Laden, und
diese Hose blieb im Hotel, weil sie angeblich giftig war.
Wir flogen ohne sie zurück. So war es doch?

Und damit setzt wieder die ungute Stille ein, wie kommentiert von der einzelnen Zikade, jetzt irgendwo in der
alten Mauer – Schongauer kann das unterscheiden, ob
es aus einer der Oliven kommt oder aus einem Gesteins-
spalt, da klingt es verlorener. Beenden wir das Essen
hier, erklärt er, und Almut stößt ihn mit der Schulter an,
was er als Zustimmung wertet, und im Grunde spürt er
da längst, dass sie ihn nicht einfach verrückt macht, wie
man so sagt, auch wenn er sich verbietet, das zu sagen,
sondern ihn die Krankheit befallen hat, mit der er schon
bei Lynn und später bei Magda und früher auch bei Ge-
legenheitsgeschichten, die er kaum mehr in eine Reihenfolge bekommt, in jenes Trudeln geraten war, das viele
für das höchste der Gefühle halten. Woran sie denke,
fragt er, das aber nur, um Almuts Stimme zu hören,
diesen Hauch von Müdigkeit darin, und wie sich ihre
Lippen dann wieder zu der Symmetrie hin schließen, die
etwas still Verlangendes hat, desgleichen ihr Blick, als sie
sagt, sie würde an morgen denken, ihre Abreise, und er
sich vorstellt, wie sich ihr Gesicht verändert, wenn sie
weint – das alles unter Umständen aber nur die Folge
von zu vielen Filmen, die er gesehen hat, zu vielen Bildern, die in Almut münden, sie für ihn leuchten lassen,
und er will ihr sagen, dass er nicht mehr für sich geradestehen könne, was sie betrifft, da spricht Fridas Mutter

in die Stille hinein weiter, ein jetzt leises Einreden auf die Tochter – bei der er auch nicht mehr für sich geradestehen könnte, weil schon ein Hauch Verliebtheit reicht, um zu trudeln.

Immer noch geht es um die Shorts aus Kuba, gefärbt mit irgendeinem Zeug, das Ausschlag verursacht haben soll an den Schenkeln – dieses Wort erreicht ihn in vollem Umfang, und Schongauer kann nicht anders, als an Magdas Schenkel auf Kuba zu denken, während ihrer ersten Reise, als sie ihm offenstanden in den glühenden Mittagsstunden. Noch einmal stößt ihn Almut an, ihr sei es egal, wo sie schlafen würde, im Bett oder auf dem Sofa, und er drückt ihr für ein paar Herzschläge seines alten Organs eine Hand zwischen die Schulterblätter. Wir hatten nur Krach wegen dieser dummen Shorts, hört er Fridas Mutter sagen, ich will sie haben, hast du gebrüllt, dein erstes Wort, haben-haben, das konntest du noch vor meinem Namen, den deines Vaters konntest du früher. Allerdings ist ihm das gar nicht aufgefallen, er hatte dich abends höchstens mal auf dem Schoß, während ich rund um die Uhr für dich da war, hörst du mir überhaupt zu?

Warum soll ich dir zuhören, antwortet Frida. Du bist betrunken, Luan fährt dich jetzt zum Hotel.

Die Roth steht auf, sie setzt einen Fuß vor den anderen, um zu zeigen, dass sie nicht strauchelt, Ich wollte, ich wäre betrunken, sagt sie. Und du bleibst hier über Nacht und trittst deine Reise morgen allein an? Sie setzt noch einen und noch einen Fuß vor den anderen und zeigt auf Frida – Was hast du hinter dem Rücken, sagt sie, ein Messer?

Schongauer lässt Almut stehen, er geht auf Mutter und Tochter zu, bereit, sich zwischen die beiden zu stellen, und da nimmt Frida die Hand hinter dem Rücken hervor, darin kein Messer und auch nicht seine Waffe, sondern der große Falter, den sie durch Pusten zum Fliegen bringt, ihrer Mutter entgegen, die er gleich umflattert wie eine Lampe. Aber kein Laut von ihr, nur ein müdes Wegwedeln, während in Almuts Beutel ihr Telefon klingelt, und jetzt weiß Schongauer auch, nach welcher Filmmusik: der zu Jeanne Moreaus langsamem Gang im Regen über die nächtlichen Champs-Élysées – ein Klingelton nach der gedämpften Trompete von Miles Davis. Mein Mann, sagt Almut. Er will wissen, was mit seinem Auto ist, kannst du mit ihm reden? Und sie übergibt ihm das Telefon, als der Falter an die Hauswand zurückflattert; dort klebt er sich wieder an, schwach die pudrigen Flügel bewegend.

## 20

Eigentlich will er das nicht, mit Almuts Mann über ein Auto reden und überhaupt mit einem telefonieren, den er sich auf einem Heimtrainer vorstellt, ein weißes Handtuch um den Nacken und seine Werte im Auge. Hier Schongauer, sagt er auf den paar Schritten ins Haus, zu dem Sofa, auf dem sein Tier mit dem Bauch nach oben liegt. Ihre Frau hat mich gebeten, mit Ihnen zu reden. Geht es um den alten Lancia? Er setzt sich zu der Hündin, eine Hand in ihrem hellen Bauchfell. Der ist hier gestern etwas nass geworden, aber das wird wieder, sagt er, und der Anrufer fällt ihm ins Wort: wo seine Frau sei, ob er die bitte mal haben kann.

Haben, sagt Schongauer, nein, ich soll mit Ihnen reden. Wie Sie sicher gehört haben, gab es hier gestern ein ziemliches Unwetter, wollen Sie dazu Einzelheiten im Hinblick auf Ihr Auto? Eine Frage, bei der er nach Luft schnappen muss, während ihm Schweiß in die Augen läuft; er hat einen Fehler gemacht, sich als einer angeboten, mit dem sich von Mann zu Mann reden lässt, irgendwie muss er das umbiegen. Ihre Frau kann im Moment nicht, sagt er, als wäre sie unpässlich. Sie kann nicht, was heißt das?, kommt es vom anderen Ende, und da lässt er sich zu einer Erklärung hinreißen, die ihm

noch mehr die Luft nimmt: dass man hier in einer Tisch-
runde sitze und Almut gerade im Gespräch sei mit der
Mutter einer jungen Bloggerin, die mit ihrem Wohnmobil bei ihm gestrandet sei, und weiter kommt er nicht.
Almut, so nennen Sie meine Frau?, fragt ihr Mann nach.
Weil Sie mit ihr eine Bootsfahrt hatten, die großartig gewesen sein soll?

Ja, sagt Schongauer, das trifft zu. Eine großartige
letzte Fahrt in dem Boot. Der Sturm hat es von der Boje
gerissen, und es ist am Ufer zerschellt. Auch ein seltenes
altes Modell, wie Ihr Auto. Aber so ist das Leben, nichts
bleibt, oder wie sehen Sie die Dinge? Eine überflüssige
Frage, das spürt er schon, als er sie ausspricht, und was
folgt, ist eine Pause mit Geräuschen vom anderen Ende,
als würde Almuts Mann das Training fortsetzen, während
er hier nur sein Tier streichelt; Schongauer überlegt, was
er als Nächstes sagen soll, und ob er überhaupt noch
etwas sagen soll. Ihm pocht das Herz bis in den Hals.
Die irgendwie pumpenden Sportgeräusche enden, wenn
es nicht auch welche in ihm waren, aus der eigenen
Brust. Sind Sie noch dran, fragt er, jetzt in eine Stille hinein, als würde der Kardiologe, wie Almut erzählt hat,
abends an einem seiner Krankenberichte sitzen und nebenbei telefonieren. Ja, sagt er, ich bin noch dran, und
ich will meine Frau sprechen, und wie Sie atmen, das
klingt im Übrigen gar nicht gut.

Gar nicht gut, darauf könnte er jetzt eingehen, aber
wer weiß, was sich daraus ergibt, also ist er besser ruhig,
während der viel beschäftigte Arzt – er hört inzwischen
die Benutzung einer Tastatur – etwas schreibt, und er

stellt ihn sich als Mann mit getöntem Haar in Sport-
sachen an einem Glastisch vor, neben dem Notebook
das Telefon, und hinten auf dem Tisch natürlich ein Foto
von Almut im Silberrahmen, sie mädchenhaft strahlend – fern von der, die jetzt in die offene Haustür tritt
und Zeichen macht, ihn zu deutlichen Worten ermutigt.
Ihre Frau, die sehe ich im Moment gar nicht, sagt er,
und da kommt Dr. Stein, wie er vielleicht angeredet werden will, auf die Bootsfahrt zurück: Wissen Sie, Almut
schwärmte geradezu von dieser Fahrt über den See zu
irgendeiner Felswand, das Herz sei ihr aufgegangen.
Und das heißt was bei ihr.

Schongauer muss Luft holen nach dieser Mitteilung,
so füllt sie seine Brust und nimmt ihm zugleich den
Atem. Sie ist ja sonst nicht die Überschwänglichste, fügt
ihr Mann noch hinzu, und da kann er nicht anders, als
dagegen zu halten: Almut sagt, Sie würden sich bei allen
Herzen auskennen außer bei dem Ihrer Frau.

Das war schon ein deutliches Wort, aber bloß für ihn,
nicht für den Anrufer. Das ist Almuts Lieblingsspruch,
wenn wir Gäste haben, sagt er. Und nach einer Pause, in
der Stimme jetzt eine Spur von ärztlicher Besorgnis: ob
er mit seinem Atem, seinem Herzen in irgendeiner Behandlung sei. Doch wohl ja.

War ich, alles so weit geregelt, antwortet Schongauer
und macht einen Vorstoß, um das Thema zu wechseln:
Ihre Frau erzählte mir, ich glaube es war auf der Bootsfahrt, sie hätte gern einen Hund, aber Sie wollten kein
Tier im Haus, warum nicht? Seit ich mit einem Tier
lebe, geht es mir gut.

Anhören tun Sie sich nicht so. Und was einen Hund betrifft: Da muss man sich auskennen.

Unsinn, sagt Schongauer. Für den Umgang mit Tieren braucht es nicht viel. Ist man ruhig, sind sie auch ruhig, hat man Angst, haben sie auch Angst.

Wieder folgt eine Pause, als würde Almuts Mann über die Hundefrage nachdenken, bis er sich gluckernd etwas einschenkt und Hören Sie sagt – Hören Sie, kann ich jetzt meine Frau endlich sprechen? Eine fast schon dringliche, menschliche Bitte, und Schongauer überlegt, ob er vom Sofa aufstehen soll, um Almut – inzwischen ist sie wirklich irgendwohin verschwunden – ihr Telefon zu bringen, nur könnte das seinen Atem noch mehr pfeifen lassen. Ihre Frau schaut sich gerade auf dem Grundstück um, sagt er. Ich weiß nicht, wo sie ist, und ich denke, wir sollten das Gespräch hier beenden, ja?

Noch ein Fehler – ohne das kleine Ja hätte er einfach auflegen können, so aber bleibt die Tür einen Spalt offen. Sie könnten nach ihr rufen, kommt es da auch schon vom anderen Ende, oder fehlt Ihnen dazu die Luft? Eine Bemerkung, die Schongauer nicht einfach hinnehmen will, auf die er irgendwie antworten sollte. Und nun stemmt er sich doch aus dem alten Sofa, ein Kraftakt, der ihn japsen lässt. Er geht zur Küchenecke und füllt ein Glas mit Wasser, er trinkt, aber zu hastig, verschluckt sich und hustet. Was ist mit Ihnen, dringt es an sein gutes Ohr, sind Sie Raucher, haben Sie Hypertonie, Bluthochdruck? Zwei fachliche Fragen, und Schongauer kehrt zum Sofa zurück. Er legt sich jetzt neben sein Tier, das Telefon auf der Brust, den Ton laut gestellt. Gewesener Raucher, sagt er. Und Hochdruck ja. Aber der ist geregelt.

Was nehmen Sie?

Candesartan.

Welche Dosis?

Zweiunddreißig Milligramm.

Ziemliche Ladung. Und seit wann?

Noch eine fachliche Frage, Schongauer überlegt, was er antworten soll. Gut ein Jahr nimmt er die Ladung schon, jeden Morgen. Es gab noch keinen Krieg, als ich damit anfing. Vorher wurde mir ein Stent verpasst.

Welchen Krieg?, fragt Almuts Mann.

Den, in den Sie die Heldentour mit der jungen Kollegin gemacht haben, hätte er fast gesagt, aber kann es noch abbiegen und sagt, Sie wissen schon, den Krieg, in dem Sie sich am Anfang nützlich gemacht haben, oder nicht? Und als Reaktion eine Mischung aus Luftverblasen und Seufzen, dann gleich die nächste Frage: Dieser Stent, was war der Anlass?

Der Weg zu mir, sagt Schongauer. Der immer schwerer wurde. Jetzt geht's wieder, mit Pausen.

In welchen Abständen die Pausen? Der Kardiologe lässt jetzt nicht mehr locker, und Schongauer macht eine Handbewegung, als würde Almuts Mann im grünen Kittel vor dem Sofa stehen, und er wollte ihm bedeuten, dass die Pausen unerheblich seien, als schon ein Nachhaken kommt, nun etwas weniger fachlich – ob er noch so schlank sei wie in den Filmen, in denen man ihn sehen könne.

Eher sogar schlanker, antwortet Schongauer, und noch

ein Gaul geht mit ihm durch – Sie haben also Filme gesehen mit mir?

Zwei. Im einen wurden Sie nach ein paar Minuten erschossen, im anderen waren Sie nur schnell wieder weg. Almut wollte meine Meinung zu Ihnen, und ich sagte: Er hat das Gesicht für das, was er spielt. Und sie sagte: Mich interessiert mehr, was aus ihm geworden ist, nach seinen Filmjahren, darüber will ich schreiben. Bisher gibt es aber, soweit ich weiß, niemanden, der es ihr abnimmt, hat sie das auch erzählt? Oder wo sie manchmal was unterbringt, Lesetipps, kurze Filmkritiken, Interviews mit Leuten, die kaum einer kennt. In Blättern, von denen man sich wundert, dass es sie gibt. Almut lebt den Traum, Autorin zu sein – bitte, jeder hat seine Träume. Nur ist sie im Grunde ein Seepferdchen, darauf aus, nicht von den großen Fischen entdeckt zu werden. Seit wann rauchen Sie nicht mehr?

Es hörte auf am Anfang meiner Ehe, sagt Schongauer. Nur gab es in dieser Ehe Tage wie vierzig Filterlose. Sie sollten Ihrer Frau und sich einen Hund schenken, ein Weibchen aus dem Tierheim, nicht älter als drei Monate. Das rückt die Ehedinge in den Hintergrund.

Almuts Mann trinkt jetzt etwas, gut zu hören, auch wie das Glas dann abgesetzt wird. Mir kommt kein Tier ins Haus, erklärt er. Wie ist Ihr Ruhepuls?

Hängt davon ab, mit wem ich rede, antwortet Schongauer. Was trinken Sie da? Eine Frage, um damit irgendwie wegzukommen von seinem Körper, dabei aber eine Daumenkuppe am Puls, er zählt die Schläge, während der Kardiologe am anderen Ende noch einen Schluck nimmt, sich danach räuspert und Cranberrysaft sagt – sehr gesund, sollten Sie auch trinken, besonders für ältere Männer gut. Ich trinke ihn, weil er mir schmeckt. Ihr Ruhepuls, an die Hundert?

Im Moment hundertzehn, sagt Schongauer. Liegend auf einem Sofa. Gehen Sie mit Almut in ein Tierheim, was Sie dort sehen, könnte Ihre Meinung ändern.

Und wieder ein Verblasen von Luft aus wohlgeblähten Backen, auch das gut zu hören, dann das Ticken einer Stiftspitze auf einer Tischplatte, vermutlich Glas, dazu schon die Frage, ob er momentan Schmerzen in der Brust habe – Sie müssen nur unterscheiden zwischen Schmerzen an der Karosserie, dem Brustkorb, und Schmerzen im Motor.

Den Satz kenne ich, sagt Schongauer. Der ist beliebt bei Kardiologen. Was fehlt meinem Motor?

Ein zweiter Stent. Sie haben eine neue Engstelle in den Coronargefäßen, eine Durchblutungsnot im Herzen. Wir sprechen von Ischämie. Haben Sie das Gefühl, dass Ihr Herz ab und zu stolpert? Dann sprechen wir von Palpitationen, die sind nicht gut – Zeit für die Klinik.

Stolpern gehört zum Leben, wirft Schongauer ein. Man kann auch in eine Affäre stolpern. Sie halten meinen Zustand also für ungut? Eigentlich will er auf die Frage gar keine Antwort, aber nun ist diese Büchse schon einmal geöffnet, und alle möglichen Fragen kommen ihm, während er Aschas Bauchfell streichelt – wenn er vor ihr stirbt, und was denn auch sonst, bricht er ihr das Herz, so wie sie ihm das Herz brechen würde, wenn sie etwa unter ein Auto käme.

Ich halte ihn für bedenklich, erklärt Almuts Mann, um dann noch einmal alles auf eine Karte zu setzen: Ich will jetzt sofort meine Frau haben, sagt er.

Schongauer lacht, er kann nicht anders, ein Lachen, das in Husten mündet, auch das ist nicht zu vermeiden; sein Tier streckt sich und will vom Sofa, aber er hält es fest – er will hier nicht allein liegen, das Telefon auf der Brust, daraus die Stimme von Almuts Mann, die an die Stimme von Piloten erinnert, wenn sie am Beginn eines Fluges ihre Ansage machen, dass man sich blöd vorkommt als Passagier. Gut, lassen wir das mit meiner Frau, dringt es aus dem Gerät. Es gibt im Moment Wichtigeres – einem Herzinfarkt gehen Dinge oft voraus, die man nicht spürt, wie Abnehmen des Zellgleichgewichts an den Gefäßwänden, bis die Intimaschicht von Myozyten zerstört wird. Haben Sie genug Bewegung?

Die Hündin streckt sich noch einmal, und Schongauer lässt sie ziehen, wie er auch Magda hat ziehen lassen, wenn sie ziehen wollte, weil sie woanders etwas für sich zu finden hoffte und manchmal auch für kurze Zeit fand. Bewegung, ja, jeden Tag, sagt er und richtet sich dabei etwas auf, als müsste er gleich unter Beweis stellen, dass er nicht nur herumliegt, er kommt mit Kopf und Schultern hoch, und das Telefon rutscht ihm von der Brust; es fällt zu Boden, und von dort ist die Pilotenstimme des Kardiologen zu hören, während Almut den Wohnraum betritt und im Vorbeigehen Richtung Bad wieder Zeichen macht: dass sie nicht da sei.

Vielleicht kenne ich meine Frau nicht genug, dringt es aus dem Gerät halb unter dem Sofa, aber ich kenne mich mit Herzen aus, und Ihres pfeift aus dem letzten Loch. Lassen Sie sich in die nächste Kinik fahren, am besten noch heute Nacht.

Noch heute Nacht? Da kann Schongauer nur lachen, still in sich hinein; er nimmt seine Kräfte zusammen und kommt von dem Sofa hoch, er hebt das Telefon auf und tritt damit in die Nacht hinaus. In zwei Stunden fängt hier Ferragosto an, sagt er, da fährt einen keiner mehr irgendwohin, gestorben wird erst wieder nach dem Feiertag, andere Länder, andere Sitten. Wie lange geben Sie mir noch?

Bei Ihrem Atmen – kein halbes Jahr. Aber das sage ich privat, nicht als Arzt. Ohne Gewähr.

Und da kappt Schongauer die Verbindung mit einem ebenso sachten wie zittrigen Fingerdruck.

## 21

Denkbar also, dass ihm der nächste Winter erspart bleibt, nur dass dann, zu Ende gedacht, auch kein Frühjahr folgt und kein Sommer, wenn das überhaupt Gedanken sind und nicht bloß Ängste in Gestalt von Gedanken. Sicher ist allein sein Grauen vor dem Winter auf dem Hang, wenn die Oliven in ihrer Nässe etwas Schwärzliches haben, die Feigenbäume mit ihren alten Blättern etwas Rostiges und sogar die Katzen, die sich auf Türschwellen ducken, schmutzig grau erscheinen, wie Abbilder von einem selbst. Der Winter hat etwas Endloses, und die Glocken von der Kirche im Ort klingen, als kämen sie gegen das Blei der Tage nicht mehr an; nur sein Tier ist alldem gewachsen, Ascha behält ihre Gewohnheiten bei, vormittags ein Auslauf und einer am Nachmittag; sie holt ihn aus dem Bett, wenn es sein muss, um mit ihm in den triefenden Hang zu gehen, oft ohne Sicht auf den Ort und den See, wie eingeschlossen in das Neblignasse zwischen noch alten Feldsteinmauern und den Sommersitzen aus Beton und Glas an den Flanken des Hangs, absurden, wie vom Himmel gefallenen Gebilden, er auch dort keuchend hinter der Hündin her, die nur Gerüche kennt, keine Ästhetik – und auch noch nicht zurückgekehrt ist, draußen wohl einer Spur folgt.

Die Stille im Haus hat etwas wie in Watte Gefasstes samt einem Rest an Licht von außen. Schongauer liegt wieder auf dem Sofa, ihm ist kalt, obwohl es warm ist, eine Kälte wie aus den ersten Tagen in dem Heim, in das er gekommen war, nachdem sich sein GI-Vater davongemacht hatte und die Mutter nur noch ein Nervenbündel war, die, die ihn einst beruhigt hat, wenn er nach Alpträumen zu ihr kam, gestillt mit ihrem Geruch, ihrer Stimme, ihren Brüsten, sie beide allein, der Sergeant im Dienst. Jemand berührt seinen Kopf, das schweißnasse Haar, er schaut nach oben und halb nach hinten. Almut steht an der seitlichen Sofakante, etwas vorgebeugt, bis zu den Achseln in ein Handtuch gehüllt wie auf dem Boot, aus ihrem Haar tropft es in sein Gesicht, auf die trockenen Lippen. Sie nimmt ihm ihr Telefon aus der Hand und sagt Danke, ihr Mund bleibt danach leicht offen mit dem dunklen Spalt zwischen den Lippen, etwa wie auf Rembrandts Selbstbildnis mit Samtbarett, das hat er nach Magdas Tod in Amsterdam gesehen, wo es als Leihgabe hing, er war dort, um ihren Schmuck zu verkaufen – einen Spalt, den es auch bei ihr gegeben hatte, immer kurz bevor sie kam, eigentlich ein Nichts und doch das Ein und Alles, dem er verfallen war, bis sie wieder die wurde, die sich wie vierzig Zigaretten am Tag auf seine Gefäße gelegt hat. Du zitterst, sagt Almut, was ist los, ist dir kalt? Sie beugt sich noch etwas weiter vor, und Schongauer streckt eine Hand nach ihr, die sie nimmt. Ob Fridas Mutter noch da sei, fragt er, obwohl er beim Telefonieren das Motorrad gehört hat, und Almut erklärt, der Albaner habe sie nach unten gefahren, und Frida sei in ihrem Wohnmobil – Wir sind allein, sagt sie, und etwas beruhigt sich in ihm, er könnte kaum angeben, was, nur dass sein Grauen vor dem Winter nachlässt, den er noch einmal erleben könnte, aber eigentlich vor dem, der er nachts im Winter ist, wenn er nach einem Körper greift, den es nicht gibt, und stattdessen sein Tier umarmt.

Ob mir kalt sei, hat dein Mann auch gefragt, sagt er, und Almut schlägt vor, statt zu reden, ihr etwas Platz zu machen, also rückt er auf dem Sofa, und sie setzt sich an seine Seite, ihm zugewandt, und schaut ihn an, da reicht das Licht von außen. Schongauer spürt sein Herz, wie es Schwerarbeit leistet, um die Lebensgeister zu wecken – wann hatte er zuletzt Sex, auf einmal ist da diese Frage, nur kaum in Worten, eher als dumpfe Besorgnis. Das war einen Tag nach dem Besuch des Rembrandt-Museums, wo die Leihgabe aus Berlin hing, da ist er erst mit dem Zug nach Antwerpen gefahren und hat dort Magdas Goldarmreifen und eine von zwei ihrer Leicas verkauft, zu einem annehmbaren Preis, und am Abend war er zurück in Amsterdam und dort unweit des Bahnhofs bei einer schon etwas älteren Frau aus Thailand oder Kambodscha, eins von beidem; sicher ist nur, dass sie feine Stirnfalten hatte und anfangs stumm und nackt auf der Bettkante saß, verlegen, weil er weit mehr bezahlt hat als verlangt, und später waren ihre kleinen Brüste über seinem Gesicht und Bauch, als sie ihn wider Erwarten liebkost hat. Wenn du allein sein willst, sag es, sagt Almut, und er sieht, wie sie sich das Haar hinter die Ohren streicht – die Geste aus dem Boot, das es nicht mehr gibt, während sie beide immer noch da sind, als Schiff-brüchige auf einem Sofafloß.

Eine der Zikaden nimmt wieder ihr einsames Sirren auf, vielleicht immer dieselbe, die so zirpt, als wäre eine winzige Kettensäge am Werk, aber für nichts und wieder nichts. Schongauer hat Durst, nur will er nicht sagen: Ich verdurste, lass uns etwas trinken – kein Wort zu viel, auch keine Bewegung zu viel; er weiß nicht, wohin mit seinen Sätzen, er weiß nicht, wohin mit den Händen. Mal hält er Almut an den bloßen Schultern, mal tastet er über dem Handtuch an ihren Rippen entlang. Sie sitzt nach wie vor aufrecht und sieht ihn leicht von oben an, wobei ihr Gesicht in dem Schein, der durch die offene Tür hereinfällt, von den Auguststernen, der Galaxie, in der sie beide existieren, etwas hat, das ihn dankbar macht. Deine Frau, sagt sie auf einmal, konnte sie weinen?

Schongauer versteht nicht ganz, was die Frage im Augenblick soll, trotzdem will er eine Antwort geben – natürlich konnte Magda weinen, hat aber selten Tränen vergossen, sie war nur voll davon. Zwei Tage vor ihrem Tod, sagt er, hat sie in Dakar ein sterbendes Kätzchen aufgenommen, über das die Leute einfach gelaufen sind wie über Obstreste. Es war nicht mehr zu retten, und sie hat es auch nicht versucht, sie hat nur seine letzten Regungen festgehalten, kniend im Gewühl auf einem Markt. Magda hat geweint, ohne zu weinen.

Das kenne ich, sagt Almut. Sie beugt sich jetzt über ihn, die Schwerkraft zieht an ihren Wangen, ihrem Haar und irgendwie auch an den Augen, für Momente glaubt er, in ihre Welt zu sehen, in ein Klaffen wie das in seiner Mauer nach dem Sturm, eins, in das er passen könnte in dieser Nacht, bis sie mit zwei Fingern über seinen Mund streicht und sich wieder aufrichtet. Soll ich nicht doch besser gehen? Mehr wie eine Idee hört sich das für ihn an, kaum als eine Frage, und er tastet nach ihrem Bauch – weichster Teil einer Frau in Almuts Jahren, von jüngeren gern präsentiert als ein Packen Unsterblichkeit. Nein, sagt er, und da legt sie sich zu ihm, mit einem Vorschlag, um sich an seiner Seite über Wasser zu halten: von sich und Magda zu erzählen – Von eurem ersten Mal, sagt sie. Auch wenn mich das nichts angeht.

Wie ein Test kommt ihm das vor, ob er dafür die richtigen Worte findet, um anschließend auch das Richtige zu tun. Schongauer dreht sich ihr zu, und sie dreht sich mit dem Rücken zu ihm, nur ist es kein Abrücken, im Gegenteil, eher ein Anschmiegen, den Kopf dabei so flach auf der Sofakante, dass er über ihren Hals schauen kann, zur immer noch offenen Haustür, im Hintergrund das reparierte Wohnmobil, morgen um die Zeit schon weit weg. Noch steht es dort, und innen brennt das rote Licht, Frida ist noch wach oder mit dem Licht eingeschlafen, sein Tier scheint bei ihr zu sein, es wäre sonst im Haus oder würde vor dem Haus liegen, die Katzen fernhalten. Das erste Mal mit Magda, das war auf diesem Sofa, aber was soll er da erzählen, dass ihre Kniekehlen um seine Schultern lagen und sie tatsächlich einmal geweint hat, in den Minuten danach all ihren Vorrat vergossen, erschüttert wie von einer Todesnachricht? Lieber möchte er einfach neben Almut einschlafen, ihr Haar an seiner Nase. Der Tag war lang, und er ist müde; sein bald fünfundsiebzigjähriges Herz hat noch immer Durchblutungsnot, wie Almuts Mann es genannt hat, die Ischämie lässt nicht mit sich reden.

Das war auf diesem Sofa, sagt er schließlich in Almuts Haar hinein, sie wollte das so. Es gab keinen Strom und auch kein Wasser in der Nacht, beides war abgestellt worden nach einem kleineren Beben, in dieser Gegend nichts Ungewöhnliches. Uns war das ganz egal, wir hatten unser eigenes Beben, wir hatten geraucht und getrunken und brauchten keine Dusche, wir mussten uns nicht waschen, nur unser beider Ich auf dem Sofa aufgeben, und das ging wie von selbst, wir konnten es später nie so wiederholen, wir haben es versucht, aber immer war die Erinnerung dem im Weg.

Sein Tier stürmt plötzlich bellend aus dem Wohnmobil, es rennt zu der Mauerlücke und macht, was die Spezies ihm aufgibt, jeden Eindringling verjagen, um die Herde zu schützen, auch wenn sie noch so klein ist, nur aus Zweien auf einem Sofa besteht. Aber ist das Ich nicht unser Gott, sagt Almut, oder haben wir einen anderen? Wie kann man das aufgeben auch nur für eine Stunde – ich beneide dich um diese Stunde, mir fehlt so eine, obwohl ich Bernhard geliebt habe, sogar wie verrückt, kann man sagen. Aber ich hab mir diese Art Liebe nie genau angesehen, mich nie gefragt, was sie mit mir macht. An dem Abend nach dem Charity-Lauf um den Silsersee, bei dem mein Mann seiner jungen Kollegin zugewunken hat, ohne zu merken, wie ich mit vollem

Trinkbecher neben ihm herlief, als ich allein im Zimmer war, in dem Hotelbademantel am Fenster stand, während die Kardiologen mit ihren Frauen auf dem Ball gefeiert haben, kam Bernhard auf einmal herein, um mich zu holen. Ich wollte mich aber nicht mehr umziehen, ich wollte nur, dass er bleibt, mehr nicht. Aber es wurde mehr, weil er es so wollte und ich nicht mehr wusste, was ich wollte. Ich machte das Fenster auf, obwohl es kalt war in der Nacht, ich beugte mich hinaus, den Bademantel über den Hüften, und nahm es neben der Kälte als Realität hin, dass er in mich eindrang, als hätte er sich auf dieses eine Teil verkleinert, das sich in mir bewegte, irgendwie mit einem Eigenleben. Für eine Frau kann auch Realität etwas sehr Persönliches sein, das alle guten Überlegungen, die sie hatte, verfliegen lässt, samt ihrer Vorstellung von Würde. Es war ein unvergesslicher Verzweiflungsakt. Danach hat mich Bernhard aufs Bett getragen und mit einem Zipfel des Bademantels seine Spuren abgetupft. Aber er ist nicht geblieben, er ist noch einmal zu seinen Kollegen gegangen und der jungen Ärztin, die bei ihm arbeitet. Ich hätte ihn bitten können zu bleiben, nur hatte ich Angst, dass er es ablehnt oder mich drängt, doch noch mitzukommen, seine Frau zu spielen. Also habe ich gesagt: Geh bitte wieder hinunter, feiere noch, ich bin müde, ich will schlafen, es war schön. Und er hat sich kurz mit meiner Bürste gekämmt und ist gegangen – warum erträgt eine Frau das, ja warum sagt sie sogar, es war schön? Und ich bin mir nicht einmal sicher, ob es nicht auch so war. Ich weiß nur, dass es falsch war. So wie du bestimmt weißt, was du bei dieser jungen Kostümbildnerin so falsch gemacht hast, dass sie sich am Ende mit deiner Waffe erschossen hat.

Ja, sagt Schongauer. Aber das bleibt bei mir.

Almut dreht ihm das Gesicht zu, und er könnte sie jetzt küssen, oder etwas tun, das einen Kuss einleitet, ihr ein Haar aus der Stirn streichen, sie ganz von Nahem anschauen und die Augen verengen, seine Bereitschaft wie durch einen Schleier zeigen, den der Wimpern, das hat er im Mimiktraining gelernt, auch wenn es nur die Bereitschaft für Scheinküsse war, als Hochstapler oder Nazispion. Wollen wir die Haustür nicht zumachen, sagt sie, und ihr Vorschlag bestürzt ihn, das Wir darin, als gäbe es sein Tier nicht. Auf keinen Fall, sagt er, Ascha legt sich nachts auf das Sofa oder geht ins Bad, wo es am kühlsten ist, also bleibt die Tür auf. Stört es dich? Eine Frage, als Almut schon einen Fuß auf den Boden setzt, noch aufgestützt über ihm, und so das Handtuch abrutscht, er Momente lang ihre Brüste sieht, als helle Schemen, darunter die Rippen, den Bauch, die Nabelmulde, und für einen Herzschlag oder etwas länger auch das kleine vage Halbdunkel, das so viele Missverständnisse aufkommen lässt, dass alles Natürliche dahinter verschwindet. Ich gehe jetzt, wenn ich darf, in dein Bett, sagt sie, das Handtuch wieder halb um sich, nun mit beiden Füßen auf dem Boden. Dann kann dein Hund zu dir aufs Sofa kommen, jederzeit, und du kannst dich zu mir legen, wenn es dort zu eng wird und dich nicht stört, dass ich etwas schnarche.

Schongauer hat sich auf die andere Seite gerollt, mit dem Gesicht zur Rückenlehne – mit ihm ein Bett zu teilen, sei völlig unmöglich, leider, totally impossible, sorry, hat Lynn schon nach den ersten Nächten gesagt, und nicht etwa weil er geschnarcht hätte oder aus Träumen heraus wirr geredet, sondern weil er für ihr Gefühl die ganze Nacht gewacht hat, zwar bei geschlossenen Augen, aber auf jedes ihrer Geräusche achtend, ob es das Atmen einer Schlafenden, ihm also Vertrauenden ist, oder ob eine neben ihm liegt, die im Grunde Angst hat vor seinem Alter, weil er dem Tod um so viel näher ist, ja ihn, wenn er etwa krank wird, nur mit Grippe, schon berührt, wie Michelangelos Adam mit einem Finger den Finger Gottes. Lynn hatte Wahnideen, sie war eine Verlorene, bei aller Begabung: Das geht ihm durch den Kopf, als er allein auf dem Sofa liegt, auch das erste Mal mit ihr hat sich auf diesen Polstern abgespielt, unzerstörbar in seinem Gedächtnis: Noch während sie wie eine zu frühe Königin schmal und blass auf ihm thronte, ihr Haar eine dunkle Krone, erzählte sie von einer Begegnung mit dem Tod nachts in einem Greyhound-Bus. Es war der Fahrgast vor ihr, der irgendwann eine Hand auf die Kopfstütze legte, eine mit sechs Fingern. Immer hat sie die Finger im Stillen gezählt, bis er sich umdrehte, lächelnd, aber die Augen geschlossen, und da will sie gemerkt haben, dass er der Tod ist. Lynn war verrückt, das hätte er merken müssen, statt weiter mit ihr zu schlafen, überall, ob in Motels oder ihrer mobilen Garderobe, wenn sie bei einem Außendreh zu tun hatte, und einmal sogar hinten in einem Greyhound nachts, damit sie den

Sechsfingertod damit loswürde, bis das für sie Undenkbare eintrat, sie schwanger wurde.

Sein Tier kommt lautlos ins Haus, er sieht und hört es nicht, er riecht das Fell der Hündin; erst hat sie die Katzen vertrieben, dann sich sonstwo gewälzt, jetzt springt sie zu ihm aufs Sofa, und er nimmt ihren Kopf in den Arm – nichts, aber auch gar nichts an ihr gehört ihm, und für den einzigen Versuch, ihr das Fell an den Hinterläufen zu kürzen, damit sich nicht jeder Dreck oder Grannen darin verfangen, hat er sich bei ihr entschuldigt wie bei einem Menschen, es tut mir leid, es kommt nicht wieder vor, dein Fell gehört dir, auch wenn es an manchen Stellen stört, aber nur mich. Aschas Atem ist so ruhig, wie der von Lynn an seiner Seite nie war, sie war auch im Schlaf ruhelos, die Verlorene, die sich an ihn geklammert hat, während sein Tier ihm nur vertraut, wenn dieses Wort nicht schon zu menschlich ist, eher stellt er für Ascha einfach das Gute dar und irgendwie, auch wenn das schon wieder zu weit gedacht ist, auch das Wahre. Und was er in den letzten Tagen nur in den manchmal zu langen Pausen zwischen zwei Herzschlägen gespürt hat, ist auf einmal Gewissheit, als gäbe es eine Formel, bei der er nur die Zahlen zu seiner Verfassung einsetzen müsste, dann käme heraus, was er möglichst bald zu tun habe, damit Ascha nicht allein zurückbleibt. Es gibt nur diesen einen Weg, für den er noch keinen Namen hat, um zu verhindern, dass sie erst die Vorräte im Haus frisst, alle, auch die schon schimmligen, und aus jeder Pfütze trinkt, dann in ihrer Not anfängt, Katzen zu jagen, die aber schneller sind, ihr davonlaufen, bis sie aufgibt, schon geschwächt, und als Nächstes heiser kläffend Äste anspringt, auf denen Vögel sitzen. Tage später, nur mehr auf schwachen Beinen, holt sie sich an Igeln eine blutige Nase, und zuletzt lebt sie von Abfällen, stöbert in jeder Tonne, bis sie bloß noch im Schatten liegt und sich zu Tode hechelt, zu ihrem Anfang in der Asche zurückkehrt, ein Häuflein aus Fell und Knochen. Er sieht es wie einen Film von Pasolini, der in Vorstädten spielt, wo Hunde zwischen Bauschutt streunen und der Tod überall lauert, wo die Fassaden dunkel vor Sonne erscheinen und die Nächte hell vor Begierde – so war auch die Versuchung des heiligen Antonius als Film angelegt, und so waren Lynns Kostüme, ihr ganzes Wesen war so, eine Schlucht, in die er sich vernarrt hat, ohne zu wissen, wie sie da beide wieder herauskämen – ein Kind schien am Ende der Ausweg zu sein, nur wurde es der eigentliche Abgrund.

Schongauer wartet auf seinen Schlaf, ein wiederkehrender Fehler, er weiß das. Also macht er etwas, das ihn ermüden soll, damit er in den Geburtstag hineinschläft, er sagt sich Wörter und Zahlen auf. Magdas Lieblingswort war Wasserbad, da kamen ihre Fotos zum Vorschein. Lynns Lieblingswort war Magic, das konnte alles heißen. Sein Haus liegt hundertzehn Meter über dem See, und der See liegt sechzig Meter über dem Meer. Frida ist vierundzwanzig, Almut ist neunundvierzig. Unser Leben währet siebzig Jahre, und wenn's hochkommt, so sind's achtzig. Und für ein weiches Ei sind auf dem Hang fünfeinhalb Minuten das Ideale.

## 22

Mariä Himmelfahrt – oder Ferragosto für ihn – seit er hier lebt, war immer das andere, unverfänglichere Wort anstelle von Geburtstag, das Wort, das darüber hinwegschauen ließ, dass er an einem fünfzehnten August aus dem Uterus seiner Mutter in den Geburtskanal gerutscht ist, herausgepresst aus dem bewusstlos seligen Zustand im Bauch einer Frau, später als Verlassene nicht in der Lage, sich um ihn zu kümmern – den Zustand, in den er vor seinem Ende vielleicht noch einmal, nur eben fünfundsiebzigjährig, für kurze Zeit zurückkehren könnte, auch wenn er nicht wüsste, wie, nur dass es möglich wäre, weil es denkbar ist.

Sein Tier hat ihn geweckt. Ascha ist zu ihm auf das Sofa gesprungen, schon mit Erde an den Krallen, weil sie wie jeden Morgen unterwegs war. Aber ganz wach wird er erst durch ein Reden – er unterscheidet zwei Stimmen, die von Frida und die von Almut, und sie kommen nicht von dem Tisch unter dem Vordach. Die beiden, das sieht er, nachdem er sich auf dem Sofa gedreht hat, sitzen vor dem Wohnmobil auf kleinen Campingstühlen, jede mit einem Becher in der Hand und einem Cornetto, als hätte Frida eigene Vorräte und wäre schon unterwegs. Ein warmer Wind, passend zum Höhepunkt des Sommers, trägt ihre Stimmen an sein gutes Ohr, das erste Geschenk an diesem Tag. Fast jedes Wort kann er hören, und was er nicht hört, entsteht mit der Verzögerung eines Herzschlags in ihm, wie bei einer Melodie, von der nicht jeder Ton ankommt, aber genug, um sie summen zu können.

Meine Mutter, sagt Frida zu Almut, hängt nicht nur an dem Opernzeug, sie mag auch Schlager. Ihr Lieblingsschlager ist von hier und so alt wie sie. Sapore di sale. Den singt sie sogar mit, wenn er läuft, aber es klingt, als würde sie ihn nachts im Wald singen. Und sie denkt, ich hätte keine Ahnung, was das für ein Lied ist, ich bin dem aber nachgegangen. Der Songschreiber und Sänger, Gino Paoli, war schwer depressiv. Er hat sich mit einer Pistole ins Herz geschossen und wie durch ein Wunder überlebt. Ein Jahr zuvor hatte er etwas mit einer siebzehnjährigen Schauspielerin, und im Zuge dieser Geschichte hat er das Lied über ein müdes Herumgehänge am Strand, verbunden mit düsteren Gedanken, geschrieben, auf Deutsch etwa so: Salzgeschmack, Meergeschmack, bitterer Geschmack nach verlorenen Dingen, all die Tage, die faul vergehen und im Mund der Geschmack von Salz, du wirfst dich ins Wasser und lässt mich zurück, um dir zuzuschauen, ich bleibe allein im Sand und in der Sonne – ich glaube, dass meine Mutter all das spürt, wenn sie dieses Lied mitsingt. Sie hat Angst vorm Alleinsein und noch mehr Angst, dass man sie irgendwann in einem Lokal nicht mehr gleich erkennt. Oder sich nicht mehr an ihren Namen erinnert – Lilly wer? Keine Ahnung. Wenn ihre Sendung Pause hat, ist sie mit meinem Vater im selben Haus einsam. Meistens sitzt sie auf ihrer Terrasse im obersten Stock und blättert in Illustrierten, um zu sehen, dass auch andere älter werden. Kürzlich waren wir essen. Sie wurde erkannt, das merkt man, wenn Leute in sich hineinlächeln und etwas Dummes bekommen oder ihr zunicken, und natürlich gefiel ihr das, sie musste aber kurz in ihrem Etuispiegel schauen, ob da noch genug Glanz auf den Lippen ist, und dann sagte sie, halb über den Tisch gebeugt, wenn ich das wirkliche Leben suchen würde für meinen Blog, hier hätte ich es vor mir. Sie konnte dann kaum etwas essen, sie war nur damit beschäftigt, wie sie aussah, aber auf einmal erklärte sie mir, wie ich schreiben würde in meinem Blog, mal sei das ein Berichten mit Hand und Fuß, mal ein schwebendes Erzählen. Etwa wie Häkeln, sagte sie. Feste Maschen und Luftmaschen, angelehnt an die hyperbolische Geometrie. Es geht bei dir nicht gradlinig zu, sondern krumm, die Infos und Bilder kräuseln sich. Und wieder einmal wurde mir klar, wie klug sie ist und wie lächerlich zugleich als Frau.

Meine Mutter, die konnte noch häkeln, sagt Almut, und es ist ihre Stimme, die Schongauer aufstehen lässt. Er geht ins Bad, unter die Dusche und rasiert sich dabei gleich, er muss sich nicht sehen, er kennt sein Gesicht, jede Falte, in der es noch Stoppeln gibt. Lynn mochte es, wenn er unrasiert war, das Kinn über ihre Pobacken rieb, Magda mochte es nicht, sie liebte seinen Mund zwischen den Beinen – als die Dusche abgestellt ist, glaubt er ihr Seufzen zu hören, aber es ist nur das Geräusch im Abfluss, und als er vors Waschbecken tritt, glaubt er im beschlagenen Spiegel Lynn von hinten zu sehen, ihr Hohlkreuz, aber es ist Magdas alter Bademantel, der an der Badtür hängt.

Seit Almut ihre Fragen stellt, sind die Toten in ihm auferstanden, sogar sein Erzeuger, der Sergeant aus Kissimmee, Florida, mit einem singenden Akzent, den er später beim Film nachmachen konnte, und einem klirrend deutschen, ihm vererbten Zug um den Mund – der sich gewandelt hat in den letzten Jahren. Geblieben ist ein Zuviel in seinem Gesicht, elternloses Gelände, eine absurde Aura – seine letzte kleine Rolle war ein von Hitler angebellter General bei Kerzenschein im Führerbunker, wer immer sich das ausgedacht hat. Schongauer wischt den Spiegel ab. Man sieht einem Menschen nicht an, ob er Geburtstag hat, es brennt kein Licht über seinem Kopf, das eine Zahl bildet, und es spricht auch keine Stimme aus ihm, die eine Zahl flüstert. Und trotzdem geht er, nur in Hemd und Hose, das Haar noch nass, mit dem Gefühl nach draußen, alles an ihm würde das besondere Datum verraten, auch wenn es lediglich in seinem Pass steht, nirgends sonst.

Frida und Almut sitzen noch auf den Campingstühlen vor dem Wohnmobil, bei ihnen jetzt sein Tier, sie unterhalten sich auch noch und bemerken ihn erst, als die Hündin den Kopf hebt; sie winken, und er spürt wieder sein Herz, jetzt eher vollgesogen, mehr Schwamm als Klumpen. Gut möglich, dass es sich so anfühlt, wenn man gemocht wird, er hat das vergessen in den letzten Jahren. Können wir noch kurz reden, ich will dann los, sagt Almut zu ihm, und Frida steht auf; sie zieht sich in ihr Gefährt zurück, und die Hündin weiß nicht, ob sie ihr folgen soll oder bleiben. Sie kommt nur auf die Beine und schaut umher, Momente wie verloren, und legt sich schon wieder hin und schaut ihn jetzt doch an, ein Aufwärtsblick, als schwebte wirklich ein Zeichen über seinem Kopf. Almut holt ihr Aufnahmegerät aus der Tasche, wie ein kleines Abschiedsgeschenk, sie schaltet es an, aber richtet es nicht auf ihn. Es geht noch immer um die eine Frage, erklärt sie. Warum hat sich eine junge begabte Kostümbildnerin vor deinen Augen erschossen. Und warum ist deine Frau, auch vor deinen Augen, und ohne dass sie aufgehalten wurde, in eine Brandung gegangen, die ein Pferd getötet hat.

Schongauer schließt sein Hemd. Das sind zwei Fragen, sagt er. Vielleicht reden wir besser im Haus.

Das Licht im Haus ist gedämpft, er hat die Tür geschlossen, die Fensterläden waren es noch; was er sucht, ist ein Ausläufer von Nacht oder das Gefühl, sie hätten bis zu diesem Zeitpunkt geredet und noch gar nicht geschlafen. Almut hat das Sofa als Platz gewählt, sie sitzt in der Mitte, die Beine angezogen, auf einem Knie ihr Gerät, als hätte er ihr erzählt, dass Lynn in den Stunden nach ihrer Rückkehr aus Mexiko genauso auf dem Sofa gesessen hat, auch auf dem einen Knie ein silbriges Objekt, ihr Zippo-Feuerzeug. Schongauer sieht es von der Küchenecke aus, er macht einen starken Kaffee. Auch in der Nacht, in der Lynn nur eingeklappt auf dem Sofa saß, mager, zerzaust, wie eine Vorläuferin von Ascha, als sie, noch ohne Namen, ausgesetzt war, hat er sich starken Kaffee gemacht. Wenn du nur am Herd stehst, sagt Almut, kann ich auch gleich gehen. Kaffee hatte ich schon mit Frida.

Warum willst du überhaupt gehen?

Eine Frage mit Blick auf die Uhr am Herd – es ist recht früh, kaum halb neun, und er lag noch wach, als es schon Vogelgepiepse gab. Zweimal war er nachts im Bad, und beim zweiten Mal hat er in seine Kammer geschaut, als im Bad noch Licht brannte, der Schein hat gereicht, um Almut im Bett zu sehen, ihr Gesicht im Schlaf, aber mit etwas Schlaflosem darin, einer Art Stempel, den er bei Tage übersehen hat, vielleicht dem Stempel in Gesichtern von Frauen, die betrogen werden, von Männern, die das eigene Älterwerden damit abwälzen auf die, die ihnen irgendwann den Hintern abwischen und am Ende die Augen schließen. Ihre Sachen lagen auf dem Boden, wie hastig oder enttäuscht abgestreift, das Kleid, ein Slip und ein Hauch von Brassière, wie ihn Lynn nie getragen hat, um ihre Brüste zu stützen, nur entworfen für andere; er hob die Sachen auf und roch daran und erschrak, als sich Almut zur Wand drehte, dabei das Laken mit sich zog, bis ihre Rückseite offenlag, so nackt wie unberührbar, worauf er die Kleidungsstücke wieder auf den Boden fallen ließ. Sein Kaffee in der Kanne kocht auf, ein Morgengeräusch, und Almut kommt zu ihm, das kleine Aufnahmegerät in der Hand. Auch wenn das kein Frühstücksthema ist, sagt sie – gab es für dich nie den Gedanken, dass sich diese junge Geliebte von dir, die monatelang weg war, etwas antun könnte?

Den Gedanken gab es immer, antwortet Schongauer. Ihr Leben war ein unentwegter Selbstmord. Aber dass sie am Ende meine Waffe holt, mir damit entgegentritt und sich den Lauf in den Mund steckt, das war – er stockt und greift nach der Kanne, er weiß nicht, was er noch sagen soll, und Almut lässt ihr Gerät in die Stofftasche fallen, als hätte sie das Gespräch mit ihm oder ihn überhaupt aufgegeben. Und jetzt, sagt sie, was jetzt, meine letzten zwei Fragen bleiben unbeantwortet, ist das richtig, kann ich dann etwa gehen?

Sein Tier macht Laute vorm Haus, nicht gewohnt, ausgesperrt zu sein, und er will schon zur Tür laufen, da endet das Fiepen durch Fridas Stimme. Sie redet auf die Hündin ein, schlägt einen Gang in den Ort vor, weil es vor ihrer Abfahrt noch Dinge zu besorgen gebe, Obst und Brot, frische Milch und Käse; in ruhigem, erwachsenem Ton spricht sie zu ihr, und die Stimme wird dabei leiser, beide entfernen sich, und Schongauer verteilt den Kaffee auf zwei Henkeltassen.

Lynn hat mich geliebt, ich weiß nicht wieso, sagt er. Eines Morgens, als ich von einem Nachtdreh kam, noch mit Nazi-Scheitel und einem Ehering, den die Requisite an meinem Finger vergessen hatte, da lag auf dem Sofa, das es damals schon gab, eine Notiz in Lynns Schrift, so fein wie ihre Kostüme und Masken, wie alles, was sie mit den Händen machte. Es war ein Zitat aus einem Brief von Michelangelo an Vittoria Colonna, die große Dichterin ihrer Zeit: Und dass ich, indem ich Euch liebte, kein Narr war! Mehr stand dort nicht, und es stand dort in meiner Sprache, nicht in ihrer oder der, in der es geschrieben wurde, irgendwo hatte sie die Übersetzung her, wie sie ja auch jeden Stoff und jede Farbe auftreiben konnte. Lynn war besessen von Genauigkeit, obwohl es nur um Phantasiegebilde ging, alle Nähte, alle Knöpfe mussten stimmen, und sich den Lauf in den Mund zu stecken, das hatte auch mit Genauigkeit zu tun.

Hat die Polizei das ähnlich gesehen?

Die hat mir Handschellen angelegt, sagt Schongauer. Ich kam in U-Haft, ich kam in alle möglichen Blätter, und schließlich kam ich wieder frei. Es war meine Waffe, aber Lynns Wille und ihr Finger am Abzug.

Sie hätte deine Tochter sein können, hat dich das nie gestört? Eine junge Frau, die so eine Notiz jemand so viel Älterem hinlegt, damit er sie liest, legt ihr Herz hin. Da, nimm, es gehört dir. Hast du's genommen?

Schongauer nippt an dem Kaffee, obwohl er noch zu heiß ist; er kann darauf nichts antworten, nur eine Handbewegung machen, kein Nein und kein Ja.

Lynn wäre heute älter als du damals, sagt Almut. Und sie würde vielleicht deinen Geburtstag mit dir feiern, du hast doch heute Geburtstag – ich nehme an, du machst dir nicht viel daraus. Trotzdem Glückwunsch, nimmst du ihn an? Sie legt ihm eine Hand an die Brust, und er reicht die Hand gleichsam an sie zurück. Woher weißt du davon?, fragt er. Es steht nirgends ein Datum, nur ein falsches Jahr.

Wer sucht, der findet, sagt Almut.

Weiß Frida auch davon?

Nein. Ich dachte, ich erspar's dir. Gleich zwei Glück-wünsche und womöglich noch ein Lied. Diese Lynn hat dir Angst gemacht. Alle Angst, die ein Mann vor einer Frau haben kann. Wenn sie ihn spüren lässt, dass es in der Liebe keinen milden Verlauf gibt. War es so?

Eine der Streunerkatzen läuft über sein Dach, zu hören am Rascheln der Blätter auf den Schindeln über der leicht schrägen, von Balken gestützten Decke – kaum ist die Hündin weg, pirschen sie sich ans Haus und klettern auf die Glyzinie, die halb über das Dach wächst, in ihrem Gezweig fast immer ein Nest. Sicher, es war so, er weiß das, aber es geht allein ihn etwas an, und er hebt nur eine Hand und lässt sie fallen. Dann eine allerletzte Frage, sagt Almut, damit sich das Ganze besser verkaufen lässt. Hattest du je eine Sexszene?

Die Katze ist auf das Vordach gesprungen, sie tappt auf den Resten der Schilfmatten umher, das hat er schon einmal erlebt, als Ascha krank war, mit verdorbenem Magen tagelang nur schlief. Es ist die Katze, die sich immer als Erste vorwagt, wenn die Luft rein ist, eine goldbraun-weiß gestreifte, wahrscheinlich die hungrigste. Eine einzige Sexszene hatte er, in dem Film, der nie in die Kinos kam. Da sitzt er als Heiliger nackt auf einem abgestorbenen Baum in der Wüste, das Geschlecht mit den Händen bedeckend, und eine Frau mit Vogelkopf und seidigen Flügeln anstelle von Armen kommt angeflogen, die schönste von Lynns Kreationen. Und diese Vogelkopffrau, sagt er zu Almut, bückt sich über eine Astgabel, hebt die Rückenfedern und bietet einen Anblick, dem der Heilige erst im letzten Moment widersteht. Und was die Szene schwierig gemacht hat, war dieser Moment, der in meinem und dem Ermessen der

Schauspielerin lag, einem aufstrebenden Sternchen. Es gab x Klappen, und bei jeder war etwas mehr Sex im Spiel, bis sie nicht mehr konnte und sich die Federn vom Leib riss. Es war ein heißer Tag, staubig, voller Gereiztheit, und über alldem schwebte, dass die Schöpferin der Kostüme und Masken verschwunden war.

Schongauer stellt die Tasse ab, der Schweiß läuft ihm in die Augen – das dämmrige Licht in dem Raum wird noch dämmriger, als wäre die Zeit zurückgedreht in die Nacht, die Stunden, die aus der Zeit fallen, wenn er und sein Tier sich am ähnlichsten sind. Er wischt sich die Augen aus, und ihm ist, als würde der starke Kaffee direkt durch sein Herz laufen, es in Aufruhr versetzen. Schade, ich hätte das alles aufnehmen sollen, sagt Almut, ihr Gesicht wieder zwischen den Händen. Sie sieht ihn an, ein Blick, als wäre sie gleichaltrig, besorgt um ihn und besorgt um sich, um sie beide, etwas, das er nie hatte mit einer Frau, Geschwisterliches – der Anfang vom Abschied für sein Gefühl, und er hält mit einer Hand die andere, um nichts zu tun, was voreilig wäre. Wo willst du hin, fragt er, was wirst du jetzt tun?

Den Lancia putzen, sagt Almut. Nur für mich. Wie alt war diese gefiederte Schauspielerin?

Knapp volljährig. Willst du zurück zu deinem Mann?

Die Katze ist vom Vordach gesprungen, in einen der Korbstühle, an dem sie herumkrallt, das kann er hören und auch sein Herz, als wären Pochen und Krallen eins. Almut zuckt mit den Achseln, wie am gestrigen Abend, als ihr Fridas Mutter mit der verdammten Liebe kam, dem Punkt, in dem sie sich treffen könnten; sie richtet den einen, schon wieder verrutschten Träger an ihrem Kleid. Die Evolution hat noch keine Antwort auf unsere Sehnsüchte, sagt sie, das macht lange Ehen so schwierig. Und du solltest dich noch einmal hinlegen, du bist zu früh aufgestanden, das passiert an Geburtstagen, das ist die Unruhe. Wir verabschieden uns jetzt.

Almut streckt ihm eine Hand hin, die andere Hand auf der Kruste an ihrer Wange, sie kratzt an dem Schorf, so dass es erneut blutet, wie um den Makel in ihrem Gesicht zu erhalten; sie scheint nicht zu merken, was sie da macht, während er ihre Hand nimmt, sie kurz in seiner hält und wieder loslässt. Das Porträt über dich kannst du vorher gegenlesen, sagt sie, und dieses Wort, gegenlesen, gibt ihm das Gefühl, sie nicht wiederzusehen, verbunden mit einem jähen Druck gegen sein Brustbein, als könnte er gleich tot umfallen, ohne noch etwas geregelt zu haben. Dein Besuch war schön, sagt er, eine Schlussformel, für die er sich bereits schämt, als er sie noch ausspricht; Almut sieht ihn an, als wollte sie noch etwas erwidern, aber dann nickt sie nur und dreht sich auch schon weg und geht aus dem Haus.

Schongauer kann das Laub auf dem Dach hören, sobald ein Luftzug es über die Schindeln schiebt. Er hat den Rat befolgt und sich wieder hingelegt, auf das Sofa bei offener Tür. Alles Mögliche kann er mit dem guten Ohr noch hören, während das andere Ohr wie tot ist, schon seit Langem – aber das Wort tot ist neu, vorher war das Ohr nur taub für ihn. Mein schon totes Ohr, sagt er sich an diesem besonderen Tag und kommt nicht umhin, an den Schlag zu denken, der es für immer geschädigt hat, ganz am Anfang in dem Heim, in das er gekommen war nach Verschwinden des Vaters. Einer der Größeren, Stärkeren dort, stärker als die noch Größeren, Claus Reichelt, Claus mit C, nicht mit K, war der Verursacher. Er, der Neuling, hatte Zweifel an diesem C und sagte, Klaus schreibe man mit K, von wegen C, und da kam dieser Schlag aufs Ohr, der ihn zu Boden warf. Aber jedem Neuling ging es schlecht in dem Heim, einem Jungen aus dem Iran am meisten. Der konnte kein einziges Wort in der Sprache, die alle sprachen, und hatte auch eine andere Schrift und sein erstes Wort war nicht etwa danke, sondern Schuhputz! Das rief er bei jeder Gelegenheit und konnte es auch gleich schreiben und schrieb es an jede Tafel, weil es sein Halt war, wie für ihn der Name Almut, den er vor sich hin spricht auf dem Sofa, wie er nach Magdas Tod auch ihren Namen vor sich hin gesprochen hat und es manchmal immer noch macht, als könnte das etwas von ihr zurückbringen, die Seele wäre zu viel gesagt. Obwohl sie oft über die Seele geredet haben, nachts, wenn sie, getarnt mit Zweigen, in einem Unterstand lagen, weil ein bestimmtes Tier nur in der Dämmerung erschien und den Anblick bot, den Magda wollte – was die Seele sein könnte, abgesehen von dem, was sie in der Bibel ist, ja ob es überhaupt ohne Gott eine Seele gäbe und dieses Wort dann noch Gültigkeit hätte, und Magda hat das Wort immer verteidigt: solange man nur daran glaube, dass es zwischen Himmel und Erde mehr gebe, als man weiß und je wissen kann. Sie war auch überzeugt, dass Tiere eine Seele haben, eine ganz reine, weil sie nichts von ihr wüssten, und als sie Ascha, damals noch ein dünnes Bündel, beibrachte, ihr Futter nicht hinunterzuschlingen und eine Treppe hinaufzugehen, auf ihren Namen zu hören und nur im Freien zu pinkeln, und Ascha zum ersten Mal auf einen Pfiff hin kam und auf das Wort Bleib! wie angenagelt verharrte, aber mit einem Blick voller Vertrauen, von diesem Bleib auch wieder erlöst zu werden, und da glaubte Magda, so etwas wie ein Seelenschimmern bei ihr zu sehen; sie nahm ihn an der Hand, was sie sonst kaum einmal tat, und sagte Sieh doch, sieh, wie sie uns anschaut, und er konnte in dem Moment nur zustimmen, obwohl er es anders sah.

Seelenschimmern, so hat sie das genannt, daran erinnert er sich, und der Hündin eine Schimmerseele zugestanden, und dann geht dieses Wort in ihm eigene Wege, es löst sich von seinem Denken und kehrt verändert zurück, als Schimmelseele, während Magda auf ihn mit dem Finger zeigt. Er kann dagegen nichts tun, es ist wie eine Woge, die ihn sonst nur mit sich nimmt, wenn am frühen Nachmittag Stille und Hitze wie eins sind, er auf dem Sofa in einen Schlummer fällt und sich die Richtung der Wörter und Bilder umkehrt, der Gedanken, die dann keine mehr sind, wenn sie ihm auf einmal entgegenströmen, jedem Einfluss entzogen – ein Halbschlaftraum, der erst endet, als sein Tier aufs Sofa springt, ihn am Hals leckt. Schongauer ist auf der Stelle wach, er richtet sich auf und erschrickt über Frida in der offenen Tür. Ich fahr dann bald, sagt sie und schaut ihn an, für ganze Sekunden ohne die Furchen zwischen den Brauen, nichts als atmend – Kommen Sie doch beide einfach mit, es ist genug Platz für drei, okay?

Seine Fingernägel, die müsste er auch schneiden, das fällt ihm auf, als er Aschas Kopf streichelt. Was sie zuletzt in dem Flaubert-Buch gelesen habe, fragt er, um Zeit zu gewinnen, den Gedanken wieder die übliche Richtung zu geben – noch wirkt das kleine Okay, das mehr Ermunterung war als eine Frage und das ihn bewegt, als hätte sich der Falter vom gestrigen Abend in ihn hineingeflüchtet und würde jetzt die Flügel öffnen. Und auch Frida lässt sich Zeit, sie tritt an das Sofa und streicht der Hündin übers Fell, das weißliche an der Brust, das honigfarbene im Nacken, übergehend in ein Mahagoni bis zur nussdunklen Hinterpartie, am Ende aber ein Schwanz wie aus hellem Stroh. Das mit Antonius und dem Teufel, sagt sie. Wie der Teufel ihn fertigmacht, erklärt, dass Gott das Böse in der Welt gleichgültig sei, sonst wäre die Welt nicht voll davon. Und ihn fragt, ob er glaube, dass Gott damit beschäftigt sei, die Welt wie ein fehlerhaftes Werk immer neu zu verbessern. Hätte er das Universum wirklich geschaffen, wäre das nicht nötig. Oder seine Schöpfung ist mangelhaft – vielleicht ja mit Absicht, sagt Frida. Damit wir sie verbessern, kann man auch auf einer Reise tun.

Schongauer richtet sich auf, er fährt sich durchs Haar, die andere Hand auf der Brust, gegen den Druck darin oder die Enge oder beides, die Faust – so ganz unvorstellbar ist ihm das nicht, wie sie zu dritt von Stadt zu Stadt fahren könnten, mit Pausen im Grünen, wo Ascha ihre Bewegung hat, ihr Geschäft machen kann. Und wie

Frida abends an dem Reiseblog schreibt, während er auf dem anderen Campingstuhl sitzt und Wein trinkt, einen Roten, unterwegs gekauft, damit der ihn müde genug macht, um sich nicht zu fragen, was eine Vierundzwanzigjährige mit einem will, der mehr als dreimal so alt ist. Nein, denkt er und gleich auch Ja, aber wenn, dann nur ein Stück weit, bis er geregelt hat, was zu regeln ist.

Frida, in ihren schwarzen Shorts und einem tarnfleckigen maglietta, wie ein T-Shirt hier heißt, in der Stirn eine Strähne und zwischen den Brauen jetzt nur eine Furche, gähnt und lächelt zugleich, und noch im Zuge von beidem, Gähnen und Lächeln, fragt sie, was nun? Kommen Sie mit?

Heute, an Ferragosto? Schongauer malt sich das jetzt erst aus – Da hätten wir später die Straßen für uns.

## 23

Ein warmer, windreicher Vormittag, wolkenlos, und der
See, bewegt in seiner Masse, hat etwas Vorzeitliches, als
wäre es der namenlose See von vor zehntausend Jahren –
noch im Oktober kann es so weitergehen mit der Wärme,
nur das Licht ändert sich. Es wird langsam milchig, bis es
über Nacht wieder aufreißt, der erste kalte Morgen da ist,
mit einem Himmel in dem Blau der Lippen von Kindern,
die zu lange im Wasser waren; er war das immer, im Frei-
bad, jedes Jahr an seinem Geburtstag, als sich zu der Zeit
der Sommer schon verabschiedet hatte, während er jetzt
noch zulegt. Schongauer hat den rechten Arm im offenen
Fenster, er trägt eine Sonnenbrille, mehr gegen den
Fahrtwind als das Licht. Die Uferstraße ist voll, alle
wollen an diesem Tag ans Wasser. Ab San Vigilio, der
Halbinsel, geht es kaum weiter, und seine Fahrerin sucht
Musik im Radio, eher Klänge für ihn als für sie – denkbar, dass Almut ihr doch etwas angedeutet hat von einem
Geburtstag und Frida aus Scheu nichts sagt. Sie fährt
mehr als gut und hat auch die steile Zufahrt nur mit Blick
in den Außenspiegel und ohne Kupplung rückwärts genommen. Davor hat er noch eine Ledertasche gepackt,
Magdas Geschenk zu seinem Sechzigsten; in die hat er
ihren ewigen Hut getan, drei Beutel Trockenfutter und

Aschas schönste Leine, außerdem einen Trinknapf, ihren Lieblingsknochen, ein Tütchen fürs große Geschäft und ein Leuchtband für die Nacht. Danach hat er aus der Schlafkammer ihre Papiere und sein Bankkärtchen geholt, etwas Wäsche und eine Ersatzhose; und aus einem alten Reflex, wie vor den Mexikoreisen, auch seine Waffe mit den letzten Patronen, die hat er unter die Trockenfutterbeutel geschoben.

Ich war noch bei meiner Mutter im Hotel, sagt Frida, als sie die Uferstraße in Richtung Autobahn verlassen. Sie liegt mit dickem Kopf im Bett und lässt Ihnen ausrichten, dass sie sich jetzt alle Filme ansehen werde, in denen Sie irgendwie auftauchten. Und sich auch die alten Fotobände Ihrer Frau besorgen würde und darüber nachdenkt, ob sie sich einen Hund anschaffen soll, einen Dackel, der nicht haart. Sie hat einen ziemlichen Kater und war sentimental und hat mir sogar gute Reise gewünscht. Die zweite Karte für Aida will sie im Hotel anbieten, so wüsste sie wenigstens, wer neben ihr sitzt in der Arena. Gibt es die alten Bände Ihrer Frau noch?

Schongauer greift seitlich hinter den Sitz, an den Kopf seines Tiers, das auf einer Decke liegt. Ja, die gibt es noch, sagt er. Jeden für den Preis von zwei Klorollen zuzüglich Versand. Gut, dass die, deren Name vorn draufsteht, es nicht mehr erlebt. Wohin fahren wir, weißt du das schon? Nur nicht ans Meer, da fahren heute alle hin.

Dann Florenz, sagt Frida. Aber wenn Ihre Frau nicht ertrunken wäre, noch lebte, wäre das nicht besser? Auch wenn die alten Bände nichts mehr wert sind.

Sie erreichen die Mautstelle vor der Autobahn, mit

einem Stau nur in der Gegenrichtung, weil die Leute an den See wollen; Frida zieht das Streifenkärtchen aus dem Automaten, die Schranke geht auf, und mit dem Einbiegen in Richtung Modena legt sich etwas auf Schongauer, das ihn erst einmal verstummen lässt, das Gewicht einer, wie es scheint, unbegrenzten Zeit, zu der nur nicht sein Herz passt. Die Autobahn ist schon mehr leer als frei, ein vor Hitze flimmerndes Band, und trotz des Fahrgeräuschs herrscht eine schon unwirkliche Ruhe, selbst die eigene Stimme hat etwas Irreales – Meine Frau war nicht zu retten, wenn du das wissen willst, sagt er, als sie am Flughafen von Verona vorbeifahren; sogar die Maschinen dort haben etwas Unwirkliches, als würden sie nie in die Luft steigen, nur im Mittagslicht glänzen. Und der Tag damals hatte auch so strahlend begonnen, fährt er fort. Wir hatten in Dakar einen offenen Jeep gemietet und fuhren einen schier endlosen Strand entlang. Anfangs waren da noch Bauruinen hinter den Dünen, von Hotels und Apartmenthäusern, später waren es nur noch Hütten aus Stroh. Es gab keine Wolke am Himmel, aber starken Wind, und die Brandung war ein einziger weißer Wall, so laut, dass wir unsere Stimmen kaum hörten. Wir fuhren und fuhren, das heißt, ich fuhr, und meine Frau stand vor dem Sitz, wie ein General, der das Gelände erkundet, bis sie das tote Pferd in den Ausläufern der Wellen sah – Anfang vom Ende unserer letzten Reise.

Frida schaltet in den fünften Gang, eine Faust um den Knauf, und wie sie den im genau richtigen Moment schnell nach vorn drückt, das zeigt einen Vorwärtswillen, der es ihm schwer machen würde, irgendwann Stopp zu sagen, Stopp, Frida, bis hierhin und nicht weiter, ab jetzt bist du für dich und ich wieder für mich, so, wie es sein sollte. Und wohin ging die erste Reise, fragt sie.

Schongauer greift wieder hinter den Sitz, ein Tasten, bis er Aschas Zunge spürt, wie ein Bejahen – ja, ich bin noch da, alles ist gut, solange du auch da bist. Seine erste Reise mit Magda war die durch Kuba, und er hat sich, kaum waren sie aus Havanna raus, etwas eingefangen beim Essen von Fleisch. Noch in derselben Nacht kam es zu Krämpfen, als wären Scherben in seinem Darm, das alles bei einem Bad ohne Tür, nur mit vergilbtem Vorhang. Er saß dort bis in die Morgenstunden mit immer neuen Krämpfen und entleerte sich, und auf der anderen Seite des Vorhangs hat Magda eine der Montechristos geraucht, die sie in Havanna gekauft hatten, gegen seinen Gestank. Sie hatte um sechs Uhr morgens eine Verabredung mit einem Mann, der sie zu seltenen uralten Schildkröten fahren sollte, das war der Plan, und er rief ihr zu, sei pünktlich, nimm keine Rücksicht auf mich, und ihre Antwort war, dass sich Kubaner mit Fahrplänen den Arsch abwischen, und er hat sie geliebt für diese Worte. Unsere erste Reise ging durch Kuba, sagt er, sie war schön, aber anstrengend. Damals gab's noch keine Blogs und für Kuba nur Reiseführer, die einem sagten, wo es die besten Strände und besten Zigarren und die beste Musik gab, und wer Che Guevara war. Gibt es nicht zu viel Konkurrenz mit Reiseblogs?

Ja und nein, sagt Frida. Die meisten haben das Essen oder Radrouten auf dem Programm. Auch Geheimtipps, wo man nur Einheimische treffen würde, aber da trifft man dann all die anderen. Und eine schreibt unter ambiente-marion nur über Caffè-Bars an malerischen Plätzen. Oder eine Jana als Jana-Bellavista über das Cruisen an der ligurischen Küste. Wieder andere haben es nur mit Hotspots. Dazu hat mir mein Vater geraten – Wenn du so was machst, mach es richtig, schreib über Hotspots.

Schongauer hält eine Hand aus dem Fenster, hinein in den Fahrtwind, der die Hand, wenn er sie nur leicht anhebt, aufsteigen lässt – etwas, gegen das er noch ankommen kann, mehr als gegen die Worte, die ihn erreichen. Ein schwarzer Mercedes überholt sie, dunkle Scheiben, Felgen wie Reißzähne, silbrige Auspuffdüsen, und ganze Momente lang ist da die Vorstellung, in die Reifen zu schießen, damit der Wagen ins Schleudern gerät und sich überschlägt. Dein Vater, sagt er, versteht ihr euch, wie nennst du ihn?

Ansger, sagt Frida. So heißt er.

Und wie nennt er dich?

Tochter. Oder Frida Isolde, wenn er auf Abstand geht. Und manchmal auch den Fehler seiner frühen Jahre. Aber nicht böse gemeint, eher ratlos. Wie sah Ihre Frau aus? Ich hab nur ein einziges Bild von ihr gefunden.

Meine Frau wollte keine Fotos von sich, sagt Schongauer. Und du könntest mal aufhören mit dem Sie.

Wie sah Magda aus – natürlich weiß er das, und trotzdem verschwimmt ihr Bild, wenn er nach Worten sucht, um sie zu beschreiben. Alles an ihr war eine Spur zu viel, die Augen, der Mund, ihre Stirn, ihre Nase, die langen Hände, langen Beine, das Becken und auch die etwas dunkle Stimme. Meine Frau hätte im Western die imposante Witwe mit Gewehr spielen können, sagt er, als Frida zu einem Schild über der Fahrbahn zeigt – Florenz, da fahren wir also hin? Eine Halbfrage kurz vor der Verzweigung Richtung Parma oder Bologna, und Schongauer macht eine auch halbe Bewegung, die ihr zustimmt. Frida fährt jetzt weit zurückgelehnt, dabei so konzentriert, als wäre die Autobahn voll und nicht bis zum Horizont überschaubar – in weiter Ferne der Mercedes nur mehr als dunkler Punkt, dazwischen schimmernder, wie gefluteter Asphalt. Sie wirft ihm einen Blick zu, einer, der ihm sagt: Ich bleib beim Sie, das andere funktioniert nicht, sorry. Dann zieht sie das Wohnmobil vor der Abzweigung Richtung Bologna nach rechts, dass ihre Schulter fast an seine stößt und die Hündin über die Mittelkonsole zu ihm drängt, er sie in den Fußraum lässt, ihre weichen Lefzen zwischen den Händen.

Auf diesem einen Foto, sagt Frida, hatte Ihre Frau eine Sonnenbrille auf. Und Western kenne ich kaum. Spiel mir das Lied vom Tod, den kenn ich. Der kommt ab und zu im Fernsehen. Und die Filme mit Ihnen nie.

Ich weiß es nicht, ich besitze ja keinen Fernseher, sagt Schongauer und nimmt die Sonnenbrille ab und zeigt sie Frida. Das war sie, die Brille meiner Frau, von einem Markt aus Südchina. Sie hatte eine Sondergenehmigung, um unter Aufsicht in einem hochgelegenen Waldgebiet Bilder von den letzten Plattnasenaffen zu machen. Die laufen so wie Menschen auf zwei Beinen und wurden früher für Ungeheuer gehalten. Und sie hat diese Affen fotografiert, als wären es Menschen, kaum anders als wir, nur mit Fell statt Klamotten, aber der gleichen Traurigkeit. Überhaupt hat sie bei allen Tieren dieses Traurige festgehalten. Auch bei Kälbern mit ihren großen Augen oder bei Stopfgänsen, obwohl die nur kleine Augen haben.

Frida lässt sich die Wasserflasche geben, sie trinkt beim Fahren auf jetzt so freier Strecke, als wäre die Autobahn Richtung Bologna gesperrt. Das flache Land zu beiden Seiten scheint in der Mittagshitze zu schweben, auch die verlassenen Gehöfte und manchmal ein Erlenwäldchen, als hinge es in der heißen Luft. Sie müssen Ihre Frau sehr geliebt haben, sagt sie, und Schongauer hält wieder eine Hand aus dem Fenster, damit der Fahrtwind sie aufrichtet, als könnte sie fliegen und was ihm durch den Kopf geht gleich mitnehmen: dass es eine Fahrt an seinem Geburtstag ist, und ob er Frida da hineinziehen soll, in diese angehäuften Jahre. Meine Frau, sagt er, hatte Nasenflügel, die zitterten, wenn ein gesuchtes Tier mit einem Mal auftauchte. Sie bekam dann selbst etwas von einem Tier, das seine Beute erspäht, aber noch warten kann. Die Geduld war ein Teil ihrer Schönheit. Können wir eine Pause machen? Er nimmt die Flasche wieder entgegen, er will sie schließen, aber Frida legt ihm eine Hand auf den Arm. Du auch – man muss bei der Hitze viel trinken, erklärt sie, und er glaubt sich verhört zu haben, während er trinkt und sie das Wohnmobil abbremst, auf die rechte Spur wechselt und in einen Rastplatz einfährt, wie ausgestorben in der Sonne.

Am Ende der Parkbuchten mit Ölflecken von dem Betrieb an normalen Tagen steht ein einzelner Maulbeerstrauch, der etwas Schatten wirft, ausreichend für zwei, wenn sie zueinander rücken. Schongauer war erst hinter dem Strauch, das musste sein, jetzt sitzt er neben Frida im Gras, und sie essen gesalzene Kekse aus den Vorräten im Wohnmobil. Er hat die Hündin von der Leine gelassen, nicht nur sie vertraut ihm, auch er vertraut ihr, sie bleibt in der Nähe und streift über die welken Halme zwischen den Parkbuchten. Sein eines Knie berührt im Sitzen das von Frida – zusammen sind beide Knie neunundneunzig Jahre alt, das könnte er ihr sagen, behält es aber für sich. Frida reicht ihm die Wasserflasche, schon geöffnet, auch eine Art von Du, und während er trinkt, kommt sie auf ihre eigentliche Frage: was er an seiner Frau geliebt habe, doch nicht nur die Geduld als Fotografin scheuer Tiere. Schongauer holt Atem nach jedem Schluck, er sieht seine junge Fahrerin an – an deren Seite er nichts, aber auch gar nichts verloren hat, noch ein Gedanke, den er für sich behält.

Meine Frau konnte mich um den Verstand bringen, sagt er. Und das mit kleinsten Dingen. Einem Blick, einem Wort, oder wenn sie ihr Haar zusammensteckte, die Nadeln zwischen den Lippen. Oder einen Film einlegte, die Kamera auf dem Schenkel – Film einlegen hörte damals schon auf, aber sie hat es bis zuletzt getan. Oder wenn sie in der Dunkelkammer über das Entwicklungsbad gebeugt war, ihr Nacken unter der roten Lampe zu glühen schien. Auch wenn sie vor mir herging, schlendernd aus dem Kreuz, oder nur in einem Buch las und ich sah, wie sie es hielt und mit einem Finger der anderen Hand die Seite umschlug. Es gibt ein kurzes Gedicht von Michelangelo, das geht so: Was ist dies, Amor, das durch die Augen ins Herz dringt und dort auf kleinem Raum zu wachsen scheint und sich anschickt, alles zu überschwemmen? Das ist mir mit ihr passiert, bis zuletzt.

Haben Sie sie deshalb in die Brandung gehen lassen?

Schongauer macht eine rudernde Handbewegung, seine ganze Antwort im Moment; er will aufstehen, nur geht das nicht ohne Weiteres, wenn man im Gras sitzt mit fünfundsiebzig. Frida hilft ihm auf die Beine, und er pfeift nach der Hündin, die im Schatten des Wohnmobils hechelnd auf der Seite liegt. Sie soll jetzt nicht schlafen, das soll sie später. Fahren wir weiter, sagt er, vielleicht fahre ich jetzt ein Stück.

Frida sieht ihn an, Kopf leicht zur Schulter geneigt, die Brauen hochgezogen – du besser nicht, soll das wohl heißen, achte du nur auf Schilder. Und wortlos geht sie wieder ans Steuer, eine Hand um den Schaltknauf, und ist auch bald wieder im fünften Gang, als hätten sie es eilig, ein Ziel zu erreichen, und Schongauer überlegt, ob er einen Halt in Bologna vorschlagen soll. Dort könnte er sich eher losreißen als in Florenz, wo er selbst noch gern herumziehen würde. Noch einfacher wäre es aber an einer Raststätte, einer von denen, die als Brücke quer über die Autobahn gehen, mit dem Weg auf die andere Seite, um dorthin zu kommen, von wo er aufgebrochen ist. Ich hatte Sie etwas gefragt, sagt Frida, und wieder sieht sie ihn an, ein halber Blick beim Fahren, der ihn an Lynn erinnert, damals im selben Alter, sie beide auf einer Tour am Pazifik entlang, noch am Anfang ihrer Zeit, Lynn am Steuer seines alten Corolla, und ihr Fahren hatte daraus einen roten Mustang mit weißen Sitzen gemacht. Er hat sie geliebt in diesen ersten Wochen, aber es war eine Liebe, als wäre Lynn nicht auf ihn zugekommen, sondern als hätte er sie für sich erschaffen, am Ende mit dem idiotischen Stolz auf ein eigenes Werk – genau das hat sie ihm eines Morgens nach zu viel Bier und Gras ins Gesicht geschrien, You and your idiot pride in me! Was möchtest du hören, antwortet er, dass ich meine Frau ins Verderben geschickt habe?

Schongauer zieht das Gerät aus seiner Hemdtasche, das er stur Telefon nennt, auch wenn es hundert andere Dinge kann, um eins dieser Dinge zu nutzen; er sucht nach Pavesi-Autogrills auf der Strecke, die vor ihnen liegt, nur die gehen als Brücke über die Autobahn. Ich denke nicht, dass Sie Ihre Frau ins Verderben geschickt haben, antwortet Frida. Ich denke nur, dass Sie zugesehen haben, wie sie ins Verderben ging. Aber da rennt man doch hinterher, da hält man jemanden auf, da bleibt man nicht stehen. Wonach suchen Sie?

Nach einer guten Raststätte, sagt er, schon mit dem Vergrößern einer Karte beschäftigt, Aschas Kopf zwischen den Knien; die Karte zeigt das Autobahnnetz zwischen Modena und der Strecke über den Apennin bis hinter Florenz, und mitten in den Bergen gibt es einen Pavesi Grill, nicht weit von einem Ort, sicher mit Busverbindungen, denkbar ist aber auch ein Taxi zurück nach Bologna, zum Bahnhof. Er steckt das Gerät wieder ein und hält dann mit einer Hand die andere, gegen die Unruhe beider. Ob er sich auskenne in Florenz.

Ja, sagt er. Aber der Punkt ist, wie das mit uns dreien weitergehen soll, ich weiß es nicht, keine Ahnung, weißt du es? Er streichelt Aschas Ohren, das beruhigt die Hände, nur ihn beruhigt es nicht, denn er weiß, wie es weitergeht; und Keine Ahnung zu sagen, das war peinlich, wie früher beim Film jedes Heil Hitler, das er bellen musste.

Wir müssen in Florenz nur etwas Grün finden, so geht es weiter, erklärt Frida. Zwischen all dem Marmor wird sie nicht kacken. Aber es gibt dort einen Fluss.

Den Arno, sagt Schongauer.

Gut, den Arno, da gehen wir mit ihr hin.

Oder nur du gehst mit ihr da hin.

Und was machen Sie so lange, abhängen?

Abhängen? Den Kopf zurückgelehnt, dabei die Autobahn im Blick, malt er sich das ungefähr aus, wie er da vor irgendeiner Imbiss-Bar sitzen könnte, ein Bier trinkt und an früher denkt, falls das zum Abhängen gehört. Ich kann mir aber auch vorstellen, dann gar nicht mehr dabei zu sein, sagt er. Wenn du dir vorstellen kannst, mit einem Hund weiterzureisen.

## 24

Schweiß läuft ihm in die Augen, und sein Hemd klebt an der Brust, das Wort Ischämie fällt ihm ein, eine Vokabel, die nicht weiterhilft. Für Momente glaubt er, auf einer Reise mit Magda zu sein, durch ein heißes Land, wo ihr und ihm im Auto der Schweiß läuft und sie später, auch ohne Dusche vorher, zusammenkommen. Er wischt sich die Augen aus, bis er sieht, wie Frida nur mit einer Hand lenkt, die andere Hand im Haar, zwischen den Lippen die Zungenspitze – nie ist sie ihm erwachsener erschienen, samt einer Ader am Hals, die den Bereich versorgt, in dem seine Worte wohl noch wirken. Aber warum, sagt sie – Ascha gehört zu Ihnen.

Schongauer trinkt aus der Wasserflasche, das verschafft ihm etwas Zeit; er reicht die Flasche weiter, und seine Fahrerin trinkt auch. Nein, sagt er, sie gehört höchstens jemandem an, der sie versorgt. Aber das Ganze ist nur eine Idee.

Frida überholt einen Reisebus, zwei Kinder darin winken, und Schongauer versäumt es, den Gruß gleich zu erwidern; als er die Hand aus dem Fenster streckt, ist sein Winken schon das des Schnelleren, der triumphiert. Ob er Musik hören möchte – Frida stellt das Radio auf Bluetooth um. Ich hab auch ältere Sachen, erklärt sie.

Nichts, sagt Schongauer, keine Musik. Was ist, wenn ich dich bitte, Ascha zu nehmen? Er schaut noch einmal auf den Kartenausschnitt auf dem Schirm. Bis zu der Raststätte ist es noch ein gutes Stück – alles, nur kein Abschied auf einem Bahnhof, er denkt an die Abschiede vor der Rückkehr in das Heim, sonntags auf einem Bahnsteig, und seine Mutter, die schon winkend davonging, während der Zug erst einlief, so musste er ihr hinterhersehen und nicht sie ihrem Kind, wenn der Zug anfuhr und er am Fenster stand, eine Hand für nichts und wieder nichts erhoben. Frida fährt jetzt mit beiden Händen, sogar etwas vorgebeugt, als ginge es nachts durch Gelände statt bei Tage über eine Autobahn. Und wann soll diese Übergabe sein, wo steigen Sie aus, schon in Florenz? Sie schaltet einen Gang herunter, vor einer weiteren Gabelung, Richtung Ravenna und dem Meer und auf der anderen Seite den Bergen entgegen, er aber denkt an das Meer, als sie zu den Bergen hin abbiegen – ein Meer, das einem alle Entscheidungen abnimmt, wenn es einen hineinzieht und nicht mehr entlässt. Nein, sagt er, eher früher, nicht erst in Florenz. Wir kommen an eine Raststätte mit einem Übergang zur anderen Fahrbahnseite, dorthin bestell ich mir ein Taxi, das kann mich dann zum nächsten Bahnhof fahren.

Da kann ich Sie auch hinfahren, sagt Frida.

Aber ich will keinen Bahnhofsabschied.

Wieder überholen sie einen Bus, jetzt mit alten Leuten an den Fensterplätzen, schlafend, wie es aussieht, die Köpfe zurückgelegt, die Münder halb geöffnet – Schongauer holt das Winken nach, auch wenn es jetzt absurd ist. Frida beugt sich zu ihm. Weil Sie nie etwas wollen, das so ist, wie es sich anhört oder aussieht, erklärt sie. Meine Mutter sagt, Sie seien einer, der sich versteckt, selbst wenn er sich zeigt.

Das hat sie gesagt? Und was noch?

Dass Sie einen schönen Hund haben, aber etwas billigen Wein servieren würden, stimmt das nicht beides? Frida greift sich die Wasserflasche, sie dreht den Verschluss mit zwei Fingern auf und trinkt, ohne die kleine Kappe loszulassen, Wasser rinnt ihr über Kinn und Hals, das würde er gern mit dem Ärmel wegwischen. Sie schließt die Flasche und stellt sie ab und fährt jetzt wieder nur mit einer Hand, die andere auf dem Schaltknauf. Was ist das für eine Idee, dass Sie einfach verschwinden und ich Ascha nehmen soll?

Nur die Idee, dass mein Leben zu Ende geht, ihres nicht. Also muss sie jemand nehmen, ist das richtig? Schongauer sieht aus seinem Fenster, auf halb fertige Lagerhallen, auf den Dächern riesige Mobilnummern wie Hilferufe in Ziffern. Ein Lastwagen taucht in Fahrtrichtung auf, mit einer Ladung, die wohl nicht warten kann. Er fährt schnell, und das Überholen braucht etwas Zeit; es ist ein Laster mit Luftschlitzen, darin fahren Schweine oder Hühner in den Tod, auch wenn man sie nicht hört und sieht, nur ihre Panik riecht. Frida greift nach der Hündin, die ihr gleich die Finger leckt. Ich weiß, dass Sie Geburtstag haben, sagt sie auf einmal. Almut hat es heute früh erzählt und gesagt: Er will bestimmt nicht, dass man gratuliert. Tu ich auch nicht. Außer Sie wollen's doch irgendwie.

Hat sie sonst noch was gesagt?

Nur dass sie das Auto von ihrem Mann putzen will. Ich hab es genommen, es wurde versaut, also kümmere ich mich um die Sauerei, bevor ich zurückfahr.

Das hat sie gesagt?

Wörtlich sogar. Sauerei. Soll ich jetzt gratulieren?

Schongauer sieht auf verdörrtes Land und Vorberge im Dunst, darüber kleine weiße Wolken, wie an den Himmel genagelt. Up to you, sagt er in der Sprache seines Vaters, und Frida boxt ihn an die Schulter. Meinen Glückwunsch. Sie sehen gut aus. Nicht gerade jung, aber gut.

Das lernt man in Hollywood, irgendwie trotzdem gut auszusehen – bis auf Weiteres unsterblich.

Hatten Sie viele Frauen in Ihren Filmjahren?

Sein Herz macht einen Fehlschlag, so kommt es ihm vor, einen ins Leere, ohne Blut – nicht einmal Almut hat das gefragt, obwohl ein paar schillernde Antworten ihr sicher helfen würden, eine Zeitung zu finden, in der die Sache über ihn erscheinen kann; er hätte für sie sogar Frauen erfunden, Affären mit B-Movie-Stars, die schon tot sind, früh an Brustkrebs oder Traurigkeit gestorben, nur hat sie ihn nicht gefragt. Was heißt da haben, antwortet er – wann hat man eine Frau, wenn man mit ihr schläft? Da hat man sie höchstens in den Armen. Man kann Schnupfen haben, viel eher als einen Menschen.

Frida überholt noch einen Lastwagen, aus dem es nach Panik riecht – Nein, wenn die Frau mit Ihnen schläft, so herum! Sie nimmt sich die Wasserflasche und trinkt, wieder laufen ihr Tropfen am Hals hinunter; sie lässt die Flasche offen und reicht sie weiter, und Schongauer glaubt beim Trinken etwas von Fridas Lippen zu spüren, einen Geschmack, der ihn bestürzt. Ob sie schon mal geliebt habe, fragt er und bereut die Frage sofort – ich meine, mit Haut und Haaren.

Einmal, ja, sagt Frida. Ich war sechzehn, er war zwanzig, und ich dachte, ich sterbe, als er tagelang nicht anrief, auch keine Nachricht kam, nichts. Und als er dann anrief, hab ich Babylaute von mir gegeben vor Glück. Erst Heulen, dann Quietschen, hat meine Mutter gesagt. Manchmal trifft sie die Dinge. Und Sie? Sie haben schon öfter geliebt.

Schongauer beugt sich etwas an Frida vorbei, um aus ihrem Fenster zu sehen. Sie fahren auf der Tangente im Süden von Bologna, sogar im Hitzedunst erkennbar: die zwei schiefen schlanken Türme der Stadt, wie sie einander gefährlich zuneigen; es geht schon in die Vorberge, die Autobahn steigt sachte an. Viereinhalb Mal, sagt er. Einmal, als ich noch am Theater war, die Thisbe im Sommernachtstraum, leider in fester Hand. Es war ein einziges Unglück und doch die Liebe, das erste Filmangebot war meine Rettung. Und in den Hollywood-Jahren gab es alle möglichen Geschichten, aber nur eine ernste, mit der Kostümbildnerin, von der ich erzählt habe, Lynn. Und zuletzt meine Frau – die Liebe, die man am wenigsten versteht: wenn zwei, die sich wehtun, zusammenbleiben. Und seit ihrem Tod liebe ich ein Wesen auf vier Beinen. Ich halte nichts von Männern mit späten Offenbarungen, ich hab zu viele von der Sorte erlebt, im Grunde ewige Kinder. Die Türme bauen und weinen, wenn sie umfallen.

Frida schaltet herunter, mit einer Bewegung, die ihn am Ellbogen streift. Und wer war das halbe Mal?

Ich bin noch nicht fertig, sagt Schongauer. Männer über siebzig glauben, dass sie gute Energie bekommen, wenn sich noch einmal ein Collegegirl bei ihnen einhängt, und in Wahrheit kriegen sie nur Bonbons ins Ohr gesteckt – Mann, was du erlebt hast! Oder: Mich interessiert deine Art, nicht dein Alter. Oder: Für mich bist du ein Wahnsinnstyp. Süße Worte, ich kenne sie alle. Von der, die für einen Film die Wesen entworfen hat, die den heiligen Antonius in Versuchung führen, frei nach dem Buch, das du behalten sollst. Und das halbe Mal, das war in den letzten drei Tagen.

Frida schaut ihn an, ein ruhiger, erwachsener Blick, gleichzeitig greift sie nach der Hündin, als würde das eine das andere bedingen. Ach so, sagt sie. Und wie funktioniert das, halb lieben?

Ein flacher roter Wagen überholt sie, Ferrari, was sonst, und Frida versucht, noch etwas an ihm dranzubleiben; sie holt alles heraus aus dem alten Wohnmobil, bis weit vor ihnen nur noch ein Punkt zu sehen ist. Indem man mehr denkt als liebt, sagt Schongauer. Oder sich bloß vorstellt, man würde lieben. Ein Tagtraumliebender ist, so war es auch bei Lynn, ich damals doppelt so alt wie sie. Liebe muss diese Distanz überwinden, aber kommt dann nur noch mit halber Kraft an. Man merkt es am Anfang nicht, man glaubt, es sei die Liebe, weil man immer nur spürt, wie sie mit ganzer Kraft von einem ausgeht, aber nicht, wie matt sie ankommt. Es ist gegen das Leben, wenn der andere so viel jünger ist. Es ist verdammt schön, aber geht nicht gut. Es geht nicht mal mit einer Hündin. Kannst du sie nehmen?

Und Frida, jetzt wieder besonnen am Steuer, mit einem Anflug von Lächeln, vielleicht aber auch von Enttäuschung: über einen, der sich so aus der Affäre ziehen will, wiegt den Kopf, wenn er das richtig sieht, wie schon mit einem inneren Bild, das sie bejaht: Ascha und sie in Florenz auf einem Rasenstreifen entlang dem Arno. Schongauer greift seinem Tier ins Maul, um die Zähne zu spüren, mehr aber die Duldung seiner Hand. Er überlegt, was er als Nächstes sagen soll – dass er ihr natürlich Geld überweisen wird, alles, was er für sich nicht mehr braucht – für das Futter, die Versicherung und für Tierarztbesuche, zumal an Aschas Hinterläufen die Wolfskrallen entfernt werden müssten, immer wieder wachsen sie ihr krumm ins Fleisch und es entzündet sich. Und ruckartig, wie um einer eigenen inneren Kralle zu entgehen, beginnt er, diese Überlegungen mitzuteilen, aber kommt nur bis zum Geld, weil sein Telefon klingelt, beim ersten Mal noch unwirklich, danach schon wie ein Alarm nah am Herzen.

Er holt das Gerät aus der Brusttasche und schaut auf den Schirm – wo zuvor noch das Autobahnnetz war, steht jetzt das Wort Unbekannt und lässt ihn das Gerät mit der Vorderseite nach unten in den Schoß legen, während der Klingelton anhält. Er hat keine Idee, wer ihn da anruft, seine Nummer hat, ohne dass die Gegennummer samt Namen bei ihm abgelegt ist. Und überhaupt gibt es nur ganz wenige Namen, die auf dem Schirm erscheinen könnten, darunter keine von früher. Alles Frühere hat er im Kopf, dort, wo es hingehört.

Wenn es klingelt, geht man ran, sagt Frida, und noch bei diesen Worten bricht es ab. Schongauer streckt wieder eine Hand aus dem Fenster, damit der Fahrtwind sie aufsteigen lässt. Da hat sich bloß einer verwählt.

Oder jemand will etwas loswerden, nachdem er sich lange nicht gemeldet hat, sagt Frida. Und wird es jetzt auf der Mailbox los. Was ist das für ein Klingelton? Eine Frage, ohne ihn anzusehen, wieder ganz die Fahrerin. Der Verkehr hat zugenommen, selbst die Letzten wollen jetzt noch irgendwohin für ihren Ferragosto. Schongauer zieht ein Stück Hemd aus der Hose, er bedeckt damit das Telefon im Schoß. Es ist lächerlich, was er da macht, sein Telefon mit einem Hemdzipfel zudecken, damit kein Anruf mehr durchkommt, und doch passiert es ihm unter der Hand. Der ist nach einem ziemlich alten Schlager, erklärt er. Noch älter als ich. Wenn die Sonne hinter den Dächern versinkt, bin ich mit meiner Sehnsucht allein. Den hat meine Mutter immer gern mitgesummt.

So richtig gern bestimmt nicht, sagt Frida, und für Augenblicke erscheint sie ihm als ein Werk, das es nicht gibt, nur flüchtig in seinem Kopf, dort, wo die Träume kommen und gehen, ein Gemeinschaftswerk von Michelangelo und Caravaggio: Bacchus mit Furchen zwischen den Brauen. Er sieht sie von der Seite an, wie sie aus einer Laune ein anderes Wohnmobil überholen will, größer als ihres, aber auch schwerer; sie ist kaum schneller und schafft es erst in einem Tunnel, als der andere zögerlich fährt. Im Tunnel hat er Schiss, ruft sie, um den Mund etwas, nach dem er greifen möchte – He, was du alles weißt, sagt er stattdessen. Und ja, meine Mutter fing damit an, nachdem sie verlassen wurde. Das Lied, das hatte sie von ihrer Mutter, als mein Army-Vater verschwand, da gab es ganz andere Schlager, Steig in das Traumboot der Liebe, fahre mit mir nach Hawaii, Sachen in der Art. Wenn du weiter so fährst, sind wir bald da. Es ist eine Raststätte mit Rasen drumrum. Ich hab ein Tütchen dabei. In den meisten Städten hier gibt es jetzt schon spezielle Boxen, du kannst die Tütchen einfach rausziehen. Ein echter Fortschritt.

Frida stimmt ihm summend zu, sie deutet mit einer Kopfbewegung auf seinen Schoß. Da ist jetzt sicher was auf der Mailbox, sagt sie. Und gut, okay, ich mach's. Aber ohne Geld.

Was ihm schon immer gefallen hat im Film, ist der Rückblick, auch wenn alle Figuren dabei anders erscheinen, oft um ein halbes Leben jünger; und was ihn früher oft mitten im Film hat aufstehen lassen, um sich aus einem vollen Kino davonzumachen, sind Sprünge in der Zeit nach vorn, mit einer Einblendung wie Six weeks later oder gar Ten years later, dahinter drei Punkte. Allerdings hätte er auf den letzten Kilometern zu dem Pavesi quer über die Autobahn viel für einen Sprung von nur einem Tag gegeben, um der Gegenwart zu entkommen und auf das zurückzublicken, was vor ihm ˙ liegt, ja besser noch: es einem anderen zu erzählen, Almut, wenn sie noch da wäre, oder Luan dem Albaner – wie er einen Umschlag mit den Papieren der Hündin und wenigstens etwas Geld für die Krallen-OP auf

die Ablage über den Armaturen gelegt hat, um anschließend Magdas Hut aus der Ledertasche zu holen und
sich aufzusetzen, wie jemand, der schon halb aufbricht,
den Hut am Ende nur noch kurz hebt. Viel geredet
wurde dann nicht mehr, so könnte er es zu Ende erzählen – Frida musste dauernd schalten, weil es bergan
ging im Apennin, mal mehr und mal weniger, während
ich Aschas Kopf hielt und an den Tag dachte, als Magda
und ich sie fanden, grauklein in dem Aschehaufen, wie
ein Teil des Erloschenen, anfangs nur zu erkennen an
der dunklen Nase. Sie hat sich auch nicht bewegt, als
wir sie anhoben mit vier Händen, erst als wir die Asche
aus dem räudigen Fell strichen und sich wie von selbst
ihr Name ergab, war da ein Zittern um die Rippen.
Ich habe sie aufgezogen wie ein Kind. Und gestern ist
sie an einer Raststätte in andere, weit jüngere Hände
übergegangen. So könnte er es Luan vor der Bar der
Vormittagstrinker berichten, wenn es nur einen Tag zu-
rückläge; tatsächlich aber stürzen ihm die Dinge entgegen, im Grunde schon unabwendbar.

Auf einer Uhr neben der Tankanzeige – leicht zu Frida
gebeugt, kann er das sehen – ist es zehn nach drei, die
Zeit, die ihm am schlimmsten erscheint, um von einem
anderen oder sich selbst, also vom Leben zu lassen,
wenn das tägliche Leben hier im Land noch ruht, heute
besonders, und ein Leben weniger gar nicht auffällt.
Frida lenkt wieder mit einer Hand, die andere als Faust
um den Schaltknauf – mädchenhaft und doch erwach-
sen, und wenn er noch länger zu ihr gebeugt bleibt, sie
von der Seite anschaut, wird sie spüren, wie hoffnungs-

los alt er ist, also setzt er sich gerade hin, ganz in Fahrt-richtung und den Hut jetzt so aus der Stirn wie Lee Marvin als Lieutenant Frank Ballinger in M Squad – seine Lieblingsserie, als er jung war, kaum vom Fernseher wegzukriegen.

Es ist ein starres Geradeausschauen, eine Hand im Fell der Hündin, er weiß nicht, was er noch sagen soll, so bleibt es beim Atmen, möglichst leise, und bei Gedanken, die er sich zu machen glaubt, obwohl sie auf ihn zukommen, sobald er etwas länger die Augen schließt – Gedanken, die ihn dorthin tragen, wo alles Schlimme schon passiert ist, es nichts mehr zu entscheiden gibt, in eine Gegend aus erkalteter Lava und dunkler Asche, nirgends ein Baum, nur manchmal ein Ast, der aus dem Boden ragt. Es gibt Mulden, die ihm weich erscheinen, und in eine rutscht er hinunter, über schwarzen Sand zu einem Felsbrocken mit Flechten, dem einzigen Leben weit und breit, außer dem eigenen, aber das zählt nicht. Und dieser Fels mit den Flechten, blassviolett, der nimmt Gestalt an, er wandelt sich zu einer Frau, halb Magda, halb Lynn, aber mit der Stimme von Almut, Komm, sagt sie, und er sieht sich auf sie zukippen, ihre Hände umfassen ihn, Hände mit Krallen.

Wieso komm, sie sei doch da – Frida schaut ihn an, und er sagt Nichts, alles gut. Drei blöde Worte, nachdem er das Komm wohl vor sich hingesprochen hat, seine letzten Worte, bis der Pavesi auftaucht. Und trotzdem könnte er die Idee jetzt noch fallenlassen, sagen: Lass uns weiterfahren, es war bloß eine Idee, sehen wir uns lieber Florenz an, auch wenn ich es kenne, du aber nicht, also kann ich dich führen, und für Ascha findet sich schon etwas Grün. Nur streicht er stattdessen über Fridas Schaltfaust und sagt, das dort vorn, das sei die Raststätte, die er meine, quer über der Autobahn, besser, sie würde gleich die Spur wechseln und auch wieder mit zwei Händen lenken, und Frida greift mit einem Seufzer über ihn, der so onkelhaft redet, oder sich selbst, die dem nachgibt, wie gewünscht ans Steuer, als sein Telefon erneut klingelt.

Noch ist es unter dem Hemd, und das Klingeln hat wieder etwas Irreales, als wär's noch ein Teil seiner Halbgedanken von eben; er holt es hervor, als Frida die Ausfahrt zu der Raststätte nimmt. Mit einem Lächeln fährt sie – Lächeln wegen des erneuten Klingelns – zu fast leeren Parkplätzen in der Nachmittagssonne, dort hält sie bei einem Streifen verdorrtem Rasen mit überquellenden Tonnen am Rand. Sie stellt den Motor ab, was das Klingeln wahrer macht, und Schongauer öffnet seine Tür. Gib Ascha Wasser und geh bitte mit ihr etwas, damit sie Bewegung hat, ich erledige das hier, sagt er im Aussteigen, nur was eigentlich? Was gibt es zu erledigen und warum dieses Wort, erledigen, das er sonst nie gebraucht, höchstens im Stillen.

Er schließt die Beifahrertür hinter sich und geht durch aufgeweichten Asphalt auf die Raststätte zu, in der Hand das Telefon, das keine Ruhe gibt, ja sogar in sich zittert und ihm kleine, auf das Wort Unbekannt hinstrebende Pfeile zeigt; Schweiß tropft aus seinem Haar auf den Schirm, als er die Pfeile dort hinwischt, wo sie hinwollen. Er betritt den Pavesi, das Gerät am guten

Ohr, und am anderen Ende erst ein Verblasen von Luft, dann eine Stimme. L. A. Schongauer?

Ja, sagt er, bin ich. Und?

It's your daughter.

## 25

Das Herz ist immer auch ein Organ der anderen, sie können es mit nur drei Worten aufgehen lassen oder in einen Abgrund stürzen, ganz zur Metapher machen oder als Motor vernichten – bei Schongauer ein Hin und Her zwischen beidem, und er hat alle Mühe, in seine Brust genug Ruhe zu bringen, um etwas sagen zu können. Er hat aber auch Mühe, im Eingangsbereich der Raststätte ruhig zu stehen, gestützt an einen großen Glaskasten mit Stofftieren darin, für Kinder, die sich nach Einwurf von Geld mit einem elektronischen Greifarm und etwas Geschicklichkeit eines der Tiere fischen können. Und es kostet sogar Kraft, das Telefon an sein Ohr zu halten; am anderen Ende jetzt das Doppelklicken eines Feuerzeugs, so nah, dass er meint, es sei hinter ihm, und sich umdreht, aber da ist niemand, an den er sich halten könnte, und er sagt wie zu sich selbst How are you, das Einzige, das ihm einfällt.

Danach muss er schon Luft holen, das alte Herz oder die Ischämie hat ihn im Griff. Aber seine Tochter, zur Welt gekommen in Mexiko, als einsame Entscheidung einer Mutter, die sie dann anderen überließ, angeblich einem Paar aus El Paso, und sich dafür erschießen sollte, sagt nicht, wie es ihr geht. Sie sagt nur Happy Birthday, und noch bevor er sich bedanken kann, bittet sie ihn, selbst nichts zu sagen, nur einfach dranzubleiben, während sie noch dran sei, eine rauchen würde. Schongauer kann es hören, wie sie den Rauch ausbläst, in kurzen Schüben, und er stellt sie sich in einem Pick-up vor, am Rand eines Freeways, seitlich Billboards, dahinter Halbwüste, Zeit etwa sechs Uhr früh, schwach rötlicher Himmel. Sie raucht bei offenem Fenster und hat die Freisprechanlage an; ihr Haar ist kurz und dunkel, und sie hat seinen vielversprechenden Mund und Lynns blaue Augen; er beißt sich auf die Zunge und hält auch den Atem an, nur beides nicht lange genug. Während er noch hört, wie sie da irgendwo außerhalb von El Paso den Rauch in die Morgenluft ausstößt, fragt er, woher sie seine Nummer habe und sein Geburtsdatum, mehr von ihm wüsste als er von ihr. Und aus dem Telefon jetzt ein abgebrochenes Lachen wie das ihrer Mutter, als sie nach der Rückkehr aus Mexiko mit diesem Lachen nur eins sagte, ohne es auszusprechen, I just gave birth to our daughter. Alles lasse sich heutzutage rausfinden, alles – so don't worry, have a nice day, schon das Schlusswort seiner fernen Tochter, und ein von ihm wie ausgehustetes Take care! geht bereits ins Leere oder das Unermessliche einer versäumten Zeit, während ihm vor dem Glasautomaten die Beine versagen.

Woran er sich erinnert, aber Stunden später, ist ein Junge, der ihm aufgeholfen hat vor dem Schrein mit den Stofftieren, in ihm gleich einen Deutschen sah, Sind Sie ausgerutscht? fragte. Schongauer sitzt im Zug, fast allein in einem Großraumwagen. Er hatte sich ein Taxi zu der Raststätte bestellt, bis es eintraf, verging eine Stunde; und am Bahnhof verging noch mehr Zeit, bis dort ein Zug nach Verona hielt, bei sicher eingeschränktem Fahrplan an Ferragosto. Und er erinnert sich auch, wie er dem Jungen gedankt hat und ihm Münzen für den Automaten gab und dann wieder ins Freie getreten ist, auf den Parkplatz mit nur zwei Fahrzeugen in der Hitze und Stille des Nachmittags. Frida saß im Schatten des einzigen Baums auf dem Rasenstreifen, Stöpsel im Ohr und Telefon in der Hand; sie sprach mit ihrer Mutter, das konnte er hören, sie riet ihr von Aida ab, trotz eines Hotels nahe der Arena – Geh lieber abends durch die Stadt, sagte sie und gab ihm mit einer Kopfbewegung Richtung Wohnmobil zu verstehen, wo er sein Tier finde. Und was ihm auch erst jetzt wieder einfällt in dem fast leeren Großraumwagen – darin nur eine weitere, auch ältere Person, ihm zugewandt, silbriges Haar, roter Mund –, das ist Fridas Blick: Fragend, wer ihn da angerufen und so lange beansprucht habe. Er überschlägt es: Mit dem ohnmachtsähnlichen Zustand war es wohl eine Viertelstunde. Und er hört sich noch sagen, es sei nur jemand von früher gewesen, dann lief er über den weichen Teer zu dem Wohnmobil.

Ascha lag eingerollt auf der Fußmatte, den Kopf flach auf den Vorderläufen, die Augen nach oben gerichtet, still zu ihm, während der Schwanz leicht hin und her ging, ihn begrüßte ohne Überschwang, nur als stummes Gut, du bist wieder da und was nun? Tausende Male war das so, ein Wedeln als Signal für alles Verlässliche, das von ihm ausgeht, in so blindem Vertrauen, dass er in dem Moment auf die Knie fiel, um mit ihr auf gleicher Höhe zu sein. Er sieht aus dem Zugfenster, auf ein Gewerbeland ohne Gewerbe, nur mit riesigen Bildtafeln, was dort sein könnte, darüber schon der Himmel des frühen Abends, gestaffelte Wolken bis zum Horizont, zu den Alpen hin dichter werdend. Die Frau mit dem roten Mund schaut jetzt zu ihm, in sich hineinlächelnd wie die älteren Urlauberinnen im Ort, wenn sie allein reisen und an Einzeltischen zu Abend essen und schon vorauseilend tun, als wären sie unsichtbar, nur Luft mit einem Kleid darüber – ich bin etwas, was du nicht siehst, heißt dieses Lächeln, und Schongauer schließt davor die Augen, was die Bilder in ihm nur noch schärfer macht, so wie die in einem Kino auf der Leinwand, wenn im Saal langsam die Lichter verlöschen.

Er hat sein Hemd geöffnet und Aschas Pfoten unter ihrem Kopf hervorgezogen, die Krallen an seine Brust gesetzt, aber statt ihm auch dort noch Male zu hinterlassen, hebt sie den Kopf und leckt seine Hände, und er sieht zu Frida, ob sie ihm nicht helfen könnte, indem sie einfach mit seinem Tier davonfährt und ihn zurücklässt wie einen, der selbst gar nichts getan hat, nichts dafür kann, der höchstens kurz unaufmerksam war auf dem fast leeren Parkplatz. Aber Frida hat jetzt ihr Notebook auf den Knien und schreibt etwas, Notizen vielleicht für den Reiseblog, immer wieder innehaltend mit den Fingern über der Tastatur, als wollte sie ihm die Zeit geben, sich von Ascha in Ruhe zu verabschieden, auch wenn man sich von einem Tier gar nicht für immer verabschieden kann, weil es vom Endgültigen nichts weiß. Es spürt nur, dass der ihm Nächste wie schon so oft eine Weile weg sein würde, um dann wiederzukommen und die Öde, oder was ein Tier empfindet, zu beenden, spürt aber nicht, dass es verlassen wurde und alles Warten aussichtslos ist. Schongauer trinkt aus einer Wasserflasche, die er am Bahnhof gekauft hat, er sieht wieder aus dem Fenster, jetzt auf verdorrte Felder, schon fast wie Wüste. Er legt die Hände über Mund und Nase und atmet ein, was noch an ihnen haftet, etwas, für das es kein Wort gibt, keins, das ihm sagen könnte, was er da macht, bis er den Kopf über sich schüttelt und die Hände in den Schoß legt – ihren Kopf hatte er noch gehalten, endend mit einer Bewegung über die Blesse hin zur Nase, die alles aufnimmt, auch die schwächste Spur, ja vielleicht sogar unterscheiden kann zwischen Schweiß und Tränen. Und er sieht sich noch rückwärts weggehen, seine Tasche in den Armen, und als sie Anstalten macht, ihm zu folgen, kommt von ihm nur ein Bleib!, und sie rollt sich wieder ein, Kopf auf den Vorderläufen, Schwanzende an der Schnauze, auch weiter ganz eins mit sich und mit ihm, der aus ihrem Leben verschwindet, ohne dass sie es weiß.

Der Zug fährt über eine lange Brücke, die Brücke über den Po, nach Wochen der Hitze nur noch ein trübgrüner Wasserlauf zwischen Sandbänken, und er fragt sich, wie die großen Welse des Po darin überleben können, aber auch, wie er noch die Luft bekommt, um nicht zu ersticken. Bleib – zweimal hat er das gesagt, das zweite Mal scharf, und sich dann umgedreht, sein Tier buchstäblich hinter sich gelassen, während Frida ihm, ihr Notebook unterm Arm, entgegentrat, zwischen den Brauen die Furchen, aber ohne Zorn, nur bekümmert. Und wie von einer plötzlichen Dumpfheit befallen, einer Art Wachnarkose, stand er vor ihr, einen idiotischen Kopf größer als sie, und sieht sich immer noch so dastehen. Wenn Sie das wirklich wollen, fahr ich jetzt einfach mit Ascha weiter, hat sie gesagt, wobei sich ihre Brust unter dem dünnen Hemd hob und senkte. Machen wir es so? Und da hat er sie, nicht mehr imstande, noch etwas zu antworten, nur sich aus diesem Dumpfen herauszureißen, für ganze Sekunden an sich gedrückt mit einer Kraft, von der er sicher gewesen war, dass Magda sie mit sich in die Brandung genommen hatte.

Das Licht in dem Großraumwagen geht an, obwohl es nicht dunkel ist, nur früh dämmrig – noch vier Monate, dann ist bald Weihnachten: mehr ein Bild als ein Gedanke, das Bild seines Hauses ohne Licht und an der Grundstücksmauer ein Schild, vendesi. Und wieder ist da dieses Lächeln der älteren Frau, die auch jünger sein könnte und ihn jetzt anschaut, als ahnte sie sein besonderes Datum. Er trinkt noch einmal aus der Flasche, aber zu hastig, er verschluckt sich und bekommt keine Luft mehr, saugt sie nur lauthals ein, ohne dass sie die Lunge erreicht, bis er das Verschluckte aushustet, und die Frau, das sieht er wie durch einen Schleier, aufsteht und in den nächsten Wagen eilt, geradezu flieht vor ihm.

Es ist Abend geworden, um die Jahreszeit schon seltsam früh, das aber bei anhaltender Hitze, einer Luft, die sich dem Atmen entgegenstellt, als eine unsichtbare Wand, in die Schongauer tritt, als er in Peschiera, am südlichen Ende des Sees, aus dem Zug steigt, fast als Einziger.

Vor dem kleinen Bahnhof wartet meistens schon ein Bus, der dann am Ostufer entlangfährt und in jedem Ort hält, an diesem Abend aber nicht, am höchsten Feiertag des Sommers gilt ein Sonderfahrplan wie bei den Zügen. Es fährt noch ein Bus, aber erst gegen neun, das entnimmt er einem Aushang. Ein Taxi kommt nicht mehr infrage, schon die Tour nach Bologna hat das meiste aufgezehrt, das noch in seiner Tasche war – eine Fahrt in halbem Schlaf, ebenso das Warten auf den Zug. Das Warten auf das Taxi mit einem dann stummen Fahrer war dagegen ein einziges Hinundhergehen auf dem leeren Parkplatz der anderen Autobahnseite, nachdem er das Wohnmobil nicht mehr hatte wegfahren sehen, als wäre auch Frida, in der kurzen Zeit, die es gebraucht hat, durch die Raststättenbrücke nach drüben zu laufen, vor ihm geflohen.

Schongauer weiß es nicht, er hält es nur für möglich, als er von der Bushaltestelle am Bahnhof zu einem Lokal schräg gegenüber geht, mit Tischen davor unter einer Markise. Hunger hat er keinen, aber er sollte etwas essen und vor allem trinken, und so bestellt er einen Schinken-Käse-Toast, Wasser und ein Glas Wein mit Eis. Die Bedienung, eine Afrikanerin, wahrscheinlich gleichgültig gegenüber dem Feiertag, hat sonst nichts zu tun. Außer ihm sind da nur zwei junge Männer an einem Ecktisch, die abwechselnd leere Bierdosen zerdrücken, damit es schön knackt. Sie haben die Bedienung im Auge, als sie den Wein, die Eiswürfel und das Wasser bringt; anschließend setzt sie sich einen Tisch weiter, holt ein Telefon und Zigaretten aus ihrer Rocktasche und steckt sich eine Zigarette an, und er sieht ihr Profil gegen die hellere Hauswand, mit einer betonten Stirn durch kurzes krauses Haar. Er sieht, wie sie raucht, so, als wäre Rauchen eine Art Lesen, nur ohne Buch, und davon angesteckt, fasst er sich nicht gerade ein Herz, aber doch etwas ganz in ihm Aufgehobenes: Er bittet sie um eine Zigarette. Und die Bedienung, fast schwarzhäutig mit schmalem Gesicht, aus Somalia oder Äthiopien, macht noch einen Zug, dann zieht sie eine Zigarette aus ihrem Päckchen und reicht sie ihm, um das Geschenkte damit zu betonen, und er nimmt die Zigarette zwischen die Lippen und beugt sich zum Nebentisch; die Spenderin gibt ihm Feuer, mit einer Hand die Flamme schützend, obwohl gar kein Wind geht.

Thanks, sagt er und macht auch schon den ersten Zug seit vielen Jahren – die letzte Zigarette hatte er mit Magda geraucht, nach einem missglückten Akt am Rande einer Lagune bei Maracaibo. Sie war dort hinter Seekühen her, ihrem Omahaften, wie sie sagte, und nach ganzen Tagen in der Lagune, wo das Leben das Leben bedroht, es überflutet und befruchtet, war er die Kuh im Bett, und sie hat sein weiches Etwas beiseite gewischt, in der anderen Hand schon zwei Zigaretten, die sie ansteckte, solche nach einer Niederlage statt nach einem Sieg wie in dem Film Außer Atem. Die Zigarette, an der er zieht, ist dagegen nur eine, um sich etwas vorzumachen, jetzt, da ohne sein Tier alle noch bleibenden Tage ins Leere laufen, vorzumachen mit dem kleinen Theater des Rauchens, die Zigarette zwischen Daumen und Zeigefinger – und seine Nägel, denkt er, die könnten auch einfach so bleiben, wenn er demnächst tot umfiele, würden sie ohnehin weiterwachsen. Das Leben an sich endet nicht, nur eben seins.

Die Bedienung aus Äthiopien oder Somalia kommt mit dem Schinken-Käse-Toast, und er ist kurz davor, sie zu bitten, sich mit einem Glas Wein, oder was sie möchte, zu ihm zu setzen, auf seinen Geburtstag anzustoßen, sagt aber nur Danke, jetzt in der Landessprache, und schaut dabei so zu ihr auf, dass sie am Tisch stehen bleibt, offenbar bereit für eine Unterhaltung, also fragt er nach ihrem Namen und woher sie komme. Eigentlich wollte er das nicht, aber nun ist es passiert, und sie nennt ihren Namen, so leise, dass er ihn kaum versteht, und sagt, sie komme aus Tigray, darunter kann er sich wenig vorstellen. Seine nicht abgestreifte Asche fällt auf den Tisch, sie bückt sich und pustet sie fort, und Schongauer fragt, von wem ihr der Abschied am schwersten gefallen sei. Von ihrer kleinen Schwester, sagt sie und setzt sich zu ihm und holt ein Bild der Schwester auf ihren Schirm – wie da eine, zwölf vielleicht, im kurzen Jeansrock und mit Steckenbeinen vor einer schiefen Hütte steht, eine pinkfarbene Sonnenbrille im Haar, und irgendwie schon gekonnt und doch ratlos in die Kamera oder Linse schaut, lachend, obwohl ihr vorn Zähne fehlen, und er sagt, was man in dem Fall sagen sollte, dass die kleine Schwester hübsch sei, verbunden mit der Frage nach dem Alter, und die Bedienung sagt Nove,

und er drückt die Zigarette aus und sieht zur Bushaltestelle. Dort steht jetzt ein junges Pärchen mit Ruck-
säcken, und er bittet um die Rechnung, aber mit Beleg,
folglich muss die Afrikanerin nach innen, und er kann
seinen letzten Hunderter falten und unter den Teller
legen, während die Bierdosenzerdrücker ganz bei ihrer
Sache sind; für Wein und Wasser und den Toast sowie
den Bus, der sich schon nähert, hat er noch genug Klein-
geld. Das mit dem Beleg dauert, und das Zerdrücken
der Dosen kommt ihm jetzt vor, als gälte es den Gelen-
ken der Bedienung, und für Momente ist da ein Bild, wie
er seine Waffe vom Grund der Tasche holt und jeden der
beiden ins Knie schießt; dann bringt die Bedienung einen
Beleg, der sein Papier nicht wert ist, und er bezahlt und
wünscht ihr Alles Gute, um auch schon aufzustehen und
zu dem Bus zu laufen, obwohl er gern noch etwas gesagt
hätte: Dass unter seinem Teller ein kleiner Beitrag für
einen Flug zu der kleinen Schwester liege, und wie alt er
heute geworden sei.

Schongauer löst ein Ticket beim Fahrer, er nimmt den
Sitz gleich hinter ihm. Sein Herz hat sich etwas beruhigt,
aber er spürt, wie es ihn nicht davonkommen lässt. Und
in dem gekühlten Bus auf der Fahrt am See entlang nach
T. und dem Hang über dem Ort, ab jetzt ohne Gebell, das
ihm entgegenschallt, schnell übergehend in freudiges Jaulen, sieht er sich plötzlich auch mit Steckenbeinen, nur
dass sie bläulich weiß sind, nicht schwarz – in einem Körper, der seine eigene Form zerstört und an diesem Exzess
zugrunde geht; kaum vorstellbar, wie der morgige Tag
aussieht, was er da tun soll, nur für sich, desgleichen an

allen Tagen danach, nur mit Warten beschäftigt. Freilich, er könnte sich vor der Bar neben der Tankstelle zu den Tagtrinkern stellen, so den Exzess beschleunigen, oder sich noch an dem Abend den Lauf seiner Waffe in den Mund stecken, um so Lynn verspätet zu folgen, ohne dass die, die ihn heute angerufen hat, es je erfahren würde.

Mit den Händen über Mund und Nase und der Stirn am Fenster, leicht zitterndem Glas, schaut er ins schon fast Dunkle, nur mit etwas Helligkeit noch über den Bergen im Westen. Seine Finger riechen jetzt mehr nach Rauch als nach Fell – er hat es bei Magda in den ersten Jahren geliebt, dass ihre Küsse nach Zigaretten schmeckten, kalt rauchig, metallen, unromantisch, aber voller Verlangen. In der Lagune bei Maracaibo hat sie nachts eine nach der anderen gegen die Mücken geraucht. Die Seekühe zeigten sich kaum, und um tagsüber wach zu bleiben, hat sie auch Bilder von Menschen gemacht. Einmal, als sich die Flut zurückzog, blieb ein kleiner bunter Fisch in einer Lache zurück, und ein auch kleiner Junge hat ihn aufs Trockene gelegt, einen Sockel aus Schlamm, um mit ihm zu spielen. Dort zappelte der Fisch erst und krümmte sich dann nur noch, wenn ihn der Junge an der Flosse zog; die Kiemen hoben und senkten sich immer mühsamer, die Augen traten hervor, seine kleine Fischexistenz änderte sich dramatisch. Magda ist mit der Kamera ganz nah herangegangen, und für Momente änderte sich auch im Leben des Jungen etwas, als sich der Fisch nicht mehr rührte, und genau das hat sie festgehalten: wie der Junge begriff, dass er den Fisch, mit dem er spielen wollte, getötet hat.

Der Bus hält in Lazise, unter neuen Bogenlampen, die alles in Silberweiß tauchen und Schongauer aus dem dösenden Denken holen; das Licht stört ihn, und er zieht Magdas Hut so in die Stirn, dass der Schatten der Krempe – er weiß das – die Augen verdunkelt, als hätte er keine, wie bei den drei Detectives in Chinatown, die am Rand des Wasserreservoirs auf Jake Gittes zugehen, ins Bild gesetzt von John Alonzo – Namen, die ihn trösten, wie manchmal Schokolade. Hat er noch welche im Haus? Vielleicht. Was auf jeden Fall da ist, sind die Makrelen in der Dose und Wein, etwas Salami, noch von der Bootsfahrt, und Knäckebrot. Das hat er immer im Haus, eine Packung von dem hellen. Die Fahrt geht weiter, aber er lässt den Hut in der Stirn, und als im nächsten Ort alle Zugestiegenen den Bus verlassen, ist der Fahrer auf den letzten Kilometern sein Chauffeur. Schongauer überlegt noch einmal, wie sich der morgige Tag ausfüllen ließe, bei bestem Wetter, das sagt ihm der ruhige See. Vormittags könnte er erst etwas einkaufen, dann am Ufer sitzen, den Möwen zusehen, wie sie in Säbelschleifen übers Wasser fliegen, die königlich-dümmlichen Schwäne umkreisen. Und später könnte er das kaputte Mauerstück noch einmal schichten, so mit Zement verbinden, dass es ihn auf jeden Fall überdauert; und die eine gebeugte Zypresse von dem Paar fordert ihn geradezu auf, sie wenigstens abzustützen. Der Fahrer lenkt den Bus um die schier endlose Kurve bei San Vigilio, der Halbinsel mit dem alten Herrenhaus, die man sogar auf Bildern aus dem Weltraum erkennt – dort wäre er jetzt gern, so hoch über der Erde, dass sie schon kugelförmig erscheint, und wo man weinen kann, ohne dass die Tränen wie in Filmen rinnen, sondern ohne jede Peinlichkeit schweben.

# 26

An Ferragosto hat er den Ort abends immer gemieden, wenn dort alles auf den Beinen ist, selbst die Schoßhündchen, hinterhergezerrt von Frauen auf höchsten Absätzen in einem Gewimmel von Einheimischen und Fremden, die nach dem Essen auf und ab gehen, vom Hafen am See entlang zur Kirche und retour, und auf das Feuerwerk warten wie auf eine Offenbarung, die ihnen sagt, dass es noch einen Reiz hat, am Leben zu sein, auch wenn der Höhepunkt des Sommers mit dem Spektakel überschritten wird und die Tage noch kürzer werden, ja überhaupt das Leben schwindet.

An der Durchgangsstraße ist er aus dem Bus gestiegen und dort gleich durch die schmalste der Quergassen entlang einer der hohen einstigen Stadtmauern von T. auf den Hang zugelaufen. Die Gasse mündet in die Via Mazzini, die geht er nur ein Stück weit, um dann rechts in einen Weg zu biegen, den er auch blind finden würde; es ist der gewundene Weg nach Coi, dem Ortsteil der paar alten, wie zusammengescharten Steinhäuser, mit jeder Windung mehr ansteigend, sodass er immer wieder Pausen machen muss und sich mit Magdas Hut Luft zufächelt. Noch spielt das Organ, das ihn nicht davonkommen lässt, mit, noch lässt es ihn langsam weitergehen, aber was da an Atem aus ihm herauspfeift, kann er kaum wieder einsaugen. Von dem Platz am Hafen dringt Musik herauf, sogar bis in den Hohlweg auf halber Höhe zu seinem Grundstück, Sachen von früher, die wehtun, sobald man sie mitsummt oder auch nur den Atem darauf abstimmt: Genau das passiert ihm im Gehen, als sein schnaufendes Atmen die Melodie eines alten Schlagers aufnimmt, erstmals gehört in dem Heim, in dem er gelandet war, mit dem Text, den dort alle verstanden, Bei Tag und Nacht denk ich an dich, Marina, du kleine zauberhafte Ballerina, o wärst du mein, du Süße, cara mia, aber du, du gehst ganz kalt an mir vorbei – wie ein Abzählreim, so blöde wie schön, ist das immer noch in ihm.

Die Luft steht in dem Hohlweg, Schongauer zieht sein Hemd aus, kurz vor den Häusern von Coi, wenn Ascha immer schon die Katzen gewittert hat, bereit, sie zu jagen, und wie von selbst pfeift er den lang-kurzen Doppelton, auf den sie mehr gehört hat als auf ihren Namen, damit sie an seine Seite kommt, er sie halten könnte, wenn sie durch Coi gehen, wo nur Alte mit ihren auch alten Tieren leben, abends vor den Türen sitzen, kaum zu sehen, und ein Salve murmeln, wenn er vorbeikommt – auch jetzt hört er diesen zeitlosen Gruß und erwidert ihn. Man kennt ihn hier, aber nicht unbegleitet – es hat etwas Schäbiges, so allein nach Hause zu gehen. Und hinter Coi, in einer Biegung, gibt es einen Blick auf den nächtlichen See, weit draußen mit den Lichtern von Bojen, an denen Netze hängen, um Fische zu fangen, die man im Vorjahr als Winzlinge in Mengen ausgesetzt hat – etwas, das er auch gern könnte: die eigene, ausgepresste Natur überlisten.

Schongauer biegt in den Pfad, der steil durch die Oliven den Hang hinaufführt, in einer Stille, als wäre er taub, und wenn er hier umfallen würde, ein paarmal noch nach Luft schnappend wie der bunte Fisch auf dem trockenen Schlamm, wäre das ein guter, natürlicher Tod. Nur vom Datum her hätte es etwas Seltsames auf dem Aushang, den es an der Kirche im Ort geben würde, wie ein Zuviel an Schicksal. Ein Wind vom See trägt ihm noch einmal Musikfetzen zu, auch etwas, das er mitsummen könnte, nur kommt er nicht darauf, wie das Lied heißt, und trotzdem oder gerade deshalb schmerzt es und begleitet ihn, bis er die untere Grundstücksmauer erreicht, das Gatter dort nur angelehnt – da sollte jetzt besser ein Schloss dran. Mit schweren Beinen, das ausgezogene Hemd um den Nacken, geht er an der Mauer entlang zu der eingebrochenen Stelle, und noch bevor er etwas sieht oder hört, das ein Grund wäre, um stehen zu bleiben, bleibt er stehen: in dem Gefühl, nicht allein zu sein. Also holt er seine Waffe aus den Tiefen der Tasche, dann erst steigt er über die losen Steine, langsam, damit keiner ins Kollern kommt. Er geht zu der Bank vor dem Orangenbaum, der seine kleinen Früchte behalten hat bei dem Sturm, auch nicht alle Blätter verloren, und durch die runde, ihn kaum überragende Krone sieht er ein Licht am Haus, von einer Taschenlampe, glaubt er – immer wieder gibt es an Ferragosto Einbrüche, wenn abends alle im Ort sind, von Fremden, die nach Google Earth vorgehen und in den unbeschützten Häusern nach

Geld suchen und, wie es heißt, nicht lange fackeln würden, wenn sie dabei gestört werden.

Er müsste also zuerst schießen, so ist es im Film, aber im wahren Leben zittert die Hand, und der Schweiß läuft in die Augen. Schongauer tritt dicht an den Baum mit seinen nur kirschgroßen Orangen, er pflückt sich eine und zerdrückt sie mit den Fingern. Wenn sein Leben jetzt schon enden sollte, ausgerechnet an diesem Tag, dann in bittersüßem Duft – mehr ein Gefühl als ein Gedanke, eine Sekunde der Wehmut, und schon in der nächsten Sekunde hört er fragend sein Namenskürzel, L. A.?, so überraschend, dass er für einen Herzschlag an Magda denkt und um den Baum herum auf das Licht zugeht – von keiner Taschenlampe, sondern einer Kerze auf dem Außentisch, das sieht er jetzt, und im Schein dieser Kerze sitzt Almut in einem der Korbstühle, die Hände erhoben, aber spielerisch. Ich wollte mir bloß das Feuerwerk von hier anschauen, sagt sie. Bist du allein, wo ist dein Hund, wen willst du erschießen?

Schongauer kann im Moment nur atmen, aber mit dem Atem nichts anfangen, nichts sagen – ein Schwarm kaum mehr gebrauchter Wörter in ihm macht es unmöglich, Wunder gehört dazu, auch das Wörtchen Du. Almut steht auf, sie tritt vor ihn hin, sie fragt, was das für ein Geruch sei, und er zeigt ihr die kleine Orange. Und eigentlich müsste er jetzt wenigstens sagen, dass ihm die Worte fehlen, und da nimmt sie ihm die zerdrückte Frucht aus der Hand, und noch im Zuge dieser Bewegung nimmt sie auch die Waffe an sich; sie geht damit ein paar Schritte und wirft sie in den Tümpel. Es ist ein guter Wurf, mitten hinein mit nur kurzem Geräusch und leichter Bewegung in dem Teppich aus treibenden Blättern; schon ist alles wie vorher, bis auf seine leere Hand.

Das hätten wir, sagt sie und tritt wieder vor ihn, in den weiten Jeans, die er kennt, dazu ein weißes T-Shirt; ihr Haar ist hochgesteckt, aber provisorisch, und das Gesicht hat etwas Nacktes, nicht einmal Lidstriche kann er sehen, aber das Blasse der Lippen ist auch eine Farbe. Sie atmet fast so wie er, beschleunigt, obwohl ihr Herz keine Durchblutungsnot hat. Gut, dass du da bist, sagt sie, und endlich kann er auch etwas sagen: dass sein Tier bei Frida sei und auch bei ihr bleibe – Und du? Er weiß nicht recht, was die Frage soll, ob das nicht nur zwei Wörter sind, ihm durchgerutscht, weil er müde ist und kaum mehr denken kann, also schließt er erst einmal das Haus auf. Er macht Licht im Wohnraum und macht es gleich wieder aus, jedes Licht ist zu viel. Almut tritt hinter ihn, sie fragt, warum er so schnell zurückgekommen sei, das konnte nicht ausbleiben, das hätte er auch gefragt, und er macht ein paar Schritte in den Raum, auf die Küchenecke zu mit fast leerem Kühlschrank – Frag lieber, warum ich allein zurückgekommen bin.

Das weiß ich, sagt sie.

Schongauer greift sich zwei Gläser, dazu braucht er kein Licht – Grappa ist noch im Haus und ein alter Rum aus Kuba, eine Flasche Matusalem, von Magda einmal mitgebracht von einer ihrer Reisen ohne ihn und nie geöffnet, als enthielte er etwas von dieser Reise. Was möchtest du trinken?, fragt er, als er die Gläser auf den Außentisch stellt, und Almut – im Schein des Windlichts viel zu jung, als dass er sie ohne Weiteres bitten könnte, bei ihm zu bleiben – langt nach der Stofftasche, die auf dem Tisch liegt, aber nicht nach ihren Notizen mit den Fragen an ihn; sie holt eine kleine Flasche Rotwein hervor, einen Barolo, wenn er es richtig sieht und nicht nur sieht, dass ihr Haar schräg ins Gesicht hängt, ein Auge und eine Wange verdeckt – das ist neu oder anders an ihr, als wäre er wochenlang weg gewesen statt kaum einen Tag. Extra mitgenommen zu dem Feuerwerk, sagt sie und stellt die Flasche neben die Gläser, und da nimmt er es sich heraus, ihr das Haar mit dem Daumen aus der Wange zu streichen – an der etwas Blut haftet, von der aufgekratzten Wunde. Warum lässt du es nicht heilen, sagt er und deutet auf das Blut.

Warum fragst du?

Schongauer sieht sich das Etikett auf der kleinen Flasche an. Es ist ein Barolo, aber wohl gepantscht für Hotelzimmerfläschchen – warum er sie das fragt, kann er nicht beantworten. Almut streicht sich das Haar wieder über die Kruste. Ich weiß es nicht, erklärt sie. Warum bin ich hier, warum bist du hier. Ich habe nicht mit dir gerechnet, sonst hätte ich eine große Flasche mitgebracht, keine aus der Minibar. Und hast du geglaubt, ich könnte hier sein? Oder es gehofft? Sie entfernt sich ein paar Schritte, ihr Gesicht zwischen den Händen, und in Schongauer geschieht etwas schneller als der Schall, der ihre Frage zu ihm trägt; es geschieht mit Lichtgeschwindigkeit, als er Almut im Schein der Kerze sieht. Ich erhielt heute einen Anruf, sagt er. Von meiner Tochter.

In der Glyzinie, ihrem Geäst auf einem Teil des Dachs, knackt es – wieder eine der Katzen, die sich schon vorwagen, die sehen und spüren, dass ihre Jägerin weg ist, vielleicht die Braune mit den hellen Streifen. Almut dreht den Verschluss der kleinen Flasche auf, sie füllt die Gläser und reicht ihm eins. Dann trinken wir auf deine Tochter – ihre Mutter ist die junge Frau, die sich erschossen hat, nicht wahr?

Ja, sagt er. Sie hat ihr Kind gleich nach der Geburt in Mexiko weggegeben. Es war zu viel für sie, aber es sollte leben. Und ihr Leben war danach nichts mehr wert.

Almut hebt ihr Glas, sie nimmt einen Schluck. Das klingt zu logisch, mehr nach dir als nach ihr.

Schongauer schaut auf den See, mit Lichtern auf einem Floß vor dem Ort, dem Floß, von dem aus das Feuerwerk gezündet wird – hoffentlich bald, er müsste dann nichts mehr sagen, wenn die Raketen erst aufsteigen und in bunten Sträußen platzen. Er kann dazu auch nichts sagen oder nur sagen, dass ihn kaum etwas im Leben mehr erschrocken hat als dieser Anruf einer Tochter. Almut stellt ihr Glas ab. Wie hat sie von dir erfahren, woher hatte sie deine Nummer?

Sie sagte, man könne heute alles herausfinden. Und die Adoptiveltern wussten wohl, wer ihre Mutter war. Warum bist du noch da, ist der Lancia kaputt?

Nein, er fährt.

Wieder knackt es auf dem Dach, und Schongauer streckt eine Hand nach unten – tausendfach gemachter Griff nach Aschas Kopf, ihren Ohren. Warum stellt er Almut diese Frage, weil er hören will, dass sie bleibt? Er schaut sie an, und sie nimmt ihr Gesicht zwischen die Hände. Was hat deine Tochter noch gesagt?

Es ist nicht meine Tochter, ich bin nur der Erzeuger. Sie hat mir gratuliert und mich gebeten, still zu sein, solange sie eine raucht. Ich hab nicht mal ihren Namen erfahren, es ging alles so schnell. Hast du mit deinem Mann gesprochen?

Er weiß, dass ich heute nicht komme, sagt Almut. Und morgen auch nicht. Irgendwann werde ich zurückfahren, oder wartet auf mich keine Arbeit, hab ich nicht etwas zu tun, muss ich nicht über dich schreiben? Eine Frage mehr an sich als an ihn, während sie einen Schritt ins Haus macht, die Minibar-Flasche in der Hand, nur bleibt es nicht bei dem Schritt. Almut geht in den Wohnraum, sie kniet sich auf das Sofa, aber verkehrt herum, mit der Brust zur Rückenlehne und den Armen auf der Oberkante. Auf die Weise schaut sie zu dem großen Foto an der Wand, die Einzelheiten gerade noch erkennbar in dem Kerzenschein von außen, und etwas nimmt damit seinen Lauf, ohne dass Schongauer sagen könnte, was. Er versucht, ruhig zu atmen, auch sein Gleichgewicht zu halten; ihm ist, als müsste er eine Fahne tragen, die des späten Glücks, das schwerer wiegt als jedes frühe. Almut ruft ihn, Komm rein, komm zu mir – fast eine Bitte, und er geht ins Haus und kniet sich wie sie auf das Sofa. Aber was als Nächstes, das wüsste er gern. Ja, du hast zu tun, sagt er, um nicht nichts zu sagen, und sie hält ihm eine Hand hin, um das Gelenk ein Armband mit grünen, eingefassten Steinen. Heute in deinem Ort unten gekauft, gefällt's dir? Sie hebt die Hand, und er wiegt das etwas herabhängende Band auf zwei Fingerkuppen, es sind leichte Steine, vielleicht Muranoglas – was sie dafür bezahlt habe, könnte er fragen, und ob es das einzige Mitbringsel von dem Aufenthalt hier sei oder es auch eins für ihren Mann gebe. Doch eigentlich sollte er ins Bad, unter die Dusche, sich den Schweiß und Staub abwaschen, nur hält sie ihm jetzt die Flasche hin, ein stummes Komm, lass uns trinken, und Schongauer glaubt, gegen dieses Stumme etwas sagen zu müssen, und sagt, das Armband sei schön, ihm würde aber alles an ihr gefallen, von Kopf bis Fuß, und auch ihr Wesen. Er nimmt die Flasche und trinkt und reicht sie zurück, und Almut stößt ihn mit der Schulter – Mein Wesen, was soll das sein? Bin ich wild, bin ich scheu, bin ich ein Tier? Sie lacht, und es klingt, wie jemand lacht, wenn er allein ist, kurz über einen Gedanken lacht, kopfschüttelnd. Ich meine, wie du bist, was du willst, was du dir wünschst, erklärt er, und sie sagt, das könne er kaum beurteilen, das würde sie selbst erst gerade herausfinden. Sie leert die Flasche und legt sie auf dem Sofa ab, sie schließt die Augen und sagt, es gebe immer noch eine Unklarheit: warum sich eine junge Frau vor seinen Augen erschossen habe. Mit ihrer überruhigen Stimme fragt sie das, und statt ihn dann irgendwie ermittelnd anzusehen, ob er etwa zuckt bei der Antwort oder sonst etwas zeigt, das ihn unglaubhaft macht, legt sie ihm eine Wange auf die Armbeuge, etwas, das er nicht versteht, das ihn kapitulieren lässt, wie vor einer fremden Sprache mit auch fremder Schrift.

Lynn wollte mich treffen, sagt er. Sie war bekifft, sie

war betrunken, sie hasste sich und mich, aber sich noch mehr. Und bei alldem hatte sie immer noch Macht, wie eins der Wesen, die sie selbst entworfen und genäht hatte, Ergib dich, ich bin die Allmächtige, Mut und Mitleid zergehen im Duft meines Mundes! Das hat sie nicht gesagt, sie hat gar nichts gesagt, sie kam nur von einem Gang ins Schlafzimmer mit der Waffe zurück. Sie hat sich den Lauf zwischen die Beine geschoben, mich angesehen und gelacht, und ich bin aufgesprungen, von diesem Sofa, um ihr die Waffe zu entreißen, und da hat sie sich den Lauf in den Mund gesteckt, und ich rief, um dieses Grauen irgendwie durch Grauen zu beenden, Go ahead, Lynn! Und sie hat abgedrückt.

Genauso war es, da muss er sich nicht anstrengen, nicht im Gedächtnis schürfen. Almut, immer noch eine Wange dort, wo sie letztlich nicht hingehört, atmet jetzt in seinem Rhythmus, einem wie nach Treppensteigen mit Gepäck. Geh vielleicht mal duschen, sagt sie.

## 27

Schongauer macht Licht im Bad, er schließt die Tür hinter sich und schiebt den Riegel vor, das passiert einfach, warum, das könnte er nicht sagen. Auf dem Boden unter dem Waschbecken steht noch ein Trinknapf von Ascha, an ihrem bevorzugten kühlen Platz während der Hundsnächte, darin sogar noch Wasser, das leert er aus, dann stellt er den Napf dorthin, wo er gestanden hat, was nicht logisch ist, aber ihm richtig erscheint. Er zieht sich aus, abgewandt vom Spiegel über dem Waschbecken, seinem Anblick, dann tritt er unter die Dusche, und wieder ist da der Wunsch, in der Zeit ein Stück weiter zu sein, schon an das zurückdenken zu können, was ihn in dieser Nacht in ein Glück stürzen könnte, aus dem es keinen Ausweg mehr gibt. Er lässt kaltes Wasser über sich laufen, minutenlang, als könnte es ihn so auflösen wie den Schweiß auf seiner Haut und im Abfluss verschwinden lassen.

Barfuß mit noch nassem Haar, eingehüllt in Magdas alten Bademantel, geht er zurück in den Wohnraum. Almut sitzt jetzt auf dem Sofa, aber nicht bequem, eher ist es ein Sitzen wie in einem Wartezimmer; sie hat die Lampe neben dem Sofa angemacht, in ihrem Schein kommt er sich in dem Bademantel vor wie in einem

Pyjama-Film, der nie in die Kinos kam, weil der Star einen Skandal hatte, zu dem kein Pyjama passt, den des Überlebens. Sie fordert ihn auf, sich an ihre Seite zu setzen, und klopft mit der flachen Hand auf das alte Leder, wie er es oft gemacht hat, um die Hündin an seine Seite zu holen, wenn sie eigentlich gern auf dem Boden lag, so, wie er jetzt gern vor dem Sofa stehen bleiben würde. Ich muss das Feuerwerk nicht sehen, sagt sie als weitere Einladung an ihn, wenn er das richtig versteht, also setzt er sich mit etwas Abstand zu ihr; seine bloßen Füße haben etwas, als wäre er im Ganzen nackt, er versteckt sie unter dem Tisch vor dem Sofa. Almut dreht sich ihm zu, Was mich noch interessieren würde, sagt sie, auch nur privat: Woran glaubst du?

Vom Ort her dringt wieder Musik herauf, und Schongauer strengt sein gutes Ohr an – es ist keins der Lieder, die ihn aufstören, da ist kaum Melodie, stattdessen ein Stampfen für nichts und wieder nichts, das plötzlich endet – ein Zeichen für letzte Vorbereitungen zu dem Feuerwerk, mit einem Eröffnungsknall in die Stille hinein. An den Schlaf, antwortet er. Ich glaube an den Schlaf. Und gutes Aussehen.

Almut sieht ihn kurz an, danach schaut sie auf ihre Hände. Was soll das sein, blaue Augen, schwarzes Haar?

Das reicht nicht, du brauchst sechs Richtige im Gesicht, ob Mann oder Frau. Und noch einen Schönheitsfehler, die Superzahl. Das gilt auch für Tiere, meine Frau hat daran nichts geändert mit ihren Fotos, sie konnte nur Sympathie für Tiere wecken, die nicht schön waren. Die Natur kennt keine Gerechtigkeit – du hattest

Glück. Und das Feuerwerk wollen wir uns nicht anschauen? Schongauer überlegt, ob er die Hand, die seine hält, streicheln soll; die Stille hat jetzt etwas Mühsames, wie eine Aufgabe, die man bewältigen muss, er ist froh, als es in dem Schilfvordach knackt. Eine Katze, flüstert er. Die schon Morgenluft wittert.

Vorhin, sagt Almut und zieht dabei seinen Kopf etwas heran, sei eine vor ihr weggelaufen.

Goldbraun mit weißen Streifen?

Gut möglich. Gehört sie hierher? Eine Frage, als sie seinen Kopf ganz an ihren zieht, die Finger im noch nassen Haar, auch das kaum zu fassen. Nicht direkt, sagt er. Sie gehört auf den Hang. Aber kommt immer mal.

Und wie ist sie?

Schongauer legt jetzt immerhin eine Hand auf die Hand, die seinen Kopf hält. Katzen sind hinter ihrer Katzenschönheit versteckt, sagt er. Sie sind einfach da und genügen sich selbst. Es sind Göttinnen des Moments, aber Frauen können auch so daherkommen, und Männer, die auf sie reinfallen, flüchten später vor ihnen. Frank Sinatra ist vor Ava Gardner geflüchtet, ich vor einer jungen Kostümbildnerin. Es war doch die Goldbraune mit weißen Streifen?

Ist das so wichtig?

Ich will es nur wissen, sagt Schongauer mit Blick zur offenen Tür, und Almut dreht seinen Kopf, bis er sie ansieht aus nächster Nähe, während ihr Gesicht vor seinem verschwimmt, bis auf den Mund, der etwas wie aus der Welt Gefallenes annimmt, als er seinen Mund sucht, als wäre überhaupt das Ganze allein Sache der Lippen, ihrer und seiner, und wie im Zuge davon auch nur der Zungen, die still das Ihre tun, das aber im Verbund mit den Händen – Schongauer greift jetzt auch in ein Haar, das nicht seins ist, das hat er zuletzt bei Magda getan, in der ersten Nacht mit derselben Scheu ihr ins Haar gegriffen, als wär es ein Griff in die Seele, und so kommt es ihm auch jetzt vor, obwohl er von dem Wort wenig hält, wenn es um Menschen geht, nur erscheinen alle anderen Worte manchmal billig dagegen. Er wühlt in Almuts Haar, wie er in Magdas Haar gewühlt hat, auf demselben Sofa, aber nah dem Ort der himmelhohen Palmen und falschen Brüste, seiner kleinen schäbigen Rollen und der Schoßhündchenfotos, die sie dort für Geld gemacht hat, und beide haben sie um ihr Leben geküsst, das mögliche neue Leben jenseits des Schäbigen, während er und Almut nur um diese Nacht küssen, die Zeit bis zur Helligkeit. Und mit dem eröffnenden Knall unten im Ort, dem Beginn des Feuerwerks – wie könnte es auch anders sein, außer in schlechten Filmen –, endet der Kuss.

Almut, jetzt sein Gesicht statt dem eigenen zwischen den Händen, schaut ihn wieder an, nur ruhiger als vorher, ohne jede Bewegung in den Augen, so, wie man ihn am Ende seiner Filmjahre bei Castings in den Blick genommen hat, als es gar nicht mehr darum gegangen ist, wie gut er darin wäre, eine Rolle zu spielen, sondern es Blicke auf seinen Zustand waren, was er noch leisten könne für die Tagesgage. Ich will mit dir schlafen, sagt sie, aber fügt noch etwas hinzu, ihre Stirn jetzt an seiner – so, dass es weder dir noch mir schadet.

Von der Kirche unten im Ort klingt das Zwei-Uhr-Läuten herauf, die beiden Schläge kurz, wie in sich abgebrochen, und ein paar Atemzüge später ziehen die Glocken oben in Albisano nach – es ist falsch zu sagen, die Zeit würde stillstehen, solange man in einem anderen versinkt; sie versinkt nicht mit, sie läuft weiter, während man liebt und altert.

Schongauer sitzt mit einem Glas von dem auch gealterten Rum in der Hand unter dem Vordach – wäre die Zeit stillgestanden, hätte er keine Erinnerung an das, was keine Stunde zurückliegt. Er weiß, dass Almut vom Sofa aufgestanden ist und was sie dabei gesagt hat, Aber nicht hier, nicht auf diesem Erinnerungstrum – mit diesen Worten hat sie ihn an der Hand genommen, als müsste er zu Bett gebracht werden. Und er weiß, dass auf der Schlafkammerwand gegenüber dem Fenster im Rhythmus der platzenden Raketen, die er kaum gehört hat, weil er auf dem guten Ohr lag, mal ein roter, mal ein grüner, aber auch ein bläulicher und orangener Schimmer war, desgleichen, nur schwächer, auf Almuts Gesicht. In den Jahren neben einer Fotografin hat er gelernt, dass es ein Unterschied ist, ob man mithilfe des Lichts etwas sehen kann oder später auf einem Bild das Licht sieht – Almut, die ihn umarmt hat, ist das Licht auf seinem Bild von ihr, wenn er daran zurückdenkt. Ihr Gesicht ist dieses Licht, ihr Hals, die Brüste, der Bauch, die Schenkel, und er weiß auch noch, was sie ihm fast in den Mund gesprochen hat, als wären Worte eine feste Nahrung: dass es nicht filmreif funktionieren müsse, und dass er nach einer Erwiderung gesucht hat, die genauso gelassen oder ironisch sein sollte, aber da hat sie sich an ihn gedrückt, als müsste doch etwas funktionieren, und das ging seinerseits über in blindes Tasten, da war das Feuerwerk bereits vorbei. Es gab kein Geschimmer mehr an der Wand, und mit den Augen, die sich an das Dunkel gewöhnt hatten, sah er die Spuren des eigenen Tuns, in ihrem Haar und am Betttuch, halb von der Matratze gezogen, und erschrak. Es war – das fällt ihm ein bei einem Schluck von dem Rum – ein jäher Schrecken über sich selbst, wie schon einmal vor langer Zeit, als ihn eine Ansichtskarte von Lynn aus Mexiko erreicht hatte nach drei ihrer vier Monate dort. Vorn auf der Karte war, koloriert, die Spitze einer Prozession, junge Männer in rüschigen Hochzeitsanzügen, die das Christuskind in einem Glasschrein tragen, eigentlich als Zeichen für den Zeugungstriumph – unbefleckte Empfängnis, no way!, das war Lynns zweisprachiger Gruß auf der Rückseite in ihrer wie genähten Handschrift.

Schongauer greift unter den Tisch, an eine Schnauze, die nicht da ist und die er doch spürt an der Hand. Er kann nicht sagen, dass sie miteinander geschlafen hätten; er könnte bloß sagen – wenn ihn jemand fragen würde, aber wer sollte das sein, außer Almut –, sie hätten das ihnen Mögliche getan, um einander nahezukommen, zum ersten und zum letzten Mal, ohne sich damit etwas anzutun, den Schaden einer schlechten Erinnerung. Almut ist dann aufgestanden und ins Bad gegangen, aber es war keine Dusche zu hören, es war nicht der übliche Gang der Dinge. Und als sie zurückkam, schon in Slip und Shirt, aber das Haar noch aufgelöst, auf der

Wange ein Pflaster, da hat sie ihn beim Namen genannt, einmal, zweimal, dreimal Louis gesagt, das Es am Ende verschleifend und sich dabei, wie davon angesteckt, noch einmal ausgezogen, um zu bekommen, was noch gefehlt hat. Sie wollte das Menschenmögliche, nicht mehr und nicht weniger, und das ist auch in kurzer Zeit geschehen, obwohl die Zeit dabei keine Rolle gespielt hat – Minuten, die aber bleiben werden, als Guthaben in seinem späten Leben, das es am Ende leichter macht, auch davon zu lassen. Er hatte diese Spanne und hat sie noch, allein an dem Tisch unter dem Vordach – da ist immer noch Almuts Mund an seinem Ohr, und er hört sie ihren Wunsch sagen, zwei Worte reichen, und was dem folgt, geschieht stumm und schnell, als wären die Worte nur befristet gültig: ein Herfallen über ihrer beider Scham bis zum Gehtnichtmehr. Danach kein Gang ins Bad, Almut ist auf den Rücken gesunken und einfach dagelegen, nur mit sich selbst bedeckt, eine Hand zwischen den Beinen, wie sich eine Läuferin nach einem Rennen, hinter der Ziellinie liegend, die noch bebende Brust hält.

Und in dem Moment hätte er weinen können vor Erleichterung, aber Männeraugen, die sich füllen, konnte er schon am Set kaum ertragen. Also hat er dagegen geatmet, und Almut hat ihn angesehen mit einem Ausdruck wie auf manchen Tierfotos von Magda, die an sowjetische Plakatkunst erinnern, so zuversichtlich, wie da ein Tier in die Welt schaut. Es war aber auch etwas um ihren Mund und in den Augen, das er aus seinen alten Lieblingsfilmen kennt, von Frauen, die am Ende allein dastehen mit einer Sehnsucht, vor der ihre Männer davonlaufen, wie Paul Newman als Brick vor Liz Taylor in Cat on a Hot Tin Roof. Bleib hier, du kannst das, hat er gesagt, und er spürt noch ihre Hand auf seiner Wange bei der Antwort: Nein, kann ich nicht, ich geh jetzt. Den Weg nach unten kenne ich, Licht hab ich auch, mein Akku reicht noch. Und morgen fahr ich zurück, aber bin nicht aus der Welt, es gibt Mails, es gibt WhatsApp, es gibt Flugzeuge, um schnell wiederzukommen, nur zu wem überhaupt? Ich weiß nicht einmal, wie dein Name geschrieben wird, ob mit o oder ö oder oe, was denn nun? Und darauf er: Mit o, auch wenn mein Vater John Schoengauer hieß. Dessen Vater war noch ein Schöngauer aus Breisach, von Bremerhaven auf einem Dampfer nach New York gereist, wo er auf Ellis Island seinen Umlaut verlor.

Das hat ihm gefallen, dieses Wort am Ende, aber es hat ihn auch in die Enge getrieben, und er bat sie noch einmal zu bleiben – Almut, ich möchte, dass du bleibst, oder was willst du tun? Eine schon fast gereizte Frage, und bei der Antwort hat sie sich angezogen. Ich habe mir den Wagen meines Mannes genommen, in den hier der Schlamm lief, sagte sie. Und ich bring ihn zurück, so gut geputzt, wie es geht. Dann setze ich mein Leben fort, auch so gut, wie es geht. Ich mach mich an die Arbeit über dich, oder soll ich das etwa lassen – was willst du hören von mir, was? Und bei diesem zweiten, leiseren Was? hat sie noch einmal die Arme um seinen Kopf gelegt, jetzt wie um den eines Kindes, das man zurücklässt, und etwas geflüstert, das kaum zu hören war und doch zu verstehen, und er hat ihr erklärt, dass die Leute hier Ti voglio bene sagten und nicht Ti amo, das gebe es nur im Schlager – Sie sagen, wenn es ernst wird, diese drei Worte, die etwas weniger bedeuten als Ti amo, aber mehr als Ich hab dich gern. Ich will dir Gutes, heißt es wörtlich. Und das hat sie dann gesagt, in sein gutes Ohr, und ist aus dem Haus gegangen.

Schongauer leert das Glas mit dem alten Rum. Ti voglio bene, das hört er noch; innerlich hat er zwei gute Ohren, ansonsten reicht eins, und sehen kann er genug, sogar besser lesen als früher. Almuts Lippen waren aus der Nähe wie eine feine Schrift, als seine darauf lagen, sogar wie Blindenschrift. Er steht auf und holt das Gerät, mit dem er sonst nur telefoniert, er füllt noch einmal sein Glas mit dem Rum; dann geht er ins Netz und gibt erst Reiseblogs ein und nach etwas Zögern Frida Slash Geh aus mein Herz und suche.

## 28

Heute endlich Florenz, aber nicht allein, sondern begleitet von einer Hündin. Wir waren dort vier Stunden, eine
Stunde länger als Goethe auf seiner Italienischen Reise
(das Buch hab ich dabei, man kann's lesen). Goethe
wollte nur ganz schnell nach Rom, und wir wollten
abends nur aus der Stadt und sind jetzt am Rand einer
Landstraße vor einem Maisfeld wie aus falschem Gold,
ein paar Kilometer vor Monteriggioni.

Unter dem Namen Toscana-Paul hat mir einer geschrieben, Florenz sei nur was für Pensionäre mit Geld –
kann ich nicht bestätigen. Der Parcheggio Gelsomino,
gut gelegen, hat für vier Stunden zehn Euro gekostet,
fünfzehn wären es für die Nacht, da kann man nichts sagen. Und an der Piazza della Signoria gab es einen Stand
mit Sandwiches, das Stück für Dreiachtzig, und man
sah dort nicht einen Rollator. Aber vielleicht waren die
Pensionäre alle schon beim Abendessen. Es war halb sieben – jetzt ist es bald elf –, halb sieben auch auf der alten
Uhr an einem überhohen Turm auf dem noch älteren
Gebäude mit der großen David-Figur davor. Die Figur
ist sogar riesig und steht dazu auf einem Sockel, und
Davids herabhängender Arm kam mir zu lang vor, die
Hand daran erst recht. Kann aber daran liegen, dass die

Figur nur eine Kopie ist, damit Michelangelos David nicht im Freien stehen muss. Der steht in einer Galerie, die ich nicht besuchen konnte, weil Tiere dort keinen Zutritt haben. Und noch zu der Hündin: Die gehörte dem Mann, bei dem mein Wohnmobil stand, bis es repariert war. Er hat sie in meine Hände gegeben, weil er zu alt für sie ist oder sie zu jung für ihn, und auch weil sie mich auf Anhieb gemocht hat. Ich hab erst Nein gesagt, weil sie zu ihm gehört, aber jetzt ist es gut so. Ihr Name ist Ascha, und ich wollte sie nicht gleich allein lassen, nur um mir den David im Original anzusehen. Wir sind durch die Stadt gelaufen, auf der Suche nach etwas Grün für ihr Geschäft, aber da war nichts, und dann hat sie es an dem Freiluft-David gemacht, an seinem Sockel, aber nicht im Sitzen, sie hat das Bein etwas gehoben, als wär's ihr selbst peinlich gewesen als Weibchen.

Der David ist über fünf Meter hoch, und Selfies mit der Figur sind schwierig. Man hat entweder die hängende, irgendwie zu große Hand mit im Bild oder den Penis, der komisch klein ist, als hätte das Modell für die Figur im Kalten gestanden. Den Kopf kriegt man nicht mit ins Bild, und der ist das Beste, mit Locken wie ein Aktivist, der einen Farbbeutel schleudert, keinen Stein, dazu einem Mund, den man anfassen möchte, und einem Blick, den man nicht sieht, aber ahnt. Da ist was, das einem ins Herz dringt und dort auf kleinem Raum zu wachsen scheint und sich anschickt, alles zu überschwemmen – ist nicht von mir, ist von Michelangelo, der konnte auch dichten, er konnte alles. Ein Kollege hat ihm mal aus lauter Neid die Nase eingeschlagen, dass man die Knochen splittern hörte (könnt ihr nachlesen bei Giorgio Vasari). Danach hatte er ein anderes Gesicht, ist aber derselbe geblieben, hat weitergeschafft und sich gar nicht geschert um die kaputte Nase, weiter Steine erweicht, würde ich sagen, und wenn ich mir einen berühmten Toten lebend wünschen könnte, dann ihn. Hört sich verrückt an: Aber ich würde bei Michelangelo in die Lehre gehen wollen. Erst gestern hab ich Steine geklopft, um sie schichten zu können, das war ein gutes Gefühl, besser als herumstudieren. Ich wäre gern Schülerin von dem mit der eingeschlagenen Nase, um Steinmetzin zu werden und später vielleicht Bildhauerin, und ich würde auch ihm, wenn er noch lebte, was beibringen, quid pro quo, sagt mein Vater immer, zum Beispiel, wie er im Netz seinen Original-David findet, oder dass Frauen dasselbe können wie Männer, sogar allein verreisen im Wohnmobil. Das steht jetzt etwas abseits der Landstraße bei dem Maisfeld – hätte ich ohne die neue Begleiterin nicht gemacht. Ascha bewacht mich. Sie knurrt schon, wenn sich nur eine Maus aus dem Feld nähert, mich aber empfängt sie bei jeder Gelegenheit, sie springt an mir hoch und macht Töne wie eine Stumme, die schier platzt vor Freude. Goethe schrieb in seinem Reisebuch (ihr müsst dort bloß die Seiten über Mineralien auslassen, da hat er gesponnen), dass ihm armen Nordländer etwas Tränenartiges in die Augen gekommen sei beim Anblick von Lumpenkindern, die sich in Neapel am Straßenpflaster gewärmt hätten. Mir kam dagegen was Echtes in die Augen bei ihrer Begrüßung, nachdem ich vorhin nur mal kurz in dem Maisfeld war.

Jetzt liegt sie neben mir auf dem Bett, schön sogar im Licht eines Notebooks und irgendwie verjüngt ohne ihren alten, geschwächten Herrn, gar nicht depressiv. Aber das kommt schon noch, das Vermissen kommt immer. So viel für heute.

Vom See dringt ein Rauschen herauf, von der Strömung, die in den Frühstunden einsetzt, wenn nur die Luft abkühlt, nicht die Wasserfläche, und ein Austausch stattfindet, so denkt er sich das, einer der Kräfte freisetzt, die etwas Unheimliches haben – er hat das Atmen vergessen beim Lesen der letzten Zeilen, ihm schwindelt, obwohl er sitzt, vor sich auf dem kleinen Schirm der Schlussabsatz, erst vor Stunden geschrieben, sozusagen noch feucht, jedenfalls zittrig, nur liegt das an seinen Händen. Zu dem Eintrag in dem Blog gibt es sogar ein Bild, das holt er sich, auch erst nach Zögern – es ist kein Bild aus Florenz, sondern eins von unterwegs bei Tageslicht, im Vordergrund sein Tier, sitzend, frontal, mit einem Blick wie in Erwartung, wann er endlich wieder auftaucht; im Hintergrund freies Feld und ein wolkenloser Himmel, die ganze leere Helle des Sommers.

Schongauer stemmt sich hoch, gegen den Schwindel und mit Beinen, als hätte er keine Knochen darin; er nimmt das leere Glas und die Rumflasche und geht ins Haus, er stellt beides ab, wo es hingehört, für ein Minimum an Ordnung. Die Ledertasche von der Reise, die keine war, liegt dagegen noch auf dem Sofa, wo er sie abgelegt hat, und er sollte sie auspacken, dann ist das getan, dann hat er den Kopf frei. Er holt die Wäsche und die Ersatzhose heraus und auch das Kärtchen, das einem weiterhilft, aber da ist noch etwas auf dem Grund, dort, wo die Waffe war, von der Almut ihn befreit hat – das Tütchen für Aschas Geschäft. Das hat er vergessen, Frida zu geben, nun weiß er nicht, wohin damit, und etwas erfasst ihn wie anfangs in dem Heim, in das man ihn gesteckt hatte, als es niemanden gab, den er kannte, der ganze simple Schmerz des Vermissens. Er steckt das Tütchen in die Bademanteltasche, so sieht er es wenigstens nicht, dann geht er in die Küchenecke, wo ein Block liegt, um festzuhalten, was zu besorgen und zu tun ist. Er sollte Zement kaufen, zweimal fünf Kilo. Er sollte die Boje abmelden, sonst kommt die Rechnung automatisch im Februar. Er sollte den Nachlass von Magda, unzählige Fotos und Negative, die in Kartons im Schuppen liegen, sortieren. Er sollte seine Tochter um Vergebung bitten, er sollte sich untersuchen lassen und auf dem Markt noch eine Steppjacke kaufen, Ende September kann es schon kühl werden – sollte er alles, muss er aber nicht. Er muss es nicht einmal notieren, er kann sich das merken. Mit einem Verlust des Gedächtnisses ist in nächster Zeit nicht zu rechnen – und dass er alles behält, ist seit dem Abend kein Übel mehr. Einmal hatte ihn Almut so an sich gezogen, so seinen Kopf gehalten, als wollte sie bleiben oder wüsste nicht, wie es ohne ihn mit ihrem Mann und sich selbst weitergeht. Seine Hände riechen noch nach ihr, vermischt mit dem Duft der kleinen zerdrückten Orange. Da kann er morgen Abend wieder eine vom Baum holen, sie zerdrücken und sich erinnern.

Er tritt vor den Kühlschrank und nimmt die Dose mit

den Makrelenfilets heraus. Die reißt er auf und lässt kurz Wasser über die Fischstücke laufen, um ihr Salziges abzuspülen, dann gibt er sie auf einen Teller, und den stellt er vors Haus, gleich neben die Tür; er könnte den Teller auch in die offene Tür stellen oder ein Stück in den Wohnraum, aber das käme später. Er schließt die Tür, und das Geräusch der Strömung wird nicht leiser, als reichte der See an das Grundstück – es ist ein Rauschen in ihm, den zu engen Gefäßen im Ohr und im Herzen, aber dem der Ärzte, während sein eigenes überschwemmt ist von allem, was war.

Schongauer legt sich aufs Sofa, er holt das Tütchen aus der Bademanteltasche und stopft es in die hintere Polsterspalte, zu dem alten Hotelkugelschreiber und anderen Dingen, die eines Tages wiederkehren, nur dann nicht mehr zu ihm. Er löscht die Lampe am Sofa, und bis auf die Zeitanzeige am Herd ist es dunkel im Raum. Es ist halb vier – bei seiner Tochter müsste es früher Abend sein, die Zeit für den ersten Drink. Er schließt die Augen und das Rauschen in seinem Ohr lässt nach, oder richtiger: Es wird abgelöst von einem feinen Schmatzen vor der Haustür. Das ist gut, und er ist jetzt müde und wird schlafen, das weiß er.